图文互证

《西游记》版本新研究

杨天奇　著

上海远东出版社

图书在版编目（CIP）数据

图文互证:《西游记》版本新研究 / 杨天奇著.
上海：上海远东出版社，2024. -- ISBN 978-7-5476
-2052-6

Ⅰ. I207.414

中国国家版本馆 CIP 数据核字第 2024KE5824 号

责任编辑　陈　娟
封面设计　徐羽情

图文互证:《西游记》版本新研究

杨天奇　著

出　版	上海远东出版社
	（201101　上海市闵行区号景路 159 弄 C 座）
发　行	上海人民出版社发行中心
印　刷	上海锦佳印刷有限公司
开　本	635×965　　1/16
印　张	24.5
字　数	428,000
版　次	2025 年 3 月第 1 版
印　次	2025 年 3 月第 1 次印刷
ISBN 978-7-5476-2052-6/I · 394
定　价	98.00 元

本书是国家社科基金重大项目"英国图书馆藏汉文敦煌遗书总目录"（15ZDB034）、"汉文大藏经未收宋元明清佛教仪式文献整理与研究"（17ZDA236）及教育部人文社科重点研究基地重大项目"中国民间流传佛教仪式文献整理与研究"（16JJD730007）的阶段性成果。

本书同时受 2023 年度上海视觉艺术学院培优培育计划出版资助，在此表示感谢！

序

侯　冲

　　《图文互证：〈西游记〉版本新研究》一书是杨天奇博士论文的修改本，是利用新资料从新的视角对《西游记》版本的新研究。台湾南台科技大学王见川先生已经发表有关《西游记》系列研究成果，在阅读该博士论文后列举其重要结论，认为："如果杨天奇博论的看法真的正确，那上述她得到的结论，会对既有《西游记》研究带来巨大冲击！"（王见川：《〈西游记〉中神明的由来：兼谈〈封神演义〉〈金瓶梅〉与其他》，博扬文化，2024 年，第 281 页）《西游记》研究著名学者、辽宁大学胡胜教授读后也认为："《西游记》的版本系统恐要重新厘定！"

　　正如前贤已经指出的，版本研究是《西游记》研究的基础，在《西游记》研究领域有极为重要的作用。相信随着杨天奇博士论文的正式出版，人们对《西游记》版本的认识，对《西游记》作者、成书时代及其艺术成就、对小说《西游记》与中国佛教关系的认识，都会带来一定的冲击。对于如何理解杨天奇博士论文提出的研究结论,我想从杨天奇为什么研究《西游记》的版本开始讲起。

杨天奇的博士论文最初是准备利用斋供仪式文本中的《佛门请经科》《大藏总经目录》《受生宝卷》等资料,对《西游记》中的中国宗教相关问题展开研究。后来之所以改为研究《西游记》的版本,是在编辑《〈西游记〉新论集》一书的过程中,王见川先生不断撰成和更新的《西游记》研究大作及送出的新见,激发同样作为主编的我继续搜集《西游记》研究新资料,并确实通过孔夫子旧书网,收集到一册以往《西游记》版本研究未见提及的百回本《西游记》刊本。

新见刊本虽名《西游真诠》,但与陈士斌《西游真诠》不是一书。尽管是残本,但其卷首扉画有古风,我将其卷首内容与习见百回本核校后,深感文字简洁明了,叙事清晰;而在图书馆和书店中习见的《西游记》,如同注了太多的水一样,与之相比,不仅行文杂沓,而且前后文意多不周圆,与《西游证道书》卷末跋文所说"有意续凫就鹤,半用俚词填凑"的《西游记》"俗本"颇相符。那么,新见残本是否是《西游证道书》卷末跋文所说的"《西游》古本"? 它与习见百回本《西游记》是什么关系? 基于这些问题,我又进一步搜集了相关资料,发现该书并非仅存残本,而是有多种刊本存世。不仅有六卷本,还有八卷本和十卷本,甚至还应该有四卷本。但翻检前贤的《西游记》版本研究,都未见相关讨论,有的甚至未见提及。很显然,对于新见刊本不同版本的梳理,对于该书与习见《西游记》关系的研究,将是《西游记》研究领域的新成果。

虽然我对《西游记》版本也有一定的了解,但要全面理清《西游记》新见刊本与其他诸本的关系,需要比对的资料太多,这项工作由我个人来完成目前显然不现实。对于杨天奇来说,如果版本不清楚,要在原计划撰写的博士论文中真正研究好《西游记》与中国古代宗教的关系,无疑也存在一定困难,因此,我提议她先做《西游记》版本的研究。毫无疑问,这一极具学术价值的工作对她来说也是不小的挑战。

杨天奇采纳了我的建议,经过近两年的勤苦努力,做了大量的工作,在 2023 年初完成了她的博士论文。资料上,她在我之前搜集的资料基础上,又在数家公共图书馆搜集到了数种首尾完整的同类刊本资料,在孔夫子旧书网上购买了一种不分卷的民国刊本,拓展并系统化了新资料。研究手段上,她利用图文互证的方法,一方面基于自己此前录文整理的佛教斋供仪式文献,仔细比较了不同版本《西游记》所记唐僧出身故事和佛教仪式等内容的异同,对前贤曾经关注过的《西游记》重要问题重新作了文献学视角的梳理;另一方面基于自己对图像的专业理解,对新见百回本《西游记》(《西游真诠》)不同刊本的先后进行了梳理,丰富、细化、深化了该刊本的研究。与前贤的《西游记》版本研究相比,她不仅对世德堂本之前的百回本《西游记》(即前世本)及其不同版本进行了考察,还对世德堂本增删前世本的内容及原因进行了探讨,并基于前面两点重新梳理了《西游记》不同版本之间的关系,较好地彰显了《西游记》版本研究的学术价值。本文开篇说她的博士论文是利用新资料从新的视角对《西游记》版本的新研究,正是基于这一具体情况。

在撰写论文期间,杨天奇过一段时间就会跟我预约线下见面或线上视频,或展示她排列的各种图表,或告诉我她的研究进度和新认识。我一方面高兴于她的新进展尤其是她的新创见;另一方面也对她某些新观点提出可进一步思考的方向或修改完善的地方,对某些她提出的观点举出相反的例证直接予以否定。在论文完成后,我又根据自己的理解,提出了修改的意见。所谓人无完人,金无足赤,相信杨天奇的博士论文也一样存在这样那样的不足,但该论文的研究结论,至少在我这里是过了关的。因此,杨天奇的博士论文 2023 年 5 月 19 日答辩顺利通过后,我就建议她在充分采纳答辩委员会业露华、陈士强、李向平、方广锠、王志军五位专家提出的修改意见后,将其尽快出版。

2024 年 9 月下旬,杨天奇将本书样书寄给我,希望我在看到样书后写一个序。在准备写序的过程中,我重新拜读王见川先生的相关大作,看到他在 2023 年 8 月 16 日说过:"很明显,我与侯冲带动的新一波《西游记》研究动向是对的。我很有自信的说,在《西游记》研究史(或称学术史)上,我与侯冲的名字会铭刻其中!"(王见川:《〈西游记〉、胡适与鲁迅散论》,博扬文化,2023 年,第 244 页)如上文所说,本书使用新资料的发现与王见川先生近年《西游记》研究新成果的不断完成与发表有直接关系,我相信在本书正式出版后,有必要再补充说:"杨天奇的名字也会铭刻其中!"

  是为序。

2024 年 10 月 7 日

目　录

Contents

凡 例

《西游记》有不同版本，为方便行文，学界对不同版本有不同简称。本书使用的简称及其版本分别是：

一、前世本，即世德堂本之前的百回本《西游记》；

二、世德堂本、世本，即《新刻出像官板大字西游记》；

三、李卓吾本，即《李卓吾先生批评西游记》；

四、杨闽斋本，即《新镌全像西游记传》（又题《新镌京板全像西游记》《鼎镌京本全像西游记》）；

五、唐僧本，即《唐僧西游记》（台湾天一出版社影印本）；

六、朱本，即朱鼎臣《鼎锲全相唐三藏西游传》（又题《全像唐僧出身西游记传》）；

七、杨本，即杨致和《西游记传》（又题《新锲三藏出身全传》）；

八、闽斋堂本，即《新刻增补批评全像西游记》；

九、证道本，即《新镌出像古本西游证道书》（又题《镌像古本西游证道书》）；

十、陈士斌本，即陈士斌本《西游真诠》，包括芥子园本《悟一子西游真诠》和翠筠山房本《金圣叹加评绘像西游真诠》（又题《悟一子西游真诠》《西游真诠》），分别简称芥本、翠本；

十一、新说本，即《新说西游记》。

绪　　论

一、《西游记》版本研究的意义

本书是基于新资料、新视角对明代小说《西游记》版本及其源流的新研究，并在此基础上重新讨论《西游记》相关问题。关于《西游记》版本研究的重要性，曹炳建曾指出：

> 版本研究对我们认清一部作品的版本流变，对确定一部作品的作者乃至于一部作品的成书时代都具有十分重要的意义。[1]

> 版本研究不仅对认识一部作品的作者和成书时代具有重要意义，更重要的还在于版本研究是文本研究的学术基础，对我们认识一部作品的思想内涵和艺术成就也

---

[1]　曹炳建：《〈西游记〉版本源流考》，人民出版社，2012年，第6页。

具有十分重要的作用。①

当然,在他之前,吴圣昔已经明确指出,"版本问题是《西游记》研究的重要组成部分,也堪称是《西游记》研究的基础"②,并先后撰写了三十余篇研究《西游记》版本的系列论文。③

竺洪波认同曹炳建和吴圣昔的观点,进一步指出:"文本阐释是文学研究的核心,作者、成书和版本研究则构成文本阐释的基础。基础不牢,文本阐释将陷于虚妄,学术大厦无法构建。版本,经常是检验文本阐释正确性的试金石。"④

本书的研究主要有以下三个方面的意义。

1. 肯定并明确在万历二十年(1592)金陵世德堂《新刻出像官板大字西游记》(简称"世德堂本""世本")之前存在一个前世本,从而开启《西游记》版本系统的新认知,尤其是在《西游记》与佛教关系研究的新领域。吴圣昔不仅认为"'前世本'在《西游记》的演变发展史上作用巨大,意义深远",而且明确指出,

> 首先,没有"前世本",就没有世本;世本的问世,"前世本"是孕育者。世本是现存《西游记》中的最早者。……
>
> 其次,没有"前世本",就没有现存的除世本以外的明清9种《西游记》百回本;这9种百回本的出现,统统是"前世本"的后续传本。……明清时代《西游记》版本演变的事实说明:它们都属于世本一个系统衍化而出,故归根结底,它们完全同属于"前世本"的"血统"。
>
> 第三,没有"前世本",描写西游取经故事的文艺作

---

① 曹炳建:《〈西游记〉版本源流考》,人民出版社,2012年,第7页。
② 吴圣昔:《20世纪〈西游记〉古本新发现和论争热点》(http://www.xyjg.com/0/21/WU/xinkao/21-wu-3-1-001.htm,2021年6月12日摘取)。
③ 吴圣昔:《〈西游〉新考》(http://www.xyjg.com/0/21/WU/xinkao/21-wu-3-1-001.htm,2021年6月12日摘取)。
④ 竺洪波:《〈西游记〉辨》,上海三联书店,2021年,第166页。

品,可能至今还在其幼稚阶段徘徊;"前世本"的出现,开拓了小说《西游记》花团锦簇般的演变发展史……明清时代《西游记》的演变史,应该从"前世本"写起,"前世本"是源头。由它直接衍化而出的世本及其明清时代的后传者,谱写了一部《西游记》变化多端的版本衍变图。①

不过,吴圣昔也认为,"'前世本'至今未曾发现","'前世本'肯定已经遗佚",②故对"前世本"的讨论,只有"臆探"③。本书肯定前世本存世并明确其传本,开启《西游记》研究的新领域,将改写《西游记》版本的演变史,催生包括《西游记》与佛教关系研究的相关新成果。

2. 彰显藏外佛教文献中唐僧取经类新资料的价值。传统大藏经主要收录历代汉译佛教经、律、论等外来经典及相关著作如史传、目录、音义等文献,大量反映佛教中国化的中国本土撰著并不是大藏经收罗的对象,所以中国僧人编著的佛教仪式文献被收入历代大藏经者数量极为有限。未入藏佛教文献在长期流传过程中湮没无传,不为人知,甚至散佚无存。笔者导师长期关注中国佛教仪式文献的搜集整理,目前收集到的宋元明清佛教斋供仪式文献已有4 000余册,这些文献大都未被历代大藏经收录,长期不为人所知,但明清时期往往被用于佛教斋供仪式。其中200余册为与《西游记》研究有关的唐僧取经类系列文献,内容丰富,能与前世本和世本《西游记》相互印证,增加对百回本《西游记》相关论题的认识。这些资料不仅具有同源性和地域广泛性的特点,而且是明初定型的瑜伽教仪式文献的有机组成部分,明显影响了前世本和世德堂本《西游记》的成书,是《西游记》成书研究不可忽略

① 吴圣昔:《论〈西游记〉的"前世本"》,《临沂师专学报》1997年第5期,第61—65页。
② 吴圣昔:《论〈西游记〉的"前世本"》,《临沂师专学报》1997年第5期,第61—65页。
③ 许振东:《〈西游记〉"前世本"臆探》,《河北学刊》2014年第3期,第77—80页。

的新资料。① 其价值也通过本书对《西游记》版本的新研究得到
彰显。

　　3. 彰显《西游记》佛教研究视角的价值。毛泽东曾指出:"不
批判神学就不能写好哲学史,也不能写好文学史或世界史。"②说
明宗教研究对包括文学史研究在内的史学研究的重要性。尽管鲁
迅认为《西游记》作者"尤未学佛,故末回至有荒唐无稽之经目"③,
但对于《西游记》与佛教的关系,此前仍有不少学者探究,相关论题
主要包括佛教与《西游记》本事探源,佛教与《西游记》作者、版本的关
系,佛教与《西游记》的主题,佛教与《西游记》人物形象和佛教思想与
《西游记》题材等几个方面。④ 但研究者往往将小说《西游记》当历史
书并作发生学方面的讨论,将小说中的人物与历史人物混同,并且
在研究中往往只将《西游记》视为唯一研究对象,而未能综合其他相
关资料,如此前未关注的斋供仪式文献,导致脱离《西游记》具体的
文本内容或具体文字作猜想或演绎。⑤ 本书由于参考了与《西游
记》成书有直接关系的藏外佛教文献中唐僧取经类新资料,既印证
了王见川此前提出的世德堂本成书不早于万历十三年的观点⑥,
又通过梳理佛教斋供仪式文献先后两次影响《西游记》成书,以实
实在在的资料彰显了《西游记》研究中佛教视角的重要意义。

---

　　①　杨天奇:《藏外佛教斋供仪式文献对〈西游记〉成书的影响》,《世界宗教文化》
2023 年第 1 期,第 126 页。

　　②　转引自李申《任继愈传》,河北人民出版社,2016 年,第 124 页。

　　③　鲁迅:《中国小说史略》,北新书局,1932 年,第 207 页;李新宇、周海婴主编
《鲁迅大全集》(29),长江文艺出版社,2011 年,第 188 页。

　　④　杨峰:《20 世纪 80 年代以来"佛教与〈西游记〉的关系"研究综述》,《明清小说
研究》2008 年第 1 期,第 133—143 页。

　　⑤　侯冲、杨天奇:《〈西游记〉与佛教关系新探》,侯冲、王见川主编《〈西游记〉新论
及其他:来自佛教仪式、习俗与文本的视角》,博扬文化,2020 年,第 9 页;侯冲、王见川
主编《〈西游记〉新论集》,广西师范大学出版社,2022 年,第 227 页。

　　⑥　王见川:《〈明心宝鉴〉与〈水浒传〉〈西游记〉之关系——兼谈〈水浒传〉〈西游
记〉的成书年代》,侯冲、王见川主编《〈西游记〉新论及其他:来自佛教仪式、习俗与文本
的视角》,博扬文化,2020 年,第 198 页;侯冲、王见川主编《〈西游记〉新论集》,广西师范
大学出版社,2022 年,第 28 页。

二、学术史回顾

　　曹炳建对《西游记》版本研究的学术史已作过梳理。[①] 与他全面介绍《西游记》版本研究相关学者及其观点不同，笔者追溯史源发现，不论是研究资料还是研究思路，此前的《西游记》研究都深受20世纪20—30年代学者研究结论的影响。代表性的例子有：一、《西游记》作者是吴承恩的说法[②]，除俞平伯、章培恒、李安纲等为数不多的学者提出过不同意见外[③]，《西游记》作者是吴承恩的说法至今仍被绝大多数人认同[④]；二、对《西游记》版本的认识，如孙

---

　　① 曹炳建：《〈西游记〉版本源流考》，人民出版社，2012年，第12—18页。

　　② 王见川：《吴承恩是如何成为百回本〈西游记〉小说的作者：兼谈胡适、鲁迅相关看法的错误》，范纯武主编《善书、经卷与文献》（七），博扬文化，2023年，第1—26页；《胡适对〈西游记〉的定位、研究及普及初探》，范纯武主编《善书、经卷与文献》（七），第173—193页。

　　③ 梅新林、崔小敬主编《20世纪〈西游记〉研究》上卷，文化艺术出版社，2008年，第60—102页。

　　④ 在胡适、鲁迅等人之后，中国学者出版了大量《西游记》研究专著及资料汇编。其中20世纪80年代以来的代表性专著有吴圣昔《西游新解》（1989）、余国藩《余国藩〈西游记〉论集》（1989）、苏兴《〈西游记〉及明清小说研究》（1989）、王国光《〈西游记〉别论》（1990）、李时人《〈西游记〉考论》（1991）、屈小强《〈西游记〉中的悬案》（1994）、刘荫柏《〈西游记〉发微》（1995）、张锦池《〈西游记〉考论》（1997）、蔡铁鹰《〈西游记〉成书研究》（2001）、郑明利《〈西游记〉探源》（2003）、蔡铁鹰《〈西游记〉的诞生》（2007）、曹炳建《〈西游记〉版本源流考》（2012）、许芳红《〈西游记〉文化研究》（2012）、胡淳艳《〈西游记〉传播研究》（2013）、周勇与潘晓明《〈西游记〉学术档案》（2013）、谢明勋《〈西游记〉考论——从域外文献到文本诠释》（2015）、赵毓龙《西游故事跨文本研究》（2016）、乔光辉《明清小说戏曲插图研究》（2016）、竺洪波《西游释考录》（2017）、杨俊《〈西游记〉研究新探》（2018）、蔡铁鹰与王毅《〈西游记〉成书的田野考察报告》（2018）、刘荫柏《刘荫柏讲西游》（2018）、王进驹与杜治伟《取经故事的演化与〈西游记〉成书研究》（2019）、杨森《明清刊本西游记"语图"互文性研究》（2019）、张怡微《明末清初〈西游记〉续书研究》（2020）、郭健《明清时期的〈西游记〉证道书研究》（2021）、竺洪波《〈西游记〉通识》（2022）；相关资料汇编有朱一玄《古典小说版本资料选编》（1986）、刘荫柏《〈西游记〉研究资料》（1990）、朱一玄、刘毓忱《〈西游记〉资料汇编》（2002）、蔡铁鹰《〈西游记〉资料汇编》（上下）（2012）、《中国常熟宝卷》（上中下）（2016）、胡胜与赵毓龙《西游戏曲集》（上下）（2018）、吴灿与胡彬彬《新见〈西游记〉故事画》（2019）、魏文斌与张利明《西游记壁画与玄奘取经图像》（2019）、吴圣燮《〈西游记〉百家精评本》（2019）、胡胜与赵毓龙《西游说唱集》（2020）。译为中文的日本学者著作，则有中野美代子《〈西游记〉的秘密（外二种）》（2002）、太田辰夫《西游记研究》（2017）等。总的来说，国内学者偏于肯定，而日本学者除小川环树等为数不多的早期学者（《中国古典文学丛书》第一辑，复旦大学出版社，1985年，第371—374页）外，则总体上否定吴承恩是百回本小说《西游记》的作者。

楷第对《西游记》版本研究的影响,至今未见突破。这里试以孙楷第对《西游记》版本研究的影响为例加以说明。

关于孙楷第《西游记》研究的主要贡献,曹炳建认为有三点:①基本按时间先后,介绍当时所能见到的《西游记》版本,记录其纸张、版式,引录其序、跋资料,考证其刊刻时间;②探讨杨本、朱本与世本的关系;③对诸本所载唐僧身世故事进行了系统考证。① 他所言大致不差,但稍显笼统。尤其是未能指出由于《西游记》的明代版本主要保存在日本,孙楷第的著述虽然只是提要②,但其对日本所藏诸本的介绍和相关论断、对此后《西游记》版本的研究产生了重要的影响。

总的来看,孙楷第有关《西游记》版本的介绍主要涉及以下三个方面。

1. 几乎介绍了《西游记》的各个明清存本。在著录《西游记》各本时,他将《西游记》分为中国通行者和在日所见者。对于中国通行者,他说:"《西游记》吾国通行者有三本:一为乾隆庚子陈士斌《西游真诠》本;二为乾隆己巳张书绅《新说西游记》本;三为嘉庆间刘一明《西游原旨》本。明本概未之见。"③没有一种明代刊本。

对于在日所见者,他说:"余在日京所见,有华阳洞天主人校本,书凡三部,内阁文库、帝国图书馆及村口书店俱有之。有袁幔亭序李卓吾评本,内阁文库及宫内省图书寮各有一部;有汪憺漪评《西游证道书》,此清初刊本。唯内阁文库有一部。有《鼎锓全像唐三藏西游传》,为村口书店书,其书尤世所仅见。"④也即是说,他在日本看到的,除清初刊汪憺漪评《西游证道书》外,还有两种类型的

<hr>

① 曹炳建:《〈西游记〉版本源流考》,人民出版社,2012 年,第 13 页。

② 孙楷第:《日本东京所见中国小说书目提要》,国立北平图书馆,1931 年,第134—157 页;《日本东京所见小说书目》,人民文学出版社,1958 年,第 72—84 页。

③ 孙楷第:《日本东京所见中国小说书目提要》,国立北平图书馆,1931 年,第134—135 页;《日本东京所见小说书目》,人民文学出版社,1958 年,第 72 页。

④ 孙楷第:《日本东京所见中国小说书目提要》,国立北平图书馆,1931 年,第134—135 页;《日本东京所见小说书目》,人民文学出版社,1958 年,第 72 页。

明本《西游记》：一是三部华阳洞天主人校百回本，即杨闽斋堂本、世德堂本、李卓吾本；二是《鼎锲全像唐三藏西游传》，即朱鼎臣编辑十卷本。除未提到闽斋堂本外，其他与目前所知的明本《西游记》各本大致相同。[1]

2. 对不同存本《西游记》的相互关系作了讨论，首先是较早梳理了包括世本在内的明刊华阳洞天主人校本与通行本的区别及联系。

> 此书（指明刊华阳洞天主人校本——引者）校刻之始，盖与南京应天府人有密切关系矣。通行本第九回"陈光蕊赴任逢灾　江流僧复仇报本"一回，为此本所无。以今通行本第十回三分之二为第九回，自张梢李定对话起，至唐王与魏征对弈止。又以通行本十回三分之一与通行本第十一回前半为第十回，自魏征睡熟斩龙至太宗游地府将毕而止。以通行本第十一回后半与通行本第十二回三分之一为第十一回，自太宗还魂起，叙刘全进瓜，萧瑀傅奕辩佛，群臣选得唐僧作坛主而止。以十二回所余之三分之二为第十二回，演唐僧登坛，观音显化事。虽离析归并，而文字却与通行本全同。唯少通行本第九回之文，其第九回、第十回、第十一回回目与今通行本稍异而已。[2]

其次是对朱本、杨本与明刊百回本《西游记》的关系作了辨析，提出了朱本和杨本均为百回本节本的观点。

> 夫唯删繁就简可无变更；由简入繁乃欲丝毫不变原本，在理为不必要，在事为不可能。故余疑此朱鼎臣本为

---

① 　巴黎新见明刊《新刻全像批评西游记》，为李卓吾本的异本。详见潘建国：《新见巴黎藏明刊新刻全像批评〈西游记〉考》，《文学遗产》2014年第1期，并见潘建国：《古代小说版本探考》，商务印书馆，2020年，第139—160页。

② 　孙楷第：《日本东京所见中国小说书目提要》，国立北平图书馆，1931年，第156—157页；《日本东京所见小说书目》，人民文学出版社，1958年，第84页。

简本，且自吴承恩之百回本出。至于陈光蕊之官遇祸与江流报怨事，虽为此本所独有，其他明本无之，然吴氏原本，此事之有无，今不易悬测。江流故事，自元至明流传里巷，即吴书果无之，采常谈而补此四节亦非难事，况其节目及插附词赞亦往往与吴书同，则谓从吴书出，成此节本，亦未必果为大胆之论也。如余所疑不误，则后之《四游记》中之《西游记》亦此系统之书，同为节本，且其渊源甚旧，远在万历之时矣。[1]

3. 对《西游证道书》相关问题进行了讨论，除否定该书后跋中提到的大略堂古本外，还认为目前所见唐僧出身故事文字最早出现在《证道书》中，并最终成为《西游记》的"定本"。在介绍"汪憺漪评古本《西游证道书》一百回"条时说：

> 清初原刊本。目录题"钟山黄太鸿笑苍子西陵汪象旭憺漪子同笺评"；正文题"西陵残梦道人汪憺漪笺评"；"钟山半非居士黄笑苍印正"……

> 明本《西游》，皆不言撰人，如陈元之序，且以为不知何人所作。自汪象旭此书，始以为丘长春作，"证道"之说亦自此书倡之。首冠以虞集序，次"丘长春真君传"（原注出《广列仙传》及《道书全集》）。次炫（作"此"字）装取经事迹"（原注出《独异志》,《唐新语》出《谭实录》及《两京记》)）。第九回载陈光蕊事，目为"陈光蕊赴任逢灾，江流僧复仇报本"。今通行本即沿用之。其第十、第十一二回目，亦皆与今本同。后来评注本，如陈士斌《真诠》，张书绅《新说》，刘一明《原旨》，无不有第九回之陈光蕊事，盖皆从此本出。而坊刻劣本之载虞集序者，胪列评人，而评

---

[1] 孙楷第：《日本东京所见中国小说书目提要》，国立北平图书馆，1931 年，第 134—135 页；《日本东京所见小说书目》，人民文学出版社，1958 年，第 74—75 页。

语至简略,实亦是本耳。

据第九回之汪憺漪评,谓俗本删去此一回,致唐僧家世履历不明。而九十九回,历难簿子上,劈头却又载遭贬、出胎、抛江、报冤四难,令阅者茫然不解其故。及得大略堂《释厄传》古本读之,备载陈光蕊赴官遇难始末,始补刻此一回云云。而所谓大略堂古本,究系何人何时所刻,憺漪子却未详言之。而《释厄传》之名,则其来源甚早。考《西游记》第一回引首诗有云:"欲知造化会元功,须看《西游释厄传》",此诗通行本有之,明本亦有之。此或吴承恩《西游记》本名有"西游释厄传",或吴承恩《西游记》自《西游释厄传》出,今难质言。

又东京村口书店有万历刊本朱鼎臣编《西游记》,其书有陈光蕊事,亦题"唐三藏西游释厄传",然文甚简略,与吴承恩百回本《西游记》却非一书。且末卷末记题"书林刘莲台梓",不题"大略堂",似尚非汪憺漪所得本。汪氏所云大略堂本,其源流不明如此,殊不足为持论根据。唯余所见明本《西游记》有六种,除朱鼎臣编之略本外,都无陈光蕊事,至汪憺漪之《证道书》,乃增此一回,且其文字情节与朱鼎臣本亦不尽同。依余个人意见,则汪憺漪所见大略堂本即使有之,且为文繁之百回本,此所增第九回文字亦难遽目为吴氏原文。因即汪书第九回文与本书他回文合观之,实未能融合无间。如第十二回所附七言词话,谓收养玄奘之僧为迁安(诸明本十一回亦作迁安)。第九回作法明。词话又云:"恩官不受愿为僧,洪福沙门将道访",似玄奘报父仇后,尚有面君授官之事,今第九回亦无之。又第十二回言陈光蕊拜文渊殿大学士,第九回乃云升学士之职。第十二回言观音菩萨引送玄奘投胎。第九回乃言南极星君奉观音菩萨命引送。第九十九回玄奘第三难为满月抛江,第九回乃谓二日抛江。凡此种种,前后文皆不相应,自是异事。此其一。

汪本第九回承第八回观音访取经人之后,另起一事,第十回承第八回之后,亦另起一事。此第九回与十回之间,措辞属文,乃毫无联络。若第以文论,则此第九回者,可有可无。且按之下文乃有一大罅漏:第九回谓玄奘父陈光蕊以太宗贞观十三年己巳**(按贞观十三年岁在己亥,非己巳,但此乃末节)**中状元,授官,之江洲任,时方暮春;路为刘洪所害。殷小姐以怀孕忍辱,暂与刘洪相处。未几生玄奘**(以光蕊赴任在贞观十三年三月,其时殷小姐已有孕言之,则玄奘出生至迟亦在贞观十四年)**。生十八岁而为父报仇。设玄奘生贞观十三年,则十八岁当为高宗显庆元年。乃第十二回记其应群臣之荐设道场为坛主,即在贞观十三年九月,十三年三月玄奘犹在母腹,十三年九月已长至十八岁或逾十八岁而为高僧。此宁非怪事!凡小说戏曲皆随意敷衍,固难认真,然朝代年号以及地理职官,原不可苛求,核之正史**(如玄奘西行首途,本在贞观三年,吴氏乃云十三年,显违事实。吾辈今日当以小说还之小说,史传还之史传,若拘泥史实,执此非彼,便为笨伯,非通论也)**。如此等乃行文之绝大罅漏,名手为之,当不尔尔。后之诸回非伪,则第九回者断非原文。不特此也,第九回自"话表陕西大国长安城"起,至"太宗登基十三年岁在己巳"止,开端数语,乃与第十回开端数语从同。前后二回,合掌如此,假令吴氏为此,亦何其文思之窘也!此其二。

且玄奘出身,乃有四难**(遭贬、出胎、抛江、报冤,见九十九回)**。吴氏果有意记玄奘出身事于正文,自当尽其所长,从容为之。今观第九回所记,以一回之文,备诸情节,词意窘枯,乃全无描写,尤欠周密,不能缮完;以视本书记沙僧、朱八戒乃至龙马之出身各节,大有逊色。似后人补作，于隶事属文均不及仔细推敲者。此其三。

　　由此言之，吴氏原文，果有陈光蕊事与否，固不可知；即有之，亦决非如汪本及今通行本之第九回之文。汪氏所谓古本，即实有之，殆亦如朱鼎臣所编一类之书，著其事而文不备，乃参以己意撰此一回。第九回既增此一事，于第十、第十一、第十二诸回文字乃不能不有所归并，兼别立回目。否则所据者必为伪增之一本，不能订正，因而用之。要之，无论如何，决非吴氏之文也。按吴氏原书，或竟无陈光蕊赴任及江流报冤事。唯今以明本言之，于玄奘开坛主讲以前事，仅于所附词话中述其崖略，正文则毫未提及。以本书记沙僧三众及龙马出身皆详其原委例之，似于玄奘亦不得独略。若果有其事，以文势论之，似当在太宗决建道场朝臣推举之后，即入玄奘而追述其平生（今《四游传》中之《西游记》即如此）。其故事当略如本书十二回中词话所记，或散见于本书他处者；亦略同吴昌龄《西游记》。万历间刻书者嫌其亵渎圣僧，且触近本朝（高皇），语为不祥，亟为删去。而汪氏乃于明本原书百回之外，增此一回。自此而后，遂为定本。以至通行诸书莫不遵之。今人骤睹明本之无陈光蕊事者，反诧为异事矣。是以汪氏此书，虽刻于清初，而关系却甚巨：目为"证道书"，而开后来悟一子等之笺注附会；以为邱长春作，使后此二百余年世人不复知吴承恩之名；自谓得古本，增撰第九回陈光蕊事，自此遂为《西游记》定本也。①

　　曹炳建未指出，由于绝大部分明刊本《西游记》都保存在日本，此后学者对《西游记》版本的研究，除柳存仁、杜德桥、陈新、吴圣昔、李时人等对朱本、杨本与世本先后关系、对世本是否有唐僧出

---

① 孙楷第：《日本东京所见中国小说书目提要》，国立北平图书馆，1931年，第145—152页；《日本东京所见小说书目》，人民文学出版社，1958年，第78—81页。

身故事有过新的讨论外,①关于明本与通行本关系的认识、关于《西游证道书》中唐僧出身故事与明本关系的认识、关于朱本与世本关系的认识,虽有个别补充甚至提出新说,如有学者认为朱鼎臣编辑本早于世德堂本《西游记》②,但总体未超出孙楷第最初的定论。其中对大略堂古本的否定,更是广泛见于诸多《西游记》版本研究成果中,③而认为世本没有唐僧出身故事等看法,④仅有李时人、张颖与陈速、熊发恕、杜治伟等为数不多的学者提出了不同的观点。⑤

此外还有两点:一是孙楷第对《西游记》版本的讨论,是在介绍所见小说基础上展开的,是就小说而论小说,未能结合其他《西游记》相关资料加以探讨,缺少外围证据;二是他认为"载虞集序者""胪列评人,而评语至简略"的"坊刻劣本"⑥就是《西游证道书》。前者对其他《西游记》研究者产生了重要影响,故鲜有学者结合其他资料研究《西游记》的版本;后者同样影响了相关研究,认为所谓"坊刻劣本"就是《西游证道书》的翻刻本,⑦或"应当属于汪象旭的《西游证道书》系统。不过贴上诸位著名评点者的标签而已"⑧。虽然

---

①　曹炳建:《〈西游记〉版本源流考》,人民出版社,2012 年,第 13—18 页。

②　曹炳建:《〈西游记〉版本源流考》,人民出版社,2012 年,第 15 页。

③　李时人:《〈西游记〉版本叙略》,见李时人《〈西游记〉考论》,浙江古籍出版社,1991 年,第 155—173 页。

④　苏兴:《吴承恩〈西游记〉第九回问题》,《北方论丛》1981 年第 4 期,第 31—36 页;李金泉:《〈西游记〉唐僧出身故事再探讨》,《明清小说研究》1993 年第 1 期,第 63—76 页;张瑞敏:《关于唐僧身世情节研究的补证》,《河北北方学院学报》(社会科学版)2017 年第 1 期,第 9—12 页。

⑤　李时人:《略论吴承恩〈西游记〉中的唐僧出世故事》,《文学遗产》1983 年第 1 期;修改文见李时人:《〈西游记〉考论》,浙江古籍出版社,1991 年,第 107—122 页;张颖、陈速:《中国章回小说新考》,中州古籍出版社,1991 年,第 8—10 页;熊发恕:《也谈〈西游记〉中唐僧出身故事》,《康定民族师专学报》(哲社版)1993 年第 1 期;杜治伟:《再论唐僧出身故事为〈西游记〉原有》,《文学研究》(《文学评论丛刊》),南京大学出版社,2020 年,第 98—106 页。

⑥　孙楷第:《日本东京所见中国小说书目提要》,国立北平图书馆,1931 年,第 146 页;《日本东京所见小说书目》,人民文学出版社,1958 年,第 78 页。

⑦　曹炳建:《〈西游记〉版本源流考》,人民出版社,2012 年,第 99 页。

⑧　宁稼雨:《尘故庵藏〈西游记〉版本述略》,《淮海工学院学报》(社会科学版)2007 年第 2 期,并见《厦门教育学院学报》2007 年第 3 期,第 10 页。

注意到"它和传世的《西游证道书》系统以及据以翻印的《西游真诠》系统,都有些不同之处"①,但不仅未见专门讨论,甚至不见于"《西游记》版本流变图"②中。有学者虽然注意到该书名为《西游真诠》,但未注意其内容与悟一子陈士斌注《西游真诠》并非同一书。③

总的来说,孙楷第《西游记》版本研究,从资料、思路到结论,都对此后《西游记》版本研究产生了重要影响。随着新资料的发现,尤其是近年来《西游记》研究有了新的突破,④有必要重新审视孙楷第的《西游记》版本研究乃至近百年来的《西游记》版本研究,充分挖掘、利用新资料,从新的视角研究《西游记》版本,进而揭示《西游记》与佛教的关系。

三、研究资料

除常见不同版本的《西游记》、《西游记》资料汇编及相关研究外,本书还参考了以下三类新资料。

1.《西游记》新刊本

孙楷第对《西游记》版本的研究,基于他在日本访见的新资料。本书选择重新衔究《西游记》版本,主要基于新的百回本《西游记》刊本,即四卷本、六卷本、八卷本和十卷本等百回本《西游记》。八

---

① 宁稼雨:《尘故庵藏〈西游记〉版本述略》,《淮海工学院学报》(社会科学版)2007年第2期,并见《厦门教育学院学报》2007年第3期,第10页。

② 曹炳建:《〈西游记〉版本源流考》,人民出版社,2012年,第365页;竺洪波:《〈西游记〉辨》,上海三联书店,2021年,第170页。

③ 许勇强:《〈西游记〉在清代的文本传播》,《社会科学家》2008年第10期,第142—149页。宁稼雨在《尘故庵藏〈西游记〉版本述略》一文中,将十卷本的怀新楼本归为陈士斌本《西游真诠》,也属于这一情况。

④ 侯冲、王见川主编《〈西游记〉新论及其他:来自佛教仪式、习俗与文本的视角》,博扬文化,2020年;侯冲、王见川主编《〈西游记〉新论集》,广西师范大学出版社,2022年。

卷本中泰山堂本曾见著录①，十卷本如怀新楼本或被影印②，或见诸网络③，部分在国内外公私图书馆中均有收藏，部分是通过孔夫子旧书网收集到的。但此前《西游记》版本研究学者，或者未将其纳入研究对象，或者不经意提及，尚未见有人作过专门的研究，更未能清楚知道其是不同于世德堂系《西游记》的百回本，因此称其为《西游记》新刊本，并非无据。

2. 涉及唐僧取经的佛教仪式文献

与孙楷第等主要通过小说《西游记》研究其版本不同，本书还参考唐僧取经相关佛教仪式文献来研究《西游记》的版本。这些文献未为历代大藏经收录，甚至长期未见著录，但大都出现在宋代、定型于明初，在全国各地长期流传。目前所见仅唐僧取经相关文献的数量就已超过 200 册，尽管流传地域不同，但内容却能相互印证，地域广泛性明显，研究价值较高。部分曾刊印并有相关研究④，但未被用于《西游记》版本研究，故它们同样属于《西游记》版本研究的新资料。

3.《西游记》研究新成果

《西游记》研究一直受到学界的广泛关注，但受资料限制，突破性成果长期未见。近年来，随着新资料的发现，对世德堂本《西游

---

① 宁稼雨：《尘故庵藏〈西游记〉版本述略》，《淮海工学院学报》（社会科学版）2007 年第 2 期，并见《厦门教育学院学报》2007 年第 3 期，第 9—11 页。

② 国立政治大学古典小说研究中心主编：《明清善本小说丛刊》初编第五辑《西游记专辑》第八《西游真诠》，天一出版社，1985 年。

③ http://shanben.ioc.u-tokyo.ac.jp/main_p.php? nu = D8673700order = rn_nono = 04601（2023 年 3 月 18 日）。

④ 王熙远：《桂西民间秘密宗教》，广西师范大学出版社，1994 年，第 493—498、517—521 页；陈毓罴：《新发现的两种〈西游实卷〉考辨》，《中国文化》1996 年第 1 期；刘琳：《独山布依族民间信仰与汉文宗教典籍研究》，贵州师范大学硕士论文，2008 年，第 139—140 页；左怡兵：《〈瑜伽取经道场〉和〈佛门取经道场〉调查整理》，《文学教育》2013 年第 8 期，第 132—133 页；胡胜、赵毓龙辑校：《西游说唱集》，上海古籍出版社，2020 年，第 16—27 页；侯冲整理：《佛门请经科》，侯冲、王见川主编《〈西游记〉新论及其他：来自佛教仪式、习俗与文本的视角》，博扬文化，2020 年，第 371—496 页；《〈西游记〉新论集》，广西师范大学出版社，2022 年，第 387—498 页。

记》文本内容的考证取得了突破性进展。如台湾学者王见川在世德堂本《西游记》中发现了明万历十三年版《明心宝鉴》才开始出现的系列文字。[1] 这一新结论势必会引起新的思考和研究。

四、研究方法

1. 比较法

比较法,既是宗教学的研究方法,也是科学研究方法之一。《西游记》作为有明显佛教宗教仪式影响痕迹的明代小说,对其版本进行研究,既需要比较不同《西游记》刊本的图文,也需要比较《西游记》与其他资料如佛教仪式文献内容的异同。此外,对仪式名称、仪式程序、仪式专有名词概念等的比较也必不可少,如此才能根据比较的结果,梳理不同刻本之间的关系及变化。

2. 历史考据法

本书参考了不少新资料。对于新出现的资料,不论是可靠性还是出现的时间,都需要明确。要做到这一点,就必须结合相关资料对其作历史学的考证。

3. 史源学方法

对于资料中出现的相关内容,如人物、图像、年代、事件、器物等,如果能通过文本细读追寻史源,将有助于认识该内容的源流和发展变化。追寻史源,是本书开展研究的又一方法。

4. 图文互证法

不同刻本的《西游记》,往往图文并茂。在研究过程中,为了找到更多有助于梳理不同版本相互关系的证据,不仅需要对文字进

---

[1] 王见川:《〈明心宝鉴〉与〈水浒传〉〈西游记〉关系初探》,载侯冲、王见川主编《〈西游记〉新论及其他:来自佛教仪式、习俗与文本的视角》,博扬文化,2020年,第177—200页;《〈明心宝鉴〉与〈水浒传〉〈西游记〉之关系——兼谈〈水浒传〉〈西游记〉的成书年代》,载侯冲、王见川主编《〈西游记〉新论集》,广西师范大学出版社,2022年,第3—29页;《〈明心宝鉴〉与〈水浒传〉〈西游记〉之关系——兼谈二小说的成书年代》,收入王见川《〈西游记〉小说无关吴承恩考及其他》,博扬文化,2022年,第3—40页。

行比较,还需要对图像进行比较,进而得出可靠的结论。相对于学界此前研究《西游记》版本未将图像作为重要参证而言①,本书将图像作为与文字同样重要的对象进行研究讨论,将从图像研究得出的结论与从文字得出的结论相互印证,这无疑是有价值的创新。

五、本书结构和创新点

(一)本书结构

本书主要利用新发现的百回本《西游记》资料,重新对明清诸本《西游记》的版本及其关系展开研究。基于对前世本即《西游记》祖本的确定,对《西游记》版本源流、成书过程、诸本关系、作者问题等学界未形成统一意见的相关问题展开讨论。全书共分四章,各章的主要思路和观点如下。

第一章是对新见百回本《西游记》的研究,确定其为世德堂本之前的百回本《西游记》,即前世本。首先分类叙录新见资料,介绍新见不同版本的百回本《西游记》。其次,针对孙楷第认为其是《西游证道书》的看法,通过对图像形式、卷次数量、内容结构等的比较分析,指出它们自成体系,并非《西游证道书》或其节本。再次,结合憺漪子《西游证道书》跋文所说,以唐僧取经的目的是举行水陆法会为切入点,肯定唐僧出身故事为《西游记》原有内容,明清唐僧出身故事均出自新见百回本;世德堂本中出自《明心宝鉴》的文字和被用来讨论道教与《西游记》关系的文字,在新见百回本《西游记》都没有出现,反推新见百回本《西游记》就是前世本。最后,基

---

① 杨森采用荣莉亚·克里斯蒂娃(Julia Kristeva)提出、罗兰·巴特(Roland Barthes)发扬光大的"互文性"(Intertextuality)理论,将语言与图像视为两种不同性质的文本,研究《西游记》插图与文本之间的多重互文关系(杨森:《明清刊本〈西游记〉"语—图"互文性研究》,西南交通大学出版社,2019年,第2—5页),但由于未见本文介绍的新资料,故既未注意《西游记》不同刊本之间存在的互文性,也未能发现明清《西游记》不同版本图像存在三条演变路径。

于上述介绍和讨论,总结前世本的特征。

第二章讨论了世德堂本在前世本基础上的增删工作。首先从世德堂本增加的善书、佛教仪式、诗词入手,探讨世德堂本增加内容的具体情况。其次从世德堂本删改的内容入手,探讨世德堂本在成书过程中经历的变化,特别是对世德堂本删改第九回唐僧出身故事的细节进行分析。最后整合增加、修改、删除的故事情节和文本内容,对世德堂本增删前世本的原因进行讨论。

第三章通过对前世本和世德堂本内容作比较分析,梳理它们对现存明清诸本《西游记》的不同影响。分别从图像特征和情节内容两个角度出发,总结版本之间的异同之处,探索不同形态的前世本对现存明清《西游记》版本的不同影响,明确不同版本之间存在的联系。

第四章基于前三章的研究成果,对《西游记》研究过程中热议、学界长时间讨论但未达成统一意见的问题进行探讨。通过整理新资料,尝试回答《西游记》的作者问题、明代两个《西游记》简本——杨本和朱本版本来源问题,以及它们与世德堂本的时间先后问题。最后,通过对《西游记》文本内容深度挖掘,探讨小说《西游记》与佛教关系,细化《西游记》受瑜伽教佛教仪式文献影响的内容,拓宽全面理解小说《西游记》成为世代流传的伟大作品的视域。

(二)创新点

本书利用新材料,从图文互证的视角展开研究,创新体现在以下九个方面。

一是肯定了世德堂本之前确实存在前世本。前世本至少有四卷本、六卷本、八卷本和十卷本。除书名页外,都包括原序、目录、图像与赞文、正文四部分,都是有图像和文本内容的百回本。第一回回目后为憺漪子前序,第九回均为"陈光蕊赴任逢灾　江流僧复仇报本",第一百回"摩诃般若波罗密"后、尾题前有憺漪子略跋。前世本不仅未见世德堂系《西游记》的回前引首诗、回末尾诗,"诗曰"仅在正文第一回出现，"有诗为证"仅在第二十三回出现。此外，见于其他《西游记》刊本中的俗文浮句和分见于《西游记》其他刊本不同回节中的唐僧出身故事，在前世本中均未出现。其中都有憺漪子的文字表明，这些刊本都是憺漪子所见大略堂古本《西游记》的不同翻刻本。这一发现使《西游记》前世本的研究不再停留在推测阶段，而是落实在具体的文本上。

二是对习见《西游记》版本重新评估和定位。前世本有不同刊本，它们往往在分卷、图像内容与赞文、行文等方面存在不同。根据这些不同，可以看出不同前世本翻刻的时间先后，依次是四卷本—早期六期卷本—后期六卷本—八卷本、十卷本。

三是拟定《西游记》不同版本图像先后标准。综合图像内容及风格，可以看出明清百回本《西游记》的图像演变脉络主要有三条：①早期六卷本—李卓吾本—翠筠山房本；②后期六卷本—八卷本、十卷本—陈士斌本—新说本；③世德堂本、李卓吾本—证道本。明清不同版本图像之间存在先后演变的关系，这是图像研究对小说《西游记》版本研究的一大突破。同时，通过对比诸本新资料和旧有资料，从图像出发，归纳总结出一套行之有效的判断《西游记》版本先后的标准，为将来发现《西游记》新版本提供切实可靠的参照坐标。

四是结论可图文互证。通过对新见小说中的图像资料进行比较，发现诸本新资料共有三条传播脉络。这一演变脉络，与明清百回本《西游记》诸本的源流大致对应，这在对比前世本与其他《西游记》刊本文本内容中可得到检验。这也表明对比文本得出的认识和结论，在图像传播脉络中同样能得到验证。

五是细化版本成书过程，明确了世德堂系《西游记》的组合。世德堂本是在增删前世本基础上完成的官本《西游记》。删除了前世本第九回唐僧出身故事，但其部分内容零散出现在其他回节中；增加了细化并表现儒、释、道三家风尚和思想的文字，以及被憺漪子称为"俚词"的、戏谑成分较明显的文字。不论是增加还是删减并分置于其他回节的文字,在明清刊印的非前世本《西游记》中,都有较清楚的遗存,它们都属于世德堂系本《西游记》。当然,横向对比世德堂系明清诸本《西游记》的内容,可以看出小说《西游记》的不同版本是一个非线性演变的过程,其中包括重叠关系和并行关系。几乎每个世德堂系刊本在成书过程中,至少受到两本及以上版本内容影响。

六是通过逐字逐句校勘,从故事情节和文字叙述两方面考察,证实《西游记》版本中的第九回唐僧出身故事均源于前世本,不仅解决了朱本和证道本中唐僧出身故事来源的问题,而且也解决了世德堂本、杨本、朱本这三本之间的先后顺序问题。陈士斌本中的唐僧出身故事更多受前世本影响,而新说本中的唐僧出身故事则受陈士斌本影响。

七是基于藏外佛教斋供仪式文献中唐王入冥与回阳还受生钱、唐僧取经的时间和原因、取经诸人与取经历程、雷音寺取经与《大藏总经目录》等内容,与诸本《西游记》内容作比较,找到了《西游记》前世本成书明显受佛教斋供仪式文献影响的直接证据,对《西游记》与佛教关系进行了新的探讨。

八是通过对前世本与世德堂本佛教瑜伽教及其仪式文献相关内容的比较,发现世德堂本的作者熟悉佛教瑜伽教及其仪式文献,明确了《西游记》先后两次受佛教仪式文献影响这一事实。

九是明确了《西游记》作者相关问题。基于《西游记》作者熟悉佛教瑜伽教及其仪式文献,而吴承恩生平并无熟悉佛教斋供仪式及其文献的背景,从而为吴承恩不是《西游记》作者这一结论,提供佛教面向的证据。

第一章　发现"前世本"

所谓前世本,指"现存最早的世德堂本《西游记》借以翻刻的底本",由《西游记》版本研究学者吴圣昔提出。他指出,"'前世本'在《西游记》的演变发展史上作用巨大,意义深远"①,"'前世本'至今未曾发现""'前世本'肯定已经遗佚"②。王辉斌持不同观点,主张前世本"就是朱鼎臣编《唐三藏西游释厄传》的底本",也就是"大略堂本《西游释厄传》"③。朱鼎臣编辑《唐三藏西游释厄传》今存,并未遗佚。虽然两位学者都肯定有前世本,但对前世本的具体所指有不同的观点。

近年来,在将《西游记》新见资料内容与明清重要《西游记》刊本进行比较后发现,世德堂本之前确实存在一种百回本《西游记》,它不仅没有"遗佚",而且有多种传本。世德堂本是在其基础上增删改编而成,《西游证道书》及清初陈士斌《西游真诠》也受其影响。

---

① 吴圣昔:《论〈西游记〉的"前世本"》,《临沂师专学报》1997 年第 5 期,第 62 页。
② 吴圣昔:《论〈西游记〉的"前世本"》,《临沂师专学报》1997 年第 5 期,第 64 页。
③ 王辉斌:《五论〈西游记〉的祖本问题——兼评吴圣昔〈论《西游记》的"前世本"〉一文,《南阳师范学院学报》(社会科学版)2012 年第 10 期。

这种前世本的发现,确实如吴圣昔所说,"在《西游记》的演变发展史上作用巨大,意义深远"。

本章首先介绍新见百回本《西游记》文本资料;其次通过比较诸种新资料图像、内容,指出内部存在递进演变关系,即既非《西游证道书》也非《西游证道书》或陈士斌《西游真诠》的简本;最后综合相关信息,确定其为世德堂本之前的百回本《西游记》,即前世本。

第一节　新见百回本《西游记》

新资料是侯冲先生率先注意并发现的。基于他在孔夫子旧书网上得到的一册百回本《西游记》①,笔者进行了更广泛的资料搜集,发现与之内容相近的百回本《西游记》,存在四卷本、六卷本②、八卷本③和十卷本。

一、四卷本

实物未见,据六卷本《西游记》目录推定确有其书。

在搜集资料的过程中发现,六卷本《西游记》(简称"六卷本")分六册,一册一卷,版心卷序与卷首序号相同。但是,所有实物六卷本的目录都分四卷,具体来说是卷一为第一至二十二回,卷二为第二十三至五十回,卷三为第五十一至七十五回,卷四为第七十六至一百回。这说明六卷本的前身是四卷本,故不同刊本的六卷本,

---

① https://book.kongfz.com/163/3045766774/1620044541/(2021 年 5 月 3 日摘取)。

② https://book.kongfz.com/204482/2700753435/1623560689/(2021 年 6 月 16 日摘取)。

③ https://book.kongfz.com/151765/822457795/1620126557/(2021 年 5 月 6 日摘取)。

其目录均分四卷。只不过目前未见实物,无法对其作更进一步的讨论。

二、六卷本

所见刻本六种,包括三种公共图书馆藏全本,三种从孔夫子旧书网搜集的残本。

(一)宏道堂本

上海图书馆藏。刻本,六册。

第一册封面题"卷之壹"。书名页"憺漪子评""绣像西游真诠""嘉庆丙子年新镌""宏道堂藏板"。

内容依次为序、目录、像赞及正文。序首题"原序",末作"天历己未翰林学士临川邵庵虞集撰"。版心"西游原序"及页序。一页八行,行十八字。行草。

目录首题"西游真诠目录",首题下署"嘉平金人瑞圣叹、西陵汪象旭憺漪、山阴陈士斌悟一子、温陵李贽卓吾同评阅"。卷一为第一至二十二回,卷二为第二十三至五十回,卷三为第五十一至七十五回,卷四为第七十六至一百回。版心"西游真诠"、上鱼尾、"目录"、页序。目录后为像赞。

正文首题"西游真诠卷之一"。无尾题,末行"阴司而去。毕竟不知二人如何还魂,且听下回分解"。内容为第一至十一回。第一回回目后、正文前,有"憺漪子曰:《西游记》一书,仙佛同源之书也……世人未能参透此旨,请勿浪读《西游》"一段文字。版心"西游"、上鱼尾、卷之一、回序、页序,个别页另有"文成堂"。

第二册封面题"卷之弍"。首题"西游真诠卷之二"。无尾题,末行"手不及,被那怪擒捉进洞,将他捆住。不知性命如何,且听下回解"。内容为第十二至二十九回。版心"西游"、上鱼尾、卷之二、回序、页序,个别页另有"文成堂"。

第三册封面题"卷之叁"。首题"西游真诠卷之三"。无尾题，末行"替你一庄人除了后患。二老大喜，忙备斋款待。未知何如，且听下回分解"。内容为第三十至四十八回。版心"西游"、上鱼尾、卷之三、回序、页序，个别页另有"文成堂"。

第四册封面题"卷之肆"。首题"西游真诠卷之四"。尾题"西游真诠卷之四终"。内容为第四十九至六十四回。版心"西游"、上鱼尾、卷之四、回序、页序，个别页另有"文成堂"。

第五册封面题"卷之伍"。首题"西游真诠卷之五"。尾题"真诠卷之五终"。内容为第六十五至八十二回。版心"西游"、上鱼尾、卷之五、回序、页序，个别页另有"文成堂"。

第六册封面题"卷之陆"。首题"西游真诠卷之六"。无尾题，末行"十方三世一切佛，诸尊菩萨摩诃萨，摩诃般若波罗蜜"。内容为第八十三至一百回。末行后有文字："是书乃苍子童而习之者。憺漪子读而叹曰：有三善焉！俗本遗却唐僧出世四难，一也；有意续凫就鹤，半用俚词填凑，二也；篇中多金陵方言，三也。而古本应有者有，应无者无，令人一览了然。岂非文坛快事乎？"版心"西游"、上鱼尾、卷之六、回序、页序。

（二）宝华楼本

嘉兴市图书馆藏。刻本，六册。

第一册封皮题"西游真诠"。书名页题"憺漪子评""绣像西游真诠""宝华楼梓"。内容包括序、像赞、目录和正文。序首题"原序"，末作"天历己未翰林学士临川邵庵虞集撰"。版心"西游原序"及页序。一页八行，行十八字。行草。

像赞六叶。像赞后目录，首题"西游真诠目录"，首题下署"嘉平金人瑞圣叹、西陵汪象旭憺漪、山阴陈士斌悟一子、温陵李贽卓吾同评阅"。卷一为第一至二十二回，卷二为第二十三至五十回，卷三为第五十一至七十五回，卷四为第七十六至一百回。版心"西游真诠"、上鱼尾、"目录"、页序、"奎元堂"。

正文首题"西游真诠卷之一"，无尾题，末行"阴司而去。毕竟不知二人如何还魂，且听下回分解"。内容为第一至十一回。第一回回目后，正文前，有"憺漪子曰：《西游记》一书，仙佛同源之书也……世人未能参透此旨，请勿浪读《西游》一段文字。版心"西游真诠"、上鱼尾、卷之一、回序、页序。个别页有"奎元堂"。

第二册首题"西游真诠卷之二"。无尾题，末行"手不及，被那怪擒捉进洞，将他捆住。不知性命如何，且听下回分解"。内容为第十二至二十九回。版心"西游真诠"、上鱼尾、卷之二、回序、页序。

第三册首题"西游真诠卷之三"。无尾题，末行"替你一庄人除了后患。二老大喜，忙备斋款待。未知何如，且听下回分解"。内容为第三十至四十八回。版心"西游真诠"、上鱼尾、卷之三、回序、页序。

第四册首题"西游真诠卷之四"。尾题"西游真诠卷之四终"，末行"方才请师父上马西行，毕竟不知前去如何，且听下回分解"。内容为第四十九至六十四回。版心"西游真诠"、上鱼尾、卷之四、回序、页序。

第五册首题"西游真诠卷之五"。尾题"西游真诠卷之五终"，末行"不知那妖性命如何，且听下回分解"。内容为第六十五至八十二回。版心"西游真诠"、上鱼尾、卷之五、回序、页序。

第六册首题"西游真诠卷之六"，尾题"西游真诠卷之六终"。尾题前有文字："是书乃苍子童而习之者。憺漪子读而叹曰：有三善焉！俗本遗却唐僧出世四难，一也；有意续凫就鹤，半用俚词填凑，二也；篇中多金陵方言，三也。而古本应有者有，应无者无，令人一览了然。岂非文坛快事乎？"内容为第八十三至一百回。版心"西游真诠"、上鱼尾、卷之六、回序、页序。

（三）奎元堂本

上海师范大学图书馆藏。刻本，六册。

第一册封皮题"西游真诠"。钤"上海第一师范学院藏书"篆字朱印。书名页缺失。内容包括序、像赞、目录和正文。序首题"原序",末作"天历己未翰林学士临川邵庵虞集撰"。版心"西游原序"及页序。一页八行,行十八字。行草。

像赞六叶。与四卷本同。像赞后目录,首题"西游真诠目录",首题下署"嘉平金人瑞圣叹、西陵汪象旭憺漪、山阴陈士斌悟一子、温陵李贽卓吾同评阅"。卷一为第一至二十二回,卷二为第二十三至五十回,卷三为第五十一至七十五回,卷四为第七十六至一百回。版心"西游真诠"、上鱼尾、"目录"、页序、"奎元堂"。

正文首题"西游真诠卷之一",首题下钤"上海师范学院藏书"篆字朱印。无尾题,末行"阴司而去。毕竟不知二人如何还魂,且听下回分解"。内容为第一至十一回。第一回回目后、正文前,有文字:"憺漪子曰:《西游记》一书,仙佛同源之书也……世人未能参透此旨,请勿浪读《西游》。"版心"西游真诠"、上鱼尾、卷之一、回序、页序。个别页有"奎元堂"。

第二册首题"西游真诠卷之二",首题下钤"上海师范学院藏书"篆字朱印。无尾题,末行"手不及,被那怪擒捉进洞,将他捆住。不知性命如何,且听下回分解"。内容为第十二至二十九回。版心"西游真诠"、上鱼尾、卷之二、回序、页序。

第三册首题"西游真诠卷之三",首题下钤"上海师范学院藏书"篆字朱印。无尾题,末行"替你一庄人除了后患。二老大喜,忙备斋款待。未知何如,且听下回分解"。内容为第三十至四十八回。版心"西游真诠"、上鱼尾、卷之三、回序、页序。

第四册首题"西游真诠卷之四",首题下钤"上海师范学院藏书"篆字朱印。尾题"西游真诠卷之四终"。内容为第四十九至六十四回。版心"西游真诠"、上鱼尾、卷之四、回序、页序。

第五册首题"西游真诠卷之五",首题下钤"上海师范学院藏书"篆字朱印。尾题"真诠卷之五终"。内容为第六十五至八十二回。版心"西游真诠"、上鱼尾、卷之五、回序、页序。

第六册首题"西游真诠卷之六",首题下钤"上海师范学院藏

书"篆字朱印。尾题"西游真诠卷之六终"。尾题前有文字："是书
乃苍子童而习之者。憺漪子读而叹曰：有三善焉！俗本遗却唐僧
出世四难，一也；有意续凫就鹤，半用俚词填凑，二也；篇中多金陵
方言，三也。而古本应有者有，应无者无，令人一览了然。岂非文
坛快事乎？"内容为第八十三至一百回。版心"西游真诠"、上鱼尾、
卷之六、回序、页序。

（四）两仪堂本

搜集自孔夫子旧书网。① 刻本，二册合订一册。封皮钤"蓝喜
桂章"朱印。每册封二钤"蓝师提"紫印和墨书"蓝师提记"。书名
页未见。内容依次为序、目录、像赞和正文。

序首题"原序"，末句"万历己未翰林学士临川邵庵虞集撰"。
版心"西游真诠"、上鱼尾、"序"、页序、"两仪堂"。一页七行，行十
四字。正楷。

目录首题"西游真诠"，首题下署"嘉平金人瑞圣叹、西陵汪象
旭澹猗（憺漪）、山阴陈士斌悟［一］子、温陵李质（贽）卓吾同评阅"。
卷一第一至二十二回，卷二第二十三至五十回，卷三第五十一至七
十五回，卷四第七十六至一百回。版心"西游真诠"、上鱼尾、"目
录"、页序、"两仪堂"。

像赞六叶，正面图像，背面赞文。第一幅图为唐太宗站在屋檐
下殿中，前有二官员持圭躬身站于台阶上，后有二人持仪仗立于左
右。版心"西游真诠"、上鱼尾、"像"、"太宗"、"一"、"两仪堂"。第二
幅为魏征左手放于身后，右手持剑指向龙头，龙头作抬头状，看向魏
征。版心"西游真诠"、上鱼尾、"像"、"魏征"、"二"、"两仪堂"。第三
幅为唐僧侧身向右，双手合十，身后白马左向站立，头向右看，一人
一马站立在树荫下。版心"西游真诠"、上鱼尾、"像"、"唐僧"、"三"、

---

① https://book.kongfz.com/204482/2700753435/1623560689/（2021 年 6 月
16 日摘取）。

"两仪堂"。第四幅孙行者右向立于树荫底下,左手握棒,右手作搭凉棚状。版心"西游真诠"、上鱼尾、"像"、"孙行者"、"四"、"两仪堂"。第五幅猪八戒于云栈洞前山下,身向左,头向右,左脚在前,右脚在后,左手在身后,右手在身前,作向前行走回头状。版心"西游真诠"、上鱼尾、"像"、"猪八戒"、"五"、"两仪堂"。第六幅沙僧身正坐在河中央的石头上,头右向,双手交叉在前,左脚翘于右脚上。版中"西游真诠"、上鱼尾、"像"、"沙僧"、"六"、"两仪堂"。

　　正文存四卷。第一卷首题"西游真诠卷之一",无尾题,末行"阴司而去。毕竟不知二人如何还魂,且听下回分解"。内容为第一至十一回。第一回回目后、正文前,有文字:"憺漪子曰:《西游记》一书,仙佛同源之书也……世人未能参透此旨,请勿浪读《西游》。"版心"西游真诠"、上鱼尾、卷一、回序、页序,有页有"两仪堂"。页十四行,行三十字。

　　卷二首题"西游真诠卷之二",无尾题,末行"被那怪擒捉进洞,将他捆住。不知性命如何,且看下回分解"。内容为第十二至二十九回。版心"西游真诠"、上鱼尾、卷二、回序、页序,有页有"两仪堂"。

　　卷三首题"西游真诠卷之三"。无尾题,末行为:"分解"。内容为第三十回至四十八回。版心"西游真诠"、上鱼尾、卷三、回序、页序。卷末及天头钤"钟孝信印"朱印。

　　卷四首题"西游真诠卷之四"。无尾题,末行为:"淋已,方才请师父上马西行。不知前去如何,且听下回分解。"内容为第四十九至六十四回。版心"西游真诠"、上鱼尾、卷四、回序、页序,有页有"两仪堂"。

（五）沈守忠本

　　搜集自孔夫子旧书网。[①] 刻本,一册。首残,现存内容依次为

---

① 　https://book.kongfz.com/163/3045766774/1620044541/(2021 年 5 月 3 日摘取)。

目录、像赞和正文。目录仅存第九十至一百回目。无刊本信息,据像赞中钤"沈守忠章"墨印多枚,据以拟名。

像赞六叶,正面图像,背面赞文。线条粗实简洁。

第一幅图为唐太宗站立在树荫下的殿中,前有二官员持圭躬身站于台阶上,后有二人持仪仗立于左右。版心"西游真诠"、上鱼尾、"像"、"一"。第二幅为魏征侧身左向,左手放于身后,右手持剑指向龙头,龙头作抬头状,看向魏征。魏征像前、龙头上钤"沈守忠章"墨印四方,天头钤四方。版心"西游真诠"、上鱼尾、"像"、"二"。第三幅为唐僧侧身向右,双手合十,身后白马左向站立,头向右看,一人一马站立在树荫下。唐僧胸前及左上方、马头上方、天头均钤"沈守忠章"墨印。版心"西游真"、上鱼尾、"唐僧""三"。第四幅孙行者右向立于山前树荫底下,右脚在前,左脚在后,左手握棒,右手作搭凉棚状。版心"西游真诠"、上鱼尾、"像"、"孙行者""四"。第五幅猪八戒于云栈洞前山下,身向左,头向右,左脚在前,右脚在后,左手在身后,右手在身前,作向前行走回头状。天头有"沈守忠章"墨印四方。版心"西游真诠"、上鱼尾、"像"、"猪八戒""五"。第六幅沙僧身正坐在河中央的石头上,头右向,双手交叉在前,左脚翘于右脚上。版中"西游真诠"、上鱼尾、"像"、"沙僧""六"。

存正文三卷。第一卷首题"西游真诠卷之一"。无尾题,末行"军上出去求人进瓜果到入又不天。且听下回分解"。内容为第一至十一回。第一回回目后、正文前,有文字:"憺漪子曰:《西游记》一书,仙佛同源之书也……世人未能参透此旨,请勿浪读《西游》。"版心"西游真诠"、上鱼尾、"卷一"、回序、页序。页十四行,行三十字。

第二卷首题"西游真诠卷之一"。无尾题,末行"及,被那怪擒捉进洞,将他捆住。不知性命如何,且看下回分解"。内容为第十二至二十九回。版心"西游真诠"、上鱼尾、"卷二"、回序、页序。

第三卷首题"西游真诠卷之三"。尾残,末行为:"者不到,将行李捎在马上,出松林观看。只见行者欢喜而来。沙僧迎着问故,行。"内容为第三十至四十三回。版心"西游真诠"、上鱼尾、"卷三"、回序、页序。

（六）益元局本

搜集自孔夫子旧书网。[①] 刻本,一册。封皮无题署。书名页正面作"西游真诠",背面作"光绪己亥/益元局刊"。内容依次为序、像赞、目录和正文。

序首题"原序",末句"万历己未翰林学士临川邵庵虞集撰"。版心"西游真诠"、上鱼尾、"序"、页序。一页七行,行十四字。正楷。

目录首题"西游真诠",首题下署"嘉平金人瑞圣叹、西陵汪象旭澹猗(憺漪)、山阴陈士斌悟[一]子、温陵李质(贽)卓吾同评阅"。卷一第一至二十二回,卷二第二十三至五十回,卷三第五十一至七十五回,卷四第七十六至一百回。版心"西游真诠"、上鱼尾、"目录"、页序。

像赞六叶,正面图像,背面赞文。第一幅图为唐太宗站立在屋檐下殿中,前有二官员持圭躬身站于台阶上,后有二人持仪仗立于左右。版心"西游真诠"、上鱼尾、"像"、"太宗"、"一"。第二幅为魏征左手放于身后,右手持剑指向龙头,龙头作抬头状,看向魏征。版心"西游真诠"、上鱼尾、"像"、"魏征"、"二"。第三幅为唐僧侧身向右,双手合十,身后白马左向站立,头向右看,一人一马站立在树荫下。版心"西游真诠"、上鱼尾、"像"、"唐僧"、"三"。第四幅孙行者右向立于树荫底下,左手握棒,右手作搭凉棚状。版心"西游真诠"、上鱼尾、"像"、"孙行者"、"四"。第五幅猪八戒于云栈洞前山下,身向左,头向右,左脚在前,右脚在后,左手在身后,右手在身前,作向前行走回头状。版心"西游真诠"、上鱼尾、"像"、"猪八戒"、"五"。第

---

① 　https://book.kongfz.com/26981/4942032345/1654531388/(2022 年 6 月 10 日摘取)。

六幅沙僧身正坐在河中央的石头上，头右向，双手交叉在前，左脚翘于右脚上。版中"西游真诠"、上鱼尾、"像"、"沙僧"、"六"。

正文首题"西游真诠卷之一"，无尾题，末行"阴司而去。毕竟不知二人如问（何）还魂，日（且）听下回分唯（解）"。内容为第一至十一回。第一回回目后，正文前，有文字："憺漪子曰：《西游记》一书，仙佛同源之书也……世人未能参透此旨，请勿浪读《西游》。"版心"西游真诠"、上鱼尾、卷一、回序、页序。页十四行，行三十字。

三、八卷本

所见刊本有西泰山本、顺天堂本两种，一全一残。

（一）西泰山本

复旦大学图书馆藏。刻本，八册。有函套，封面题"西游记"。

第一册封皮无题署。书名页板框内署"憺漪子评""绣像西游真诠""西泰山藏板"。板框上横书"圣叹外书"。

内容依次为序、目录、像赞和正文。序首题"原序"，首题下钤"复旦大学图书馆藏"朱印。末行作"而悟大道，又何况是书之深切著明者哉"。版心"西游真诠"、上鱼尾、"序"、页序。一页八行，行二十字。宋体。

目录首题"西游真诠目录"，首题下署"嘉平金人瑞圣叹、西陵汪象旭憺滴（漪）、山阴陈士斌悟一子、温陵李贽卓吾同评阅"。卷一为第一至八回，卷二为第九至二十一回，卷三为第二十二至三十四回，卷四为第三十五至四十七回，卷五为第四十八至六十回，卷六为第六十一至七十三回，卷七为第七十四至八十六回，卷八为第八十七至一百回。版心"西游真诠"、上鱼尾、"目录"、页序。

像赞共十幅，像在图的中下部，像上方空白处为赞文，像赞合为一图。第一幅中唐太宗站立状，右手垂于身侧，左手微微向身前弯曲。第二幅中魏征右手持剑与龙须交叉，左手提龙头，龙头方向朝下。第三幅中李老君右手扶于右膝盖上,左手持羽扇麈尾坐于圆毯上,面前有一个冒着烟的三脚丹炉。第四幅中唐僧身体直立向前,头看向右侧,右手持拂尘交于胸前,左手拢袖笼于侧边,白马向右站于法师身后,右前蹄成弯曲状。第五幅中孙行者左手握棒放于身后,右手紧靠头作搭凉棚状,双脚各踏一朵云。第六幅中猪八戒右手持钉钯于身后,左手手掌展开竖于胸前,两脚向右,脸向左。第七幅中沙和尚左手持弯月棍于身后,身体朝向右侧,右手手掌展开,手臂向前伸展。第八幅中牛魔王双手持三叉于胸前,右脚腾起,左脚点地,脸向右看。第九幅中铁扇公主手持芭蕉扇于胸前,身体朝左,脸朝右看。第十幅中红孩儿持枪于胸前,双脚踏风火轮,作向下刺状。

正文首题"西游真诠卷之一",首题下钤"复旦大学图书馆藏"朱印。尾题"卷之一终"。内容为第一至八回。版心"西游真诠"、上鱼尾、卷一、回序、页序。全书正文页十三行,行三十三字。

第二册首题"西游真诠卷之二",首题下钤"复旦大学图书馆藏"朱印。尾题"卷之二终"。内容为第九至二十一回。版心"西游真诠"、上鱼尾、卷二、回序、页序。

第三册首题"西游真诠卷之三",首题下钤"复旦大学图书馆藏"朱印。尾题"卷之三终"。内容为第二十二至三十四回。版心"西游真诠"、上鱼尾、卷三、回序、页序。

第四册首题"西游真诠卷之四",首题下钤"复旦大学图书馆藏"朱印。无尾题,末行为:"生将他二人抬将出去,端的不知性命如何,且听下回分解。"内容为第三十五至四十七回。版心"西游真诠"、上鱼尾、卷四、回序、页序。

第五册首题"西游真诠卷之五",首题下钤"复旦大学图书馆藏"朱印。尾题"卷之五终"。内容为第四十八至六十回。版心"西游真诠"、上鱼尾、卷五、回序、页序。

第六册首题"西游真诠卷之六",下钤"复旦大学图书馆藏"朱印。尾题"卷六终"。内容为第六十一至七十三回。版心"西游真诠"、上鱼尾、卷六、回序、页序。

第七册首题"西游真诠卷之七",首题下钤"复旦大学图书馆藏"朱印。尾题"西游真诠卷之七终"。内容为第七十四至八十六回。版心"西游真诠"、上鱼尾、卷七、回序、页序。

第八册首题"西游真诠卷之八",首题下钤"复旦大学图书馆藏"朱印。尾题"卷之八终"。内容为第八十七至一百回。尾题前有跋文:"是书乃苍了(子)重而昌之。憺漪子读而叹曰:有三善焉!俗本遗却唐僧出世四难,一也;有意续凫就鹤,半用俚词填凑,二也;篇中多金陡(陵)方言,三也。面(而)古本应有者有,应无者无,令人土(一)览了然。岂非文坛快事乎?"版心"西游真诠"、上鱼尾、卷八、回序、页序。

孔夫子旧书网有相同刊本一册。①

(二)顺天堂本

搜集自孔夫子旧书网。② 刻本,一册。封皮题"西游记八""顺天堂记"。首题"西游真诠卷之八",尾题"卷之八终"。内容为第八十七至一百回。尾题前有跋文:"是书乃苍了(子)重而昌之。憺漪子读而叹曰:有三善焉!俗本遗却唐僧出世四难,一也;有意续凫就鹤,半用俚词填凑,二也;篇中多金陡(陵)方言,三也。面(而)古本应有者有,应无者无,令人土(一)览了然。岂非文坛快事乎?"版心"西游真诠"、上鱼尾、卷八、回序、页序。页十四行,行三十三字。

四、十卷本

刻本一种,全。影印本一种③。

---

① https://book.kongfz.com/279790/5437864564/(2023 年 3 月 18 日摘取)。
② https://book.kongfz.com/181274/3110946623/1622844454/(2021 年 6 月 9 日摘取)。
③ 国立政治大学古典小说研究中心主编《明清善本小说丛刊初编》第五辑《西游记专辑·西游真诠》,天一出版社,1985 年。

（一）怀新楼本

日本东京大学东洋文化研究所藏。刊本，十册。[①] 东京大学东洋文化研究所藏汉籍善本全文影像资料库可下载。每一册封皮均署"西游记"及册序号。

第一册封皮署"西游记""壹"。书名页框内署"憺漪子评""西游记""怀新楼梓行"。框上面横书"绣像真诠"。内容包括序、目录、像赞和正文。

序首题"原序"，末行"天历己巳翰林学士临川邵庵虞集撰"。版心"西游原序"、页序。页六行，行十六字。楷书。目录首题"西游真诠目录"，首题下署："嘉平金人瑞圣叹、西陵汪象旭憺漪、山阴陈士斌悟一子、温陵李贽卓吾同评阅。"卷一为第一至八回，卷二为第九至十八回，卷三为第十九至二十九回，卷四为第三十至四十回，卷五为第四一至五十回，卷六为第五一至六十回，卷七为第六一至七十回，卷八为第七一至八十回，卷九为第八一至九十一回，卷十为第九二至一百回。版心"西游真诠"、上鱼尾、"目录"、页序。

像赞共十幅，正面为人像，背面为赞文。第一幅为唐太宗站立状，右手垂于身侧，左手微微向身前弯曲。第二幅为魏征右手持剑与龙须交叉，左手提龙头，龙头朝下。第三幅为李老君右手扶于右膝盖上，左手持羽扇麈尾坐于圆毯上，面前有一个冒着烟的三脚丹炉。第四幅为唐僧站立向右看，右手持拂尘，左手笼袈裟，白马身体向右，右蹄作弯曲状站于唐僧身后。第五幅为孙行者左手握棒高举于头顶，右手向侧面伸展，手掌展开，右脚踏一朵云，左脚悬空。第六幅为猪八戒右手持钉钯于身后，左手手掌展开竖于胸前，两脚向右，脸向左。第七幅为沙和尚左手持弯月棍于身后，身体朝向右侧，右手手掌展开，手臂向前伸展。第八幅为牛魔王双手持三

---

① http://shanben.ioc.u—tokyo.ac.jp/main_p.php? nu = D8673700order = rn_nono = 04601(2023 年 3 月 18 日)。

又于胸前，左脚腾起，右脚点地，脸向右看。第九幅为铁扇公主手持芭蕉扇于胸前，身体朝左，脸朝右看。第十幅为红孩儿持枪于胸前，脚踏风火轮，作向下刺状。

（二）影印本

收入《明清善本小说丛刊初编》第五辑《西游记专辑》，台湾天一出版社，1987 年。内容即怀新楼本。不作叙录。

此外，尚有卷二至卷八残本数种，六卷本、八卷本和十卷本均有，其中以六卷本数量最多。由于仅文字有校勘价值，不再一一叙录。

第二节　新见《西游记》非《西游证道书》

上述诸本，卷首均有虞集《原序》，目录首题下有"嘉平金人瑞圣叹、西陵汪象旭憺漪、山阴陈士斌悟一子、温陵李贽卓吾同评阅"等文字，刊刻欠精，故它们当是孙楷第叙录《西游证道书》时所说的"坊刻劣本"①。孙楷第认为它们"实亦是本耳"②，意即它们都是《西游证道书》。长期关注《西游记》相关研究的太田辰夫认为，《西游记》"完成于明代，此后不但看不到新的发展，其故事容量反而趋于缩小"，故对清代资料只是"略及"。③ 在他看来，十卷本《西游真诠》"实际是《西游证道书》的省略本"④。宁稼雨虽然注意到"它和传世的《西游证道书》系统以及据以翻印的《西游真诠》系统，都有些

① 孙楷第：《日本东京所见中国小说书目提要》，国立北平图书馆，1931 年，第146 页；《日本东京所见小说书目》，人民文学出版社，1958 年，第 78 页。
② 孙楷第：《日本东京所见中国小说书目提要》，国立北平图书馆，1931 年，第146 页；《日本东京所见小说书目》，人民文学出版社，1958 年，第 78 页。
③ 太田辰夫：《西游记研究·前言》，王言译，复旦大学出版社，2017 年，第 1—2 页。
④ 太田辰夫：《西游记研究》，王言译，复旦大学出版社，2017 年，第 287—288 页。

不同之处",但仍坚持"从题署和文本内容来看,应当属于汪象旭的《西游证道书》系统"的看法。[1] 事实是否如他们所说呢?

笔者注意到,上述百回本《西游记》,卷首虞集撰《原序》、《目录》中百回目文字、第一回回目后、正文前有:"憺漪子曰:《西游记》一书,仙佛同源之书也……世人未能参透此旨,请勿浪读《西游》。"正文后有:"是书乃苍子童而习之者。憺漪子读而叹曰:有三善焉!俗本遗却唐僧出世四难,一也;有意续凫就鹤,半用俚词填凑,二也;篇中多金陵方言,三也。而古本应有者有,应无者无,令人一览了然。岂非文坛快事乎?"在《西游证道书》卷首、卷末均能见到,故孙楷第、太田辰夫、宁稼雨等人所言并非没有依据。不过,如果从该书书名、卷首图像、卷数和文字内容等来看,则能发现该书有一个演变的过程,其成书年代早于康熙年间,不是《西游证道书》或其简本。

一、书名

新见百回本的书名情况如下:

四卷本:不详;

六卷本:《西游真诠》、《憺漪子评绣像西游真诠》(宝华楼本);

八卷本:《西游真诠》、《绣像西游真诠》(西泰山本);

十卷本:《绣像真诠》、《憺漪子评西游记》、《西游真诠》(怀新楼本)。

也就是说,虽然有"憺漪子评"四字并见于《西游证道书》,但新见百回本《西游记》中,没有一种中有"西游证道书"字样,故认为它们都是《西游证道书》,至少从书名来说没有依据。

那么,它们是否是学界此前熟悉的陈士斌评点《西游真诠》呢?

① 宁稼雨:《尘故庵藏〈西游记〉版本述略》,《淮海工学院学报》(社会科学版)2007年第2期,第25页,并见《厦门教育学院学报》2007年第3期,第10页。

35

答案也是否定的。当然,这要从序文、像赞、文本内容等方面进行论证,这里不作展开,仅说明它们不是《西游证道书》,孙楷第先前的判断无据。

二、图像

《西游证道书》有十六幅绘图精美的像赞,就内容来看,与新见诸本《西游记》图像之间没有直接关系。就新见诸本《西游记》图像来说,它们在数量上有递增的态势。这种态势如果从图像表现特征来看,呈现出两条传播路径;如果从图像数量和人物排列顺序来看,大致可以分为三个发展阶段。

(一)初期阶段

沈守忠本、益元局本和两仪堂本的图像,都属于初期阶段的图像。从数量上来看,总数是六幅;从人物排列顺序来看,依次是唐太宗、魏征、唐僧、孙行者、猪八戒、沙僧;从图像的组合形式来看,它们有共同的粉本,属于同一版本系统下的不同刻本。

不过,对比图像背景及人物细节刻画,可以看出三个版本的图像存在先后关系。三种刊本中六幅像列表比较如表1-1。

表1-1 初期阶段版本人物绣像对比

沈守忠本	益元局本	两仪堂本

（续表）

沈守忠本	益元局本	两仪堂本

(续表)

沈守忠本	益元局本	两仪堂本
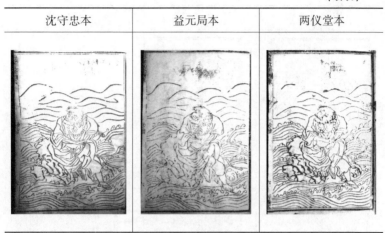		

对比图像细节发现,沈守忠本略早于益元局本和两仪堂本,主要表现在以下几个方面。

1. 树枝及树干

从三个版本的唐僧图顶部的背景来看,沈守忠本与益元局本、两仪堂本的树枝形状不同,沈守忠本中的树枝及树叶形态更完整,而益元局本和两仪堂本仅保留了枝桠的基础线条。同时,对比唐僧左侧的树干也能发现,益元局本和两仪堂本的树干为断断续续的絮状图案,而沈守忠本则为连贯的条纹造型(具体如表1-2)。

表1-2 初期阶段版本背景细节对比

沈守忠本	益元局本	两仪堂本

(续表)

沈守忠本	益元局本	两仪堂本

2. 唐僧头部

比较三幅图中唐僧头上戴的毗卢帽，可以看出，沈守忠本的上帽檐下有四个圈，而益元局本和两仪堂本则不清晰。从唐僧头部细节来看，沈守忠本的脸部五官刻画较为清晰，而益元局本和两仪堂本则较为粗糙，鼻子均为简单的三角形(如表1-3)。

表1-3 初期阶段版本唐僧细节对比

沈守忠本	益元局本	两仪堂本

3. 沙僧的脸部

比较三版本中的沙僧图像，沈守忠本沙僧的五官细节最为清晰，两鬓的头发和眉毛笔触根根分明，可以清楚看到左耳佩戴的耳环，脖子上戴了十二颗珠子串成的项链，身后的水波纹路流畅，手臂上的肌肉线条清晰，衣服褶皱自然有层次感。而益元局本和两仪堂本的线条粗细不一且不连贯，脸部特征刻画较为模糊。

沙僧所戴项链差别也较大。沈守忠本为十二颗圆珠，而益元局本和两仪堂本变成了十颗。数量的差异,可作为判断版本相似性的依据之一(如表 1-4)。

表 1-4 初期阶段版本沙僧细节对比

沈守忠本

益元局本	两仪堂本

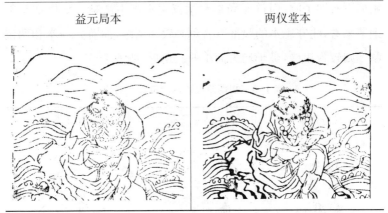

一般来说,受刻工水平、工具选择、材料质量等因素影响,在刻本图像传播演变过程中,早期的细节清晰精致,后期的粗糙模糊。

基于以上三个细节的对比可知,沈守忠本的图像细节表现最为清晰,属于早期的《西游记》图像版本。益元局本和两仪堂本的图像高度相似,属于同一底板所刻的不同版本,相较于沈守忠本来说,它们的细节处理较为模糊和粗糙。因此可认定,沈守忠本的图像或其粉本的图像,比益元局本和两仪堂本的图像稍早。

（二）中期阶段

宝华楼本、奎元堂本和宏道堂本的图像属于中期阶段的图像。中期阶段的图像数量与初期阶段一样，同是六幅，但中期阶段的图像有两个明显的特征。一是添加了新的图像并重新排列顺序；二是删除了图中的装饰背景，动作姿势也有明显变化。新增李老君像，重新排列后的人物顺序为：唐太宗、魏征、李老君、唐僧、孙行者、猪八戒。初期阶段出现在第六幅图的沙僧，在中期阶段的三个本子均未发现。中期阶段图像人物姿势的变化，为认识后期阶段图像的演变提供了重要例证（如表1-5）。

表1-5　中期阶段版本人物绣像对比

顺序	宝华楼本	奎元堂本	宏道堂本
第一幅			
第二幅			

(续表)

顺序	宝华楼本	奎元堂本	宏道堂本
第三幅			
第四幅			
第五幅			

（续表）

顺序	宝华楼本	奎元堂本	宏道堂本
第六幅			

虽然中期阶段人物组合基本保留了初期阶段的主要特征,但人物造型方面还是有一些改变。

1. 唐太宗

在初期阶段的图像中,唐太宗前有二官员躬礼,后有二侍者伺候,组合方式为背景加人物,有较明显的氛围感。从中期阶段起,唐太宗图像变成了没有背景的单独的人物绣像,以单个人物形象出现。直立状,左臂高于右臂,不见双手,手臂微微弯曲笼着袖子,放在侧前方。据推测,左后方的小三角形是像剑一样的手持器物,双脚直立分开向前。唐太宗图像从多人模式变为单人模式,并被后续版本的图像所沿用(如表1-6)。

表1-6　初期阶段与中期阶段的唐太宗图像对比

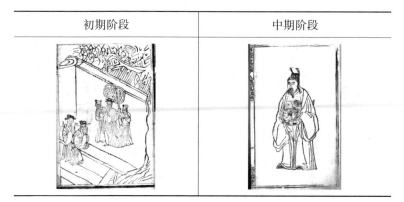

初期阶段	中期阶段

2. 魏征

魏征图像的变化主要表现在两个方面：一是人物构图比例，初期阶段魏征图像存在头大身体小的比例问题，但中期阶段的图像有变化；二是服饰配饰上，中期阶段的图像细节更为精致。

首先，魏征胸前的服饰图案描绘细致，与早期版本中用多个圆圈集合作为装饰图案有明显区别。服饰图案细节的变化，在唐太宗的服饰图案中表现也较明显。

其次，魏征手持宝剑的细节也有变化。不仅拉长了剑背的长度，使之与龙须交叉，而且还在剑柄处添加了剑穗。这一装饰细节，使得画面更逼真生动。

最后，龙头形象有所改进。初期阶段的龙肥头圆脑，咧着嘴、瞪大眼对着魏征；中期阶段的龙变成细长的脑袋、垂荡于两侧的龙须造型。刻工在中期版本中改用直线切割的手法勾勒老龙脸部造型，与早期圆润的风格差异明显。通过添加魏征与老龙肢体交叉的细节，增添画面人物之间的互动感，更好地表现"魏征斩龙"这一故事情节（如表 1-7）。

表 1-7　初期阶段与中期阶段的魏征图像对比

初期阶段	中期阶段

3. 唐僧

在初期阶段图像中,唐僧身穿袈裟,头戴毗卢帽,双手合十,直立向右,白龙马戴着马具,紧挨在唐僧身后,马身整体向左,回头与唐僧朝向一致,一人一马站在树荫下,画面以反"C"字形构图。到了中期阶段,唐僧形象演变为身穿长袍,头戴毗卢帽,向左站立,头看向右侧,手持拂尘向左。白马戴马具,一条腿弯曲,另一条腿直立,紧挨唐僧身后。白马朝右,驮着经书若干册(如表 1-8)。

表 1-8 初期阶段与中期阶段的唐僧图像对比

初期阶段	中期阶段
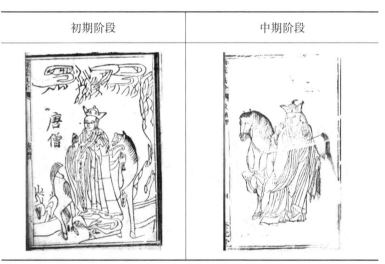	

此外,唐僧服饰和手持物也有变化。初期是带有百衲衣特征的袈裟,中期则是用服装上的褶皱线条来代替百衲衣的细节。初期图像中唐僧双手合十,而中期图像中的唐僧已是左手后撇、右手持拂尘。

白马的姿势也明显不同。初期图像中的白马,身体向左,马头呈回头状;中期阶段图像中的白马,身体与头一致向右。白马的鬃毛,在早期阶段短而稀疏,到中期阶段变得浓长整齐。相较而言,中期图像中的白马整体更为精神、强壮。

4. 孙行者

在初期阶段图像中,孙行者身穿短衫及虎皮裙,脚踏短靴,头戴紧箍咒,绳带系于胸前。整个人在树荫底下左手握棒于身后,右手作搭凉棚状,高举过头,身体向右,双脚弯曲,整个人成半蹲状态。画面中搭配各类大小山石及树枝,画面呈反"C"字形构图。发展到无背景的中期阶段时,身着交领直裰长袍,头戴小帽,绳带系于腰间。左手持金箍棒,高举过头顶。右手在侧身展开,上半身朝右,下半身朝左,右脚踩一朵云彩,左脚向上抬起作跳跃状(如表1-9)。

表1-9 初期阶段与中期阶段的孙行者图像对比

初期阶段	中期阶段

具体表现一是穿着,二是动作。初期阶段图像中人物的穿着搭配为上下结构,有虎皮裙及紧箍咒。中期阶段为交领直裰长袍,并以小帽代替紧箍咒。在动态表现上,初期阶段图像为半蹲眺望姿势,中期阶段图像为跳跃伸展姿态。中期阶段图像中孙行者单脚踏云,这一形态首次出现,后期孙行者双脚踏在云朵上,显然是这一图像的演化。

5. 猪八戒

在初期阶段,猪八戒的形象是身穿交领长袍,右手臂弯曲,卷大水袖,手掌立在胸前,左手放在身后,整个人朝左,回头向右看,脚踏短靴,行走在云栈洞附近,无钉钯,画面人物被各类大小山石包围。在无背景中期阶段,猪八戒身穿交领直裰,腰间系带,双手袖子撸在手肘部位,右手持钉钯于身后,左手手掌展开竖于胸前,小腿处打绑腿,脚踏布鞋,整个身子朝右,头朝左看。

除了背景外,猪八戒图像的主要区别在武器和着装两个方面。最明显的表现是武器,即猪八戒在中期阶段的三个本子中增加了九尺钉钯,这个细节是前四个本子中所没有的。再从着装上来看,猪八戒从初期宽大的水袖加短靴的形象,演变成中期撸起袖子加绑腿、罗汉鞋的组合(如表1-10)。

表1-10　初期阶段与中期阶段版猪八戒图像对比

初期阶段	中期阶段

在中期阶段本的三个版本中,也存在先后。从细节来看,宝华楼本早于奎元堂,奎元堂本早于宏道堂本,主要体现在以下几个方面。

① 唐太宗脸部细节

宝华楼本中的人物脸部细节刻画非常精致,线条流畅,五官之间的间距正常。奎元堂本中唐太宗的眉毛与鼻子线条连接,嘴上胡须与下颚胡须连为一体,嘴巴细节被遮挡。宏道堂本中唐太宗脸部细节更为夸张,鼻梁骨已经连至帽檐,眉尾与下眼睑连成一线,人物细节开始往粗犷风格发展(如表 1-11)。

表 1-11　宝华楼本、奎元堂本、宏道堂本中唐太宗图像细节对比

宝华楼本	奎元堂本	宏道堂本

② 孙行者动作造型

从孙行者衣袖褶皱和武器造型两个细节来看。在衣袖方面,宝华楼本线条细腻流畅,褶皱表现自然;奎元堂本整体风格与宝华楼相似,但袖子褶皱衔接处有断开痕迹,奎元堂本右肩部有较多不连接的线条。帽子褶皱细节与前两本也不同。就金箍棒而言,宝华楼本与奎元堂本相同,金箍棒笔直有力;宏道堂本中的金箍棒在手握处略微弯曲。此外,宝华楼本和奎元堂本中孙行者的毛发线条清晰,手指之间间距相似,细节处理较细腻;宏道堂本中毛发粗犷,手指粗细不一,细节处理较为粗糙(如表 1-12)。

表 1-12　宝华楼本、奎元堂本、宏道堂本中孙行者图像细节对比

宝华楼本	奎元堂本	宏道堂本

③ 猪八戒人体比例

在宝华楼本和奎元堂本中,猪八戒的头与身体比例协调,健壮敦实,不仅有"长喙大耳"的生动形象,而且可以清晰看见根根分明的脑后鬃毛。相较于奎元堂本,宝华楼本在处理脸部肌肉细节时,更为细腻,形象更为立体。奎元堂本中的猪八戒,身体略瘦窄、单薄,脸部线条短促,耳朵不再垂肩,脑后的鬃毛融合为一个点(如表1-13)。

表1-13　宝华楼本、奎元堂本、宏道堂本中猪八戒图像细节对比

宝华楼本	奎元堂本	宏道堂本

综合唐太宗脸部细节、孙行者动作造型及猪八戒人体比例这三点来看,宝华楼本与奎元堂本风格相似,宝华楼本相较于奎元堂本,细节刻画更为精致细腻,线条更为流畅,人物动作造型把握精准。而宏道堂本中的细节刻画较为粗糙,线条短促,局部比例失调。可以推测,宏道堂本晚于宝华楼本和奎元堂本,而宝华楼本略早于奎元堂本。

(三)后期阶段

西泰山本和怀新楼本是后期阶段的代表,其在图像数量和人物形象上较前一阶段有较大变化。

一是人物总数量从六幅增补至十幅,除将中期阶段"漏刊"的沙僧图像补入外,还新增牛魔王、铁扇公主、红孩儿这三个人物形象。人物图像的排列顺序是:唐太宗、魏征、李老君、唐僧、孙行者、猪八戒、沙僧、牛魔王、铁扇公主、红孩儿。

二是图像风格出现了分化(表1-14)。通过对比发现两个本子中的图像有同有异。相同的是图像总数和人物顺序;不同的是图像中的人物细节和赞文。如果与初期阶段和中期阶段的图像横向比较,可以看出怀新楼本只是在中期阶段本基础上的演变,而西泰山本不仅是中期阶段的延续,同时还受初期阶段本的影响。西泰山本与怀新楼本各有特色,虽然西泰山本是八卷本,怀新楼本是十卷本,但两个版本中图像数量和人物排列顺序完全相同,属于同一发展阶段受不同源头影响的平行传播关系。

表1-14　西泰山本和怀新楼本图像对比

顺序	西泰山本	怀新楼本
第一幅		
第二幅		

（续表）

顺序	西泰山本	怀新楼本
第三幅		
第四幅		
第五幅		

（续表）

顺序	西泰山本	怀新楼本
第六幅		
第七幅		
第八幅		

（续表）

顺序	西泰山本	怀新楼本
第九幅		
第十幅		

以行者图像为例,将其与初期阶段本进行比较(如表 1-15)。

表 1-15　初期阶段本和中期阶段本与西泰山本和怀新楼本孙行者图像对比

初期阶段本	西泰山本	中期阶段本	怀新楼本

比较初期阶段本与西泰山本中的图像,除去背景刻画的差异外,整体人物形态相似,孙行者均身着虎皮裙,呈半蹲眺望姿势。而怀新楼本中的孙行者身着直裰,头戴小帽,脚踏一朵云呈跳跃姿势,这明显承袭了中期阶段本中的动态形象。由此可以梳理出图像的两条传播脉络:一条从初期阶段的沈守忠本、两仪堂本、益元局本发展至西泰山本;另一条从中期阶段的宝华楼本、奎元堂本、宏道堂本发展至怀新楼本。

从细节看,西泰山本图像有四处细节较为特殊。

一是猪八戒兵器钉钯的朝向。西泰山本的钯头向上,中期阶段三个版本和怀新楼本的钯头均向下(如表1-16)。

表1-16 西泰山本和怀新楼本中猪八戒图像对比

西泰山本	怀新楼本

二是唐僧身后马背上驮着的物件。在怀新楼本中,可以明显看到马背上有一叠经书,这一细节承袭于中期阶段的三个本子。西泰山本则只有马鞍,没有其他物品(如表1-17)。

表1-17 西泰山本和怀新楼本中唐僧图像对比

怀新楼本	西泰山本

三是太上老君座前地毯的图案。怀新楼本中的地毯细节延续了中期阶段本的云纹造型,而在西泰山本中,地毯中的云纹图案,被密集点状装饰图案代替(如表1-18)。

表1-18 怀新楼本和西泰山本中李老君图像对比

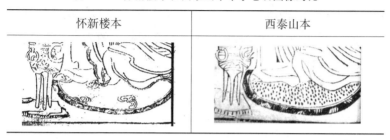

怀新楼本	西泰山本

四是人物服饰纹样。怀新楼本沿袭中期阶段的三个版本,细节处理较为精细,如魏征长袍的右下方有装饰性图案,剑柄悬挂剑穗等细节;李老君的胸前有长条的纹样装饰图案。而西泰山本在细节表现上较为生硬,多以竖线条代替(如表1-19)。

表1-19 西泰山本和怀新楼本中魏征和李老君图像对比

魏征		李老君	
怀新楼本	西泰山本	怀新楼本	西泰山本

当然,最大的不同还是怀新楼本中正面为人物绣像、背面为赞文,而西泰山本中人物绣像与赞文在同一页面上。此外,八卷本中从第四幅图起的赞文内容,与十卷本中赞文不再完全一样,主要表现在两个地方:一些落款相同,内容不同;另一些内容相似,落款不同。

总之,通过梳理图像和赞文两部分内容,可以看出西泰山本在演变的过程中,除受中期阶段版本影响之外,还受其他版本影响。

基于上述比较可以看出,新见诸本百回本《西游记》图像各有特色,诸本图像的共同特征是首图均为唐太宗。以图像数量和人物组合为对象,《西游记》图像发展可以分为三个阶段、两条传播脉络,即初期阶段和中期阶段的版本又存在时间上的先后关系,图像演变的两条脉络流程图如图1-1。

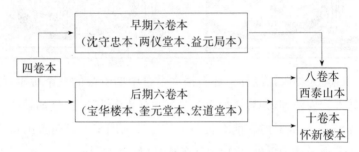

图1-1 前世本《西游记》图像传播脉络图

将上文梳理出的新见百回本《西游记》图像,与大家较为熟悉的《西游记》诸本图像进行比较,可以发现,仅就图像来看,新见诸本图像与《西游证道书》完全不同;与陈士斌评点《西游真诠》诸图相比较,则发现其图像数量比陈士斌评点《西游真诠》少,风格早于陈士斌评点《西游真诠》。就陈士斌评点《西游真诠》卷首尤侗《西游真诠序》作于康熙丙子(1696)来看,新见百回本《西游记》成书远早于康熙年间,因此其图像呈现不同阶段、不同路径的演变。

三、卷数

《西游证道书》全书不分卷,而新见百回本诸本的分卷情况主要有三种:六卷本、八卷本和十卷本。还要注意的是,六卷本中的总目(正文前的目录)与分目(正文中的目录)分卷方式不同。

首先是六卷本中的宝华楼本、两仪堂本、益元局本、沈守忠本、宏道堂本和奎元堂本,目录与正文的分目分卷不同。

目录:卷一,第一至二十二回;卷二,第二十三至五十回;卷三,第五十一至七十五回;卷四,第七十六至一百回。

正文:卷一,第一至十一回;卷二,第十二至二十九回;卷三,第三十至四十八回;卷四,第四十九至六十四回;卷五,第六十五至八十二回;卷六,第八十三至一百回。

其次,八卷本西泰山本目录和正文分卷完全相同,即卷一,第一至八回;卷二,第九至二十一回;卷三,第二十二至三十四回;卷四,第三十五至四十七回;卷五,第四十八至六十回;卷六,第六十一至七十三回;卷七,第七十四至八十六回;卷八,第八十七至一百回。

最后是十卷本即怀新楼本,目录和正文分卷完全相同,即卷一,第一至八回;卷二,第九至十八回;卷三,第十九至二十九回;卷四,第三十至四十回;卷五,第四十一至五十回;卷六,第五十一至六十回;卷七,第六十一至七十回;卷八,第七十一至八十回;卷九,第八十一至九十一回;卷十,第九十二至一百回。

综上,在新见诸百回本中,六卷本目录和正文的分卷分目不完全相同;八卷本和十卷本卷一回目相同。

基于新见诸本卷次目录及其对应的回目可以看出,《西游记》最初分为四卷,但分装成六册;后来为了适应分装,又分为六卷,一卷一册;在传播重刊过程中,又出现了新的分卷,即八卷本和十卷本。从版本卷次的演进来看,新见百回本《西游记》并非一成不变的本子,也存在递进演变的过程。换句话说,它的成书根据,不会是其自身之外的哪一种百回本《西游记》,如《西游证道书》或陈士斌本《西游真诠》。

四、内容

判断不同版本《西游记》关系的有力证据,无疑是文本内容。

比较《西游证道书》与新见百回本《西游记》可以看出,二者尽管存在明显的相似性,但并非同一书。前者字数较多,体量较大;后者文字简略、精练。后者不是前者的简本,因为新见百回本《西游记》文字内容存在内部演进的轨迹,并非根据某一书编成。

由于百回本《西游记》字数较多,如果全文比较,体量太大。因此,本书从代表性和整体性两个方面来展开。所谓代表性,一是选取第九回唐僧出身故事,对内容逐字逐句比较,明确其异同;二是挑选有代表性的版本进行全文校勘,探索文本之间的潜在联系。所谓整体性,是指《西游记》文本的内容,即唐僧西天取经故事的始末(后文详述)。

对比诸本新资料的全部文字发现,早期六卷本两仪堂本、后期六卷本宏道堂本、十卷本怀新楼本是其中较有代表性的版本。尽管它们的结构完全相同,但在用词上各有不同。相较来说,宏道堂本与怀新楼本关系更为密切,因其常在两仪堂本的基础上添加或修改,具体表现在以下五个方面。

1. 在原有基础上增改字词

两仪堂本中"玄奘听罢,实时到破瓦窑,寻着婆婆"一回,宏道堂本与怀新楼本增改作"玄奘听罢,实时间到破瓦窑,寻着婆婆"。再如,两仪堂本中"猴王十分欢喜",宏道堂本与怀新楼本则增补为"美猴王十分欢喜"。此外,两仪堂本中"正打着光蕊的沙帽",宏道堂本与怀新楼本则增补为"正打着光蕊的乌纱帽";两仪堂本为"这妖怪是坐下青狮子",宏道堂本与怀新楼本则增补为"这妖怪是我坐下青毛狮子"。

2. 颠倒原有文字

两仪堂本中"学一个不老长生,躲过阎君之难"一句,宏道堂本与怀新楼本则修改为"学一个长生不老,躲过阎君之难"。两仪堂本中"普天下名同姓同者多"一句,宏道堂本与怀新楼本则修改为"普天下同名同姓"。

3. 替换成近义词

两仪堂本中"有人言语,急忙前进"一句,宏道堂本与怀新楼本修改为"有人言语,急忙进前";两仪堂本中"悟空问道"一句,宏道堂本与怀新楼本修改为"悟空问曰";两仪堂本中"上写'齐天大圣'四字"一句,宏道堂本与怀新楼本修改为"上书'齐天大圣'四字";两仪堂本中"朱太尉送太宗还阳"一句,宏道堂本与怀新楼本修改为"朱太尉送太宗还魂";两仪堂本中"若病愈,与长老修建庙宇"一句,宏道堂本与怀新楼本则修改为"若病愈,与长老修建祠堂"。

4. 修改原不通畅的内容

两仪堂本中"断是这猴哄我进去,他把口一咬住"一句,宏道堂本与怀新楼本则修改为"断是这猴哄我进去,把我一口咬住";两仪堂本中"止生三个女儿:长名兰香,次名玉兰,三名翠兰"一句,宏道堂本与怀新楼本则修改为"止生三个女儿:长名香兰,次名玉兰,三名翠兰";两仪堂本中"只因玉面公主招厚"一句,宏道堂本与怀新楼本则修改为"只因玉面公主招后"。

5. 补充新的内容

两仪堂本中"那马流奔芭闻报,忙出门叩迎进洞。大圣把前事说了一遍"一句,宏道堂本与怀新楼本则增补为:"那马流奔芭闻报,忙出门叩迎进洞。大圣坐在中间,群猴罗拜于前道:'近闻大圣保唐僧往西天取经,如何得回?'大圣把前事说了一遍。"

上述五种情况的案例较多,不赘举。在全文校勘过程中还发现,新见百回本诸本文本结构相同,只是叙述用词上略有不同。怀新楼本是诸本中刊刻质量较好的版本,不论是细节增补还是用词选择,都优于其他两个版本。八卷本西泰山本与其他诸本相较,属于其中的节略本。不同版本的新见百回本,在内容方面各有递进演变的路径,其成书根据,不会是其自身之外的哪一种百回本《西游记》,如《西游证道书》。

总之,基于对新见百回本《西游记》诸本书名、卷首图像、卷次和文字内容的考察,可以看出诸刊本的演变过程,成书年代早于康熙年间，不是《西游证道书》或其简本。孙楷第将其视为《西游证道书》"坊刻劣本"、宁稼雨认为它"应当属于汪象旭的《西游证道书》系统"①的观点，均未得其实。

第三节　新见百回本《西游记》即前世本

如何认识新见百回本并进行恰如其分的定位？聚焦《西游记》文本内容的整体性，无疑是最佳路径。

一、新见百回本《西游记》的坊刻劣本解读

研究过包括前世本在内的不同版本《西游记》的吴圣昔，看到台湾天一出版社影印的《西游真诠》，即十卷本的怀新楼本，发现它不仅不是陈士斌的《西游真诠》，而且也不是《西游证道书》，只好称其为"百回本《西游记》的特殊节本"。他说：

> 这部《西游真诠》的原刊刻者虽也提到"山阴陈士斌悟一子同参阅"，实际上并未节录陈士斌的《西游记》评点的片言只语；相反，他崇拜的乃是《西游证道书》作者汪象旭，这从该书袭用虞集《原序》、第一回回后评一段以及跋文一节，可以看出。而且，该跋原文中所说"受读而叹曰"，总结出古本较之俗本有三善的，乃是笑苍子黄太鸿，而这部《西游真诠》却把"读而叹曰"的人妄改为"憺漪子"即汪象旭。现在的问题是这部《西游真诠》的《西游记》白文，究竟是根据证道书本《西游记》删节，还是以真诠本为

① 宁稼雨：《尘故庵藏〈西游记〉版本述略》，《淮海工学院学报》（社会科学版）2007年第2期，第25页，并见《厦门教育学院学报》2007年第3期，第10页。

60

底本节改,这要通过详细对读来辨析,因为这两种笺评本《西游记》白文本身差别就不大,故辨别起来会有难度,但有一点现在就可确定,这部真诠本《西游记》,肯定是据《西游证道书》或《西游真诠》节改是毫无疑问的;不过,我们决不能由此说它是证道书本《西游记》或真诠本《西游记》,因为这部《西游记》的字数,要比证道书本或真诠本几乎减少一半。所以,这部天一社影印本《西游真诠》,其实是一个怪胎;不妨说,它是与清代刻本《西游证道书》《西游真诠》《西游原旨》《通易西游正旨》《西游记评注》等通通有别的另一种《西游记》,它是百回本《西游记》的特简本。①

但令他始料未及的是,这个所谓的"百回本《西游记》的特简本",其实就是世德堂之前的百回本《西游记》,即《西游证道书》跋文提到的"古本"。受孙楷第"所谓大略堂古本,究系何人何时所刻,憺漪子却未详言之""吴氏原文,果有陈光蕊事与否,固不可知;即有之,亦决非如汪本及今通行本之第九回之文。汪氏所谓古本,即实有之,殆亦如朱鼎臣所编一类之书,著其事而文不备,乃参以己意撰此一问"②等看法的影响,吴圣昔不认为《西游证道书》跋文提到"古本"是真实存在的。

确实,孙楷第的看法,并非没有道理。上述新见百回本《西游记》,如果从品相和刊刻水准来看,确实如他所说大都是"坊刻劣本"。卷首的虞集撰原序,长期存在争议,而"胪列评人""嘉平金人瑞圣叹、西陵汪象旭憺漪、山阴陈士斌悟一子、温陵李贽卓吾同评阅",除李贽外均为清初人士;书中"至简略"的"评语",均并见于

---

① 吴圣昔:《〈西游记〉三题》,《文教资料》1997年第1期;《天一影印本〈西游真诠〉非"真诠"》(http://www.xyjg.com/0/21/WU/xinkao/21-wu-3-5-013.htm,2021年6月12日摘取)。
② 孙楷第:《日本东京所见中国小说书目提要》,国立北平图书馆,1931年,第150—151页;《日本东京所见小说书目》,人民文学出版社,1958年,第80—81页。

《西游证道书》,加之大家都认为李贽并非真的点评过《西游记》,上述新见百回本《西游记》胪列评人不可信从,故向来没有人认为上述新见百回本《西游记》的成书时间早于清初。

吴圣昔注意到该清刊本"是与清代刻本《西游证道书》《西游真诠》《西游原旨》《通易西游正旨》《西游记评注》等通通有别的"[1]百回本《西游记》,虽然认为它是节改本,但节改的何书?如何节改?从上引文可以看出,由于没有"详细对读",他对这个本子缺乏全面认识,所以未能对其准确定性。

在吴圣昔之后,宁稼雨也注意到自己所藏的《绣像西游真诠》"和传世的《西游证道书》系统以及据以翻印的《西游真诠》系统,都有些不同之处"[2],但由于未能"比对落实",所以同样不能确定《绣像西游真诠》属于前世本。

总的来说,此前对新见百回本《西游记》的解读,只关注到某些现象。虽然所论并非无据,但缺乏全面的、整体性的关照,故所论无法落到实处。

二、如何确定前世本

《西游证道书》文末跋文:

> 古本之较俗本,有三善焉!俗本遗却唐僧出世四难,一也。有意续凫就鹤,半用俚词填凑,二也。篇中多金陵方言,三也。而古本应有者有,应无者无,令人一览了然,岂非文坛快事乎?[3]

---

[1] 吴圣昔:《天一影印本〈西游真诠〉非"真诠"》(http://www.xyjg.com/0/21/WU/xinkao/21-wu-3-5-013.htm,2021年6月12日摘取)。

[2] 宁稼雨:《尘故庵藏〈西游记〉版本述略》,《淮海工学院学报》(社会科学版)2007年第2期,第25页,并见《厦门教育学院学报》2007年第3期,第10页。

[3] 黄永年、黄寿成点校:《西游记》,中华书局,1998年,第857—858页。

另外,《西游证道书》第九回卷首有文:

> 憺漪子曰……童时见俗本竟删去此回,杳不知唐僧家世履历……而九十九回历难簿子上,劈头却又载遭贬、出胎、抛江、报冤四难,令阅者茫然不解其故,殊恨作者之疏谬。后得大略堂《释厄传》古本读之,备载陈光蕊赴官遇难始末,然后畅然无憾。俗子不通文义,辄将前人所作任意割裂,完不顾凫胫鹤颈之讥,如此类者,不一而足,可胜叹哉![1]

上述引文中的俗本即世德堂本,古本即前世本。世德堂本与前世本相比,一是没有唐僧出身故事,即"唐僧家世履历"或"唐僧出世四难";二是行文有所添凑,增加了俚词俗语;三是多了金陵方言。其中可以直接证明前世本的,似乎只有明刊百回本中都看不到的唐僧出身故事。但清代诸百回本中都有唐僧出身故事,如果只用其作证据,难免牵强。

如何解决上述问题呢?侯冲先生提出了新的思路。

> 众所周知,中国古典小说研究面临的最大困难,是资料搜集问题。由于明清小说的绝大部分版本都保存在海外尤其是日本,一般人受各种条件限制,对《西游记》等小说的研究,主要是根据前人的各种整理本展开的。对《西游记》不同版本的认识,则只能通过像孙楷第《日本东京所见中国小说书目提要》等二手文献来讨论。尽管上个世纪末《明清善本小说丛刊》和《古本小说集成》的先后刊行,一定程度上缓解了基本资料搜集的困难,但影印制版不清晰等问题仍然制约着这一领域的研究。

> 很庆幸我和见川先生能生活在互联网发达和学术资源普遍数字化的时代。对于广泛搜集资料来说,互联网

---

[1] 黄永年、黄寿成点校:《西游记》,中华书局,1998年,第77页。

无疑提供了非常便利的条件；海内外不少公私图书馆将其所藏数字化，让我们搜集小说研究的资料不仅能比前贤便捷，而且还能看得非常清晰。由于非文学专业的学术背景，我们不仅看《西游记》，还看《西游记》之外的资料；不是从文学研究角度，而是从历史研究、宗教研究等角度看《西游记》。见川先生发现世德堂本《西游记》引用的部分文字，最早见于明万历十三年（1585）版的《明心宝鉴》，而吴承恩万历十年（1582）或此之前已不在人间，因此吴承恩不会是《西游记》的作者。应该说，他的观点都是基于新资料和新视角得出的新认识，值得信从。

当然，我个人认同见川先生研究结论的最重要原因，还由于他的《西游记》研究系列成果，细化了我对《西游记》的了解，启发了我对世德堂本之前《西游记》的思考。

一、唐僧是金山寺僧人。在世德堂本《西游记》中，没有专门写唐僧的家世，唐僧一出场，就是唐王所办水陆法会的主坛法师。小说称他"佛号仙音，无般不会"，与应赴僧往往以唱念争能相符，但这不是他成为水陆法会主坛法师的主要原因。见川先生解释说："金山寺，象征他熟习水陆法会，所以他被选为皇帝办的水陆法会的主法僧。"（《〈西游记〉新论及其他》，页 132）世德堂本《西游记》中，两次提到唐僧与金山寺的关系，但出现的回次都比较靠后。从唐僧出场就被选为水陆法会主坛法师来说，不先作交代较难理解。从发生学的角度来说，世德堂本之前的《西游记》中，在唐僧主法唐王所办水陆法会之前，当对他出自金山寺这一背景已经作了交代。

二、世德堂本《西游记》开始加入了《明心宝鉴》的内容。作为明代较为流行的善书之一，《明心宝鉴》有不同的版本。见川先生在对其内容进行梳理后，在世德堂本《西游记》中发现了首见于万历十三年刊本《明心宝鉴》的文字。这一发现不仅说明世德堂本非当时已逝的吴承恩所作,同时亦意味着,世德堂本之前的《西游记》,未必引用过《明心宝鉴》。

三、世德堂本《西游记》在加入万历十三年刊本《明心宝鉴》文字的同时,是否亦增加了其他如出自佛教斋供仪式文本的文字? 如果增加,增加的是哪些? 如果答案是肯定的,由于未见吴承恩熟悉佛教斋供仪式文本的证据,一则可以印证见川先生的论证,肯定吴承恩确实不是世德堂本《西游记》的作者,二则可以证明,世德堂本之前的《西游记》中,没有某些出自佛教斋供仪式文本的文字。

孤证不立。与认为吴承恩是《西游记》作者最多只有一条硬证据不同,基于如上三点,我们是否可以认为,包括明确说明唐僧与金山寺关系文字、未引用《明心宝鉴》文字、没有某些出自佛教斋供仪式具体文字的《西游记》,就是世德堂本之前的《西游记》?①

也就是说,证明新见百回本《西游记》就是前世本,可以从正反两个方面的系列证据着手。就正面而言:一是有唐僧出身故事,并说明唐僧出身故事是前世本不可或缺的内容;二是没有添凑的俚词俗语。反面主要是在前世本中,找不到世德堂本中独有的内容,如世德堂本《西游记》开始加入的《明心宝鉴》的文字;不见于前世本但出现在世德堂本中的佛教斋供仪式文本中的文字;不见于前世本但出现在世德堂本中与道教相关的文字。

受侯冲先生所说的利用系列证据进行整体性研究思路的启发,本书先考察唐僧出身故事,再梳理新见百回本《西游记》中与世德堂本不同的文字。

---

① 侯冲:《〈西游记〉小说无关吴承恩考及其他·序》,见王见川《〈西游记〉小说无关吴承恩考及其他》,博扬文化,2022年,第10页。

三、唐僧出身故事为《西游记》原有内容

吴圣昔将唐僧出身故事称为"唐传","所谓唐传,以往或称唐僧小传、唐僧出身(或出世)故事、陈光蕊江流儿故事、第九回问题等,指的是清版百回本《西游记》第九回《陈光蕊赴任逢灾 江流僧复仇报本》所叙的有关唐僧出身的详尽故事"①。这说明唐僧出身故事有不同称谓。为方便叙述,本书统称为唐僧出身故事。

吴圣昔此前说:"唐传的演变堪称是《西游记》版本演变史和成书史复杂性的一大标志,是研究《西游记》源流演变的重要视点和契机。"②对于唐僧出身故事与《西游记》的关系,以往研究已有不少。认为世德堂本《西游记》为最早《西游记》版本的学者,往往以世德堂本为参照来判断或衡量其他《西游记》刊本,故而认为《西游记》不包括唐僧出身故事。③

不过,有学者或者根据明代朱本中已经有唐僧出身故事,或者根据唐僧西天取经经历的九九八十一难必然包括唐僧出世的遭贬、出胎、抛江、报冤四难,或者综合系列相关资料,或者参照《休庵影语》中相关记载,认为《西游记》应该包括第九回,即唐僧出身故事。④ 需要指出的是,此前学者都未提到,唐僧出身故事其实是《西游记》必不可少的内容,《西游证道书》等书中的唐僧出身故事,

---

① 吴圣昔:《〈西游记〉唐传的形成和删落问题考辨》(http://www.xyjg.com/0/21/WU/xinkao/21-wu-3-4-006.htm,2021 年 6 月 12 日摘取)。

② 吴圣昔:《〈西游记〉唐传的形成和删落问题考辨》(http://www.xyjg.com/0/21/WU/xinkao/21-wu-3-4-006.htm,2021 年 6 月 12 日摘取)。

③ 苏兴:《吴承恩〈西游记〉第九回问题》,《北方论丛》1981 年第 4 期,第 34 页。

④ 李时人:《略论吴承恩〈西游记〉中的唐僧出世故事》,《文学遗产》1983 年第 1期;修改文见李时人:《〈西游记〉考论》,浙江古籍出版社,1991 年,第 107—122 页;张颖、陈速:《中国章回小说新考》,中州古籍出版社,1991 年,第 8—10 页;熊发恕:《也谈〈西游记〉中唐僧出身故事》,《康定民族师专学报》(哲社版)1993 年第 1 期;杜治伟:《再论唐僧出身故事为〈西游记〉原有》,《文学研究》(《文学评论丛刊》),南京大学出版社,2020 年,第 98—106 页。

都出自前世本即新见百回本《西游记》。

（一）唐僧出身故事是《西游记》必不可少的内容

为什么说唐僧出身故事是《西游记》必不可少的内容呢？因为唐僧西天取经的目的是举行水陆法会。

对于唐僧西天取经的目的，此前未见学者专门讨论。从《西游记》文本内容来看，是为举行水陆法会。相关论证如下。

1.《西游记》第九至十二回内容表明，长安城外泾河老龙王因犯天条，该被唐朝丞相魏征处斩。龙王托梦唐太宗李世民，梦中求救获允，但未果。龙王被李世民的丞相魏征奉玉帝敕令斩杀后，到阴司地狱诉告，李世民被拘到阴司。阴司判官崔珏帮助李世民还阳，并希望他还阳后做一场水陆大会，以超度阴司中无主的孤寒饿鬼。李世民依诺，还阳后出榜招僧。后以唐僧为坛主设建水陆大会，但观音菩萨到法会现场指出，僧人们当时做法会用的是小乘经，不能度亡者升天，只有派人到西天佛如来处取来大乘经，才能解结消灾度亡。于是，唐僧挺身而出，发愿去西天取经。①

2.《西游记》正文有四处作了明确说明。

（1）第三十九回中行者孙悟空说：

> 我师父乃唐王御弟，号曰三藏。自唐王驾下有一丞相，姓魏名征，奉天条梦斩泾河老龙。大唐王梦游阴司地府，复得回生之后，大开水陆道场，普度冤魂孽鬼。因我师父敷演经文，广运慈悲，忽得南海观世音菩萨指教来西。我师父大发弘愿，情忻意美，报国尽忠，蒙唐王赐与文牒。那时正是大唐贞观十三年九月望前三日。②

---

① 李天飞校注：《西游记》，中华书局，2014年，第132—187页。校注本原署"(明)吴承恩"，鉴于此说证据不足，本文不采纳。

② 李天飞校注：《西游记》，中华书局，2014年，第527页。

(2) 第六十八回中唐僧说:

就是我王驾前丞相,姓魏名征。他识天文,知地理,辨阴阳,乃安邦立国之大宰辅也。因他梦斩了泾河龙王,那龙王告到阴司,说我王许救又杀之故,我王遂得促病,渐觉身危。魏征又写书一封,与我王带至冥司,寄与酆都城判官崔珏。少时,唐王身死,至三日复得回生。亏了魏征,感崔判官改了文书,加王二十①年寿。今要做水陆大会,故遣贫僧远涉道途,询求诸国,拜佛祖,取大乘经三藏,超度孽苦升天也。②

(3) 第九十一回中唐僧说:

贫僧俗名陈玄奘,自幼在金山寺为僧。后蒙唐皇敕赐在长安洪福寺为僧官。又因魏征丞相梦斩泾河老龙,唐王游地府,回生阳世,开设水陆大会,超度阴魂,蒙唐王又选赐贫僧为坛主、大阐都纲。幸观世音菩萨出现,指化贫僧,说西天大雷音寺有三藏真经,可以超度亡者升天,差贫僧来取,因赐号三藏,即倚唐为姓,所以人都呼我为唐三藏。③

(4) 第一百回,在唐僧等人取经回到东土,功德圆满而再赴西天后,有文字对取经以举行水陆法会一事作了交代:

太宗与多官拜毕,即选高僧,就于雁塔寺里修建水陆大会,看诵大藏真经,超脱幽冥孽鬼,普施善庆。将誊录过经文传布天下不题。④

---

① "十",李校本作"十八",据文意删。
② 李天飞校注:《西游记》,中华书局,2014 年,第 872 页。
③ 李天飞校注:《西游记》,中华书局,2014 年,第 1149—1150 页。
④ 李天飞校注:《西游记》,中华书局,2014 年,第 1252 页。

3. 上引有关唐僧西天取经以备李世民举行水陆法会的材料，分别出现在第九至十二回、第三十九回、第六十八回、第九十一回及结尾。从全书结构来看，基本在全书中交替出现，是贯穿《西游记》一书始终的主线。唐僧西天取经的目的，亦被再三提到，乃是求取大乘真经，以备开建水陆大会之用。小说结尾，李世民亦确实用唐僧所取之经举办了水陆大会。

很显然，由于唐僧西天取经来东土的目的是举行水陆法会，百回本《西游记》一书的构架，都是围绕这一目的组合搭建的。如果不交待清楚水陆法会相关人物和背景，就无法讲清唐僧西天取经的故事。而唐僧出身故事，显然属于《西游记》中与水陆法会有直接关系的内容，原因是唐僧出场就是水陆法会的坛主。

那么问题又来了，什么人适合做水陆法会的坛主？ 水陆法会的坛主又何以是唐僧呢？

《西游记》中唐王李世民还阳后，除传旨赦天下罪人，榜招刘全阴司进瓜，令尉迟公还相良金银而起造相国寺外，还举行水陆大会。小说原文如下：

> 工完回奏，太宗甚喜。却又聚集多官，出榜招僧，修建"水陆大会"，超度冥府孤魂。榜行天下，着各处官员推选有道的高僧，上长安做会。那消个月之期，天下多僧俱到。唐王传旨，着太史丞傅奕选举高僧，修建佛事……遂着魏征与萧瑀、张道源，邀请诸佛，选举一名有大德行者作坛主，设建道场，众皆顿首谢恩而退。……次日，三位朝臣，聚众僧，在那山川坛里，逐一从头查选，内中选得一名有德行的高僧。你道他是谁人？

> 灵通本讳号金蝉，只为无心听佛讲，
>
> 转托尘凡苦受磨，降生世俗遭罗网。
>
> 投胎落地就逢凶，未出之前临恶党。
>
> 父是海州陈状元，外公总管当朝长。

　　　　出身命犯落江星,顺水随波逐浪决。

　　　　海岛金山有大缘,迁安和尚将他养。

　　　　年方十八认亲娘,特赴京都求外长。

　　　　总管开山调大军,洪州剿寇诛凶党。

　　　　状元光蕊脱天罗,子父相逢堪贺奖。

　　　　复谒当今受主恩,凌烟阁上贤名响。

　　　　恩官不受愿为僧,洪福沙门将道访。

　　　　小字江流古佛儿,法名唤做陈玄奘。

　　当日对众举出玄奘法师。这个人自幼为僧,出娘胎,就持斋受戒。他外公见是当朝一路总管殷开山,他父亲陈光蕊,中状元,官拜文渊殿大学士。一心不爱荣华,只喜修持寂灭。查得他根源又好,德行又高。千经万典,无所不通;佛号仙音,无般不会。当时三位引至御前,扬尘舞蹈,拜罢奏曰:"臣瑀等,蒙圣旨,选得高僧一名陈玄奘。"太宗闻其名,沉思良久道:"可是学士陈光蕊之儿玄奘否?"江流儿叩头曰:"臣正是。"太宗喜道:"果然举之不错,诚为有德行有禅心的和尚。朕赐你左僧纲、右僧纲、天下大阐都僧纲之职。"玄奘顿首谢恩,受了大阐官爵。又赐五彩织金袈裟一件,毗卢帽一顶。教他用心再拜明僧,排次阇黎班首,书办旨意,前赴化生寺,择定吉日良时,开演经法。[①]

　　这是玄奘在小说中第一次出场。玄奘一出场就被推选为水陆法会的坛主,这与他自幼在金山寺出家密不可分。

　　对于玄奘为什么会被选为唐王李世民水陆大会的坛主法师,此前未见相关讨论。在世德堂本《西游记》中,唐僧一出场,就是唐王所办水陆法会的主坛法师。小说称他"佛号仙音,无般不会",与

---

　　① 李天飞校注:《西游记》,中华书局,2014 年,第 168—172 页。

应赴僧往往以唱念争能相符。但是，这不是他成为水陆法会主坛法师的主要原因。

事实上，散见在世德堂本《西游记》中的其他唐僧信息，以较为松散的方式回答了这一问题。之所以唐僧出场就担任唐王所办水陆法会的主坛法师，是因为他是金山寺僧人，自小就在金山寺出家为僧，精熟水陆仪及实际操作。世德堂本《西游记》第三十七回有文：

> 三藏道："此是何故？"那人道："此是妖怪使下的计策，只恐他母子相见，闲中论出长短，怕走了消息。故此两不会面，他得永住常存也。"三藏道："你的灾屯，想应天付，却与我相类。当时我父曾被水贼伤生，我母被水贼欺占，经三个月，分娩了我。我在水中逃了性命，幸金山寺恩师，救养成人。"①

第九十一回又有唐僧自述道：

> 贫僧俗名陈玄奘，自幼在金山寺为僧。后蒙唐皇敕赐在长安洪福寺为僧官。又因魏征丞相梦斩泾河老龙，唐王游地府，回生阳世，开设水陆大会，超度阴魂，蒙唐王又选赐贫僧为坛主，大阐都纲。幸观世音菩萨出现，指化贫僧，说西天大雷音寺有三藏真经，可以超度亡者升天，差贫僧来取，因赐号三藏，即倚唐为姓，所以人都呼我为唐三藏。②

我们知道，作为汉传佛教规模最大的宗教活动，水陆法会最先由梁武帝编撰完成。最早的法会在金山寺展演，其文本则被称为"天地冥阳金山水陆"。作为金山寺出来的和尚，玄奘显然不仅精熟于水陆法会，而且还代表着仪式的正统性。

---

① 李天飞校注：《西游记》，中华书局，2014 年，第 409 页。
② 李天飞校注：《西游记》，中华书局，2014 年，第 1149—1150 页。

尽管世德堂本《西游记》两次提到唐僧与金山寺的关系，但出现的回次都比较靠后。从唐僧出场就被选为水陆法会主坛法师来说，不先作交代较难理解。从发生学的角度来说，世德堂本之前的《西游记》中，在唐僧主法唐王所办水陆法会之前，当对他出自金山寺这一背景已作交代。

很显然，《西游记》中唐僧西天取经是为了李世民举行的水陆法会；唐僧被选为水陆法会的坛主，与他自幼在金山寺出家有直接关系。为了说明唐僧精熟于水陆法会的行持、说明唐僧自幼就与金山寺有直接联系，《西游记》中应有唐僧出身故事，如此，他被选为唐王李世民举行的水陆法会的坛主才不会突兀。换句话说，单独的而非零散不成系统的唐僧出身故事，是《西游记》必不可少的内容。孙楷第《西游记》第九回唐僧出身故事"可有可无"一说，并非确论。

（二）《西游证道书》等清代刊本中唐僧出身故事出自前世本

孙楷第率先指出，清刊诸本《西游记》第九回都有包括陈光蕊赴官遇难始末的唐僧出身故事，在明代诸本中仅见于朱本。百回本《西游记》中，"至汪憺漪之《证道书》，乃增此一回，且其文字情节与朱鼎臣本亦不尽同……而汪氏乃于明本原书百回之外，增此一回。自此而后，遂为定本。以至通行诸书莫不遵之"①。后之学者，也都认同他的说法。稍有不同者，是将此回与朱本文字比较后，推测《西游证道书》中文字也许抄自其他书，如世德堂本之前《西游记》。如李时人称：

> 清初汪憺漪《西游证道书》第九回评语说他得到大略堂《释厄传》古本读之，备载陈光蕊遇难始末，始补刻一回。从文章看，汪所补刻的第九回，仅备情节，词意窘枯，

① 孙楷第：《日本东京所见中国小说书目提要》，国立北平图书馆，1931年，第145—152页；《日本东京所见小说书目》，人民文学出版社，1958年，第78—81页。

全无描写,较《西游记》其他各回实为逊色。诸贤都已指出他断非吴承恩原作。拿它和朱鼎臣本第四卷比较,文字情节也有很多不同的地方,或也不是取之朱本。但是既有朱本在前,而朱本又可能直接源自吴氏原刻或抄本,那么也不能说汪憺漪始为作伪,很可能所谓大略堂《释厄传》是吴氏《西游记》的另一删节本。汪憺漪不过是将节本中的唐僧出世故事章节移入了"繁本",才造成了这种狗尾续貂的现象。①

　　孙楷第谓:"实则此回乃汪象旭自为之,与古本无涉。"(《通俗小说书目》)恐不尽然,因为《证道书》之前,明刊朱鼎臣辈编辑《西游释厄传》十卷第四卷即演唐僧出身故事,故郑振铎说:"无疑是从朱鼎臣本转贩而来的。"比勘两本,文字有差,尚难确定,故汪憺漪亦有抄其他书的可能。不过此段文字非朱鼎臣辈所能杜撰,他们所据或为世德堂刊本以前的《西游记》原本。②

吴圣昔稍有不同,他追寻朱本中唐僧出身故事的源头,认为"最有资料根据的无疑是从戏曲中改编;此外亦有论者认为是从吴承恩《西游记》中采来,或胡乱采写,自行加入。而从现有资料推析,不能排除甚至极有可能是从'前世本'以前的古本如词话本中承袭改编而来","至于清版证道本的第九回唐传,无疑是从朱本卷四删编改写而成"。③

综观前贤对《西游记》的讨论,认为先有一个繁本,后来其他诸本都是该繁本的删改。这无疑与他们对新见百回本《西游记》了解

---

　　① 李时人:《略论吴承恩〈西游记〉中的唐僧出世故事》,《文学遗产》1983年第1期;修改定稿文见其《〈西游记〉考论》,浙江古籍出版社,1991年,第120页。

　　② 李时人:《〈西游记〉考论》,浙江古籍出版社,1991年,第168页。

　　③ 吴圣昔:《〈西游记〉唐传的形成和删落问题考辨》(http://www.xyjg.com/0/21/WU/xinkao/21-wu-3-4-006.htm,2021年6月12日摘取)。

不多有关。

事实上,在明清诸本《西游记》中,新见百回本《西游记》是其中唯一可称为"仅备情节,词意窘枯,全无描写"①或"虽备诸情节,然词意窘枯,全无描写"②的。如《西游证道书》文末跋文所说,"古本之较俗本……俗本遗却唐僧出世四难……有意续凫就鹤,半用俚词填凑……篇中多金陵方言……而古本应有者有,应无者无,令人一览了然"③,故取用"古本"中的第九回文字,补入缺少唐僧出身故事的"俗本"。由于直接取自"古本"即前世本,故《西游证道书》第九回文字的风格与前世本相同,但与其他世德堂系本都不同。前贤在研究过程中,受资料限制或未对文本作全面的梳理,更没有考虑新见百回本《西游记》为前世本且文字简略的可能性,遂直接视其为《西游证道书》或陈士斌《西游真诠》的节本,因此一直未能认识并肯定,《西游证道书》等清代刊本中唐僧出身故事,实际出自前世本。

因此,从整体性角度来看,新见百回本全书行文风格是唐僧出身故事为《西游记》原有内容的证据之一。

四、世德堂本中不见于前世本的系列文字

《西游证道书》文末跋文除称"俗本遗却唐僧出世四难"即没有唐僧出身故事外,还称俗本"有意续凫就鹤,半用俚词填凑"。上文已经证明唐僧出身故事为《西游记》原有内容,表明《西游证道书》文末跋文所说无误,下面将考察其"有意续凫就鹤,半用俚词填凑"之说是否正确。

《西游证道书》文末跋文是基于"古本之较俗本"提出看法的,

---

① 李时人:《略论吴承恩〈西游记〉中的唐僧出世故事》,《文学遗产》1983 年第 1 期;修改定稿文见其《〈西游记〉考论》,浙江古籍出版社,1991 年,第 120 页。

② 李时人:《〈西游记〉考论》,浙江古籍出版社,1991 年,第 168 页。

③ 黄永年、黄寿成点校:《西游记》,中华书局,1998 年,第 857—858 页。

验证其所说是否如实,将新见百回本《西游记》与世德堂系本《西游记》文本作比较即可得出结论。比较的结果是,在世德堂系本《西游记》中出现的主题不同的系列文字,在新见百回本《西游记》中都找不到。《西游证道书》文末跋文所说有据,也表明新见百回本《西游记》确实是"古本"即前世本。

从字数来说,世德堂本文字是新见百回本《西游记》的两倍多,故世德堂本的文字有一半以上不可能出现在新见百回本《西游记》中。由于未对不见于新见百回本《西游记》中文字作分类梳理,研究者简单地将新见百回本《西游记》视为节本。事实上,世德堂本中出现而新见百回本《西游记》中未出现的文字,往往只是对新见百回本《西游记》的增益,即所谓"续凫就鹤"。增益的文字,大多是人物对话、角色名称、角色形象描写、周围环境描写、故事细节扩展甚至重复情节(详第二章),大部分可归入"俚词"之列。当然,其中也不乏出自善书《明心宝鉴》和与道教相关的不同主题的系列文字。

(一) 出自《明心宝鉴》的系列文字

世德堂本第五十回中有文:

> 三藏道:"你胡做呵!虽是人不知之,天何盖焉!'玄帝垂训云,暗室亏心,神目如电。'趁早送去还他,莫爱非礼之物。"

李天飞在点校《西游记》时指出:

> 暗室亏心,神目如电:这两句托名真武大帝所言,意为暗中做了坏事,神灵的眼睛却像闪电一样,看得很清楚。出自元明之际的劝善书《明心宝鉴·天理篇》。[1]

台湾学者王见川熟悉明清善书及其版本,在李天飞等学者研

---

[1] 李天飞校注:《西游记》,中华书局,2014年,第662页。

究的基础上,将世德堂版《西游记》与嘉靖三十二年版《明心宝鉴》、万历十三年版《御制重辑明心宝鉴》中的文字进行比较,发现《西游记》中有十四处文字抄自或改自嘉靖三十二年版《明心宝鉴》、万历十三年版《御制重辑明心宝鉴》,①具体如下。

1. 第八回:"若要有前程,莫做没前程。"②(《明心宝鉴·继善篇第一》)

2. 第八回:"人心生一念,天地悉皆知。善恶若无报,乾坤必有私。"③(《明心宝鉴·天理篇第二》)

3. 第十回:"善恶到头终有报,只争来早与来迟。"④(《明心宝鉴·继善篇第一》)

4. 第十一回:"乾坤宏大,日月照鉴分明。宇宙宽洪,天地不容奸党。使心用术,果报只在今生。善布浅求,获福休言后世。千般巧计,不如本分为人;万种强徒,争似随缘节俭。心行慈善,何须努力看经;意欲损人,空读如来一藏。"⑤(《明心宝鉴·省心篇第十一》)

5. 第二十九回:"道高龙虎伏,德重鬼神钦。"⑥(《明心宝鉴·正己篇第五》)

6. 第三十一回:子曰:"五刑之属三千,而罪莫大于不孝。"⑦(《明心宝鉴·孝行篇第四》)

7. 第三十一回:"一饮一啄,莫非前定。"⑧(万历十三年版《御制重辑明心宝鉴·顺命篇第三》,其他版《明心宝鉴》作"一饮一啄,事皆前定")

---

① 下文有关《明心宝鉴》及其在《西游记》中的情况,均编自王见川《〈明心宝鉴〉与〈水浒传〉〈西游记〉之关系——兼谈二小说的成书年代》,载侯冲、王见川主编《〈西游记〉新论集》,广西师范大学出版社,2022 年,第 24—26 页。

② 李天飞校注:《西游记》,中华书局,2014 年,第 117 页。

③ 李天飞校注:《西游记》,中华书局,2014 年,第 119 页。

④ 李天飞校注:《西游记》,中华书局,2014 年,第 156 页。

⑤ 李天飞校注:《西游记》,中华书局,2014 年,第 164 页。

⑥ 李天飞校注:《西游记》,中华书局,2014 年,第 402 页。

⑦ 李天飞校注:《西游记》,中华书局,2014 年,第 425 页。

⑧ 李天飞校注:《西游记》,中华书局,2014 年,第 431 页。

8. 第三十七回："国正天心顺。"①（《明心宝鉴·省心篇第十一》）

9. 第三十七回："不信直中直，须防仁不仁。"②（《明心宝鉴·省心篇第十一》）

10. 第三十九回："一饮一啄，莫非前定。"③（万历十三年御制版《明心宝鉴·顺命篇第三》，其他版作"一饮一啄，事皆前定"）

11. 第五十回：玄帝垂训："人间私语，天闻若雷。暗室亏心，神目如电。"④（《明心宝鉴·天理篇第二》）

12. 第八十回："不信直中直，须防仁不仁。"⑤（《明心宝鉴·省心篇第十一》）

13. 第八十回：汉昭烈将终，敕后主曰："勿以恶小而为之，勿以善小而不为。"⑥（《明心宝鉴·继善篇第一》）

14. 第八十七回："人心生一念，天地悉（尽）皆知。善恶若无报，乾坤必有私。"⑦（《明心宝鉴·天理篇第二》）

世德堂本共十四处引用《明心宝鉴》，其中三处重复，两处"一饮一啄，莫非前定"，可以确定引自万历十三年版《御制重辑明心宝鉴》，其余引自嘉靖三十二年版《明心宝鉴》，其中部分也可能引自《御制重辑明心宝鉴》。

不过，在新见百回本《西游记》中，找不到上述王见川确定的出自《明心宝鉴》且见于世德堂本的文字。

（二）道教相关系列文字

在《西游记》研究领域，柳存仁对道教（全真教）与《西游记》关

---

① 李天飞校注：《西游记》，中华书局，2014年，第496页。
② 李天飞校注：《西游记》，中华书局，2014年，第500页。
③ 李天飞校注：《西游记》，中华书局，2014年，第531页。
④ 李天飞校注：《西游记》，中华书局，2014年，第662页。
⑤ 李天飞校注：《西游记》，中华书局，2014年，第1017页。
⑥ 李天飞校注：《西游记》，中华书局，2014年，第1021页。
⑦ 李天飞校注：《西游记》，中华书局，2014年，第1105页。

系的探讨无疑因有新的发现而备受重视。不过柳存仁并不知道,他所说的《西游记》中的"道教文字",如"回前引首、回末尾诗,以及文字里夹插的若干'有诗为证'、'真个是'、'诗曰'(例如第十九回、第四十回、第五十七回、第六十三回、第六十五回、第九十二回、第九十八回和第九十九回)的道教诗词"[①],在世德堂本中可能如他所说"数目多到不胜枚举"[②],但在新见百回本《西游记》中基本上是没有的,举例如下。

1. "有诗为证",在新见百回本《西游记》中仅出现一次。

> 那妇人道:"你出家人有何好处?"三藏道:"我出家人的好处,有诗为证:出家立志本非常,推倒从前恩爱堂。外物不生闲口舌,身中自有好阴阳。功完行满朝金阙,见性明心返故乡。胜似在家贪血食,老来坠落臭皮囊。"

2. "真个是"出现十五次。

> (1)石猴道:"这股水乃是桥下冲贯石窍,倒挂下来,遮闭门户的。桥边有花有树,是一座石房。房内有石锅、石灶、石碗、石床,中间一块石碣,镌着'花果山水帘洞'。真个是我们安身之处。我们都进去住,也省得受老天之气。"(第一回)

> (2)一日,祖师登坛高坐,唤集诸弟子开讲大道。真个是妙演三乘教,精微万法全。说一会道,讲一会禅,二家配合本如然。开明一字皈诚理,指引无生了性玄。(第二回)

> (3)悟空方同金星,缓步入里观看。真个是祥光万道,瑞气千条。金阙银銮并紫府,琪花瑶草与琼葩。(第四回)

---

① 柳存仁:《和风堂文集》,上海古籍出版社,1991年,第1351—1352页。
② 柳存仁:《和风堂文集》,上海古籍出版社,1991年,第1352页。

(4) 这场斗,真个是地动山摇。两个各骋神威。那太子六般兵器,变做千千万万;悟空金箍棒,也变作千千万万。(第四回)

(5) 走了七八里,下了山,只闻得一声响亮,真个是地裂山崩。见那猴已到三藏马前,赤条条跪下,道:"师父,我出来了!"(第十四回)

(6) 行者摇身一变,变做那女子一般,坐在房里等那妖精。不多时,一阵风来,真个是走石飞砂。(第十八回)

(7) 八戒闻言,近前就摸了一把,笑道:"这妖精真个是'糟鼻子不吃酒——枉担其名'了!"(第三十九回)

(8) 那牛王硬着头,使角来触。这一场,真个是撼岭摇山,惊天动地!(第六十一回)

(9) 行者、八戒、沙僧保三藏上马前进,土地随后相送。真个是身体清凉,足下滋润。(第六十一回)

(10) 三藏道:"众仙翁之诗,真个是吐玉喷珠,游夏莫赞。但夜已深,三个小徒不知在何处等我。望仙翁指示归路,尤无穷之至爱也。"(第六十四回)

(11) 正在浑战之时,忽见行者赶到。一场大战,真个是地暗天昏,直杀到太阳西没,太阴东升。(第六十五回)

(12) 行者大惧。又见那山中,迸出一道沙来。真个是遮天蔽日!(第七十回)

(13) 行者又念咒语,望巽地上呼:"风来!"真个是风催火势,火仗风威,红焰焰,黑沉沉,满天烟火,遍地黄沙!(第七十一回)

(14) 三人遂同进洞内,到二层厅上,只见中间安着一柄九齿钉钯,东边安着金箍棒,西边安着降妖杖。真个是光彩映目。(第八十九回)

(15) 那妖喝道:"你是闹天官的孙悟空? 真个是闻

名不曾见面,见面羞杀天神! 你原来是这等小猴儿,敢说大话!"(第九十二回)

3. "诗曰"仅出现一次。

诗曰:混沌未分天地眩,茫茫渺渺无人见。自从盘古破鸿蒙,开辟从兹清浊辨。覆载群生仰至仁,发明万物皆成善。欲知造化会元功,须看西游释厄传。(第一回)

上述三类文字,尽管多达十七条,但都属于普通的表述,并无明显的"道教文字"特征。

另外,柳存仁提到的见于世德堂本第十九回、第四十回、第五十七回、第六十三回、第六十五回、第九十二回、第九十八回和第九十九回的文字,在新见百回本中同样未发现。也就是说,在新见百回本中,找不到柳存仁等学者讨论道教尤其是全真道与《西游记》关系的系列文字。

总之,比较世德堂本与新见百回本《西游记》,可以发现相当多在世德堂本中出现且以往被用来讨论道教(全真教)与《西游记》关系、讨论《西游记》与儒家劝善的系列文字,但在新见百回本《西游记》中都找不到。《西游证道书》文末跋文称俗本存在"有意续凫就鹤,半用俚词填凑"的问题,是确凿可信的。新见百回本《西游记》确实是《西游证道书》文末跋文所说的"古本"即前世本。

五、前世本的特征

综合所见百回本《西游记》新资料和上文对其为前世本这一属性的考察,可以看出目前所见前世本有如下特征。

(一) 传本

目前所见均为清刊本。至少有宏道堂本、文成堂本、宝华楼本、奎元堂本、两仪堂本、益元局本、西泰山本、顺天堂本、怀新楼本等数种。这些传本往往在书名、分卷、图像与赞文等方面存在不同。

（二）书　名

书名有《西游记》《西游真诠》《绣像西游真诠》《绣像真诠西游记》等。

（三）卷　数

前世本至少有四卷本、六卷本、八卷本和十卷本，但目前还未见到四卷本的实物。

（四）内容构成

完整的前世本，内容都包括原序、目录、图像与赞文、正文四部分。目前的传本均为憺漪子所见大略堂古本的不同翻刻本。因为避讳，"玄"字均作"仸"。第一回回目后为憺漪子前序，第九回均为"陈光蕊赴任逢灾　江流僧复仇报本"，第一百回"摩诃般若波罗密"后、尾题前有憺漪子略跋。不仅未见世德堂系《西游记》的回前引首诗、回末尾诗，正义中"有诗为证"仅在第二十三回出现，"诗曰"仅在第一回出现，见于其他《西游记》刊本中的俗文浮句和被分见于《西游记》其他刊本不同回中唐僧出身故事的文字，在前世本中均未出现。

（五）图　像

初期阶段有图六幅，依次是唐太宗、魏征、唐僧、孙行者、猪八戒、沙僧，有背景；中期阶段有图六幅，依次是唐太宗、魏征、李老君、唐僧、孙行者、猪八戒，无背景；后期阶段有图十幅，依次是唐太宗、魏征、李老君、唐僧、孙行者、猪八戒、沙僧、牛魔王、铁扇公主、红孩儿，无背景。

本 章 小 结

本章在叙录新见百回本《西游记》资料的基础上，从图像演变、卷次划分、内容结构三个方面对新见百回本进行考察，可得出以下结论。

一、新见百回本《西游记》主要有三种形态：六卷本、八卷本和十卷本。在众多六卷本中进一步发现六卷本存在两种情况：早期六卷本和后期六卷本。不论是早期六卷本 还是后期六卷本，其总目都是四卷本的目录，故在它们之前，当存在过一种四卷本。

二、新见百回本《西游记》图像整体数量呈递增趋势，根据其表现形态分为初、中、后三个阶段，并有六幅图和十幅图两种形态。从时间来看，初期阶段图像以沈守忠本、两仪堂本、益元局本为主；中期阶段图像以宝华楼本、奎元堂本、宏道堂本为主；后期阶段图像以西泰山本、怀新楼本为主。就图像而言，六卷本不同版本的六幅图，又分两种情况：一种为有背景的人物绣像图；另一种为没有背景的人物绣像图。不论是六幅图还是十幅图，均以唐太宗为首图。这一图像特征是判断明清百回本《西游记》版本先后的一个重要标准。

三、就图像数量和人物图像排列顺序而言，诸本图像呈现两条传播路径：一条为沈守忠本—两仪堂本—益元局本—八卷本；另一条为宝华楼本—奎元堂本—宏道堂本—八卷本、十卷本。八卷本同时受两条图像传播路径的影响，因此演变形态较为复杂。

四、在新见百回本诸本中，八卷本西泰山本为节略本，怀新楼本在诸本中刊刻水平较高，文字较规范。从书名、图像、卷数、内容等方面来看，新见诸百回本《西游真诠》有自身递进演变的规律，它们不是《西游证道书》或其节本。

五、《西游证道书》文末跋文称《西游记》有"古本"和"俗本"。俗本指世德堂本,古本指世德堂本之前成书的百回本《西游记》,即前世本。俗本不仅没有包括唐僧四难的唐僧出身故事,而且表现出"有意续凫就鹤,半用俚词填凑"的特征。通过论证唐僧出身故事为《西游记》原有内容,新见百回本中有文体前后统一的唐僧出身故事,却没有世德堂本中可称为"俚词"的文字,因此可以确定新见百回本就是前世本。

六、所见前世本有较明显的特征。诸如四卷、六卷、八卷等小卷数;六幅或者十幅等不多图像;第一回回目后为憺漪子前序,第九回均为"陈光蕊赴任逢灾　江流僧复仇报本",第一百回"摩诃般若波罗密"后、尾题前有憺漪子略跋。除第一回外,全书无回前引首诗、回末尾诗。由此可以将前世本与世德堂系本《西游记》区别开来。

第二章　世德堂本对前世本的增删

《西游证道书》文末跋文对世德堂本与前世本的不同作了较为清楚的说明，为确定前世本提供了较为重要的佐证。本章主要梳理世德堂本对前世本的增益和删改，并探讨增益原因，以为后文讨论《西游记》版本源流提供参证。

第一节　增　　益

世德堂本对前世本的增补，既有内容方面的，也有形式上的。笔者以代表儒释道三家的善书、佛教仪式、诗词为例加以说明。

一、善书

善书是描述因果报应等、劝人止恶为善的书。此前王见川创造性地利用善书《明心宝鉴》，考证世德堂本成书时间在万历十三年至万历二十年之间。① 对《西游记》版本研究来说，这一研究成果意义重大。在王见川的研究成果基础上，下文将以表格的方式，比较前世本与世德堂本相关内容，并参证《明心宝鉴》等相关文献，稽钩世德堂本的增补工作（如表 2-1）。

表 2-1　世德堂本引用《明心宝鉴》文字对比

章节	前世本	世德堂本	《明心宝鉴》
第八回	观音道："你既上界违法，今又吃人，却不是二罪俱罚？"	菩萨道："古人云，若要有前程，莫做没前程。你既上界违法，今又不改凶心，伤生造孽，却不是二罪俱罚？"	嘉靖三十二年版《继善篇第一》相同
第八回	（观音道）"今汝若肯归依正果，自有养身之处。为何吃人度日？"	菩萨道："人有善愿，天必从之。汝若肯归依正果，自有养身之处。世有五谷，可以济饥，为何吃人度日？"	嘉靖三十二年版、万历十三年御制版《继善篇第一》相同
第八回	大圣道："我已知悔了，情愿修行。"	大圣道："我已知悔了，但愿大慈悲指条门路，情愿修行。"这才是：人心生一念，天地尽皆知。善恶若无报，乾坤必有私。	嘉靖三十二年版、万历十三年御制版《天理篇第二》类似
第八回	观音喜道："你既有此心，待我寻取经人，教他救你。你可跟他做徒弟，入我佛门，再修正果，何如？"	那菩萨闻得此言，满心欢喜，对大圣道："圣经云：'出其言善，则千里之外应之；出其言不善，则千里之外违之。'你既有此心，待我到了东土大唐国寻一个取经的人来，教他救你。你可跟他做个徒弟，秉教伽持，入我佛门，再修正果，如何？"	嘉靖三十二年版、万历十三年御制版《天理篇第二》类似
第九回	无	李定道："天有不测风云，人有暂时祸福。你怎么就保得无事？"	嘉靖三十二年、万历十三年御制版《省心篇第十一》类似

　　① 王见川：《〈明心宝鉴〉与〈水浒传〉〈西游记〉关系初探》，见侯冲、王见川主编《〈西游记〉新论及其他：来自佛教仪、习俗与文本的视角》，博扬文化，2020 年，第 198 页。

章节	前世本	世德堂本	《明心宝鉴》
第十一回	太宗传旨,赦天下罪人,又出恤孤榜文,发宫中彩女三千六百人,匹配军士。	太宗既放宫女、出死囚已毕,又出御制榜文,编传天下。榜曰:乾坤浩大,日月照鉴分明;宇宙宽洪,天地不容奸党。使心用术,果报只在今生;善布浅求,获福休言后世。千般巧计,不如本分为人;万种强徒,争似随缘节俭。心行慈善,何须努力看经?意欲损人,空读如来一藏!	嘉靖三十二年版《省心篇第十一》类似
第十六回	无	行者道:"你可知古人云,人没伤虎心,虎没伤人意。他不弄火,我怎肯弄风?"	万历十三年御制版《存心篇第七》类似
第二十八回	大圣鼓掌称快,	大圣按落云头,鼓掌大笑道:"造化,造化!自从归顺唐僧,做了和尚,他每每劝我话道:千日行善,善犹不足;一日行恶,恶自有余。真有此话!我跟着他,打杀几个妖精,他就怪我行凶。今日来家,却结果了这许多猎户。"	嘉靖三十二年、万历十三年御制版《继善篇第一》类似
第二十八回	(八戒)遂拿了钵盂,往西行十余里,不见有一个人家,一时走的辛苦,	那呆子走得辛苦,心内沉吟道:"当年行者在日,老和尚要的就有。今日轮到我的身上,诚所谓当家才知柴米价,养子方晓父娘恩。公道没去化处。"	万历十三年御制版《孝行篇第四》类似
第二十九回	忽见一臣奏曰:"臣观众臣,俱是凡人凡马,止可保守国家,安敢与妖魔对敌。臣想东土取经者,乃上邦圣僧,道高德重,必有降妖之术……"	只见那多官齐俯伏奏道:"陛下且休烦恼,公主已失,至今一十三载无音。偶遇唐朝圣僧,寄书来此,未知的否。况臣等俱是凡人凡马,习学兵书武略,止可布阵安营,保国家无侵陵之患。那妖精乃云来雾去之辈,不得与他睹面相见,何以征救?想东土取经者,乃上邦圣僧,这和尚道高龙虎伏,德重鬼神钦,必有降妖之术……"	嘉靖三十二年、万历十三年御制版《正己篇第五》相同

章节	前世本	世德堂本	《明心宝鉴》
第二十九回	忽见一臣奏曰："……就请这长老降妖，救公主，庶为万全之策。"	只见那多官齐俯伏奏道："……自古道，来说是非者，就是是非人。可就请这长老降妖邪，救公主，庶为万全之策。"	嘉靖三十二年《省心篇第十一》、万历十三年御制版《言语篇第十八》类似
第三十回	无	沙僧见解缚锁住，立起来，心中暗喜道："古人云，与人方便，自己方便。我若不方便了他，他怎肯教把我松放松放？"	嘉靖三十二年、万历十三年御制版《继善篇第一》相同
第三十一回	无	公主道："我自幼在宫，曾受父母教训。记得古书云：五刑之属三千，而罪莫大于不孝。"	嘉靖三十二年、万历十三年御制版《孝行篇第四》相同
第三十一回	奎宿奏道："万岁，赦臣死罪。那宝象国公主，本是披香殿侍香玉女，因欲与臣私通。臣恐污了天宫胜境，他思凡先下界去，投生于皇宫，臣不负前期，变作妖魔，占了名山，摄他到洞府，与他配了十三年夫妻。今被大圣到此成功。甘罪无辞。"	奎宿扣头奏道："万岁，赦臣死罪。那宝象国王公主，非凡人也。他本是披香殿侍香的玉女，因欲与臣私通。臣恐点污了天宫胜境，他思凡先下界去，托生于皇宫内院，是臣不负前期，变作妖魔，占了名山，摄他到洞府，与他配了一十三年夫妇。一饮一啄，莫非前定，今被孙大圣到此成功。"	万历十三年御制版《顺命篇第三》相同，嘉靖三十二年《顺命篇第三》类似
第三十二回	无	行者道："师父，出家人莫说在家话。你记得那乌巢和尚的《心经》云心无挂碍，无挂碍，方无恐怖，远离颠倒梦想之言？但只是扫除心上垢，洗净耳边尘。不受苦中苦，难为人上人。你莫生忧虑，但有老孙，就是塌下天来，可保无事。怕什么虎狼！"	万历十三年御制版《劝学篇第九》相同

章节	前世本	世德堂本	《明心宝鉴》
第三十三回	无	三藏正然上马,闻得此言,骂道:"这个泼猴!救人一命,胜造七级浮屠。你驮他驮儿便罢了,且讲什么北斗经南斗经!"	万历十三年御制版《继善篇第一》相同
第三十七回	无	三藏闻言,点头叹道:"陛下呵,古人云,国正天心顺。想必是你不慈恤万民,既遭荒歉,怎么就躲离城郭?且去开了仓库,赈济黎民;悔过前非,重兴今善,放赦了那枉法冤人。自然天心和合,雨顺风调。"	嘉靖三十二年《省心篇第十一》、万历十三年御制版《立教篇第十一》相同
第三十七回	无	沙僧道:"不信直中直,须防仁不仁。我们打起火,开了门,看看如何便是。"	嘉靖三十二年、万历十三年御制版《省心篇第十一》类似
第三十九回	文殊道:"这妖怪,是我坐下青狮子,他是佛旨差来。当初这国王,好善斋僧,佛差我来度他,我因变做凡僧,问他化斋。故意将几句言语相难,他把我捆绑,送在御水河中,浸我三日三夜。如来故遣此怪到此推他下井,浸他三年,以报我三日水灾之限。"	菩萨道:"你不知道;当初这乌鸡国王,好善斋僧,佛差我来度他归西,早证金身罗汉。因是不可原身相见,变做一种凡僧,问他化些斋供。被吾几句言语相难,他不识我是个好人,把我一条绳捆了,送在那御水河中,浸了我三日三夜。多亏六甲金身救我归西,奏与如来,如来将此怪令到此处推他下井,浸他三年,以报吾三日水灾之恨。一饮一啄,莫非前定。今得汝等来此,成了功绩。"	万历十三年御制版《顺命篇第三》相同、嘉靖三十二年《顺命篇第三》类似
第三十九回	无	正是:西方有诀好寻真……必须井底求明主,还要天堂拜老君。悟得色空还本性,诚为佛度有缘人。	嘉靖三十二年《省心篇第十一》相同

（续表）

章节	前世本	世德堂本	《明心宝鉴》
第四十三回	沙僧叫道："掉船的，来渡我们过去，谢你!"	沙僧道："天上人间，方便第一。你虽不是渡船，我们也不是常来打搅你的。我等是东土钦差取经的佛子，你可方便方便，渡我们过去，谢你。"	嘉靖三十二年、万历十三年御制版《继善篇第一》相同
第四十八回	叫鳜婆道："贤妹，我原说捉住唐僧，与你拜为兄妹，今日果成妙计。"	妖邪道："贤妹何出此言！一言既出，驷马难追。原说听从汝计，捉了唐僧，与你拜为兄妹。今日果成妙计，捉了唐僧，就好昧了前言?"	嘉靖三十二年《存信篇第十七》、万历十三年御制版《言语篇第十八》相同
第五十回	无	三藏道："你胡做呵！虽是人不知之，天何盖焉！玄帝垂训云，暗室亏心，神目如电。趁早送去还他，莫爱非礼之物。"	嘉靖三十二年、万历十三年御制版《天理篇第二》相同
第五十五回	那女怪弄出十分娇媚之态，携定唐僧道："御弟，我和你做会夫妻耍子。请入房去。"	那女怪弄出十分娇媚之态，携定唐僧道："常言黄金未为贵，安乐值钱多。且和你做会夫妻儿，耍子去也。"	嘉靖三十二年、万历十三年御制版《省心篇第十一》相同
第八十回	无	三藏道："说那里话！不信直中直，须防人不仁。我也与你走过好几处松林，不似这林深远。"	嘉靖三十二年、万历十三年御制版《省心篇第十一》类似
第八十回	三藏道："他叫得有理，说道：'活人性命还不救，昧心拜佛取何经?'快去救他，强似取经拜佛。"	唐僧道："他叫得有理。说道：'活人性命还不救，昧心拜佛取何经?'救人一命，胜造七级浮屠。快去救他下来，强似取经拜佛。"	万历十三年御制版《继善篇第一》相同
第八十回	无	唐僧道："徒弟呀，古人云：勿以善小而不为，勿以恶小而为之。还去救他救罢。"	嘉靖三十二年《继善篇第一》类似

章节	前世本	世德堂本	《明心宝鉴》
第八十一回	无	众僧道:"老爷,妖精不精者不灵。一定会腾云驾雾,一定会出幽入冥。古人道得好,莫信直中直,须妨人不仁。"	嘉靖三十二年、万历十三年御制版《省心篇第十一》相同
第八十七回	无	行者笑道:"我昨日已见玉帝请旨。玉帝着天师引我去披香殿看那三事,乃是米山、面山、金锁。只要三事倒断,方该下雨。我愁难得倒断,天师教我劝化郡侯等众作善,以为人有善念,天必从之。庶几可以回天心,解灾难也。	嘉靖三十二年、万历十三年御制版《继善篇第一》类似
第八十七回	无	这一声善念,果然惊动上天。正是那古诗云:人心生一念,天地悉皆知。善恶若无报,乾坤必有私。	嘉靖三十二年《天理篇第二》相同、万历十三年御制版《天理篇第二》类似

据上表可知:

(一)《明心宝鉴》对世德堂本影响较全面。世德堂本共有二十五回,即《西游记》全书四分之一的章节,都存在受《明心宝鉴》影响的证据。

(二)世德堂本受《明心宝鉴》的影响广泛。《明心宝鉴》中的文字出现在《西游记》中,分属不同的篇章,具体来说是《继善篇第一》《天理篇第二》《顺命篇第三》《孝行篇第四》《正己篇第五》《存心篇第七》《戒性篇第八》《劝学篇第九》《省心篇第十一》《立教篇第十二》《治政篇第十三》《存信篇第十七》《言语篇第十八》《交友篇第十九》,共计十五篇。世德堂本仅第八章引用《明心宝鉴》的次数就有四次。其受《明心宝鉴》的影响,是全面而非个别的。在前世本的基础上,世德堂本大规模引用《明心宝鉴》文字,扩增了《西游记》的内容。

（三）世德堂本引用《明心宝鉴》的语境，往往是对话。所引内容，主要是劝善，常以"古人云"或者"常言道"为引用开头。与《西游证道书》跋中称俗本较古本"多用俚词添凑"相符。

（四）引用《明心宝鉴》的角色较复杂，既有正面形象的菩萨、奎宿、三藏、孙行者、八戒、沙僧、公主、官员、李定，也有反面的妖邪、女怪等。前者引用的文字偏于劝善，后者引用的文字多涉世事。

（五）正如王见川指出的，世德堂本引用的《明心宝鉴》，包括万历十三年刊《御制重辑明心宝卷》，这对坐实《西游记》成书具体时间有重要意义。

二、佛教仪式

比较前世本与世德堂本中的佛教仪式相关文字，可以看出世德堂本对前世本的增益。限于篇幅，本书仅比较唐僧一个人举行的超荐刘伯钦父亲的仪式以及寇员外举办的万僧斋圆满法会。

（一）超荐刘伯钦父亲的仪式

百回本《西游记》第十三回，记唐僧得镇山太保刘伯钦相救，并随刘伯钦到家中。应伯钦母亲之请，在刘伯钦父亲周年忌日，为其举行了一场为期一天的荐亡超度仪式。前世本中的仪式程序的记述简单明了；世德堂本中的程序仪式有所增加和细化，仪式程序由简到繁，其灵验性也得到明显的强调。相关文字比较如表2-2。

表2-2　前世本与世德堂本第十三回文字对比

前世本	世德堂本
次早，	次早，那家老小都起来，
又整素斋，管待三藏，请开启念经。	就整素斋，管待长老，请开启念经。

(续表)

前世本	世德堂本
	这长老净了手,
三藏同伯钦家堂前拈香,拜毕。	同太保家堂前拈了香,拜了家堂。
三藏敲响木鱼,先念净口真言,	三藏方敲响木鱼,先念了净口业的真言,
净心神咒,	又念了净身心的神咒,
	然后开《度亡经》一卷。诵毕,
又念荐亡疏一道,	伯钦又请写荐亡疏一道,
后诵各样经矣。	再开念《金刚经》、《观音经》,一一朗音高诵。诵毕,吃了午斋,又念《法华经》、《弥陀经》。各诵几卷,又念一卷《孔雀经》,及谈芯蒌洗业的故事,早又天晚。献过了种种香火,化了众神纸马,烧了荐亡文疏。
诵了一日,经事已毕,然后安寝。	佛事已毕,又各安寝。
	却说那伯钦的父亲之灵,超荐得脱沉沦,鬼魂儿早来到东家宅内,托一梦与合宅长幼道:"我在阴司里苦难难脱,日久不得超生。今幸得圣僧,念了经卷,消了我的罪业,阎王差人送我上中华富地长者人家托生去了。你们可好生谢送长老,不要怠慢,不要怠慢。我去也。"这才是:万法妆严端有意,荐亡离苦出沉沦。
次早,	那阖家儿梦醒又早,太阳东上,
伯钦娘子道:"太保,我夜里梦见公公来说:'在阴司苦难,不得超生。今得圣僧念了经卷,消了罪业,阎王差人送我上中华福地托生去了,你们不得怠慢长老。'"	伯钦的娘子道:"太保,我今夜梦见公公来家,说他在阴司苦难难脱,日久不得超生。今幸得圣僧念了经卷,消了他的罪业,阎王差人送他上中华福地长者人家托生去,教我们好生谢那长老,不得怠慢。他说罢,径出门,徉徜去了。我们叫他不应,留他不住。醒来却是一梦。"
伯钦道:"我也得一梦,与你一般。"	伯钦道:"我也是那等一梦,与你一般。我们起去对母亲说去。"

（续表）

前世本	世德堂本
二人遂走去与母亲说了。谁知那老母也是这一梦。	他两口子正欲去说，只见老母叫道："伯钦孩儿，你来，我与你说话。"二人至前，老母坐在床上道："儿呵，我今夜得了个喜梦，梦见你父亲来家，说多亏了长老超度，已消了罪业，上中华富地长者家去托生。"
三人大笑，	夫妻们俱呵呵大笑道："我与媳妇皆有此梦，正来告禀，不期母亲呼唤，也是此梦。"
遂走出了，拜谢三藏。	遂叫一家大小起来，安排谢意，替他收拾马匹，都至前拜谢道："多谢长老超荐我亡父脱难超生，报答不尽！"

上表文本对比表明，与前世本相比，世德堂本不论是文字还是内容，都有较多增益。

1. 增加和细化了仪式程序

前世本所记唐僧举行仪式，只有八个环节，即开启念经，拈香，敲响木鱼，念净口真言，念净心神咒，念荐亡疏一道，诵各样经，经事毕。

世德堂本增加到十五个环节，即开启念经，净了手，拈了香，拜了家堂，敲响木鱼，念了净口业真言，念了净身心神咒，开《度亡经》一卷，写荐亡疏一道，念《金刚经》《观音经》，念《法华经》《弥陀经》各诵几卷，念一卷《孔雀经》，谈苾蒭洗业的故事，过了种种香火、化了众神纸马、烧了荐亡文疏，佛事毕。

与前世本所记相比，世德堂本增加的具体内容有"净了手""拜了家堂""开《度亡经》一卷""谈苾蒭洗业的故事""过了种种香火，化了众神纸马、烧了荐亡文疏"，并将前世本中的"各样经"，具体化为《度亡经》《金刚经》《观音经》《法华经》《弥陀经》《孔雀经》。显然增加和细化了仪式程序。

2. 增加了灵验感应的说明次数

前世本对唐僧念经超度刘伯钦之父，让其托生中华这一效验内容,只通过刘伯钦娘子之口,叙述了一次。但在世德堂本中,相同的感验故事先后说了三次,分别是伯钦父亲、伯钦娘子和伯钦老母。虽然可以将其解释为是对唐僧所做法事灵验的强调,但从行文来看,显然简洁不足,拖沓冗长有余。这足以印证《西游证道书》正文后跋文称其为"俗本"、存在"有意续凫就鹤,半用俚词填凑"的问题,并非无据。

3. 增益有误

佛教斋供仪式包括斋主(施主)、斋意和僧人三个核心元素。[①]斋意就是设斋意旨,即举行斋供仪式的目的。[②] 表现斋意的斋意文,是对设斋时间、地点、斋主、原因、目的、法会具体安排和举行斋会顺序等的叙述和说明。[③] 有斋文、疏文等不同的称名。唐僧在念经超度刘伯钦之父的仪式过程中,必然会对所做仪式的目的,即超荐刘伯钦之父向佛菩萨进行说明,故前世本中,有"念荐亡疏一道"的环节。

与斋僧有食前咒愿和食后咒愿相对应,佛教斋供仪式的荐亡疏,在仪式开头和结尾都要念白。在世德堂本增补的仪式程序中,"过了种种香火,化了众神纸马,烧了荐亡文疏"就是仪式结束前的程序。与前世本记仪式开始时"念荐亡疏一道"正相对应。世德堂本的这一增补,说明增补者对佛教仪式的程序是了解的。

不过,世德堂本记唐僧念经超度刘伯钦之父仪式程序时,"开《度亡经》一卷"和"写荐亡疏一道"两个程序都有问题。首先,在没有叹佛宣疏之前,不会先念经。好比要举行讲经法会,在还没有向上级递交申请报告说明此后某日正式开始讲经之前,不会讲经一样。因为荐亡疏未宣,没有人知道念经的目的是什么,念经也就没

---

① 侯冲:《中国佛教仪式研究——以斋供仪式为中心》,上海古籍出版社,2018年,第42页。

② 侯冲:《中国佛教仪式研究——以斋供仪式为中心》,上海古籍出版社,2018年,第161页。

③ 侯冲:《中国佛教仪式研究——以斋供仪式为中心》,上海古籍出版社,2018年,第198页。

有意义。

其次,佛教斋供仪式中,在仪式开头和结尾都要念白斋意。前世本在正式念经之前,先"念荐亡疏一道",就是仪式开头的正常程序。世德堂本中,在念经之前是"写荐亡疏一道"而不是"念荐亡疏一道",不符合仪式程序。因为写疏文,如下文所说万僧斋圆满道场的程序一样,是在仪式开始之前就要做的工作,否则会影响仪式程序的正常进行。

综上可以看出,世德堂本中增加的"过了种种香火,化了众神纸马,烧了荐亡文疏",表明增补者对佛教仪式程序是了解的。但仪式程序中的"写荐亡疏一道",在叹佛宣疏,向佛、菩萨表白斋意前先"开《度亡经》一卷",都属于佛教仪式程序的增补错误。出现增补错误的原因,当与增补时不是一次性完成且增补后未核正有关。

(二) 万僧斋圆满法会

《西游记》第九十六回记唐僧师徒到铜台府地灵县,经人介绍到寇员外家化斋,寇员外此前许斋万僧,已斋过九千九百九十六员,唐僧师徒的到来,刚好能完足万僧之数。寇员外请唐僧师徒宽住月余,待他举行完万僧斋圆满法会后再西行。对于寇员外举行万僧斋法会的前后,前世本和世德堂本的记述略有差异,详情如表2-3。

表2-3　前世本与世德堂本第九十六回文本对比

前世本	世德堂本
三藏谢了,就欲走路。	长老起身对员外谢了斋,就欲走路。
员外拦住道:"老师,放心住几日。常言道,起头容易结梢难。只等我做过了圆满,方敢送程。"	那员外拦住道:"老师,放心住几日儿。常言道,起头容易结梢难。只等我做过了圆满,方敢送程。"
三藏见他意恳,只得住下。	三藏见他心诚意恳,没奈何住了。
过了五七日,	早经过五七遍朝夕,

（续表）

前世本	世德堂本
那员外请了本处和尚二十四员,办做圆满道场。	那员外才请了本处应佛僧二十四员,办做圆满道场。
众僧写作三四日,	众僧们写作有三四日,
选定良辰,	选定良辰,
开启佛事,	开启佛事,他那里与大唐的世情一般,却倒也——大扬幡,铺设金容;齐秉烛,烧香供养。擂鼓敲铙,吹笙拈管。云锣儿,横笛音清,也都是尺工字样。打一回,吹一荡,朗言齐语开经藏。先安土地,次请神将。发了文书,拜了佛像。谈一部《孔雀经》,句句消灾障;点一架药师灯,焰焰辉光亮。拜水忏,解冤愆;讽《华严》,除诽谤。三乘妙法甚精勤,一二沙门皆一样。
做了三昼夜。	如此做了三昼夜,
道场已毕,三藏就来相辞要行,员外再三留住,三藏坚执要行。	道场已毕。唐僧想着雷音,一心要去,又相辞谢。员外道:"老师辞别甚急,想是连日佛事冗忙,多致简慢,有见怪之意。"三藏道:"深扰尊府,不知何以为报,怎敢言怪! 但只当时圣君送我出关,问几时可回,我就误答三年可回,不期在路耽阁,今已十四年矣! 取经未知有无,及回又得十二三年,岂不违背圣旨? 罪何可当! 望老员外让贫僧前去,待取得经回,再造府久住些时,有何不可!"

对寇员外举行万僧斋圆满道场前后的叙述,对唐僧与寇员外对话的记述,前世本简洁明了,而世德堂本除将前世本中的"和尚"改为"应佛僧"外,还增加了相当多的文字。如将"三藏谢了"增改成"长老起身对员外谢了斋";将"众僧写作三四日"增加为"众僧们写作有三四日";将"员外再三留住,三藏坚执要行"增补为"员外道:'老师辞别甚急,想是连日佛事冗忙,多致简慢,有见怪之意。'三藏道:'深扰尊府,不知何以为报,怎敢言怪! 但只当时圣君送我出关,问几时可回,我就误答三年可回,不期在路耽阁,今已十四年矣! 取经未知有无,及回又得十二三年,岂不违背圣旨? 罪何可

当! 望老员外让贫僧前去,待取得经回,再造府久住些时,有何不可!"这些增补使行文显得冗长,除较为明显的添凑痕迹(如果认为世德堂本文字是《西游记》作者原文的话,我们有理由对作者的文字水平质疑)外,并没有增加其他信息。

值得一提的是,世德堂本对应佛僧所做三昼夜圆满道场具体程序的记述,显然是佛教法会仪式的较为完整的表述,这在明清小说中不多见。世德堂本中佛教仪式程序的文字如表 2-4。

表 2-4　世德堂本中佛教仪式描写与佛教仪式程序对比

佛教仪式程序	世德堂本中的仪式描写
请僧	那员外才请了本处应佛僧二十四员,办做圆满道场。
文书	众僧们写作有三四日,
择吉	选定良辰,开启佛事,他那里与大唐的世情一般,却倒也——
扬幡	大扬幡,
布坛	铺设金容;
焚香	齐秉烛,烧香供养。
发擂开经	擂鼓敲铙,吹笙捻管。云锣儿,横笛音清,也都是尺工字样。打一回,吹一荡,朗言齐语开经藏。
安地方神	先安土地,
请圣	次请神将。
宣疏	发了文书,
礼佛	拜了佛像。
演经	谈一部《孔雀经》,句句消灾障;
禳灯	点一架药师灯,焰焰辉光亮。
礼忏	拜水忏,解冤愆;
讽经	讽《华严》,除诽谤。

很显然,世德堂本将前世本中的"开启佛事",增加为包括"擂鼓敲铙,吹笙捻管。云锣儿,横笛音清,也都是尺工字样。打一回,

吹一荡,朗言齐语开经藏"的具体仪式程序和仪式场景。尽管文字增加了,但就《西游记》唐僧西天取经这一核心内容来讲,并没有增加新的东西。

总之,不论是唐僧一个人举行的超荐刘伯钦父亲的仪式还是众僧参与的万僧斋圆满法会,前世本对其情况都有简洁明了的说明。就文字内容来说,世德堂本在前世本基础上增加了不少文字,但添凑痕迹明显,并没有新的信息。

三、诗词

世德堂本对前世本的增益,最明显的当推诗词的添凑。世德堂本《西游记》中有形态多样的诗词及歌偈。据吴圣昔统计,世德堂本中的诗词偈语总数多达七百三十首。[①] 它们或者是每回章节前的开篇诗,或者是章节结束"且听下回分解"前的回末诗,或者是正文被"有诗为证"引出的诗。其中最有代表性的,当推不见于前世本,但在世德堂本中频繁出现的表现唐僧、行者、八戒和沙僧平生故事的七言诗。

(一)唐僧

世德堂本对唐僧平生故事的表述主要分两种情况:一种是以白文的形式散见在全书不同章回中;另一种是以七言诗的形式出现在第十一回中。诗文作:

> 灵通本讳号金蝉,只为无心听佛讲。
> 转托尘凡苦受磨,降生世俗遭罗网。
> 投胎落地就逢凶,未出之前临恶党。

---

① 吴圣昔:《"大略堂〈释厄传〉古本"之谜试解》,《明清小说研究》1992 年第 Z1 期,第 115 页。

父是海州陈状元，外公总管当朝长。

出身命犯落江星，顺水随波逐浪决。

海岛金山有大缘，迁安和尚将他养。

年方十八认亲娘，特赴京都求外长。

总管开山调大军，洪洲剿寇诛凶党。

状元光蕊脱天罗，子父相逢堪贺奖。

复谒当今受主恩，凌烟阁上贤名响。

恩官不受愿为僧，洪福沙门将道坊。

小字江流古佛儿，法名唤做陈玄奘。①

前世本第九回有完整唐僧出身故事，未见相关诗句。世德堂本由于删除唐僧出身故事，虽然在某些章回中零散重复了部分内容，但不仅分散不易归拢理解，而且不够全面。上引二十四句七言诗，显然是世德堂本为相对全面系统呈现唐僧出身故事而新增的文字。

（二）行者

世德堂本先后两次集中表现行者平生故事：一次是从第一至七回；另一次是在第十七回。除去行者随唐僧取经的信息外，第十七回可以说是以诗句的形式重复第一至七回的内容。其文作：

自小神通手段高，随风变化逞英豪。

养性修真熬日月，跳出轮回把命逃。

一点诚心曾访道，灵台山上采药苗。

那山有个老仙长，寿年十万八千高。

老孙拜他为师父，指我长生路一条。

他说身内有丹药，外边采取枉徒劳。

---

① 李天飞校注：《西游记》，中华书局，2014年，第171页。

得传大品天仙诀，若无根本实难熬。

回光内照宁心坐，身中日月坎离交。

万事不思全寡欲，六根清净体坚牢。

返老还童容易得，超凡入圣路非遥。

三年无漏成仙体，不同俗辈受煎熬。

十洲三岛还游戏，海角天涯转一遭。

活该三百多余岁，不得飞升上九霄。

下海降龙真宝贝，才有金箍棒一条。

花果山前为帅首，水帘洞里聚群妖。

玉皇大帝传宣诏，封我齐天极品高。

几番大闹灵霄殿，数次曾偷王母桃。

天兵十万来降我，层层密密布枪刀。

战退天王归上界，哪吒负痛领兵逃。

显圣真君能变化，老孙硬赌跌平交。

道祖观音同玉帝，南天门上看降妖。

却被老君助一阵，二郎擒我到天曹。

将身绑在降妖柱，即命神兵把首枭。

刀砍锤敲不得坏，又教雷打火来烧。

老孙其实有手段，全然不怕半分毫。

送在老君炉里炼，六丁神火慢煎熬。

日满开炉我跳出，手持铁棒绕天跑。

纵横到处无遮挡，三十三天闹一遭。

我佛如来施法力，五行山压老孙腰。

整整压该五百载，幸逢三藏出唐朝。

吾今皈正西方去，转上雷音见玉毫。

你去乾坤四海问一问，我是历代持名第一妖！①

---

①　李天飞校注：《西游记》，中华书局，2014 年，第 246—248 页。

在前世本中，未见这首六十四句七言诗，显然是世德堂本新增内容。以下新增的文字，所说不见于《西游记》前七回。

> 养性修真熬日月，跳出轮回把命逃。
> 一点诚心曾访道，灵台山上采药苗。
> 那山有个老仙长，寿年十万八千高。
> 老孙拜他为师父，指我长生路一条。
> 他说身内有丹药，外边采取枉徒劳。
> 得传大品天仙诀，若无根本实难熬。
> 回光内照宁心坐，身中日月坎离交。
> 万事不思全寡欲，六根清净体坚牢。
> 返老还童容易得，超凡入圣路非遥。
> 三年无漏成仙体，不同俗辈受煎熬。
> 十洲三岛还游戏，海角天涯转一遭。

从内容来看，这无疑是被后来不少学者视为与道教丹道有关的文字。

（三）八戒

世德堂本两次记述八戒平生故事：一次在第八回；另一次在第十九回。与前世本相比，世德堂本不仅在第八回增补了关于八戒形态特征的描写及八戒与观音的对话，还在第十九回中，将前世本原有的二十四句诗文增补为六十四句。这里仅看诗文增改的情况。

前世本原文为：

> 我是天蓬元帅管天河，总督水兵称符节，
> 只因王母会蟠桃，开宴瑶池邀众客。
> 那时醉入广寒宫，风流仙子来相接。
> 见他容貌实销魂，旧日凡心似火烈。

全无上下失尊卑,扯住嫦娥要陪歇。

色胆如天叫似雷,险些震倒天关阙。

纠察灵官奏玉皇,那日吾当命运拙。

广寒围困不通风,诸神拿住怎得脱。

押赴灵霄见玉皇,依律问成该处决。

幸遇金星救我生,锤责二千皮骨折。

放生遭贬出天关,福陵山下图家业,

我因夺舍错投胎,俗名唤做猪刚鬣。

世德堂本增改作:

我自小生来心性拙,贪闲爱懒无休歇。

不曾养性与修真,混沌迷心熬日月。

忽然闲里遇真仙,就把寒温坐下说。

劝我回心莫堕凡,伤生造下无边业。

有朝大限命终时,八难三途悔不喋。

听言意转要修行,闻语心回求妙诀。

有缘立地拜为师,指示天关并地阙。

得传九转大还丹,工夫昼夜无时辍。

上至顶门泥丸宫,下至脚板涌泉穴。

周流肾水入华池,丹田补得温温热。

婴儿姹女配阴阳,铅汞相投分日月。

离龙坎虎用调和,灵龟吸尽金乌血。

三花聚顶得归根,五气朝元通透彻。

功圆行满却飞升,天仙对对来迎接。

朗然足下彩云生,身轻体健朝金阙。

玉皇设宴会群仙,各分品级排班列。

敕封元帅管天河,总督水兵称宪节。

只因王母会蟠桃,开宴瑶池邀众客。

那时酒醉意昏沉,东倒西歪乱撒泼。

逞雄撞入广寒宫,风流仙子来相接。

见他容貌挟人魂,旧日凡心难得灭。

全无上下失尊卑,扯住嫦娥要陪歇。

再三再四不依从,东躲西藏心不悦。

色胆如天叫似雷,险些震倒天关阙。

纠察灵官奏玉皇,那日吾当命运拙。

广寒围困不通风,进退无门难得脱。

却被诸神拿住我,酒在心头还不怯。

押赴灵霄见玉皇,依律问成该处决。

多亏太白李金星,出班俯囟亲言说。

改刑重责二千锤,肉绽皮开骨将折。

放生遭贬出天关,福陵山下图家业。

我因有罪错投胎,俗名唤做猪刚鬣。①

两相比较,新增文字为:

不曾养性与修真,混沌迷心熬日月。

忽然闲里遇真仙,就把寒温坐下说。

劝我回心莫堕凡,伤生造下无边业。

有朝大限命终时,八难三途悔不喋。

听言意转要修行,闻语心回求妙诀。

有缘立地拜为师,指示天关并地阙。

得传九转大还丹,工夫昼夜无时辍。

上至顶门泥丸宫,下至脚板涌泉穴。

周流肾水入华池,丹田补得温温热。

婴儿姹女配阴阳,铅汞相投分日月。

离龙坎虎用调和,灵龟吸尽金乌血。

三花聚顶得归根,五气朝元通透彻。

---

① 李天飞校注:《西游记》,中华书局,2014年,第269—271页。

功圆行满却飞升,天仙对对来迎接。

朗然足下彩云生,身轻体健朝金阙。

就内容来看,这段文字与道家修身养性有关。这也是柳存仁等学者研究《西游记》与道教关系的重要文本之一。

(四)沙僧

世德堂本中的沙僧平生故事主要集中在两处:一处是第八回;另一处是第二十二回。与前世本相比,世德堂本在第八回中增加了木叉与沙僧的对话。第二十二回则对前世本中的诗句作了增补,即从二十二句增补为五十二句。这里只讨论对诗句的增补。

前世本中的诗为:

我是天官卷帘将,腰悬虎牌手执杖。

往来护驾我当先,出入随朝吾在上。

只因王母会蟠桃,设宴瑶池邀众将。

失手打破玉玻璃,天神个个魂俱丧。

玉皇发怒付刑曹,将身推赴法场上。

多亏赤脚大天仙,越班启奏将吾放。

免死还遭八百鞭,贬落流沙多业障。

饱时困卧此河中,饥去翻波寻食饷。

来来往往吃人多,项下骷髅是榜样。

你敢行凶上我门,今日肚皮有所望。

莫言粗糙不堪尝,拿住消停剁鲊酱!

世德堂本增补作:

自小生来神气壮,乾坤万里曾游荡。

英雄天下显威名,豪杰人家做模样。

万国九州岛任我行,五湖四海从吾撞。

皆因学道荡天涯,只为寻师游地旷。

常年衣钵谨随身，每日心神不可放。

沿地云游数十遭，到处闲行百余趟。

因此才得遇真人，引开大道金光亮。

先将婴儿姹女收，后把木母金公放。

明堂肾水入华池，重楼肝火投心脏。

三千功满拜天颜，志心朝礼明华向。

玉皇大帝便加升，亲口封为卷帘将。

南天门里我为尊，灵霄殿前吾称上。

腰间悬挂虎头牌，手中执定降妖杖。

头顶金盔晃日光，身披铠甲明霞亮。

往来护驾我当先，出入随朝予在上。

只因王母降蟠桃，设宴瑶池邀众将。

失手打破玉玻璃，天神个个魂飞丧。

玉皇即便怒生嗔，却令掌朝左辅相。

卸冠脱甲摘官衔，将身推在杀场上。

多亏赤脚大天仙，越班启奏将吾放。

饶死回生不点刑，遭贬流沙东岸上。

饱时困卧此山中，饿去翻波寻食饷。

樵子逢吾命不存，渔翁见我身皆丧。

来来往往吃人多，翻翻复复伤生瘴。

你敢行凶到我门，今日肚皮有所望。

莫言粗糙不堪尝，拿住消停剁鲊酱！①

在世德堂本新增文字中，"自小生来神气壮……志心朝礼明华向"三十句，内容明显与道教修行相关。这是沙僧被封为上帝卷帘将的前提。

通过梳理唐僧取经四位主角——唐僧、行者、八戒、沙僧的平

---

①　李天飞校注：《西游记》，中华书局，2014年，第309—311页。

生诗文，可以看出世德堂本在前世本的基础上，增加了大量文字。一是世德堂本中出现了前世本中没有的唐僧和行者平生的诗句；二是前世本中原有的八戒和沙僧的平生诗句，在体量上翻倍增扩。世德堂本中新增的诗句，都涉及不见于前世本的行者、八戒和沙僧修炼丹道的内容。因此，仅就唐僧、行者、八戒、沙僧平生诗新增的文字来看，世德堂本的道教化倾向较明显。这些无疑是柳存仁等研究小说《西游记》与道教丹道关系的渊薮之一。

第二节　删　　改

正如《西游证道书》卷末跋文所说，俗本"遗却唐僧出世四难"，删除了"陈光蕊赴官遇难始末"，故世德堂本中尽管有唐僧平生故事诗偈，但无唐僧生平的详细记述。前文从唐僧西天取经故事的原因和目的出发，论述了唐僧西天取经故事为《西游记》原有内容。本节将以世德堂本内容为主，论述世德堂本确实存在删除唐僧西天取经故事、错改前世本内容的事实。

一、删除

尽管删除了"陈光蕊赴官遇难始末""遗却唐僧出世四难"，世德堂本仍保存了不少唐僧出身故事的文字。除了上引第十一回的唐僧平生诗外，其他文字依回次如下。[1]

――――――――――

[1]　部分信息此前黄肃秋和熊发恕已经指出。参见黄肃秋：《论〈西游记〉的第九回问题》，作家出版社编辑部编《西游记研究论文集》，作家出版社，1957年，第172—177页；熊发恕：《也谈〈西游记〉中唐僧出身故事》，《康定民族师专学报》（哲社版）1993年第1期。

当日对众举出玄奘法师。这个人自幼为僧,出娘胎,就持斋受戒。他外公见是当朝一路总管殷开山。他父亲陈光蕊中状元,官拜文渊殿大学士。一心不爱荣华,只喜修持寂灭。查得他根源又好,德行又高;千经万典,无所不通;佛号仙音,无般不会。当时三位引至御前,扬尘舞蹈。拜罢奏曰:"臣瑀等,蒙圣旨,选得高僧一名陈玄奘。"太宗闻其名,沉思良久道:"可是学士陈光蕊之儿玄奘否?"江流儿叩头曰:"臣正是。"太宗喜道:"果然举之不错,诚为有德行有禅心的和尚。"①(第十一回)

却说南海普陀山观世音菩萨,自领了如来佛旨,在长安城访察取经的善人,日久未逢真实有德行者。忽闻得太宗宣扬善果,选举高僧,开建大会,又见得法师坛主,乃是江流儿和尚,正是极乐中降来的佛子,又是他原引送投胎的长老。菩萨十分欢喜。就将佛赐的宝贝,捧上长街,与木叉货卖。②(第十二回)

当有菩萨与木叉道:"今日是水陆正会,以一七继七七,可矣了。我和你杂在众人丛中,一则看他那会何如,二则看金蝉子可有福穿我的宝贝,三则也听他讲的是那一门经法。"两人随投寺里。③(第十二回)

饭后,悟空道:"你家姓甚?"老者道:"舍下姓陈。"三藏闻言,即下来起手道:"老施主与贫僧是华宗。"行者道:"师父,你是唐姓,怎的和他是华宗?"三藏道:"我俗家也姓陈,乃是唐朝海州弘农郡聚贤庄人氏。我的法名叫做

---

① 李天飞校注:《西游记》,中华书局,2014年,第171—172页。
② 李天飞校注:《西游记》,中华书局,2014年,第175页。
③ 李天飞校注:《西游记》,中华书局,2014年,第181页。

陈玄奘。只因我大唐太宗皇帝赐我做御弟三藏，指唐为姓，故名唐僧也。"那老者见说同姓，又十分欢喜。①（第十四回）

可怜那三藏呵！江流注定多磨蜇，寂灭门中功行难。……傍边拥上七八个绑缚手，将唐僧拿去，好便似鹰拿燕雀，索绑绳缠。这的是苦命江流思行者，遇难神僧想悟能，道声："徒弟呵！不知你在那山擒怪，何处降精，我却被魔头拿来，遭此毒害，几时再得相见！好苦呵！你们若早些儿来，还救得我命；若十分迟了，断然不能保矣！"一边嗟叹，一边泪落如雨。②（第二十回）

二童道："师父的故人是谁？望说与弟子，好接待。"大仙道："他是东土大唐驾下的圣僧，道号三藏，今往西天拜佛求经的和尚。"二童笑道："孔子云：'道不同，不相为谋。'我等是太乙玄门，怎么与那和尚做甚相识！"大仙道："你那里得知。那和尚乃金蝉子转生，西方圣老如来佛第二个徒弟。五百年前，我与他在'兰盆会'上相识，他曾亲手传茶，佛子敬我，故此是为故人也。"二仙童闻言，谨遵师命。③（第二十四回）

他在云端里，踏着阴风，看见长老坐在地下，他就不胜欢喜道："造化！造化！几年家人都讲东土的唐和尚取大乘，他本是金蝉子化身，十世修行的原体。有人吃他一块肉，长寿长生。真个今日到了。"④（第二十七回）

---

① 李天飞校注：《西游记》，中华书局，2014年，第208页。
② 李天飞校注：《西游记》，中华书局，2014年，第291—292页。
③ 李天飞校注：《西游记》，中华书局，2014年，第337页。
④ 李天飞校注：《西游记》，中华书局，2014年，第375页。

108

金角道："你不晓得。我当年出天界，尝闻得人言：唐僧乃金蝉长老临凡，十世修行的好人，一点元阳未泄。有人吃他肉，延寿长生哩。"①（第三十二回）

众妖道："唐僧在那里？"二魔道："好人头上祥云照顶，恶人头上黑气冲天。那唐僧原是金蝉长老临凡，十世修行的好人，所以有这祥云缥缈。"②（第三十三回）

三藏道："你的灾屯，想应天付，却与我相类。当时我父曾被水贼伤生，我母被水贼欺占，经三个月，分娩了我。我在水中逃了性命，幸金山寺恩师，救养成人。记得我幼年无父母，此间那太子失双亲，惭惶不已！"③（第三十七回）

却说红光里，真是个妖精。他数年前，闻得人讲："东土唐僧往西天取经，乃是金蝉长老转生，十世修行的好人。有人吃他一块肉，延生长寿，与天地同休。"④（第四十回）

三藏拱身，谢了斋供。才问："老施主，高姓？"老者道："姓陈。"三藏合掌道："这是我贫僧华宗了。"老者道："老爷也姓陈？"三藏道："是，俗家也姓陈。请问适才做的甚么斋事？"⑤（第四十七回）

---

①　李天飞校注：《西游记》，中华书局，2014 年，第 444 页。
②　李天飞校注：《西游记》，中华书局，2014 年，第 446 页。
③　李天飞校注：《西游记》，中华书局，2014 年，第 499 页（标点略异）。
④　李天飞校注：《西游记》，中华书局，2014 年，第 535 页。
⑤　李天飞校注：《西游记》，中华书局，2014 年，第 627 页。

自恨江流命有愆,生时多少水灾缠。出娘胎腹淘波浪,拜佛西天堕渺渊。①（第四十九回）

沙僧笑道:"师兄言之欠当,自来没个孙行者取经之说。我佛如来造下三藏真经,原着观音菩萨向东土寻取经人求经,要我们苦历千山,询求诸国,保护那取经人。菩萨曾言:取经人乃如来门生,号曰金蝉长老。只因他不听佛祖谈经,贬下灵山,转生东土,教他果正西方,复修大道。遇路上该有这般魔瘴,解脱我等三人,与他做护法。兄若不得唐僧去,那个佛祖肯传经与你!却不是空劳一场神思也?"②（第五十七回）

三藏合掌躬身答曰:四十年前出母胎,未产之时命已灾。逃生落水随波滚,幸遇金山脱本骸。③（第六十四回）

行者道:"呆子又胡说了!你不知道师父是我佛如来第二个徒弟,原叫做金蝉长老,只因他轻慢佛法,该有这场大难。"④（第八十一回）

这正是"禅性遭魔难正果,江流又遇苦灾星"。……唉!正是那:有难的江流专遇难,降魔的大圣亦遭魔。⑤（第八十五回）

---

① 李天飞校注:《西游记》,中华书局,2014年,第646页。
② 李天飞校注:《西游记》,中华书局,2014年,第749页。
③ 李天飞校注:《西游记》,中华书局,2014年,第823页。
④ 李天飞校注:《西游记》,中华书局,2014年,第1029页。
⑤ 李天飞校注:《西游记》,中华书局,2014年,第1084—1085页。

　　唐僧道:"贫僧俗名陈玄奘,自幼在金山寺为僧。后蒙唐皇敕赐在长安洪福寺为僧官。又因魏征丞相梦斩泾河老龙,唐王游地府,回生阳世,开设水陆大会,超度阴魂,蒙唐王又选赐贫僧为坛主,大阐都纲。幸观世音菩萨出现,指化贫僧,说西天大雷音寺有三藏真经,可以超度亡者升天,差贫僧来取,因赐号三藏,即倚唐为姓,所以人都呼我为唐三藏。我有三个徒弟,大的个姓孙,名悟空行者,乃齐天大圣归正。"①(第九十一回)

　　只见街坊上士农工商、文人墨客、愚夫俗子齐咳咳都道:"看抛绣球去也!"三藏立于道旁,对行者道:"他这里人物衣冠,宫室器用,言语谈吐,也与我大唐一般。我想着我俗家先母也是抛打绣球遇旧姻缘,结了夫妇。此处亦有此等风俗。"②(第九十三回)

　　长老见左右无人,却恨责行者,怒声叫道:"悟空! 你这猢狲,番番害我! 我说只去倒换关文,莫向彩楼前去,你怎么直要引我去看看? 如今看得好么! 却惹出这般事来,怎生是好?"行者陪笑道:"师父说,'先母也是抛打绣球,遇旧缘,成其夫妇'。似有慕古之意,老孙才引你去。又想着那个给孤布金寺长老之言,就此检视真假。适见那皇帝之面,略有些晦暗之色,但只未见公主何如耳。"③(第九十四回)

　　蒙差揭谛皈依旨,谨记唐僧难数清;金蝉遭贬第一

---

① 李天飞校注:《西游记》,中华书局,2014年,第1149—1150页。
② 李天飞校注:《西游记》,中华书局,2014年,第1172页。
③ 李天飞校注:《西游记》,中华书局,2014年,第1178页。

难。出胎几杀第二难。满月抛江第三难。寻亲报冤第四
难。①(第九十九回)

> 如来道:"圣僧,汝前世原是我之二徒,名唤金蝉子。
> 因为汝不听说法,轻慢我之大教,故贬汝之真灵,转生东
> 土。今喜皈依,秉我迦持,又乘吾教,取去真经,甚有功果,
> 加升大职正果,汝为旃檀功德佛……"②(第一百回)

上引文本,分别出自世德堂本第十一回、第十二回、第十四回、第二十回、第二十四回、第二十七回、第三十二回、第三十三回、第三十七回、第四十四回、第四十七回、第四十九回、第五十七回、第六十四回、第八十一回、第八十五回、第九十一回、第九十三回、第九十四回、第九十九回、第一百回。与上引唐僧平生诗一样,都是对唐僧出身故事的说明。综合来看,这些文本大致包括如下内容。

1. 唐僧是佛祖的第二个徒弟,原来叫金蝉长老或金蝉子。金蝉长老五百年前,与万寿山五庄观镇元子(镇元大仙)在兰盆会相识。他因轻慢佛教,无心听佛祖讲经说法,真灵被贬下灵山,转生东土为和尚,并委以去西天灵山求经的重任,从始至终需要历经九九八十一难。去西天取真经的功果甚大,唐僧最终正果成佛,被如来封为旃檀功德佛。

2. 金蝉长老转生的唐僧,是十世修行的原体或好人,一点元阳未泄。如果能吃他一块肉,可以长寿长生。这成为唐僧遭遇八十一难的主要导火索。

3. 唐僧的父亲是海州弘农郡聚贤庄学士陈光蕊,外公是唐朝一路总管殷开山,其母因抛绣球而与状元陈光蕊结姻缘。

4. 唐僧命中多灾,投胎未生之前就遭罗网。其父被水贼伤生,其母被水贼欺占,三个月后唐僧出生,几被水贼杀害;满月后,

---

① 李天飞校注:《西游记》,中华书局,2014 年,第 1237 页。
② 李天飞校注:《西游记》,中华书局,2014 年,第 1178 页。

其母让其顺江流走，在水中逃了性命。

5. 从江中救唐僧的是金山寺僧人。唐僧幼年无父母，由僧人抚养长大。他自幼为僧，可以说是出娘胎就持斋受戒。

6. 唐僧十八岁寻亲认娘，总管殷开山调大军到洪洲剿寇诛凶，唐僧报冤成功，与父陈光蕊相见。

7. 陈光蕊官拜文渊殿大学士，唐僧住洪福寺为僧。

这些内容包括唐僧所受之难，如金蝉长老被贬、唐僧出生险被杀、满月即被抛江流走、十八岁寻亲报冤等，大部分与上引唐僧平生故事诗内容相符。此前认为世德堂本删除有陈光蕊赴任逢灾的唐僧出身故事一回后，将其内容分散在全书各个章回中。不过，如果注意到上文提到的《西游记》前七回写行者平生故事，世德堂本第十七回又以诗句的形式重复第一至七回的内容、世德堂本在第八回和第十九回两次记述八戒平生故事、在第八回和第二十二回两次记述沙僧平生故事，就会有不一样的理解。从世德堂本行文冗长、重复的风格来看，上述内容不过是唐僧出身故事在《西游记》中的不断重复。与世德堂本是否删除有陈光蕊赴任逢灾的唐僧出身故事没有必然关系。

不过，由于上引唐僧平生故事诗内容与其他章回中的唐僧出身故事不尽相同，因此可以找到证据，证明世德堂本确实删除过包含陈光蕊赴任逢灾的唐僧出身故事一回。

上引第九十三回有文："我想着我俗家先母也是抛打绣球遇旧姻缘，结了夫妇，"九十四回："行者陪笑道：师父说，'先母也是抛打绣球，遇旧缘，成其夫妇'。似有慕古之意，老孙才引你去。"这两回中出现的唐僧母亲通过抛打绣球与陈光蕊结姻缘的内容，在上引唐僧平生故事诗中，没有任何对应信息。那么，它们是如何来的？合理的回答是，来自被世德堂本删除的章回中。

尽管目前只有这一条证据，但不容否认的是，唐僧母亲抛绣球招婚的细节，与上引系列唐僧出身故事是一个整体，因为它仅出现在完整的唐僧出身故事中。也就是说，唐僧母亲通过抛打绣球与陈光蕊结姻缘的内容,与其他同时出现在世德堂本不同章节中的唐僧出身故事一样,出自像前世本中唐僧出身故事一样的章回。尽管这一章回在目前所见世德堂本中被删除,但散见于世德堂本中的系列唐僧出身故事表明其存在过。

总之,通过上述对世德堂本中唐僧出身相关资料的梳理和分析,可以肯定世德堂本在刊刻前,删除了前世本中有完整唐僧出身故事的第九回。

二、错改

世德堂本在前世本的基础上对文本内容进行大规模的扩增和修改,其中不乏可圈可点之处。不过,世德堂本在增补删改的过程中,也存在将前世本中正确无误的内容修改得故事情节前后矛盾的问题。不论是目录、通关文牒上的关印还是难簿上的难目,都存在这类情况。

(一)目录

《西游记》有总目和分目两个目录。总目是正文前的目录,分目则是每一章回的标题目录。吴圣昔曾关注《西游记》的目录,但未将其用于《西游记》版本研究。对比前世本和世德堂本的总目和分目,可以对《西游记》成书过程有新的认识。尽管前世本有四卷本、六卷本、八卷本、十卷本,为方便比较,这里仅以已公开的十卷本怀新楼本为例证(表 2-5)。

表 2-5　前世本与世德堂本总目及分目对比

章回	版本	正文前总目	正文中的分目录
第一回	前世本	灵根孕育源流出 心性修持大道生	灵根孕育元流出 心性修持大道生
	世德堂本	灵根育孕元源出 心性修持大道生	灵根育孕源流出 心性修持大道生

（续表）

章回	版本	正文前总目录	正文中的分目录
第二回	前世本	悟彻菩提真妙理 断魔归本合元神	悟彻菩提真妙理 断魔归本合元神
	世德堂本	悟彻菩提真妙理 断魂归本合元神	悟彻菩提真妙理 断魔归本合元神
第五回	前世本	乱蟠桃大圣偷丹 反天宫诸神捉怪	乱蟠桃大圣偷丹 反天宫诸神捉怪
	世德堂本	乱蟠桃大圣偷丹 返天宫诸神捉怪	乱蟠桃大圣偷丹 反天宫诸神捉怪
第六回	前世本	观音赴会问原因 小圣施威降大圣	观音赴会问原因 小圣施威降大圣
	世德堂本	观音赴会问原音 小圣施威降大圣	观音赴会问原音 小圣施威降大圣
第八回	前世本	我佛造经传极乐 观音奉旨上长安	我佛造经传极乐 观音奉旨上长安
	世德堂本	我佛避红传极乐 观音奉旨上长安	我佛造经传极乐 观音奉旨上长安
第九回	前世本	陈光蕊赴任逢灾 江流僧复仇报本	陈光蕊赴任逢灾 江流僧复仇报本
	世德堂本	袁守诚妙算无私曲 老龙王拙计犯天条	袁守诚妙算无私曲 老龙王拙计犯天条
第十回	前世本	老龙王拙计犯天条 魏丞相遗书托冥吏	龙王拙计犯天条 魏征遗书托冥吏
	世德堂本	二将军宫门镇鬼 唐太宗地府还魂	二将军宫门镇鬼 唐太宗地府还魂
第十一回	前世本	游地府太宗还魂 进瓜果刘全续配	游地府太宗还魂 进瓜果刘全续配
	世德堂本	还受生唐王遵善果 度魂萧瑀正空门	还受生唐王遵善果 度孤魂萧瑀正空门
第十二回	前世本	唐主选僧修大会 观音显像化金蝉	唐王选僧修大会 观音显像化金蝉
	世德堂本	玄奘秉诚建大会 观音显像化金蝉	玄奘秉诚建大会 观音显象化金蝉

（续表）

章回	版本	正文前总目录	正文中的分目录
第十七回	前世本	悟空大闹黑风山 观音收伏熊黑怪	行者大闹黑风山 观音收伏熊黑怪
	世德堂本	孙行者大闹黑风山 善观音收伏熊黑怪	孙行者大闹黑风山 观世音收伏熊黑怪
第二十一回	前世本	护法设庄留大圣 须弥灵吉定风魔	护法设庄留大圣 须弥灵吉定风魔
	世德堂本	护教设庄留大圣 须弥灵吉定风魔	护法设庄留大圣 须弥灵吉定风魔
第二十三回	前世本	三藏不忘本 四圣试禅心	三藏不忘本 四圣试禅心
	世德堂本	三藏不务本 四圣试禅心	三藏不忘本 四圣试禅心
第二十四回	前世本	万寿山大仙留故友 五庄观行者窃人参	万寿山大仙留故友 五庄观行者窃人参
	世德堂本	万寿山大仙言故友 五庄观行者窃人参	万寿山大仙留故友 五庄观行者窃人参
第二十七回	前世本	尸魔三戏唐长老 圣僧恨逐美猴王	尸魔三戏唐长老 圣僧恨逐美猴王
	世德堂本	尸魔三戏唐长老 圣僧恨逐美猴精	尸魔三戏唐三藏 圣僧恨逐美猴王
第三十一回	前世本	猪八戒义激猴王 孙行者智降妖怪	猪八戒义激猴王 孙行者智降妖怪
	世德堂本	猪八戒义识猴王 孙行者智降妖怪	猪八戒义释猴王 孙行者智降妖怪
第三十五回	前世本	外道施威欺正性 心猿获宝伏邪魔	外道施威欺正性 心猿获宝伏邪魔
	世德堂本	外道施为欺正性 心猿获宝伏邪魔	外道施威欺正性 心猿获宝伏邪魔
第三十九回	前世本	一粒金丹天上得 三年故主世间生	一粒金丹天上得 三年故主世间生
	世德堂本	一粒丹砂天上得 三年故主世间生	一粒金丹天上得 三年故主世间生

（续表）

章回	版本	正文前总目录	正文中的分目录
第四十五回	前世本	三清观大圣留名 车迟国猴王显法	三清观大圣留名 车迟国猴王显法
	世德堂本	三清观大圣留名 车迟国猴王显法	三清观大圣留名 车迟国猴王显法
第四十九回	前世本	三藏有灾沉水宅 观音救难现鱼篮	三藏有灾沉水宅 观音救难现鱼篮
	世德堂本	三藏有灾沉水宅 观音救难见鱼篮	三藏有灾沉水宅 观音救难现鱼篮
第五十四回	前世本	法驾西来逢女国 心猿定计脱烟花	法性西来逢女国 心猿定计脱烟花
	世德堂本	法性西来逢女国 心猿定计脱烟花	法性西来逢女国 心猿定计脱烟花
第五十六回	前世本	神狂诛草寇 道昧放心猿	神狂诛草寇 道昧放心猿
	世德堂本	神狂诛草寇 道迷放心猿	神狂诛草寇 道昧放心猿
第五十九回	前世本	三藏路阻火焰山 行者一调芭蕉扇	唐三藏路阻火焰山 孙行者一调芭蕉扇
	世德堂本	唐三藏路阻火焰山 孙行者一调芭蕉扇	唐三藏路阻火焰山 孙行者一调芭蕉扇
第六十回	前世本	魔王罢战赴华筵 行者二调芭蕉扇	牛魔王罢战赴华筵 孙行者二调芭蕉扇
	世德堂本	牛魔王罢战赴华筵 孙行者二调芭蕉扇	牛魔王罢战赴华筵 孙行者二调芭蕉扇
第六十一回	前世本	八戒助力破魔王 行者三调芭蕉扇	猪八戒助力破魔王 孙行者三调芭蕉扇
	世德堂本	猪八戒助力败魔王 孙行者三调芭蕉扇	猪八戒助力破魔王 孙行者三调芭蕉扇
第六十二回	前世本	涤垢洗心惟扫塔 缚魔归正乃修身	涤垢洗心惟扫塔 缚魔归正乃修身
	世德堂本	涤垢洗心惟扫塔 缚魔归主得修身	涤垢洗心惟扫塔 缚魔归正乃修身

（续表）

章回	版本	正文前总目录	正文中的分目录
第六十三回	前世本	二僧荡怪闹龙宫 群众除邪获宝贝	二僧荡怪闹龙宫 群圣除邪获宝贝
	世德堂本	二僧荡怪闹龙宫 群圣除邪获宝贝	二僧荡怪闹龙宫 群众除邪获宝贝
第六十五回	前世本	妖邪假设小雷音 四众皆遭大厄难	妖邪假设小雷音 四众皆遭大厄难
	世德堂本	妖邪假设小雷音 四仲皆逢大厄难	妖邪假设小雷音 四众皆遭大厄难
第六十七回	前世本	拯救驼罗禅性稳 脱离活秽道心清	拯救驼罗禅性稳 脱离活秽道心清
	世德堂本	拯救陀罗禅性稳 脱离秽污道心清	拯救驼罗禅性稳 脱离秽污道心清
第七十九回	前世本	寻洞擒妖逢老寿 当朝正主救婴儿	寻洞除妖逢老寿 当朝正主救婴儿
	世德堂本	寻洞擒妖逢老寿 当朝正主救婴儿	寻洞求妖逢老寿 当朝正主救婴儿
第八十回	前世本	姹女奇阳求配偶 心猿护主识妖邪	姹女育阳求配偶 心猿护主识妖邪
	世德堂本	姹女育阳求配偶 心猿护主识妖邪	嫁女育阳求配偶 心猿护主识妖邪
第八十三回	前世本	心猿识得丹头 姹女还归本性	心猿识得丹头 姹女还归本性
	世德堂本	心猿识得丹头 姹女还归本性	心猿试得丹头 姹女还归本性
第八十七回	前世本	凤仙郡冒天致旱 孙大圣劝善施霖	凤仙郡冒天致旱 孙大圣劝善施霖
	世德堂本	凤仙郡冒天止雨 孙大圣劝善施霖	凤仙郡冒天止雨 孙大圣劝善施霖
第八十九回	前世本	黄狮精虚设钉钯宴 金木土计闹豹头山	黄狮精虚设钉钯会 金木土计闹豹头山
	世德堂本	黄狮精设钉钯宴 金木土闹豹头山	黄狮精虚设钉钯宴 金木土计闹豹头山

（续表）

章回	版本	正文前总目录	正文中的分目录
第九十一回	前世本	金平府元夜观灯 玄英洞唐僧供状	金平府元夜观灯 伭英洞唐僧供状
	世德堂本	金平府元夜观灯 华英洞唐僧供状	金平府元夜观灯 玄英洞唐僧供状
第九十七回	前世本	金酬外护遭魔毒 圣显幽魂救本原	金酬外护遭魔毒 圣显幽魂救本原
	世德堂本	金酬护外透磨蛰 圣显幽魂救本原	金酬外护遭魔蛰 圣显幽魂救本原
第九十九回	前世本	九九数完魔划尽 三三行满道归根	九九数完魔划尽 三三行满道归根
	世德堂本	九九数完魔灭尽 三三行满道归根	九九数完魔残尽 三三行满道归根

世德堂本是前世本增改后的版本。通过表 2-5 中二者总目和分目的对比，可以看出世德堂本对前世本目录的改动体现在四个方面。

1. 人物名称。主要体现在第十二回、第十七回、第二十七回、第五十九回、第六十回、第六十一回。如世德堂本将前世本中的"悟空"改成"孙行者"；"观音"改成"善观音"；"三藏"改成"唐三藏"；"魔王"改成"牛魔王"；"八戒"改成"猪八戒"等。

2. 改动标题。由于删除了第九回唐僧出身故事，世德堂本要对第九回、第十回、第十一回这三回的回目和内容进行调整。处理这三回目录主要参考了前世本的内容。具体来说，第九回回目"袁守诚妙算无私曲　老龙王拙计犯天条"中的后半句，用了前世本第十回回目"老龙王拙计犯天条　魏丞相遗书托冥吏"的前半句；第十回回目"二将军宫门镇鬼　唐太宗地府还魂"的后半句，改编自前世本第十一回回目"游地府太宗还魂　进瓜果刘全续配"的前半句。

3. 使用同音字或别字。与前世本相比，世德堂本第五回、第六回、第八回、第三十五回、第四十九回、第六十七回、第七十九回、

第八十三回的回目，都存在使用同音字的情况。如第五回回目，前世本作"反天宫"，世德堂本改作"返天宫"。前者的"反"，旨在表现孙行者造反，大闹天宫；而世德堂本作"返"，意为回天宫。二者意思相差甚远。第六回回目，前世本作"问原因"，世德堂本改为"问原音"，使用了别字。第三十五回回目中，前世本的"施威"，世德堂本改作"施为"。前者体现金角大王、银角大王用宝瓶对孙行者显示威力，后者则没有表现此意。这是完全不同的意思。第八十三回回目，前世本是"识得"，世德堂本改为"试得"，内容是孙行者的火眼金睛，通过识别香台上的牌位，晓得妖怪的出处。世德堂本修改后，已没有这一含义。

世德堂本在刊印过程中，出现了形近错字。如第八回回目，前世本作"造经"，世德堂本误作"避红"，词意不明。第七十九回，前世本总目为"寻洞擒妖逢老寿"，分目为"寻洞除妖逢老寿"，世德堂本总目与前世本相同，分目为"寻洞求妖逢老寿"。该回内容是孙行者在除妖过程中遇到老寿星的协助，世德堂本分目作"求妖"，意即寻找妖精，与正文内容不符。

4. 误改字。世德堂本第二十三回、第二十四回、第三十一回、第三十九回、第五十六回、第六十二回、第六十三回、第六十五回、第八十七回、第九十一回、第九十九回，共十一回回目，在改变个别字或词后，语义不再通顺，甚至意思完全改变。如第二十三回回目，前世本为"三藏不忘本"，世德堂本则为"三藏不务本"。该回表现的是唐三藏不被美色诱惑，不忘到西天取经的本分和使命。世德堂本改为"不务本"，语意不通。又如第三十一回回目，前世本总目和分目均为"猪八戒义激猴王"，世德堂本总目为"猪八戒义识猴王"，分目为"猪八戒义释猴王"。该回主要内容为猪八戒用激将法请孙行者回归，世德堂本中的"识猴王"和"释猴王"，与正文内容不符。再如，第三十九回回目，前世本为"一粒金丹天上得"，世德堂本改为"一粒丹砂天上得"，在正文中，为了救乌鸡国国王，孙行者向太上老君索得一粒还魂金丹。世德堂本作"丹砂"，与正文内容不符。此外,第八十七回回目,前世本为"凤仙郡冒天致旱",世德堂本为"凤仙郡冒天止雨",正文内容为因为郡主冒犯玉帝,导致连年干旱。世德堂本将"致旱"改为"止雨",只是表达了不下雨,与该回祈雨的事实不符。

　　总之,在比较前世本和世德堂本总目及分目后,可以看出世德堂本在前世本目录基础上的改编存在不少错误,其中有听音记字、形近字,还有传抄错误。不少回目由于世德堂本改编中存在的错误,回目与正文内容出入较大,存在名实不符的情况。

(二) 关印

　　唐僧师徒到西天取经,沿途要经过不少国家,每到一个国家,都需要在通关文牒上盖关印。通关文牒是唐僧师徒证明身份及各国"照牒放行"的凭证,是师徒西行取经途中能顺利通关的保障之一。

　　前世本与世德堂本中关于关印的记录如表2-6。

表2-6　前世本与世德堂本关印内容对比

前世本	世德堂本
太宗闻言,称赞不已,又问:"西方多少路程?"三藏道:"记菩萨之言,说有十万八千里。途中未曾记数,只知经过了一十四遍寒暑。日日登山涉水,遇怪遭魔,经过数国,具有照验印信。"叫:"徒弟,将通关文牒取上来,对主公缴纳。"当时递上。太宗见各国皆有印信花押,览毕,收了。	太宗闻言,称赞不已,又问:"远涉西方,端的路程多少?"三藏道:"总记菩萨之言,有十万八千里之远。途中未曾记数,只知经过了一十四遍寒暑。日日山,日日岭,遇林不小,遇水宽洪。还经几座国王,俱有照验印信。"叫:"徒弟,将通关文牒取上来,对主公缴纳。"当时递上。太宗看了,乃贞观十三年九月望前三日给。太宗笑道:"久劳远涉,今已贞观二十七年矣。"牒文上有宝象国印,乌鸡国印,车迟国印,西梁女国印,祭赛国印,朱紫国印,狮驼国印,比丘国印,灭法国印;又有凤仙郡印,玉华州印,金平府印。太宗览毕,收了。

　　根据上表可以看出,世德堂本改编并丰富了前世本中关于关印的记载。

首先,将"日日登山涉水,遇怪遭魔"改成"日日山,日日岭,遇林不小,遇水宽洪",语意不清。

其次是增加了具体国家的关印,将前世本用来泛指的"印信花押"具体化。

世德堂本共增加十二个关印。这些关印与唐僧取经故事的情节基本匹配,但第七个狮驼国印、第十个凤仙郡印和第十二个金平府印这三个关印,与文本描述的故事情节不相符,属于世德堂本的误增。

第七十四回中小钻风说:"我大大王与二大王久住在狮驼岭狮驼洞。三大王不在这里住,他原住处离此西下有四百里远近。那厢有座城,唤做狮驼国。他五百年前吃了这城国王及文武官僚,满城大小男女也尽被他吃了干净,因此上夺了他的江山,如今尽是些妖怪。"表明狮驼国"国王和文武官僚"在"五百年前"都被"吃干净"了,故不可能有国印。因此,第七个狮驼国印,属于世德堂本的误增之一。

第八十七回有文说:"那官人却才施礼道:'此处乃天竺外郡,地名凤仙郡。连年干旱,郡侯差我等在此出榜,招求法师祈雨救民也。'"由于凤仙郡只是天竺国外郡,一般情况下,只有拥有一定体量的国家才有国印,凤仙郡印不当是国印。这是世德堂本的误增之二。

金平府距离灵山二千里,是天竺国外郡。因此,第十二个"金平府印",与"凤仙郡印"一样,同样不当是国印。这是世德堂本的误增之三。

总之,在记述关印时,世德堂本改编和丰富了前世本,即在前世本基础上增加了具体的关印,但其中有三个关印不当是国印。因此可认定世德堂本在增补过程中存在误增的情况。

(三) 难目

百回本《西游记》有一个唐僧经历苦难的目录。明清不同版本

《西游记》对难目记录并不相同,对比前世本和世德堂本中的难目可以发现,世德堂本中的难目顺序与故事情节不能一一对应,存在较多错误。

学界对于难目的研究始于郑振铎。之后,竺洪波在《〈西游记〉中的"难簿"与"经簿"》一文中,提出世德堂本中"难簿"存在难名概括不准、各难目次序混乱的问题,经由李卓吾本大规模的调整和改动,《西游记》文本内容叙述与"难簿"才一致。① 那么,李卓吾本修改完善难簿参考的是哪个本子呢? 现将前世本与世德堂本所记难目进行比较,具体如表2-7。

表2-7　前世本与世德堂本八十个难目对比

劫难顺序	前世本	世德堂本
1	金蝉遭贬	金蝉遭贬
2	出胎几杀	出胎几杀
3	满月抛江	满月抛江
4	寻亲报仇	寻亲报冤
5	出城逢虎	出城逢虎
6	落坑折从	折从落坑
7	双叉岭上	双叉岭上
8	两界山头	两界山头
9	陡涧换马	陡涧换马
10	夜被火烧	失却袈裟
11	失却袈裟	夜被火烧
12	收降八戒	收降八戒
13	黄风怪阻	黄风怪阻
14	请求灵吉	请求灵吉

① 竺洪波:《〈西游记〉中的"难簿"与"经谱"》,《三峡论坛》(三峡文学·理论版)2020年第6期,第29页。

劫难顺序	前世本	世德堂本
15	流沙难渡	流沙难渡
16	收得沙僧	收得沙僧
17	四圣显化	四圣显化
18	五庄观中	不识人参
19	难活人参	五庄观中
20	贬退心猿	贬退心猿
21	黑松林失散	松林失散
22	宝象国稍书	宝象国稍书
23	殿上变虎	金銮殿变虎
24	平顶山逢魔	平顶山逢魔
25	莲花洞倒悬	山压大圣
26	乌鸡国救主	洞中高悬
27	被魔化身	盗宝更名
28	号山逢怪	乌鸡国救主
29	风摄圣僧	被魔化身
30	心猿遭害	号山逢怪
31	请圣降妖	风摄圣僧
32	黑河沉没	心猿遭害
33	搬运车庭	请圣降妖
34	大赌输赢	搬运车庭
35	祛道兴僧	大赌输赢
36	路逢大水	祛道兴僧
37	身落天河	路逢大水
38	鱼篮现身	身落天河
39	金峣遇怪	鱼篮观身
40	天神难伏	金峣山逢

（续表）

劫难顺序	前世本	世德堂本
41	问佛根源	天神难伏
42	吃水遭毒	问佛根源
43	西梁国留婚	吃水遭毒①
44	琵琶洞受苦	女国留婚②
45	再贬心猿	琵琶洞受苦
46	难辨猕猴	再贬心猿
47	逢火焰山	识得猕猴
48	求芭蕉扇	火焰山高
49	收缚魔王	求取芭蕉扇
50	宝城扫塔	收缚魔王
51	取宝救僧	宾城扫塔
52	棘林吟咏	取宝救僧
53	小雷音遇难	小雷音遇难
54	诸天神遭困	大困天神
55	柿衕秽阻	朱紫国行医
56	朱紫国行医	拯救疲癃
57	拯救疲癃	降妖取后
58	降妖取后	七情迷没
59	七情迷没	多目遭伤
60	多目遭伤	路阻狮驼
61	路阻狮驼	怪分三色
62	怪分三色	城里通灾
63	城里遇灾	请佛收魔
64	请佛收魔	比丘救子

———————————

① 刻本"毒"字涂黑,据李卓吾本补。
② 刻本无"婚"字,据李卓吾本补。

劫难顺序	前世本	世德堂本
65	比丘救子	辨认真邪
66	辨认真邪	凤仙国求雨
67	松林救怪	救女怪卧僧房
68	僧房卧病	无底洞遭困
69	无底洞遭困	稀柿拜秽
70	灭法国难行	花豹迷人
71	隐雾山遇妖	棘林吟咏
72	凤仙郡求雨	黑河沉没
73	失落兵器	灭法国难行
74	会庆钉钯	元夜观灯
75	竹节山遭难	赶捉犀牛
76	玄英洞受苦	失落兵器
77	赶捉犀牛	会庆钉钯
78	天竺招婚	天竺招婚
79	铜台府监禁	夺帛酬恩
80	凌云渡脱壳	脱胎凌云

整理前世本难目可以看出,八十个难目中,六十一个难目为四字形式,十九个难目为五字形式。相较而言,四字的较多。对比难目名称与文本内容发现,前世本中的难目名称,与故事情节的先后顺序完全吻合,说明早期难簿中,难目名称与难目顺序是完全对应的。

世德堂本中共有五十一个难目改动。与前世本比较,可谓面目全非。世德堂本或改动原有难目名称及顺序,或添加新的难目,直接导致难目与故事发展顺序不对应。

1. 修改原有难目顺序及名称

世德堂在前世本的基础上,对难目的顺序作了调整。具体是第十难、第十一难、第十八难、第十九难、第二十五至五十二难、第五十五至七十七难、第七十九难。

世德堂本还修改了前世本中十个难目的名称。如将"落坑折从"改为"折从落坑";将"黑松林失散"改成"松林失散";将"莲花洞高悬"改成"洞中高悬";将"金峣山遇怪"改成"金峣山逢";将"难辨猕猴"改成"识得猕猴";将"逢火焰山"改成"火焰山高";将"诸天神遭困"改成"大困天神";将"凌云渡脱壳"改成"脱胎凌云"等。

2. 新加难名

世德堂本在改编的过程中,新加了五个难目名。具体是第二十五难"山压大圣"、第二十七难"盗宝更名"、第七十难"花豹迷人"、第七十四难"元夜观灯"及第七十九难"夺帛酬恩"。将这五个新的难目名与文本内容对比发现,它们均与文本内容无关。作为世德堂本的独创,这五难是世德堂本的版本特征之一,可以为版本演变研究提供证据。

总之,通过对比目录、关印、难目,可以看出世德堂本在演变过程中存在文字叙述上从简到繁、内容情节上从无到有、细节上从正到误的问题。这些世德堂本独有的修改,是其版本特色之一,也是梳理《西游记》版本源流的重要参考。

第三节　世德堂本增删原因

在前文讨论世德堂本中具有代表性的增益和删改内容的基础上,本节以前世本和世德堂本第九至十二回四个章回为例,进一步考察世德堂中的增加和删减内容。结合前两节内容,对世德堂本增加和删改的原因进行整体探讨。

一、增加的内容

对比前世本与世德堂本第九至十二回共四回的内容发现,世德堂本对前世本的增补和扩展,在内容上可分四个类别,即人物对话内容、人物角色名称、人物具体特征形象、周围环境;在形式上可分两个类别,一是对已有内容延伸拓展描写,二是对已发生情节的复述式描写。

(一) 人物对话内容的增补

对人物对话的增补分三种情况:一是在原有对话内容基础上拓展及延伸;二是在增补过程中改变原有故事情节;三是增加自问自答式的内心独白。

第一种情况的增补较为普遍,主要是增加了对话中的细节描写。在世德堂本每一章回都能找到具体案例,这里不赘述。

第二种情况是在增补过程中,改变原有故事情节。这种情况比较特别,如张稍和李定的关系是最好的例子。在前世本中,二人关系友好,仅仅用一百多字来描写一问一答的对话情节;世德堂本穿插了大量诗词,以可吟可唱的方式表现人物对话,文字从前世本的一百多字扩展到世德堂本的两千多字,其中涉及《蝶恋花》《鹧鸪天》《天仙子》《西江月》《临江仙》等词牌名。根据世德堂本中张稍和李定对话的具体内容,可以看出二人关系并不友好,甚至有恶语相向的情况。

第三种情况是自问自答式的内心独白。这是世德堂本叙述风格的特色之一,如介绍袁守诚的叙述:"招牌有字书名姓,神课先生袁守诚。此人是谁? 原来是当朝钦天监台正先生袁天罡的叔父,袁守诚是也。"在记太宗看魏征睡觉时,对其内心活动的描写为:"太宗笑曰:'贤卿真是匡扶社稷之心劳,创立江山之力倦,所以不觉盹睡。'"这种叙述方式,在前世本中较为罕见。

（二）人物角色名称增补

对于人物角色名称的增补,具体表现为以下三种。

第一种,在原有角色基础上进行扩充。如前世本中是"龙子、龙孙",世德堂本扩展为"龙子、龙孙、虾臣、蟹士、鲥军师、鳜少卿、鲤太宰"。

第二种,"无中生有"的增补。如在描写十八层地狱情景时,前世本仅述及地狱名称,世德堂本在地狱名称后增加了"赤发鬼、黑脸鬼,牛头鬼、马面鬼"等具体角色。

第三种,将泛称具体化。这种情况在世德堂本第九至十二回中出现多次。如前世本中作"太宗见众臣俱在",世德堂本扩展为"文官内是房玄龄、杜如晦、徐世勋、许敬宗、王土圭等,武官内是马三宝、段志贤、殷开山、程咬金、刘洪纪、胡敬德、秦叔宝等";前世本中是"十个大王",世德堂本改为"十代阎君",并加上十王名称——"秦广王、楚江王、宋帝王、忤官王、阎罗王、平等王、泰山王、都市王、卞城王、转轮王";前世本中是"文武众官",世德堂本具体化为"徐茂功、秦叔宝、胡敬德、段志贤、马三保、程咬金、高士廉、虞世南、房玄龄、杜如晦、萧禹、傅奕、张道源、张士衡、王珪等两班文武";前世本是"两班文武",世德堂本具体化为"那东厢闪过徐茂功、魏征、王邦、杜如晦、房玄龄、袁天罡、李淳风、许敬宗等,西厢闪过殷开山、刘供基、马三保、段志贤、程咬金、秦叔宝、胡敬德、薛仁贵等"。

（三）人物具体形象的增补

与前世本相比,世德堂本第九至十二回中对人物造型都作了具体描写。这在世德堂本中几乎见于每个故事情节。

1. 龙王所变白衣秀士的外貌特征描写:"丰姿英伟,耸壑昂霄。步履端祥,循规蹈矩。语言遵孔孟,礼貌体周文。身穿玉色罗蝠服,头戴逍遥一字巾。"

2. 秦叔宝、尉迟敬的外貌特征描写:"(秦叔宝)头戴金盔光烁烁,身披铠甲龙鳞。护心宝镜幌祥云,狮蛮收紧扣,绣带彩霞新。这一个(尉迟敬)凤眼朝天星斗怕,那一个环睛映电月光浮。他本是英雄豪杰旧勋臣,只落得千年称户尉,万古作门神。"

3. 魏征的外貌特征描写:"熟绢青巾抹额,锦袍玉带垂腰,兜风氅袖采霜飘,压赛垒荼神貌。脚踏乌靴坐折,手持利刃凶骁。圆睛两眼四边瞧,那个邪神敢到! 一夜通明,也无鬼魅。"

4. 崔珏的外貌特征描写:"头顶乌纱,腰围犀角。头顶乌纱飘软带,腰围犀角显金厢。手擎牙笏凝祥霭,身着罗袍隐瑞光。脚踏一双粉底靴,登云促雾;怀揣一本生死簿,注定存亡。鬓发蓬松飘耳上,胡须飞舞绕腮傍。昔日曾为唐国相,如今掌案侍阎王。"

5. 唐王的外貌特征描写:"戴一顶冲天冠,穿一领赭黄袍。系一条蓝田碧玉带,踏一对创业无忧履。貌堂堂,赛过当朝;威冽冽,重兴今日。好一个清平有道的大唐王,起死回生的李陛下。"

6. 唐僧的外貌特征描写:"凛凛威颜多雅秀,佛衣可体如裁就。晖光艳艳满乾坤,结彩纷纷凝宇宙。朗朗明珠上下排,层层金线穿前后。兜罗四面锦沿边,万样稀奇铺绮绣。八宝妆花缚钮丝,金环束领攀绒扣。佛天大小列高低,星象尊卑分左右。玄奘法师大有缘,现前此物堪承受。浑如极乐活罗汉,赛过西方真觉秀。锡杖叮当斗九环,毗卢帽映多丰厚。诚为佛子不虚传,胜似菩提无诈谬。"

7. 观音菩萨的外貌特征描写:"瑞霭散缤纷,祥光护法身。九霄华汉里,现出女真人。那菩萨,头上戴一顶金叶纽,翠花铺,放金光,生锐气的垂珠缨络。身上穿一领淡淡色,浅浅妆,盘金龙,飞彩凤的结素蓝袍。胸前挂一面对月明,舞清风,杂宝珠,攒翠玉的砌香环佩;腰间系一条冰蚕丝,织金边,登彩云,促瑶海的锦绣绒裙。面前又领一个飞东洋,游普世,感恩行孝,王毛红嘴白鹦歌。手内托着一个施恩济世的宝瓶,瓶内插着一枝洒青霄,撒大恶,扫开残雾垂杨柳。玉环穿绣叩,金莲足下深。三天许出入,这才是救苦救难观世音。"

很显然，世德堂本主要以增补诗词的叙述方式描写人物形象。同时，诗词对于世德堂本内容的增补也起到了关键作用。

（四）周围环境描写的增加

世德堂本非常重视周围环境和气氛烘托的描写。编辑者充分发挥想象力，着力描绘读者未见过的场景，在很大程度上增加了读者的阅读兴趣，提升读者阅读体验。在第九至十二回中，世德堂本增补的场景描写，包括对皇宫的描写、对地狱中碧瓦楼台的描写、对十八层地狱前幽冥背阴山的描写，以及对水陆法会现场的具体描写。

前世本没有皇帝宫殿的描写，世德堂本的增补内容为："烟笼凤阙，香蔼龙楼。光摇丹郡动，云拂翠华流。君臣相契同尧舜，礼乐威严近汉周。侍臣灯，宫女扇，双双映彩；孔雀屏，麒麟殿，处处光浮。山呼万岁，华祝千秋。静鞭三下响，衣冠拜冕旒。宫花灿烂天香袭，堤柳轻柔御乐讴。珍珠帘，翡翠帘，金钩高控；龙凤扇，山河扇，宝辇停留。文官英秀，武将抖擞。御道分高下，丹墀列品流。金章紫绶乘三象，地久天长万万秋。"

前世本中的"大殿"，世德堂本改为"碧瓦楼台"，增补描写为："飘飘万迭彩霞堆，隐隐千条红雾现。耿耿檐飞怪兽头，辉辉瓦迭鸳鸯片。门钻几路赤金钉，槛设一横白玉段。窗牖近光放晓烟，帘栊幌亮穿红电。楼台高耸接青霄，廊庑平排连宝院。兽鼎香云袭御衣，绛纱灯火明宫扇。左边猛烈摆牛头，右下峥嵘罗马面。接亡送鬼转金牌，引魄招魂垂素练。唤作阴司总会门，下方阎老森罗殿。"

前世本中的"阴山"，世德堂本增补为"幽冥背阴山"，增补描写为："只见形多凸凹，势更崎岖。峻如蜀岭，高似庐岩。非阳世之名山，实阴司之险地。荆棘丛丛藏鬼怪，石崖磷磷隐邪魔。耳畔不闻兽鸟噪，眼前惟见鬼妖行。阴风飒飒，黑雾漫漫。阴风飒飒，是神兵口内哨来烟；黑雾漫漫，是鬼祟暗中喷出气。一望高低无景色，相看左右尽猖亡。那里山也有,峰也有,岭也有,洞也有,涧也有;只是山不生草,峰不插天,岭不行客,洞不纳云,涧不流水。岸前皆魍魉,岭下尽神魔。洞中收野鬼,涧底隐邪魂。山前山后,牛头马面乱喧呼;半掩半藏,饿鬼穷魂时对泣。"

前世本对水陆法会没有具体场景的描写,世德堂本增补为:"一天瑞气,万道祥光。仁风轻淡荡,化日丽非常。千官环佩分前后,五卫旌旗列两旁。执金瓜,擎斧钺,双双对对;绛纱烛,御炉香,霭霭堂堂。龙飞凤舞,鹗荐鹰扬。圣明天子正,忠义大臣良。介福千年过舜禹,升平万代赛尧汤。又见那曲柄伞,滚龙袍,辉光相射;玉连环,彩凤扇,瑞霭飘扬。珠冠玉带,紫绶金章。护驾军千队,扶舆将两行……幢幡飘舞,宝盖飞辉。幢幡飘舞,凝空道道彩霞摇;宝盖飞辉,映日翩翩红电彻。世尊金像貌臻臻,罗汉玉容威烈烈。瓶插仙花,炉焚檀降。瓶插仙花,锦树辉辉漫宝刹;炉焚檀降,香云霭霭透清霄。时新果品砌朱盘,奇样糖酥堆彩案。高僧罗列诵真经,愿拔孤魂离苦难。"

(五)对已有内容的延伸拓展描写

世德堂本对前世本已有内容在细节上进行了延伸及拓展增补。在第九至十二回中,主要表现为文书内容的补充说明,具体涉及一个榜文、两个表文。

前世本中提到"恤孤榜文",但没有具体内容。世德堂本将"恤孤榜文"改名为"御制榜文",同时增补了榜文内容:"乾坤浩大,日月照鉴分明;宇宙宽洪,天地不容奸党。使心用术,果报只在今生;善布浅求,获福休言后世。千般巧计,不如本分为人;万种强徒,怎似随缘节俭。心行慈善,何须努力看经?意欲损人,空读如来一藏!"

在"选举高僧,修建佛事"的情节中,世德堂本增加了傅奕与萧瑀的论辩环节,同时增补了太史丞傅奕呈于太宗表文的内容:"表曰:西域之法,无君臣父子,以三途六道,蒙诱愚蠢,追既往之罪,窥将来之福,口诵梵言,以图偷免。且生死寿夭,本诸自然;刑德威福,系之人主。今闻俗徒矫托,皆云由佛。自五帝三王,未有佛法,君明臣忠,年祚长久。至汉明帝始立胡神,然惟西域桑门,自传其教,实乃夷犯中国,不足为信。"最后,世德堂本还增添了辩论的结果,此外,太宗还因此颁布了具体措施,即"法律:但有毁僧谤佛者,断其臂。"

在描写唐僧主持水陆法会时,世德堂本增加了法师献上济孤榜文与太宗审阅的情节,同时增补了"济孤榜文"的具体内容:"榜曰:至德渺茫,禅宗寂灭。清净灵通,周流三界。千变万化,统摄阴阳。体用真常,无穷极矣。观彼孤魂,深宜哀愍。此是奉太宗圣命:选集诸僧,参禅讲法。大开方便门庭,广运慈悲舟楫,普济苦海群生,脱免沉疴六趣。引归真路,普玩鸿蒙;动止无为,混成纯素。仗此良因,邀赏清都绛阙;乘吾胜会,脱离地狱凡笼。早登极乐任逍遥,求往西方随自在。"

(六)对已发生情节的复述式描写

前世本对已发生过的情节,基本采用"对某某一事,备细说了一遍"的句式,一笔带过。世德堂本则不同,往往会花较多笔墨,用较大篇幅,重新描写已经发生过的故事情节。这种重复描述,是世德堂本最常见的增补描写之一,在世德堂本每个章回都能找到相应案例。

例如,对于太宗地狱还魂一事,前世本作"太宗就将地府还魂,前后之事,备细对众臣说了一遍",仅用二十四个字。而世德堂本则用五百多字的篇幅,再次重复已发生过的情节:"太宗道:'日前接得魏征书,朕觉神魂出殿,只见羽林军请朕出猎。正行时,人马无踪,又见那先君父王与先兄弟争嚷。正难解处,见一人乌帽皂袍,乃是判官崔邦,喝退先兄弟,朕将魏征书传递与他。正看时,又见青衣者,执幢幡,引朕入内,到森罗殿上,与十代阎王叙坐。他说那泾河龙诬告我许救转杀之事,是朕将前言陈具一遍。他说已三曹对过案了,急命取生死文簿,检看我的阳寿。时有崔判官传上簿子,阎王看了道,寡人有三十三年天禄,才过得一十三年,还该我二十年阳寿，即着朱太尉、崔判官送朕回来。朕与十王作别，允了送他瓜果谢恩。自出了森罗殿，见那阴司里，不忠不孝、非礼非义、作践五谷、明欺暗骗、大斗小秤、奸盗诈伪、淫邪欺罔之徒，受那些磨烧舂锉之苦，煎熬吊剥之刑，有千千万万，看之不足。又过着枉死城中，有无数的冤魂。尽都是六十四处烟尘的叛贼，七十二处草寇的魂灵，挡住了朕之来路。幸亏崔判官作保，借得河南相老儿的金银一库，买转鬼魂，方得前行。崔判官教朕回阳世，千万作一场水陆大会，超度那无主的孤魂，将此言叮咛分别。出了那六道轮回之下，有朱太尉请朕上马，飞也相似行到渭水河边，我看见那水面上有双头鱼戏。正欢喜处，他将我撮着脚，推下水中，朕方得还魂也。'"

对已经发生情节的重复表述，是世德堂本体量庞大的重要原因之一。相对而言，前世本文本表述言简意赅、清晰明了。

总之，上文以第九至十二回为例，证明了世德堂本对前世本的增补包括内容和形式两个方面。内容包括人物对话内容、人物角色名称、人物具体特征形象、周围环境。叙述形式上，或者是对已有内容的延伸拓展，或者是对已发生情节的复述。

二、删改的内容

在内容删改上，世德堂本第九至十二回最具代表性。比较前世本与世德堂本这四回的内容发现，世德堂本完整刊落第九回唐僧出身故事，对之后第十回、第十一回、第十二回故事叙述节奏产生了较大影响。世德堂本删改的内容整理如表 2-8。

表 2-8　前世本与世德堂本第九至十二回文字叙述对比

前世本	世德堂本
第九回 陈光蕊赴任逢灾 江流僧复仇报本	第九回 袁守诚妙算无私曲 老龙王拙计犯天条

（续表）

前世本	世德堂本
	诗曰： 都城大国实堪观，八水周流绕四山。 多少帝王兴此处，古来天下说长安。
话说陕西长安城，乃历代帝王建都之地。方今却是大唐太宗皇帝登基，改元贞观，**此时已登极十三年**，天下太平，八方进贡。一日，太宗升殿，文武百官朝拜毕……玄奘立意安禅，送在洪福寺内修行。后来殷小姐毕竟从容自尽，玄奘自到金山寺报答法明师父。不知后来事体若何，且听下回分解。	此单表陕西大国长安城，乃历代帝王建都之地。自周、秦、汉以来，三州花似锦，八水绕城流。三十六条花柳巷，七十二座管弦楼。华夷图上看，天下最为头，真是奇胜之方。今却是大唐太宗文皇帝登基，改元龙集贞观。**此时已登极十三年**，岁在己巳。且不说他驾前有安邦定国的英豪，与那创业争疆的杰士……众嫔妃随取棋枰，铺设御案。魏征谢了恩，即与唐王对弈。毕竟不知胜负如何，且听下回分解。
第十回 龙王拙计犯天条 魏征遣书托冥吏	第十回 二将军宫门镇鬼 唐太宗地府还魂
再说长安城，有两个相与甚好：一个是渔翁，名唤张稍；一个是樵子，名唤李定……	……那说长安城外泾河岸边，有两个贤人：一个是渔翁，名唤张稍；一个是樵子，名唤李定。他两个是不登科的进士，能识字的山人……
第十一回 游地府太宗还魂 进瓜果刘全续配	
却说太宗魂灵走出五凤楼，只见御林军马，请大驾出城采猎。太宗从之而去……	……却说太宗渺渺茫茫，魂灵径出五凤楼前，只见那御林军马，请大驾出朝采猎。太宗欣然从之，飘渺而去……判官令太尉摇动引魂幡，领太宗出离了枉死城中，奔上平阳大路，飘飘荡荡而去。毕竟不知从那条路出身，且听下回分解。
	第十一回 还受生唐王遵善果 度孤魂萧禹正空门
又见那腾云的身披霞帔，受箓的腰挂金鱼，僧尼道俗，走兽飞禽，都奔走那轮回之下，各进其道……	……又见那腾云的身披霞帔，受箓的腰挂金鱼，僧尼道俗，走兽飞禽，魑魅魍魉，滔滔都奔走那轮回之下，各进其道……

135

（续表）

前世本	世德堂本
第十二回 唐王选僧修大会 观音显象化金蝉	
却说那鬼使将刘全的魂灵,推入金亭馆里。将翠莲的灵魂,带进皇宫……	……那鬼使领命,即将刘全夫妻二人还魂。待定出了阴司,那阴风绕绕,径到了长安大国,将刘全的魂灵,推入金亭馆里。将翠莲的灵魂,带进皇宫内院……
	第十二回 玄奘秉诚建大会 观音显象化金蝉
三匝已毕,玄奘引众僧罗拜太宗……未知玄奘何日起行,且看下回分解。	……三匝已毕,抬头观看,果然好座道场……又见那大阐都纲陈玄奘法师引众僧罗拜唐王……毕竟不知此去何如,且听下回分解。

　　通过梳理发现,世德堂本对前世本的删改主要体现在以下四个方面。

　　① 章回标题修改。最明显之处就是,世德堂本修改了第九至十二回的标题。其中第十二回,前世本为"唐王选僧修大会　观音显象化金蝉",世德堂本改为"玄奘秉诚建大会　观音显象化金蝉"。两个版本的标题看似接近,但侧重点不同。世德堂本由于刊落了完整的唐僧出身故事,编辑者需要平衡唐僧在一百回章节中的分量,除了增加二十四句描述唐僧出身故事的七言诗外,还将第十二回的标题侧重点从唐王转移到玄奘。

　　② 关系变更。关于李定和张稍的关系,前世本中两人相交甚好。但通过世德堂本中两人恶言相向的对话,表明他们关系一般。

　　③ 对太宗还魂前的描述。前世本作:"太尉就请太宗上马,走到渭水河边,那马一跃,把太宗跌下水去,就脱了阴司,径回阳世。"世德堂本增改为:"那太尉见门里有一匹海骝马,鞍鞯齐备,急请唐王上马,太尉左右扶持。马行如箭,早到了渭水河边,只见那水面

上有一对金色鲤鱼在河里翻波跳斗。唐王见了心喜,兜马贪看不舍,太尉道:'陛下,趱动些,趁早赶时辰进城去也。'那唐王只管贪看,不肯前行,被太尉撮着脚,高呼道:'还不走,等甚!'扑的一声,望那渭河推下马去,却就脱了阴司,径回阳世。"前世本中,太宗受马影响而跌落水中;世德堂本则改为被太尉推下马。

（四）观音对唐僧印象的描述。前世本为:"主坛法师乃是玄奘,十分欢喜。"世德堂本则增改为:"又见得法师坛主,乃是江流儿和尚,正是极乐中降来的佛子,又是他原引送投胎的长老,菩萨十分欢喜。"世德堂本"乃是江流儿和尚"这一细节表明,世德堂本原是有"江流儿"这一故事情节的。在刊落原有唐僧出身故事后,世德堂本未能将故事情节的某些细节删除干净,导致在同一书中,相同情节出现前后细节描述不同的情况。

综上所述,世德堂本由于刊落完整的第九回唐僧出身故事,影响了之后连续三章内容的增改。由于标题的改动和故事内容的变化,世德堂本中多处细节前后不一。

三、增删的原因

（一）世德堂本增加内容的原因

世德堂本是唯一一个官版百回本《西游记》小说,成书过程受多渠道文本影响。基于前世本的研究,可以看出世德堂本增删的三点原因。

1. 通过善书、仪式、诗词三个方面的增补,可以了解儒、释、道三家对世德堂本的影响。综合三家的伦理观念——劝善归善、积善行德、因果报应,将其广泛增补进世德堂本。同时,世德堂本作为官版小说,一定程度上承担着弘扬主流价值观的宣传作用。与现在文艺作品在开头标明"国家艺术基金支持项目"类似。

2. 在世德堂本增补周围环境及场景描写中,对四徒弟为保护唐僧与妖魔鬼怪斗智斗勇的增补描写,有三个特点。一是体现徒弟对师父的忠孝之情;二是表现唐僧不畏艰险,履行替唐王取经的承诺;三是表现唐僧对君主的忠义之情。可见,忠孝节义是世德堂本作为官版神魔小说向社会传递的主要指导思想。

3. 由于文本内容的增加,图像数量也相应增加。世德堂本大量增补这类图像的作用,除了增强小说的趣味性外,还为非小说类,如戏剧等舞台表演类的文本改编和翻刻提供了素材。世德堂本作为唯一官刻版本,相较其他版本而言,更具权威性,其广泛流通也能起到很好的样本示范性作用。

综上所述,全方位、大规模对世德堂本内容进行增补的原因是希望借助《西游记》宣传忠孝节义的主旨精神,从而规范道德风气,维护社会稳定,最终到达"皇图永固"的目的。

(二) 世德堂本刊落唐僧出身故事的原因

对世德堂本刊落唐僧出身故事的讨论,从清代至今都是学者们关注的焦点。清代陈士斌在第九回末尾评述中指出,"唐僧履历已耳无甚意味,且事迹矛盾,于世法俗情,亦多未洽,难可信据之"①,在他看来,第九回中很多故事情节存在矛盾,不符合风俗情理,较难让人信服。孙楷第则认为,"万历间刻书者嫌其亵渎圣僧,且触连本朝(高皇),语为不祥,亟为删去"。吴圣昔等人赞同陈士斌的说法,认为之前文本有唐僧出身故事是因为"种种不经,在供演唱和说书时,其浓郁的神异性和离奇性抓住了观赏之人的思绪而被忽略",发展到世德堂本阶段时,经过"文人手中细细斟酌改编,则无法遮掩又难以修改和弥补,最后不得不勉强割受。删汰后,全书文字免不了有些脱榫和失却呼应之处,这就是今见世本有关唐僧身世文字多可指责之由来"。② 结合前世本的内容,笔者认

---

① 陈士斌:《西游真诠》,第九回。
② 吴圣昔:《究竟谁是造物主〈西游记〉作者问题综考辩证录》,《明清小说研究》2002 年第 4 期,第 22 页。

为世德堂本刊落唐僧出身故事的原因,大致有以下五点。

1. 侧重点不同。在世德堂本增补的内容中,有相当比例的打斗情节及劝善情节描写,这表明世德堂本在成书过程中已将侧重点从唐僧西天取经的传奇故事,转移到孙悟空克服种种困难降妖释厄、忠心保护唐僧上,着力表现儒家传统的忠孝节义道德规范。这也反映了删改者希望通过《西游记》中四十八个单元故事传达扬善惩恶的社会风气,传播劝善崇善思想,歌颂忠义气节。

2. 与唐僧父母生平事迹有关。在前世本第九回中,《西游记》核心人物唐僧的亲生父母——陈光蕊被杀推江,殷小姐被贼人强占、最后自尽的结局,都是唐僧不光彩的家庭背景。编辑者难以处理这一负面影响,所以直接删除第九回整回文字。从世德堂本透露的唐僧出身故事细节,有对江流儿之父陈光蕊和江流儿之外公殷开山的记录,但没有对江流儿之母殷小姐的具体描写,甚至连殷小姐的名字都没有出现过。除提到"家母抛绣球招婚"外,再无其他内容。因此有理由推测,世德堂本删去唐僧出身背景的原因,与唐僧父母尤其是其母被贼人强占的经历有关。

3. 陈光蕊的民间背景。元代已有关于三元大帝出身的传说,根据学者们的研究,大约在元代之后,就已出现陈光蕊是三元大帝的说法,只不过"蕊"的用字不同。万历年间编辑世德堂本时,三元信仰在民间已经非常流行。唐僧作为一位有传奇色彩的佛教圣僧,如果其父是一位道教色彩浓厚的人物,在背景介绍上将非常难处理。虽然只是传说,但影响力如同事实一样。前世本第九回说的虽然是唐僧出身故事,但故事情节主要围绕陈光蕊展开,从一开始的中状元娶妻,到赴任途中被贼人谋害,再到被龙王相救,最后通过殷丞相报仇后还魂一家团聚。当然,编辑者删除第九回后,为了介绍唐僧出身背景,故另创二十四句七言诗交代人物关系。

4. 消除时间上的不合理。对于陈光蕊在贞观十三年中状元和唐王在同一年送唐僧出关这一问题,此前已有很多学者关注。世德堂本直接删除完整第九回内容,并以没有时间信息的出身诗来介绍唐僧出身。表面上可以解决时间冲突问题,但由于世德堂本"世代累积"的特性和庞大的体量,很多细节穿插在多个故事情节中,无法完全删减干净,导致无法与第九十九回难簿上前四难对应。

5. 版本系组合刊印。从影印的世德堂本可以看出,现存世德堂本至少由三个版本组合而成。卷一题"金陵世德堂梓行";卷九、十、十九、二十题"金陵荣寿堂梓行";卷十六题"书林熊云滨重锲"。但世德堂本总目录(如图 2-1 中唯独少了"第九回"这三个字。作为官版,因疏忽出现这种情况的可能性很小。世德堂本由不同刊板组合而成,虽然不能证明这是直接导致该刊本刊落第九回内容的原因,但至少说明,目前所见官版世德堂本的第九回标题,是修改过的。唐僧出身故事有可能在组合刊印中被遗落。

图 2-1　世德堂本卷首目录书影

综上所述,在对前世本形成较清晰认识的基础上,关于世德堂本刊落唐僧出身故事,主要有五种可能,可归纳为两个大类:一、版本和刊印问题,包括前世本和世德堂本侧重突出的人物不同,世德堂本为组合刊印版；二、内容或故事情节筛选问题，前世本第九回的内容可能对唐僧人物形象造成影响，如唐僧之母被刘洪强占最后自尽的经历，唐僧之父与三元大帝之间的关系，故事情节中出现两个贞观十三年的时间点等。因此可认为是诸种原因综合造成了世德堂本最后刊落前世本中的第九回内容。

本 章 小 结

本章讨论了世德堂本在前世本基础上所进行的增补和删改。以世德堂本增补的细节为该书版本演变的特征，为梳理明清《西游记》版本源流提供重要线索。这对研究"世代累积型"的世德堂本的成书过程具有重要意义。

一、世德堂本在前世本的基础上进行了增补，体量增加了一倍以上。世德堂本对前世本的增补，主要分为内容和形式两个大类。内容的增补主要包括人物角色数量及形象内容、周围环境内容、善书内容、仪式细节内容四个方面；形式的增补包括人物对话描写、内容延伸描写、复述式描写、诗词描写四个方面。

二、在世德堂本增补内容中，最值得关注的内容是善书、仪式、诗词这三个方面。这三个方面分别代表了儒、释、道三家对《西游记》成书的影响。世德堂本独有的版本特征，有助于梳理明清《西游记》诸本关系。

三、以王见川的相关研究为基础，可以看出世德堂本有二十五回即占全书四分之一的章节，受《明心宝鉴》劝善内容的影响。其中第八回引用《明心宝鉴》多达四次，可见世德堂本受《明心宝鉴》的影响是全面而非片面、孤立的。世德堂本多样的劝善人物角色，且多以人物对话形式展开，表明编辑者利用《西游记》的传播力和影响力，宣传"善恶因果报应"及"行善劝善"的价值观，有"皇图永固"统治维稳的意图。

四、关于宗教仪式影响小说《西游记》的讨论,主要围绕前世本和世德堂本中的第十三回"荐亡仪式"和第九十六回"圆满道场"展开。世德堂本较前世本增加了仪式程序、仪式文本、仪式斋名、仪式用品等的描写。

五、关于诗词增补内容的分析,可以看出世德堂本主要以两种方式对前世本中的诗词进行扩增:一种为集中式增补模式;另一种为穿插式增改模式。同时,世德堂本在行者、八戒和沙僧出身诗句中,添加了他们与道教关系的文字,以表现他们修道的行实。

六、研究世德堂本目录、关印、难簿的细节发现,世德堂本的演变过程呈现从无到有、从正到误的趋势。在对前世本正确无误的内容进行增补时,其中有意无意的改变,导致世德堂本故事情节出现不少前后矛盾的情况。

七、世德堂本整体删去前世本第九回,对之后第十至十二回三回都产生了影响,尤其是在标题和故事情节方面。由于删改较多,造成上下文故事情节前后不一的问题,较有代表性的是张稍和李定的关系,在前世本中两人友善交好,但在世德堂本中却恶语相向。

八、世德堂本全方位、大规模进行内容增补的原因,与编辑者希望借助《西游记》的影响力来宣传忠孝节义的主旨精神有关,目的是规范道德风气、维护社会稳定,以求"皇图永固"。

九、基于前世本的认识和研究,世德堂本刊落唐僧出身故事的原因,大致归纳为两大类:一是版本和刊印问题,前者指前世本和世德堂本所侧重突出的人物不同,后者为世德堂本是组合数个板刊印;二是故事情节筛选问题,前世本第九回内容可能对唐僧人物形象造成负面影响,如唐僧之母被刘洪强占、最后自尽,唐僧之父与三元大帝之间的关系,以及两个贞观十三年的时间点。因此可认为是数种原因综合造成世德堂本最后刊落前世本中的第九回内容。

第三章 《西游记》诸本源流

关于明清《西游记》版本源流,目前学术界有较为统一的观点,即认为世德堂本是现存最早的《西游记》版本,明代诸本《西游记》均受世德堂本影响,清代诸本《西游记》主要受证道本影响。前世本的发现,使《西游记》版本源流研究有了新的进展。

本章从图像和文本两个方面,梳理前世本及世德堂本内容,辨析两个版本的特征,探究它们对明清诸本的影响。通过总结各版本相同及不同内容之间的规律和变化,重新梳理百回本《西游记》诸本源流。

第一节 作为祖本的前世本

前世本是现存百回本《西游记》最早的文本。从整体上看,前世本发展到世德堂本,图像和文本均有变化;从细节上看,不同形态的前世本对明清诸本《西游记》产生了不同的影响。

本节首先对诸多前世本刊刻过程中遗存的信息进行整理；其次对前世本版本特征进行梳理；最后，在全面认识前世本的基础上，就不同前世本对明清诸本《西游记》的影响展开讨论。

一、书名

书籍的书名一般能从书的书皮得知。书名页、版心、正文前首题内容三者是确认书名的关键信息。虽然收集到的版本封面存在模糊或破损的情况，但他们仍为前世本书名的确认提供了有力的证据。

目前收集到的前世本实物包括六卷本、八卷本、十卷本三种版本，每种版本又有不同刻坊刊刻的本子。对比诸种前世本发现，完整的前世本内容包括书名页、序文、图像、目录、正文这五个部分，每个部分版心内容并不完全相同，大多数名称是"西游真诠"。现就有版心内容的版本进行说明。

1. 六卷本

宝华楼本：书名页框内竖题"憺漪子评　绣像西游真诠　宝华楼梓"，原序版心、目录版心、图像版心、正文版心均题"西游真诠"，正文前题"西游真诠卷之一"。

两仪堂本：书名页署"蓝师提记"，原序版心、目录版心、图像版心、正文版心均题"西游真诠"，正文前题"西游真诠卷之一"。

益元局本：书名页题"光绪己亥　益元局刊刻"、原序版心、目录版心、图像版心、正文版心均题"西游真诠"，正文前题"西游真诠卷之一"。

沈守忠本：首残。目录版心、图像版心、正文版心均题"西游真诠"，正文前题"西游真诠卷之一"。

奎元堂本：封面题"西游真诠"，无书名页，原序版心、目录版心、图像版心、正文版心均题"西游真诠"，正文前题"西游真诠卷之一"。

宏道堂本：封面题"卷之壹"，书名页方框上横题"嘉庆丙子年新镌"、方框中竖题"憺漪子评 绣像西游真诠 宏道堂藏板"。原序版心题"西游原序"，目录版心、图像版心均题"西游真诠"，正文版心题"西游"，正文前题"西游真诠卷之一"。

2. 八卷本

西泰山本：无封面。书名页横题"圣叹外书"，方框内竖题"憺漪子评 绣像西游真诠 西泰山藏板"。原序版心、目录版心、图像版心、正文版心均题"西游真诠"，正文前题"西游真诠卷之一"。

3. 十卷本

怀新楼本：第一册封面题"西游记 壹"，余本以此类推。书名页方框中横题"绣像真诠"、方框中竖题为"憺漪子评 西游记 怀新楼梓行"。原序版心、目录版心、图像版心、正文版心均题"西游真诠"，正文前题"西游真诠卷之一"。

通过考察诸多前世本的书名页、版心、正文前首题，发现出现频率最高的名称为"西游真诠"，因此可认为前世本《西游记》主要以《西游真诠》的书名传播。这个书名后被陈士斌本所继承，成为目前存世最多的百回本《西游记》版本。

二、特征

版本特征是判断版本时间先后的重要参考标准。基于四种形态的前世本具有三个共同特征：一是卷首有唐太宗绣像；二是内容结构完整；三是文字简明清晰。

（一）卷首有唐太宗绣像

古代小说图像主要分三大类："出相""绣像"和"全像"。根据鲁迅对自宋以来小说插图形式①的归类总结:"出像"主要以每页上图下说的表现形式为主;"绣像"主要以出现在卷首中表现人物形象的图像为主;"全像"主要是以每一回章节故事的图像表达为主。

通过第一章的版本叙录可知,前世本在书名页上均题有"绣像西游真诠",这一细节表明,前世本中的六卷本、八卷本、十卷本的图像均是人物绣像,相对于世德堂本中的"全像"和杨闽斋本中的"出像",卷首为唐太宗"绣像"是前世本图像的特征之一。

前世本中的人物绣像分两种类型:一种是早期六卷本(两仪堂本、益元局本、沈守忠本),带有背景的人物绣像图;另一种是后期六卷本(宝华楼本、奎元堂本、宏道堂本)、八卷本(西泰山本、三益堂本)及十卷本(怀新楼本),没有背景的人物绣像图。

芥本虽然同样是以人物绣像为主的百回本《西游记》版本,但并不是前世本,因为芥本的首图为如来佛。

基于第一章对前世本图像的研究,早期六卷本的人物绣像共有六幅,顺序为唐太宗、魏征、唐僧、孙行者、猪八戒、沙僧。后期六卷本图像同为六幅,但由于添加了李老君的图像,所以形成了新的人物绣像顺序,即唐太宗、魏征、李老君、唐僧、孙行者、猪八戒。八卷本和十卷本相同,共有十幅,人物绣像顺序在后六卷本的基础上添加了三位人物绣像图,同时,将前六卷本遗漏的沙僧图像补入,新的顺序为唐太宗、魏征、李老君、唐僧、孙行者、猪八戒、沙僧、牛魔王、红孩儿、铁扇公主。

因此,虽然前世本形态多样,但首图为唐太宗是其共同特征。这也是快速判断版本先后的重要依据之一。

---

① 鲁迅:《连环图画琐谈》,岳麓书社,1999年,第181页。

（二）内容结构完整

前世本《西游记》内容由五大部分组成。第一部分为第一回"灵根孕育源流出　心性修持大道生"①至第八回"我佛造经传极乐　观音奉旨上长安"，内容主要交代孙悟空出身及大闹天宫情节。第二部分为第九回"陈光蕊赴任逢灾　江流僧复仇报本"，内容为唐僧出身故事。第三部分为第十回"老龙王拙计犯天条　魏丞相遗书托冥吏"至第十一回"游地府太宗还魂　进瓜果刘全续配"，内容为魏征斩龙、唐王游地狱的故事。第四部分为第十二回"唐王选僧修大会　观音显像化金蝉"②至第九十九回"九九数完魔灭尽　三三行满道归根"，内容为师徒西天取经过程。第五部分为第一百回"径回东土　五圣成真"，内容为师徒取经成功后各成正果。

从故事内容角度看前世本《西游记》，首尾完整，故事情节与章节安排合理。《西游记》主要依托唐僧西天取经的故事，唐僧作为核心人物具有不可替代性。但作为核心人物的唐僧若没有单独的章回介绍其出身及成长经历，在逻辑上是说不通的。

对比前世本和世德堂本的第九回开篇，可以看出前世本故事情节表述顺畅，情节设置合情合理。世德堂本则明显有生硬剪切的改动痕迹。

综上所述，前世本内容结构完整，主要有五个部分：孙悟空出身故事及大闹天空、唐僧出身故事、唐王游地狱、唐僧师徒西天取经、师徒各成正果。这五个部分的故事情节衔接合理顺畅，这一点

---

①　由于收集到的前世本中第一回标题存在"孕育"和"源流"的细微区别，本小节讨论时，以大家常见的十卷本怀新楼本的目录为例证。

②　诸本第十二回标题略有不同，主要分两种情况。怀新楼本、证道本、陈士斌本、新说本为"唐王选僧修大会　观音显像化金蝉"；世德堂本、李卓吾本、杨闽斋本、闽斋堂本、唐僧本为"玄奘秉诚建大会　观音显象化金蝉"。

也能在诸前世本版式组合中验证。前世本虽然有数种分卷形态,但诸本均有书名页、原序、目录、图像、正文这五个部分,因此,从内容和版式上都能看出前世本是内容结构完整的版本。

(三) 行文简洁清晰

前世本文字简明扼要、直截了当,世德堂本文字叙述较为烦琐拖沓,主要表现在以下三个方面。

1. 交代故事情节方面。前世本主要以陈述句表述情节内容,用词简单明了,文意表达清晰,全书在三十万字左右。世德堂本由于添加了大量口语化的"俚词"内容,体量陡增,存在表述方式较长、文意表达不清等问题,全书增补至七十万字左右。

2. 描写已经发生的情节方面。前世本以"某某将之事备述了一遍"一笔带过,内容简洁明了。世德堂本则会用一定的篇幅,通过人物对话的形式将发生过的情节再复述一遍,特别是师徒出身故事,世德堂本多次在不同情节中重复相同内容。

3. 细节描写方面。前世本用词准确,表述简洁;世德堂本会将前世本中的内容拆分成两部分,如描述沙僧外貌时,前世本为"腰悬虎牌手执杖",世德堂本拆分成两句——"腰间悬挂虎头牌,手中执定降妖杖"。

有学者认为世德堂本很好地体现了文本经典化的演变过程。笔者不否认世德堂本加入了艺术化的表现形式,在烘托故事氛围上略胜一筹,在版本演变过程中也有可圈可点的地方,但从叙述风格上来看,世德堂本行文重复较多,细节过于庞杂,文意表达不清,有些表达甚至多余。而前世本在文字表述上更为简洁,行文清晰明了。

三、影响

前世本对明清《西游记》的影响,主要体现在以下几个方面。

（一）图像内容

百回本《西游记》的图像演变并不是线性发展，而是交错影响的复杂演变过程。明清《西游记》各个版本在不同程度上受不同阶段前世本的影响，主要有四种情况。

1. 前世本影响芥子园本图像发展

前世本中的怀新楼本，直接影响了芥子园本的图像。芥子园本不仅吸收了怀新楼本中的全部人物绣像，同时在怀新楼本的基础上进行了内容增补及修改，最终形成了芥子园本的特色，主要表现在图像总数、首图、人物排列顺序及个别人物形态四个方面。

芥子园本完全吸收怀新楼本中的十位人物绣像——唐太宗、魏征、李老君、唐僧、孙行者、猪八戒、沙僧、牛魔王、铁扇公主、红孩儿。仔细对比两个版本中相同人物的细节，发现整体上相似，但在人物刻画上芥子园本较怀新楼本略显粗糙。此外，在相同的人物绣像中，芥子园本有两个细节上的轻微改动（如表 3-1）。

两个版本有几处略微不同。如芥子园本修正了怀新楼本中猪八戒版心中的标志"诸八戒"，即改为"猪八戒"。同时还在两处明显的图像细节上进行了改动：第一处集中在兵器尺寸及造型上，第二处在孙行者脚下的云朵数量及形状上。

表 3-1　怀新楼本与芥子园本图像对比

怀新楼本	芥子园本	怀新楼本	芥子园本

（续表）

第一处，兵器尺寸和造型上的改动。通过对比发现，两个本子画面大小相似，但芥子园本中孙行者、猪八戒、沙僧、牛魔王、铁扇公主、红孩儿等人物手持的兵器，均比怀新楼本中的兵器略长、略大（表3-2）。

表 3-2　怀新楼本与芥子园本个别人物绣像对比

怀新楼本	芥子园本	怀新楼本	芥子园本
孙行者		猪八戒	
沙僧		牛魔王	
铁扇公主		红孩儿	

　　关于红孩儿的图像,芥子园本改变了火尖枪头部的形状,即从怀新楼本中喷火的枪头变成了芥子园本中圆锥形和圆球组合的枪头造型(表3-3)。

　　第二处,孙行者脚下的云朵不同。怀新楼本中的孙行者脚踏一朵云,芥子园本在怀新楼本的整体造型上增加了一朵云。对比右脚踩的云发现,两朵云的大致廓形同为三角形,但左右大小、底部云朵收尾的细节造型上有所不同(表3-4)。

表3-3　怀新楼本与芥子园本红孩儿绣像细节对比

怀新楼本	芥子园本
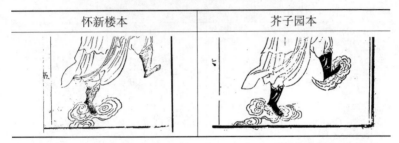	

表3-4　怀新楼本与芥子园本行者绣像细节对比

怀新楼本	芥子园本

因此,芥子园本在处理细节上并不是完全照搬怀新楼本,而是在怀新楼本的基础上有所增补。

人物绣像的前后顺序,是快速判断版本年代的重要依据之一。芥子园本首次调整了唐太宗的首图位置,调整后首图为如来佛,同时前置了李老君的位置,即将李老君的第三位置前置为第二位置,唐太宗后置为第三(表3-5)。

表3-5　怀新楼本与芥子园本前三幅绣像顺序对比

顺序	怀新楼本	芥子园本
第一幅		如来佛

（续表）

顺序	怀新楼本	芥子园本
第二幅		
第三幅		

在芥子园本中，不仅前三位人物的位置发生了变化，其余七位人物也有不同程度的调整，值得注意的就是沙僧位置的变化。唐僧、孙行者、猪八戒、沙僧作为《西游记》的核心人物，其图像一直以一个组合呈现，但在芥子园本中，编辑者首次将镇元仙插入师徒四人一贯的连续形象中，即排在猪八戒之后，打破了组合。同时，将乌巢禅师、二郎神、托塔李天王、金星这四个新角色排在牛魔王、铁扇公主、红孩儿之前，原本排在最后三位的牛魔王、铁扇公主、红孩儿，被新插入的角色——黄袍怪、狮子精、蜘蛛精、犼精替代。

芥子园本图像排序逻辑，首先是佛道界两位宗教领袖，次为人间最高统治者唐太宗，再次为官位等级较高、有特殊才能的官员魏征，然后是四位主角人物——唐僧、孙行者、猪八戒、沙僧，接着是镇元仙、乌巢禅师、二郎神、托塔李天王、金星，最后是均以妖怪形

153

象出现、阻挡唐僧取经的各类人物——牛魔王、铁扇公主、红孩儿、黄袍怪、狮子精、蜘蛛精、犰精。

因此可以说，前世本直接影响了芥子园本的图像演变，芥子园本中的图像在怀新楼本的基础上进行了增补和修改。

2. 前世本影响李卓吾本和翠筠山房本

通过对比前世本初期阶段（沈守忠本、益元局本、两仪堂本）的首图与李卓吾本、翠筠山房本中有的太宗图像，可以看出李卓吾本和翠筠山房本的全像均受前世本第一阶段人物绣像图的影响（表3-6）。

表 3-6　前世本初期阶段、李卓吾本与翠筠山房本图像对比

前世本初期阶段	李卓吾本	翠筠山房本
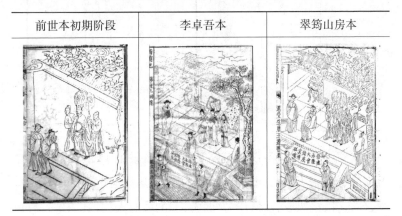		

李卓吾本在吸收前世本中的太宗人物绣像图的基础上，又通过添加横幅上的文字、增添侍者人物数量、丰富背景等手法，将其改编成能概括及表现某一章故事情节的全像图。在这些细节上，李卓吾本将前世本中鞠躬的侍者移到了横幅之上，侍者侧面弯腰的姿势变成了正面站立姿势，将视觉焦点很好地转移到横幅内容上，能更好地表现唐太宗启建水陆法会的情节内容。

翠筠山房本从整体上继承了李卓吾本的图像构图，并对其细节进行简化。此外，对比前世本中站在唐太宗右前方的两位官员形态，可以看出翠筠山房本参考了前世本中的人物细节设置。此

外,通过图注可以看出,翠筠山房本在吸收李卓吾本的同时,还参考了前世本第一阶段的首图。

翠筠山房本总目录中第十一回标题是"游地府太宗还魂 进瓜果刘全续配",但图注中却出现"还受生唐王遵善果",全称为"还受生唐王遵善果 度孤魂萧瑀正空门"。这个章回目录是专属于世德堂系(没有唐僧出身故事版本的世德堂本、李卓吾本、杨闽斋本、闽斋堂本)《西游记》第十一回的标题。这一细节强有力地证明了翠筠山房本中的图像,不仅吸收、简化了李卓吾本中的图像,同时在细节上还吸收了前世本第一阶段的图像,通过组合两个版本的图像内容,最终形成特有的版本图像。

3. 多本前世本影响翠筠山房本图像

翠筠山房本中的孙行者形象,同时受初期阶段和中期阶段两个阶段前世本的影响。初期阶段本包括沈守忠本、两仪堂本、益元局本中有背景的孙行者的形象,中期阶段图像是指西泰山本中无背景的孙行者形象。

表3-7 前世本初期阶段、中期阶段与翠筠山房本行者绣像对比

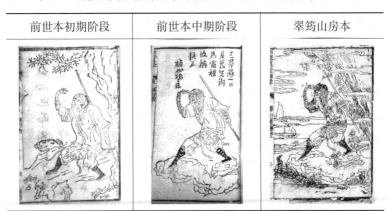

通过对比发现,翠筠山房本中的孙行者整体造型取自中期阶段的前世本西泰山本,就孙行者的着装和脚下的云朵这两个细节而言,翠筠山房本中孙行者两脚下的云朵呈倒三角状,与西泰山本

中的云朵形状相同。翠筠山房本中的背景构图,受第一阶段前世本影响,并在其基础上增加了两个细节——一个是浮云围绕人物的环境刻画,另一个是增补了孙行者服饰上的图案细节。

所以,翠筠山房本中的人物绣像图像同时受前世本两个阶段版本图像的影响。

4. 前世本影响诸本图像发展

基于第一章的研究成果,前世本中的图像主要分为三个阶段,在中期阶段的奎元堂本和宏道堂本中,新添加了李老君形象,这一图像变化影响了明清多个版本的图像。这主要体现在图像发展的两条脉络上:第一条为以展示人物为主的绣像图;第二条为以表达故事情节为主的全像图。

早期六卷本奎元堂本和宏道堂本中的李老君形象,虽然在细节表现上略有不同,但整体相似,属于同一模式下的不同刻本。李老君手持羽扇,面朝香炉而坐的姿势被之后的众多版本吸收、传承。首先八卷本中的西天泰山本直接延续,发展至十卷本的怀新楼本,最后到清代芥子园本,整体人物形象保留着最初早期六卷本中的原始李老君的整体造型。到了新说本,这一人物形象不仅整体构图与之前一脉相承,而且还在人物服饰和表情上增添了许多细节,人物更加逼真、柔和。

第二条是延续李老君形象的图像发展脉络,这是世德堂本开创的。首先,由于世德堂本是以表现故事情节的全像图为主的版本,所以可将前世本中的人物绣像中的细节,转化到自己的叙述中。由于世德堂本中的全像图以人物大于景色为特色,所以在图像转化的过程中,主要吸收了李老君的丹炉、羽扇的装饰细节,并在此基础上添加了孙行者推倒丹炉的场景,整幅图展示行者故意捣乱的故事情节。同时,世德堂本创新了李老君姿势,不再以坐姿示人。这一改动模式,被之后有全像图像的百回本《西游记》所吸收,其中较有代表性的是李卓吾本和翠筠山房本。李卓吾本在世德堂本的基础上,丰富了画面的故事情节,如增加了熊熊燃烧的丹炉被行者推倒后，众人恐慌，李老君被惊吓的细节内容。翠筠山房本则在李卓吾本的基础上，将燃烧的丹炉放在视觉的中心点上，同时围绕丹炉，添加了更多四处乱窜的人物形象，翠筠山房本则继承了世德堂本中关于李老君形象的改变，为了配合故事情节的表达，还将前世本中李老君的坐姿调整为卧姿的形态（如图3-1）。

所以，前世本三个阶段中的图像，均在不同程度上影响了明清《西游记》图像。

（二）唐僧传记

通过整理早期六卷本两仪堂本、后期六卷本宏道堂本、八卷本西泰山本及十卷本怀新楼本等具有代表性的前世本，前世本完整记录了第九回唐僧出身故事，主要有八个部分——光蕊中考成婚，携母赴江州上任，刘洪谋死光蕊冒名赴任，殷小姐产子抛江，法明长老救幼儿抚养，江流长大后认亲，殷丞相为女报仇，光蕊还魂后一家团圆。

对比前世本中第九回与朱本、证道本、陈士斌本中的唐僧出身故事发现，内容并不完全相同，特别是细节描述上有出入，故事情节是呈少到多的趋势。为了方便叙述，将朱本、证道本、陈士斌本三本共同的内容统称为后世本，后世本与前世本不同之处体现在以下几个方面。

（1）在前世本中，描述时间的词只有"改元贞观，已登极十三年"，而没有"岁在己巳"。"岁在己巳"直到后世本才出现。

（2）在前世本中，描述状元入相府后，只有丞相"唤宾人赞礼"；到后世本时，增加了夫人角色，与丞相一同"唤宾人赞礼"。

（3）在前世本中，描述龙王在龙宫救光蕊时，仅让光蕊口含一颗定颜珠，无其他细节。发展至后世本，龙王请光蕊在水府中做官，同时设宴招待光蕊。此外，在后世本中光蕊的官职为都领，但朱本描述为判官。

（4）前世本中殷小姐抛江流儿前，除西泰山本外，其余三本

157

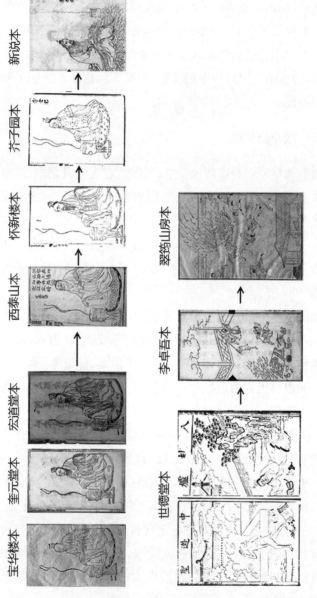

图 3-1 《西游记》李老君图图像两条传播路线图

均提到"小姐将此子乳哺了"。在后世本中,只有证道本在此基础上增补"小姐且将此子藏在身边,乳哺已及一月",与第九十九回难簿中提到的"满月抛江"相符。

(5) 在前世本中,法明长老被描述为"修真悟道"的和尚。发展至证道本和陈士斌本时,法明长老"已得无生妙诀",朱本则为"已得无生之寿诀"。

(6) 在前世本中,描述被玄奘难倒的是"众僧";后世本为"酒肉和尚"。

(7) 在前世本中,描述江流认亲时,仅提到"玄奘领了师父言语",后世本增加了"就装做化缘的和尚"这一描述。后世本中的认亲过程,还增加了殷小姐问玄奘自幼还是中年出家的对话内容。

(8) 在前世本中,江流儿直接在殷小姐府上认亲。发展到后世本时,多出施舍僧鞋去金山寺还愿并最终在金山寺认亲等情节。

(9) 在前世本中,描述江流与婆婆认亲时,仅提到用书信和香环。发展到后世本时,增加婆婆由于等待心急双眼昏了,玄奘拜天为婆婆舔眼等情节。

(10) 在前世本中,描述丞相、小姐、玄奘在江边祭奠光蕊时,仅提"活剜取刘洪心肝,祭了光蕊"。发展到后世本时,增加"烧了祭文一道"环节。

(11) 在前世本中,除西泰山本外,描述龙王送光蕊具体物品为"如意珠一颗,走盘珠一颗,玉带一条"。发展到后世本时,添加了具体物品"绞绡十端",朱本则为"鲛绡",同时将"玉带"升级为"明珠玉带"。

(12) 在前世本中,描写光蕊到刘家店寻母时,仅提到"连忙拜倒。母子大哭一场"。发展到后世本时,增加婆婆当夜得梦预感的描写。

综合上述十二个增补细节,可以看出故事情节整体呈由少到多的发展趋势,后世本主要增加了金山寺认亲、婆婆舔眼这两个故事情节。在细节描述上更为烦琐,由于三本后世本在编辑的过程中均受世德堂本影响,所以增加了人物之间的对话。证道本和陈士斌本内容增补相对较统一,朱本则与前两本不同,改编较为粗糙、拙劣。由于增补内容较多,造成前后内容不完全相符的情况。

综上所述,完整的唐僧出身故事经历了从简到繁的演变过程,通过对比分析现有完整记录有关唐僧出身故事的不同文本,可以确定前世本中原本就有从光蕊中考成婚到光蕊还魂后一家团圆的内容,与《西游记》第九十九回难簿中记录的"出胎几杀、满月抛江、寻亲抱冤"完全吻合,更与第九回"陈光蕊赴任逢灾 江流僧复仇报本"的标题及故事情节相符。由此可知,证道本在参考世德堂本的同时还参考了前世本。

同时,我们也发现,不论是证道本还是朱本,都受前世本影响,但朱本中的唐僧出身故事改编较为粗糙,前后内容不一致。

第二节 世德堂本的影响

世德堂本是《西游记》百回本中对后世诸本影响最大的,除前世本外明清诸本《西游记》均在不同程度受其影响,主要体现在图像细节、唐僧传记、代表性文本内容三个方面。

一、图像细节

世德堂本共有一百九十七幅双页全像图,目前学界的主要关注点在世德堂本文本研究上,对于世德堂本图像的研究较少。笔者研究发现,世德堂本中有七幅图对证道本中的图像影响较大,包括直接影响、间接影响。

关于证道本图像,李慧、张祝平的《〈西游证道书〉插图、图赞源流考》①指出,证道本共十六幅图中,有七幅插图源于李卓吾本,有九幅是绘刻者自己的创作,并未提及世德堂本对证道本的影响。

本小节将从构图、细节、情节等几个方面来讨论世德堂本对证道本的直接和间接影响。

(一)直接影响

世德堂本共有四幅图,直接影响了证道本图像,由于世德堂本图像整体画面是横向排版的双页式,而证道本呈竖向版式的单页图像。所以证道本在吸收世德堂本图像时,将一些细节内容从左中右结构转化成上中下结构的排版模式。

1. 世德堂本第十九回与证道本第五幅

两个版本的相同内容有两处。第一,人物姿势相同,两幅图均呈现孙行者与猪八戒各持兵器打斗的动作;第二,场景相同,两个版本中的人物均站在陆地上,周围又同时被云朵环绕。证道本在吸收的过程中,将世德堂本中横排版的内容进行了竖向转化(表3-8)。

表3-8 世德堂本与证道本第五幅图像对比

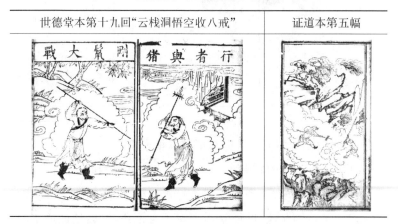

| 世德堂本第十九回"云栈洞悟空收八戒" | 证道本第五幅 |

① 李慧、张祝平:《〈西游证道书〉插图、图赞源流考》,《语文学刊》2015年第21期,第64—66页。

2. 世德堂本第二十四回与证道本第七幅

两个版本的相同内容有两处。第一，行者手持物品相同，两幅图像均显示行者怀中抱着几个人参果的场景。虽然站在行者旁边的人物一个为沙僧，一个为八戒，但两者与行者互动姿势相似。究其原因，是为了排版的需要，由于世德堂本中的图像人物大于背景，注重表现人物动作，而证道本则学习李卓吾本景大于人的表现手法，注重整体氛围的展现，所以证道本与世德堂本的关系，并没有证道本与李卓吾本关系那么显而易见。证道本在吸收世德堂本图像时，会在细节上进行适当调整，图像表现上略有不同。第二，装饰物相同，在证道本中明显看到世德堂本中出现的灶台及两口锅的细节（表3-9）。

表3-9　世德堂本与证道本第七幅图像对比

世德堂本第二十四回"五庄观行者窃人参"		证道本第七幅
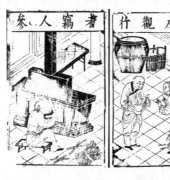		

3. 世德堂本第五十三回与证道本第十幅

两个版本相同内容有两处。第一，人物姿势相同，孙行者与如意真仙持兵器打斗，沙僧则在井边打水。第二，两幅图中，均有一个无名小卒摔倒在地，世德堂本中位于左下角，发展到证道本时，由于竖排版的需要，将无名小卒安排在画面的上方，沙僧旁边，正好与沙僧形成巧妙的互动（表3-10）。

表 3-10　世德堂本与证道本第十幅图像对比

世德堂本第五十三回"黄婆运水解邪胎"	证道本第十幅

4. 世德堂本第五十五回与证道本第十一幅

两个版本相同内容有两处。第一,打斗场面相同,孙行者、猪八戒与蝎子精各持兵器围成三角形,激烈打斗,三人兵器均指向画面中心。第二,蝎子精的服饰相同,在有限的画面中,两个版本均对蝎子精的着装进行了细腻刻画,特别是缠绕在双臂上的飘带,随着打斗而飘动,增强了画面动感。此外,两个版本图像的有机结合,表现出一会儿在陆地一会儿在云雾包围的空中的感觉,很好地表现了打斗场面的激烈,这种也是西游图像的特色之一(表 3-11)。

表 3-11　世德堂本与证道本第十一幅图像对比

世德堂本第五十五回"性正修持不坏身"	证道本第十一幅

通过以上四个图像的案例分析，可以明确证道本在编辑图像的过程中，吸收并加工了世德堂本中的图像。

（二）间接影响

证道本由于画面尺寸或刻工工艺水平等多种因素，在处理故事情节插图时，综合吸收世德堂本和李卓吾本中的图像元素，并加以适当的改造，取其所长，最终形成证道本独有的版本特色。在证道本十六幅图中，有三幅受世德堂本间接影响。

1. 证道本第一幅"悟彻菩提真妙理"

在世德堂本中，祖师一行人站在洞口外，猴子在空中呈跪拜状。在李卓吾本中，祖师一行人站在洞口内，猴子在地上呈跪拜状。证道本从竖向排版的角度考虑，吸收了李卓吾本中的构图，保留山石元素，由于受细长型画面门幅限制，所以将李卓吾本中竖立在洞口的碑名换成牌匾，悬挂在洞口之上，表明地理位置信息。同时，证道本吸收世德堂本中猴子在空中跪拜这一细节，将左右结构变成了上下结构，增添了整个画面的灵动感（表3-12）。

表3-12　世德堂本、李卓吾本与证道本第一幅图像对比

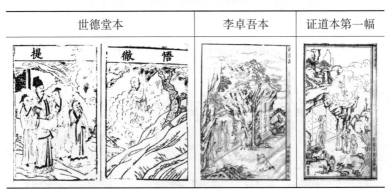

世德堂本	李卓吾本	证道本第一幅

2. 证道本第八幅"观音慈善缚红孩"

证道本第八幅图像在主体构图上吸纳了李卓吾本的整体氛围布局，包括水波纹与云纹的组合关系等，而在处理人物关系时，证

道本则参考世德堂本中的人物设计,由观音、孙行者、红孩儿三者形成人物之间的互动关系。特别是世德堂本中观音一手持净瓶、一手将杨柳枝垂下这一动作形象,完全被证道本吸收,并安排在画面上方。此外,证道本将世德堂本左中右的人物排列结构变成上中下的形式,将孙行者持棒形态纳入图像,与红孩儿形成上下打斗的场面,分别安排在中下方,增添了整体画面的趣味性(表 3-13)。

表 3-13　世德堂本、李卓吾本与证道本第八幅图像对比

3. 证道本第十三幅"金殿识魔谈道德"

证道本第十三幅图像在整体构图上吸纳了李卓吾本中人物的散点布局模式,在人物细节上吸收世德堂本中的内容。主要表现在两个方面:一是证道本和世德堂本画面总人数均为六人;二是证道本老者手持拐杖姿势与世德堂本老者相同(表 3-14)。

表 3-14　世德堂本、李卓吾本与证道本第十三幅图像对比

通过以上四个案例可以证实,世德堂本影响了证道本图像。证道本在构图上,主要参考李卓吾本中关于环境及主题气氛的营造。对于人物关系和细节处理,证道本则更多吸纳世德堂本中的内容,即继承了世德堂本更注重打斗及人物关系互动性塑造的优点。

证道本结合自身的条件巧妙汲取各本所长,打斗场景源于世德堂本,整体氛围营造和场景表现源于李卓吾本;当二者并不能很好地结合时,证道本则会从情节需要出发,参考更能表现人物形象的杨杂剧本。当然,证道本在吸收各本图像的同时,对构图、细节、人物形象进行了相应的修改,以形成其独具特色的图像。

二、唐僧传记

世德堂本虽然完整刊落第九回唐僧出身故事,但仍有细节被保留在第九十三回、九十四回。本小节以唐僧之母抛绣球遇姻缘为切入点,探讨世德堂本对前世本外明清诸本《西游记》的影响。

通过表 3-15 对比可以发现,世德堂本在前世本的基础上进行了增补,前世本外明清诸本又在世德堂本基础上有所演变。

前世本有完整的唐僧出身故事,其中包括殷小姐抛绣球招婚这一情节。世德堂本一方面因刊落完整的第九回,导致殷小姐抛绣球招婚的源头无处可寻;另一方面又在前世本没有提及此情节之处,特意加入了抛绣球招婚这一情节。这表明前世本原来有完整的第九回唐僧出身故事,但由于种种原因直接刊落了。之后的诸本,无论是有唐僧出身故事的证道本、陈士斌本、新说本,还是没有唐僧出身故事的李卓吾本、杨闽斋本、闽斋堂本等,都在继承世德堂本内容的基础上进行演变发展。当然,世德堂本对诸本的影响程度不同。

整理归纳这一细节内容发现,世德堂本对诸本的影响程度不同。

表3-15 对比七个文本中的抛绣球情节

前世本	世德堂本	李卓吾本	杨闽斋本	证道本	陈士斌本	新说本
第九十三回						
无	三藏立于道傍对行者道："他这里人物，衣冠、宫室、器用，语谈吐，也与大唐一般。我想着我出家人抛打绣球遇旧姻缘，结了夫妇。此处亦有此等风俗。"	三藏立于道傍对行者道："他这里人物，衣冠、宫室、器用，语谈吐，也与大唐一般。我想着我出家人抛打绣球遇旧姻缘，结了夫妇。此处亦有此等风俗。"	三藏立于道傍对行者道："他这里人物，衣冠、宫室、器用，语谈吐，也与大唐一般。我想着我出家人抛打绣球遇旧姻缘，结了夫妇。此处亦有此等风俗。"	三藏立于道傍对行者道："他这里人物，衣冠、宫室、器用，语谈吐，也与大唐一般。我想着我出家人抛打绣球遇旧姻缘，结了夫妇。此处亦有此等风俗。"	三藏立于道傍对行者道："他这里人物，衣冠、宫室、器用，语谈吐，也与大唐一般。我想着我俗家先母也是抛打绣球，巧遇旧姻缘，结了夫妇。遇旧姻缘，此处亦有此等风俗。"	三藏立于道傍对行者道："他这里人物，衣冠、宫室、器用，语谈吐，也与大唐一般。我想着我俗家先母也是抛打绣球，遇旧姻缘，结了夫妇。遇旧姻缘，此处亦有此等风俗。"
第九十四回						
行者道："师父，你忘了金布老老之言，不曾就那国王国之面，我布国王之面，略有些晦暗真假，适见那国王之面，有些晦暗之色，但未见公主何如耳。"	行者陪笑道："师父，先母也是抛打绣球，遇旧姻缘，成其夫妇。似有慕古之意。又老孙才引你去。又想着那个金布孤老布，就此探视长老之言。适见那国王之面，略有些晦暗之色，但只未见公主何如。"	行者陪笑道："师父，先母也是抛打绣球，遇旧姻缘，成其夫妇。似有慕古之意。又老孙才引你去。又想着那个金布孤老布，就此探视长老之言。适见那国王之面，略有些晦暗之色，但只未见公主何如。"	行者暗笑道："师父，先母也是抛打绣球，遇旧姻缘，成其夫妇。似有慕古之意。又老孙才引你去。又想着那个金布孤老布，就此探视长老之言。适见那国王之面，略有些晦暗之色，但只未见公主何如。"	行者陪笑道："师父，先母也是抛打绣球，遇旧姻缘，成其夫妇。似有慕古之意。又老孙才引你去。又想着那个金布孤老布，就此探视长老之言。适见那国王之面，略有些晦暗之色，但只未见公主何如。"	行者陪笑道："师父，先母也是抛打绣球，遇旧姻缘，成其夫妇。似有慕古之意。又老孙才引你去。又想着那个金布孤老布，就此探视长老之言。适见那国王之面，略有些晦暗之色，但只未见公主何如。"	行者陪笑道："师父，先母也是抛打绣球，遇旧姻缘，成其夫妇。似有慕古之意。又老孙才引你去。又想着那个金布孤老布，就此探视长老之言。适见那国王之面，略有些晦暗之色，但只未见公主何如。"

杨闽斋本完全继承了世德堂本中的内容,仅修改个别字,如杨闽斋本将世德堂本的"陪笑"改成了"暗笑"。

李卓吾本在参考世德堂本的同时,又吸收了前世本的细节,例如第九十四回中,前世本是"探视真假",世德堂本是"检视真假",李卓吾本则参考前世本的细节,即仍用"探视真假"。

证道本是在世德堂本基础上改动最大的版本。如在第九十三回中,世德堂本为"抛打绣球遇旧姻缘",证道本为"抛打绣球遇姻缘"。在第九十四回中,世德堂本为"师父说,先母也是抛打绣球,遇旧缘",证道本为"师父,是你说,先母也是抛打绣球遇缘"。世德堂本为"老孙才引你去",只有证道本为"老孙才同你去"。同时,证道本还参考了李卓吾本,将"检视"改为"探视"。

陈士斌本则在证道本的基础上进行了修改。如第九十三回中,证道本为"抛打绣球遇姻缘",陈士斌本为"抛打绣球,巧遇姻缘"。

可见,没有完整第九回唐僧出身故事的世德堂本,对之后诸本百回本《西游记》影响巨大,特别是李卓吾本和杨闽斋本较为明显。

三、文字内容

通过世德堂本中的代表性文字,如善书、诗词、仪式程序等方面的内容,可探究世德堂本对其后诸本《西游记》的影响。

(一) 善书

根据第二章中的善书内容,除了前世本和世德堂本中相同的内容,此处共挑选世德堂本吸收《明心宝鉴》三十处文字,与李卓吾本、杨闽斋本、证道本、陈士斌本、新说本进行对比,探讨世德堂本对诸本的影响。

从整体上看,受德堂本影响最大的是李卓吾本和新说本;杨闽斋本在世德堂本的基础上作了节选;证道本和陈士斌本则几乎保持同步,对世德堂本中的内容进行了删减和修改。

1. 世德堂本对李卓吾本的影响

李卓吾本几乎全部继承世德堂本的内容,仅改动个别字。例如第八回,世德堂本为"可以济饥",李卓吾本改为"不能济饥";第三十九回,世德堂本为"以报吾三日水灾之恨",李卓吾本改为"以报我三日水灾之恨"。李卓吾本对世德堂本的这种修改,从内容上来讲影响不大。

2. 世德堂本对杨闽斋堂本的影响

杨闽斋本为删节本,即在吸收世德堂本内容时有一定的删减,具体表现有二:①有五处,完整删除了世德堂本中的劝善对话;②有八处,保留了部分对话,但未吸收《明心宝鉴》的内容。最为特别的是,杨闽斋本在删减的过程中,对世德堂本中的对话内容进行了总结概括,例如第二十八回,世德堂本为:"他每每劝我话道:千日行善,善犹不足;一日行恶,恶自有余。"杨闽斋本改为:"他每每劝我行善。"还有一点值得注意,杨闽斋本在吸收世德堂本的过程中,同样延续了世德堂本"从正到误"的演变特色,即将世德堂本原本正确的字词改错,这一点在目录演变的过程中也有印证。

3. 世德堂本对证道本的影响

证道本部分继承了世德堂本的内容。有十三处与世德堂本完全相同;八处完全未受世德堂本影响;八处对世德堂本中的内容进行不同程度的增删。增删又分两种情况,一种是对世德堂本中有关《明心宝鉴》内容的删减,另一种是在删减世德堂本中有关《明心宝鉴》内容过程中添加了新的内容。

值得注意的是,有三个案例可以证明证道本在修改内容的同时又参考了前世本和世德堂本中的内容。

第一个案例为第八回,世德堂本为:"那菩萨闻得此言,满心欢喜,对大圣道:'圣经云:出其言善,则千里之外应之;出其言不善,则千里之外违之。你既有此心,待我到了东土大唐国寻一个取经的人来,教他救你。你可跟他做个徒弟,秉教伽持,入我佛门,再修正果,如何?'"证道本改为:"那菩萨闻得此言,满心欢喜,对大圣道:'人心生一念,天地尽皆知。你既有此心,待我到了东土大唐国寻一个取经的人来,教他救你。你可跟他做个徒弟,入我佛门,再修正果,如何?'"对比发现,证道本参考了前世本的内容——"观音喜道:'你既有此心,待我寻取经人,教他救你。你可跟他做徒弟,入我佛门,再修正果,何如?'"删除了世德堂本引《明心宝鉴》"出其言善,则千里之外应之;出其言不善,则千里之外违之"等文字,及世德堂本这个阶段才加入的"秉教伽持"四字,同时增加了独有内容——"人心生一念,天地尽皆知"。

第二个案例在第二十九回,世德堂本为:"想东土取经者,乃上邦圣僧。这和尚道高龙虎伏,德重鬼神钦,必有降妖之术。"前世本为:"臣想东土取经者,乃上邦圣僧,道高德重,必有降妖之术。"证道本结合了前世本和世德堂本的内容,改为"想东土取经者,乃上邦圣僧,道高德重,必有降妖之术"。

第三个案例在第五十五回,世德堂本为:"那女怪弄出十分娇媚之态,携定唐僧道:'常言黄金未为贵,安乐值钱多。且和你做会夫妻儿,耍子去也。'"前世本为:"那女怪弄出十分娇媚之态,携定唐僧道:'御弟,我和你做会夫妻耍子。请入房去。'"证道本结合两本内容,改为"那女怪弄出十分娇媚之态,携定唐僧道:'御弟,且和你做会夫妻儿,耍子去也'"。

可见,世德堂本对证道本的影响不亚于前世本。

4. 世德堂本对陈士斌本的影响

对于善书的内容,陈士斌本基本吸收了证道本中的内容,但在其基础上有所改变。所以在善书内容的演变过程中,世德堂本并未直接影响陈士斌本。

陈士斌本有三处修改值得注意。在第十一回中,将诸本中的一句"心行慈善,何须努力看经? 意欲损人,空读如来一藏"改为"心行慈善,何须努力看经? 意欲损人,空读圣贤典籍"。在第二十八回中,其他诸本为"养子方晓父娘恩",唯独陈士斌本为"养儿方晓父娘恩"。在第五十五回中,陈士斌本在证道本"御弟"的基础上增补为"御弟哥哥"。这三处细节是陈士斌本独有的修改痕迹。

5. 世德堂本对新说本的影响

新说本几乎全部吸收了世德堂本的内容,一个例外是,在第八回中,世德堂本和杨闽斋本为"可以济饥",李卓吾本为"不能济饥",证道本和陈士斌本为"尽能济饥",而新说本也同样为"尽能济饥"。可见,新说本在吸收世德堂本内容的同时,也参考了证道本和陈士斌本中的修改。

综上所述,从世德堂本增补《明心宝鉴》相关内容并对明清诸本产生影响来看,李卓吾本和新说本受世德堂本影响最大,即几乎完全继承了世德堂本的内容,仅个别字不同。杨闽斋本是删节本,即在世德堂本的基础上进行了大量的删减。证道本在参考前世本内容的同时,吸收了世德堂本内容。陈士斌本受世德堂本影响最小,主要在证道本的基础上进行演变。

(二)诗词

世德堂本在前世本的基础上大量增补以七言为主的诗词。以三徒弟的出身故事为切入点,对比相关文字发现,世德堂本增补的诗词对李卓吾本、杨闽斋本、证道本、陈士斌本、新说本产生了不同影响。各个版本受世德堂本的影响程度不同,主要分三种情况:一为完全继承;二为基本继承;三为部分继承。

1. 完全继承世德堂本

李卓吾本和新说本几乎完全照搬世德堂本增补的诗词,从内容多少上看,这两个本子很明显直接受世德堂本影响。从个别用词上看,李卓吾和新说本在世德堂本基础上又作了略微修改,其中有两个细节:一个在行者对抗十万天兵时,世德堂本和新说本为"战退天王归上界",李卓吾本为"吓得天王归上界";另一个细节为八戒之前的天职表述,世德堂为"总督水兵称宪节",李卓吾本和新说本为"总督水兵称符节"。由此可以看出,李卓吾本和新说本在整体框架及内容上直接受世德堂本影响,但又有个别字词的修改。

2. 基本继承世德堂本

杨闽斋本基本继承了世德堂本的内容。由于杨闽斋本是节略本,所以在世德堂本的基础上进行了删减。如在行者出身诗句中,世德堂本共六十四句,杨闽斋本删减了十二句;在八戒出身诗句中,世德堂本共六十四句,杨闽斋本删减了十四句;在沙僧出身诗句中,世德堂本共五十二句,杨闽斋本删减了十句。

3. 部分继承世德堂本

证道本和陈士斌本一部分受世德堂本影响,一部分受前世本直接影响。如就八戒出身诗来看,世德堂本、李卓吾本、杨闽斋本、新说本均为"逞雄撞入广寒宫……旧日凡心难得灭……多亏太白李金星",而证道本和陈士斌本则与前世本相同,即"那时醉入广寒宫……旧日凡心似火烈……幸遇金星救我生"。类似的例子在证道本和真诠本(陈士斌本)中并不少见。

证道本和陈士斌本在处理世德堂本增补的诗词上,虽然与杨闽斋本的手法相同,即均用减法,但删减内容比杨闽斋本巧妙得多,即在不影响阅读连贯性的同时,对世德堂本中的个别字词进行修改。如关于八戒出身诗句,世德堂本、李卓吾本、新说本均为"就把寒温坐下说",证道本与陈士斌本则改成"就把丹经坐下说";关于沙僧出身诗句,世德堂本、李卓吾本、杨闽斋本、新说本均为"自小生来神气壮",证道本与陈士斌本则改成"自小生来神气旺"。虽有不同,但改变不大。

从删增改诗词这个角度进一步考察,相较陈士斌本,证道本与前世本的关系更为密切,陈士斌本在证道本的基础上,参考世德堂本的内容进行增补。

值得一提的是,证道本不仅受世德堂本和前世本影响,同时还可能受其他文本的影响,如行者出身故事中,世德堂本、李卓吾本、杨闽斋本、陈士斌本、新说本为"三十三天闹一遭"和"幸逢三藏出唐朝",唯独证道本为"三十三天打一遭"和"今保唐僧不惮劳"。从这一点来看,证道本在编辑的过程中至少参考过三个或三个以上的版本。

(三)仪式程序

《西游记》所记佛教仪式程序,此处仅以第十三回伯钦请唐僧为其父做荐亡仪式为例,对比六个版本(涉及十个文本)的记述,讨论世德堂本对诸本的影响,具体如表 3-16。

表 3-16 唐僧超荐刘伯钦父仪式程序十个文本对比

版本	具体仪式程序
早期六卷本 后期六卷本 十卷本	开启念经—拈香—响木鱼—念净口真言—净心神咒—念荐亡疏一道—诵各样经—经事已毕。
世德堂本 李卓吾本	开启念经—净了手—拈了香—拜了家堂—敲响木鱼—念了净口业真言—念了净身心神咒—开《度亡经》一卷—写荐亡疏一道—念《金刚经》《观音经》—念《法华经》《弥陀经》各诵几卷—念一卷《孔雀经》—谈苾蒭洗业的故事—过了种种香火,化了众神纸马,烧了荐亡文疏—佛事已毕。
杨闽斋本	母亲道:"明日你父亲周忌,就说长老做些好事,念卷经文到后日送他去罢。"伯钦虽是一个杀虎之人,却有些孝顺之心,问得母言,就要安排香纸留住,三藏看经念佛超度亡父不题。
证道本	开启念经—净了手—拈了香—拜了家堂—敲响木鱼—念了净门业真言—念了净身心神咒—写荐亡疏 道—开诵各样经典—谈苾蒭洗业的故事—经事已毕。
芥子园本 翠筠山房本	开启念经—净了手—拈了香—拜了家堂—敲响木鱼—念了净口业真言—念了净身心神咒—写荐亡疏一道—开诵各样经典—谈苾蒭洗业的故事—佛事已毕。
新说本	开启念经—净了手—拈了香—拜了家堂—敲响木鱼—念了净口业真言—念了净身心神咒—开《度亡经》一卷—写荐亡疏一道—念《金刚经》《观音经》—念《法华经》《弥陀经》各诵几卷—念一卷《孔雀经》—谈苾蒭洗业的故事—过了种种香火,化了众神纸马,烧了荐亡文疏—佛事已毕。

通过梳理相同仪式程序的描写发现:

1. 前世本对唐僧为伯钦父亲超度的细节大致相同。

2. 世德堂本在前世本的基础上作了增补,将原有八个仪式程序增补至十五个仪式程序。新增内容有净手、拜家堂、谈苾蒭洗业的故事、过香火化纸马烧文疏这几个环节。对于唐僧在荐亡仪式中使用的经典名称，前世本仅仅用"诵各样经"一笔带过，发展至世德堂本，则增补为"开《度亡经》一卷""念《金刚经》《观音经》""念《法华经》《弥陀经》""念一卷《孔雀经》"等具体经名。世德堂本增补的内容，对其后诸本有不同程度影响。

3. 其他诸本在前世本与世德堂本基础上展开。

李卓吾本和新说本在环节数量及细节描述上与世德堂本完全相同。杨闽斋本虽然没有展开描述仪式细节，但从"安排香纸留住"这个细节来看，前世本没有烧纸环节，而世德堂本有，故杨闽斋本明显受世德本的影响。

证道本结合了前世本的内容，同时参考世德堂本中的内容对仪式描写进行了增补。从环节上看，证道本在"念净口业真言"环节之前，参考了世德堂本的仪式细节描写；在"念净身心神咒"环节之后，先参考了前世本的内容，省略了所有经名，后又参考世德堂本新增的"谈苾蒭洗业的故事"环节，最后又参考前世本的内容，以"经事已毕"结束。这表明，证道本在成书过程中，受多个版本内容影响。

陈士斌本增补环节数量与证道本相同。显然，陈士斌本主要依据证道本进行刊刻。但其末尾"佛事已毕"这个程序与证道本不同，说明在增补的过程中，陈士斌本在参考证道本的同时，可能也参考了世德堂本。

第三节　明清《西游记》诸本关系

对于明清《西游记》版本的研究，学界主要以世德堂本为版本传播起点。主流观点认为，李卓吾本等明代诸本均受世德堂本影响，清代诸本则以证道本为中心发展演变，而证道本则主要受世德堂本影响,对于证道本第九至十二回来源问题则说法不一。

由于新资料——前世本的发现,结合对世德堂本的重新认识,本小节以目录、唐僧师徒出身故事、难目、关印为切入点,整理归纳相同点及不同点;结合各本图像内容,对李卓吾本、杨闽斋本、证道本、陈士斌本、新说本之间的关系展开进一步研究。

一、诸本之相同

对比诸本的回目、难目、关印发现,杨闽斋本与世德堂本存在非常明显的直接继承关系。最为明显的特征就是,杨闽斋本继承了世德堂本中错改的内容。

在回目对比中,杨闽斋本大致与世德堂本相同,除个别回目在世德堂本基础上微调之外,杨闽斋本还继承了世德堂本中错改的内容。在第八回中,其余诸本均为"我佛造经传极乐",世德堂本为"我佛避红传极乐",这种改动造成的词不达意问题明显是错改,但杨闽斋本直接承袭。在第二十四回中,其他诸本为"万寿山大仙留故友",只有世德堂本与杨闽斋本为"万寿山大仙言故友"。类似例子还有很多,这里不赘述。

杨闽斋本承袭世德堂本的错误例子,不仅体现在回目中,而且体现在第九十九回的难目和第一百回中的关印表述中。

在难目对比中,由于世德堂本在前世本的基础上添加难目名称及颠倒原有难目的顺序,导致难簿上的八十个难目中有四分之三的难目名称与故事情节无法对应。杨闽斋本并未注意到这个问题,完全照搬世德堂本难目顺序及名称。

在关印对比中,世德堂本中有十二个关印,具体是宝象国印、乌鸡国印、车迟国印、西梁女国印、祭赛国印、朱紫国印、狮驼国印、比丘国印、灭法国印、凤仙郡印、玉华州印、金平府印。对比文本内容可知,其中的狮驼国不可能有国印,因为"国王和文武官僚"在"五百年前"都被"吃干净"了;凤仙郡和金平府均属天竺国外郡,一般情况下只有拥有一定体量的国家才会有国印，因此不存在凤仙郡印和金平府印。这三个细节内容是世德堂本误加的，其他诸本均无，属于非常明显的版本标志性错误。

总之，杨闽斋本的难目及关印内容与世德堂本完全相同，表明杨闽斋本与世德堂本有直接的继承关系。

二、诸本之不同

通过对比诸本的图像、回目、唐僧出身故事、难目、关印等具有标志性的内容发现，诸本之间并不是单一的传播路径，版本演变的过程存在较为复杂的源流关系。可以肯定的是，每个版本在刊刻过程中至少受两个版本的影响。

（一）李卓吾本与诸本之间的关系

目前学界对李卓吾本以世德堂本为底本的观点，有较为统一的认识。通过诸本图像、回目等对比，同样可以证实这一观点。但笔者在进一步对比具有标志性的难目后发现，李卓吾本在演变的过程中，以世德堂本为底本，细节内容同时参考了前世本。

比较明显的特征就是，前世本与李卓吾本中的难目顺序完全相同，其中仅有五个难目名称略有不同，但意思没有变化，分别是第二十三难将"殿上变虎"增补为"金銮殿变虎"，第四十难将"天神难伏"增补为"普天神难伏"，第四十七难将"逢火焰山"增改为"路阻火焰山"，第四十八难将"求芭蕉扇"增补为"求取芭蕉扇"，第七十一难将"隐雾山遇妖"改为"隐雾山遇魔"，其余七十五个难目与前世本完全相同。

综上可知，李卓吾本主体内容以世德堂本为底本，但就难目来看，则是在前世本基础上，对世德堂本中部分错误内容进行了修正，最后形成独具特色的百回本《西游记》。

李卓吾本对其他后世本的影响主要体现在三个方面。①从图像版心上看,李卓吾本首创以每一回目的标题为图注,将世德堂本图像上方的图注统一规范化地移至版心。②从图像风格上看,将世德堂本以人物为视觉中心的图像改为人融于景的构图风格,整体上提升了小说带给读者的氛围感。③从文本内容上看,虽然细节上还留有世德堂本中的错误内容,但李卓吾本对世德堂本中错误的内容进行了部分修正。

李卓吾本是《西游记》版本史上稍晚于世德堂本的明刊本。从版本刊印质量和艺术角度来看,李卓吾本是百回本《西游记》中较为优质的作品,也是对清代的证道本、陈士斌本、新说本《西游记》影响力较为广泛的一个版本。

(二)证道本与诸本之间的关系

学界一般认为证道本源于世德堂本,吴圣昔通过对比第九十八回中的一段文字发现,证道本的原文实际出自李评本(即李卓吾本)。① 对于这一观点,笔者通过对比两个版本中的图像、回目、难目予以证实,证道本在文本内容上的确受李卓吾本的影响。

通过梳理证道本中的十六幅图像发现,共有六幅受李卓吾本中的图像影响,与李慧和张祝平研究提出的"有九幅没有根据李卓吾评本插图刻画,而是绘刻者自己的创作"②结论略有不同。

虽然不同绘刻者处理图像的侧重点不同,但图像之间仍存在相似性。下面以两个版本版心中的图注为标准,按证道本中图像的顺序依次考察对比李卓吾本和证道本的图像。

1. 证道本中的第三幅参考李卓吾本第七回"八卦炉中逃大圣"

两个版本相似的地方有三处。第一,两幅图中丹炉摔倒的角度相同,且丹炉上的卦象装饰图案相同;第二,火焰形状相同,外焰

① 吴圣昔:《证道书白文是〈西游记〉祖本吗》,《西游新考》(三)"古版祖本定位篇",见"西游记宫"网站;曹炳建:《〈西游记〉版本源流考》,人民出版社,2012 年,第 254 页。

② 李慧、张祝平:《〈西游证道书〉插图、图赞源流考》,《语文学刊》2015 年第 21 期,第 65 页。

呈蝌蚪形状火苗;第三,画面中的人物动作相同,均为双手举过头顶、四处逃窜的惊慌失措状。证道本在这幅图的细节处理上非常细心,虽然物品的摆放位置不同,但扇子、大缸、盆、勺子及装满条状物的篮筐都一并吸收在画面内(表3-17)。

表 3-17　李卓吾本与证道本第三幅图像对比

李卓吾本第七回"八卦炉中逃大圣"	证道本第三幅
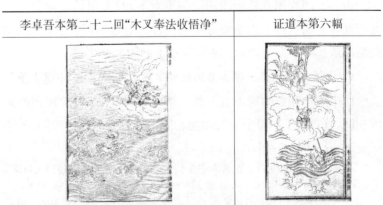	

2. 证道本第六幅参考李卓吾本第二十二回"木叉奉法收悟净"

两个版本相似的地方有三处。第一,沙僧在水花之上,赤裸上身,持棍与悟空和木叉对望;第二,悟空持棒与木叉携手,在云端上看向沙僧;第三,画面中的云纹与水波纹有机结合(表3-18)。

表 3-18　李卓吾本与证道本第六幅图像对比

李卓吾本第二十二回"木叉奉法收悟净"	证道本第六幅

3. 证道本第十二幅参考李卓吾本第六十九回"心主夜间修药物"

两个版本相似的地方有三处。第一,构图相同,画面中敞开的房屋呈四十五度斜角呈现;第二,人物组合相同,悟空与沙僧为一组,在画面右侧方,八戒在接马尿为一组,在画面左侧,唯一不同的是证道本八戒与马在左上方,而李本则在画面的左下方;第三,装饰物相同,从屋内摆放的长桌、蜡烛和室外右下角的树木可以看出,两幅图具有很高的相似度(表 3-19)。

表 3-19 李卓吾本与证道本第十二幅图像对比

李卓吾本第六十九回"心主夜间修药物"	证道本第十二幅

4. 证道本第十四幅参考李卓吾本第八十二回"姹女求阳"

两个版本相似的地方有两处。第一,画面呈三角构图,两幅图像中,左侧为房屋、右侧为树木,右下角为山石;第二,唐僧与妇女姿势相似,在两幅图中,妇女右手手指右上方,唐僧为直立状,两人均站在树下攀谈(表 3-20)。

5. 证道本第十五幅参考李卓吾本第九十七回"圣显幽魂救本原"

这一案例比较特别,两个版本图像和图注略有偏差。证道本版心标注为"圣显幽魂救本原",与李卓吾本中的"圣显幽魂救本原"不同。根据图像内容判断,李卓吾本后一张图中内容与证道本第十五幅相同。

表 3-20　李卓吾本与证道本第十四幅图像对比

李本第八十二回"姹女求阳"	证道本第十四幅
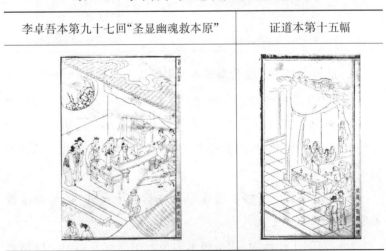	

两个版本有三处相似。第一，寇员外姿势相同，两幅图中均显示寇员外从棺材中爬起来，棺材盖子倒在地上；第二，寇员外周围的人物相同，均为师徒四人及两位有辨识度的戴帽官员；第三，场景相同，均在屋檐的幔帐之下，棺材前还有供桌及一对蜡烛（表 3-21）。

表 3-21　李卓吾本与证道本第十五幅图像对比

李卓吾本第九十七回"圣显幽魂救本原"	证道本第十五幅

6. 证道本第十六幅参考李卓吾本第九十八回"功成行满见真如"

两个版本有三处相似。第一，构图相同，两幅图均为三层构图,上层为护法,中层为如来及两位侍从,下层为师徒四人;第二,师徒四人姿势相同,均为跪拜式,双手呈合十状,如来均坐在莲花宝座之上;第三,周围的神祇均有背光(表3-22)。

表3-22 李卓吾本与证道本第十六幅图像对比

李卓吾本第九十八回"功成行满见真如"	证道本第十六幅

通过以上六幅图像的对比可以看出,证道本中的图像与李卓吾本中的图像密切相关,从构图、背景、装饰物等细节发现,两个版本之间存在明显的承袭关系。虽然证道本中的图像来源并不单一,但证道本的绘刻者在刊刻的过程中一定认真琢磨、筛选过李卓吾本中的图像,通过简化细节,再结合其他版本的内容,最终形成具有证道本特色的《西游记》图像。

此前学界对于证道本的关注,主要集中在第九回唐僧出身故事的来源问题上,主要有两种观点:一个是从朱本改编而来;另一个是汪象旭和黄周星自编加入。对此,通过对第三章唐僧出身故事的详细讨论,对比现存唐僧出身故事内容发现,证道本中的唐僧出身故事来源于前世本。这一结论也可以在诸本回目对比中得到验证。

综上所述,证道本的主体框架结构,特别是第九回唐僧出身故事主要来源于前世本,文本内容同时受世德堂本和李卓吾本的影响,图像方面主要受李卓吾本影响。

(三)陈士斌本与诸本之间的关系

学界一般称陈士斌本为真诠本,是清代最流行的百回本《西游记》,也是目前在全国各地图书馆中保存数量最多的一个版本。根据宁稼雨整理统计,共有二十多种刻本①,一般认为陈士斌本直接受证道本的影响。但笔者对比图像和相关文字后发现,陈士斌本是诸多版本中受影响最多的一个版本,包括不同卷数的前世本、世德堂本、李卓吾本和证道本。

在众多陈士斌本中,以图像为标准可以分为两类:一类是以芥子园本为代表的有二十幅无背景人物绣像的版本;另一类以翠筠山房本为代表的版本,其二十幅图像中的前四幅为带背景的人物绣像,后十六幅为表现故事情节的全像图。但芥子园本和翠筠山房本正文内容大致相同,仅个别字词略有不同。

通过对比发现,芥子园本和翠筠山房本图像分别受不同版本的影响。对比前世本与芥子园本中的图像发现,芥子园本的图像直接受前世本中怀新楼本的影响,并在其十幅人物绣像的基础上进行增补扩充至二十幅人物绣像。翠筠山房本则受数种版本图像影响。

翠筠山房本中的二十幅图像比较特别,即以四幅人物绣像加十六幅故事情节全像的组合形式出现。此前已经论述翠筠山房本中的人物绣像源于后期六卷本和西泰山本,但翠筠山房本中的十六幅以故事情节为主的场景图出自哪里呢? 答案是源于李卓吾本。

李卓吾本共有两百幅图像,每个版心中的图注与目录标题一一对应,非常有特色地表现了每一回的故事情节。李卓吾本中的图像风格相较其他版本而言,更注重环境的刻画,典型的人物形象小于背景装饰的构图比例,线条流畅,物体的轮廓清晰写实,具有非常浓厚的文人画风格。翠筠山房本中的全像图受其影响明显。

---

① 宁稼雨:《尘故庵藏〈西游记〉版本述略》,《淮海工学院学报》(社会科学版)2007 年第 2 期,第 9—11 页。

　　李卓吾本与翠筠山房本最大的区别在于对山石的重点刻画，即通过为背景添加阴影效果，使画面更立体，物体的轮廓更清晰。翠筠山房本在处理图像时，并没有李卓吾本那样的条件，在数量、质量上都只能妥协了事，所以图像中的线条短促、生硬，没有李卓吾本中的圆润饱满（表3-23）。

表3-23　李卓吾本与翠筠山房本相似图像对比

李卓吾本	翠筠山房本	李卓吾本	翠筠山房本
图注：灵根育孕源流出		图注：观音赴会问原因	
图注：还受生唐王遵善果		图注：鹰愁涧意马收缰	
图注：须弥灵吉定风魔		图注：观世音甘泉活树	

（续表）

李卓吾本	翠筠山房本	李卓吾本	翠筠山房本
图注：孙行者智降妖怪		图注：劈破傍门见月明	
图注：心猿遭火败		图注：外道弄强欺正法	
图注：行者三调芭蕉扇		图注：行者假名降怪犼	
图注：给孤园问古谈因		图注：假合形骸擒玉兔	

（续表）

李卓吾本	翠筠山房本	李卓吾本	翠筠山房本
图注：猿熟马驯方脱壳		图注：竟回东土	

李卓吾本和翠筠山房本内容相同的图像共有十六幅，具体为第一回"灵根育孕源流出"、第六回"观音赴会问原因"、第十一回"还受生唐王遵善果"、第十五回"鹰愁涧意马收缰"、第二十一回"须弥灵吉定风魔"、第二十六回"观世音甘泉活树"、第三十一回"孙行者智降妖怪"、第三十六回"劈破傍门见月明"、第四十一回"心猿遭火败"、第四十六回"外道弄强欺正法"、第六十一回"行者三调芭蕉扇"、第七十一回"行者假名降怪犼"、第九十三回"给孤园问古谈因"、第九十五回"假合形骸擒玉兔"、第九十八回"猿熟马驯方脱壳"、第一百回"竟回东土"。

这十六幅图像的图注均出自百回本《西游记》目录，有意思的是，前十幅图的间隔章节数有规律地保持着四卷之差，从第四十六回"外道弄强欺正法"起，有序的间隔规律被打破，直至第一百回"竟回东土"结束，其中的间隔多则十几回，少的仅一回。

虽然两个版本图像风格相差甚远，但具有相同的构图和情节内容，并且版心的题目也相同，很明显属于直接继承关系。

其中有个细节值得注意，由于翠筠山房本是有唐僧出身故事的百回本《西游记》，所以在总目录中第十一回是"游地府太宗还魂进瓜果刘全续配"，但图像版心中却出现"还受生唐王遵善果"，全称是"还受生唐王遵善果 度孤魂萧禹正空门"。这个章回目录是专属于没有唐僧出身故事版本的世德堂本、李卓吾本、杨闽斋本、闽斋堂本、唐僧本等中第十一回的标题,这一细节有利地证明了翠筠山房本中的图像直接改造于李卓吾本。

综上所述,翠筠山房本的图像,一是吸收了前世本中有背景的唐僧、孙行者、猪八戒、沙僧图像;二是挑选了李卓吾本中的部分故事场景图并进行简化,从而组合成人物绣像。

芥子园版本与翠筠山房本文本内容基本相同,仅个别字有差别。两个版本所用底本相同,即均以证道本为底本,但图像受不同版本的前世本影响。芥子园本直接受怀新楼本影响,翠筠山房本则在李卓吾本的基础上,结合前世本中的早期六卷本和西泰山本中的人物绣像进行改造。

总之,芥子园版本与翠筠山房本的文本内容主要以证道本为底本,细节内容同时参考世德堂和李卓吾本,其中第九回内容受前世影响。从图像来看,芥子园本主要受怀新楼本影响,翠筠山房本则受早期六卷本、西泰山本和李卓吾本影响。

(四)新说本与诸本之间的关系

对新说本此前已有不少研究,曹炳建认为其是整个《西游记》版本演变史上最全的一种本子。[1] 吴圣昔通过对新说本第九回和第八十四回中的细节考证认为,新说本中的第九回是根据真诠本补入,同时指出,新说本应该是以李卓吾本为底本翻刻的。[2] 对比图像和文本内容,笔者认为新说本在演变过程中,受多条传播路径影响,其中尤以芥子园本为最。

1. 新说本图像在吸收芥子园本的基础上进行增补

《西游记》新说本共有图像一百二十幅,前二十幅为有背景

① 曹炳建:《〈西游记〉版本源流考》,人民出版社,2012年,第314页。
② 吴圣昔:《论〈西游记〉清代版本的源流演变》,《西游记考》"演变轨迹扫描篇","西游记"宫。见曹炳建:《〈西游记〉版本源流考》,人民出版社,2012年,第314页。

的人物绣像图，后一百幅为故事情节全像图。每一幅图展现一章节的故事内容，图中的文字均为章回目录的完整标题。从这一组合形式看，新说本继承了翠筠山房本的图像组合模式，同时在数量上进行了规模性的扩充，即从二十幅变成一百二十幅。但从图像内容来看，新说本中的图像是在芥子园本的基础上进行演变（表3-24）。

表3-24　芥子园本与新说本图像对比

芥子园本	新说本	芥子园本	新说本
第一幅		第二幅	
		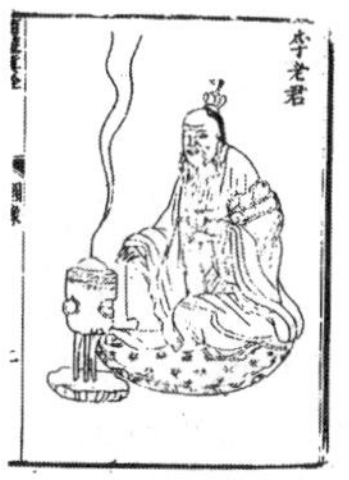	
第三幅		第四幅	

第五幅		第六幅	

芥子园本	新说本	芥子园本	新说本
第七幅		第八幅	
第九幅		第十幅	
第十一幅		第十二幅	
第十三幅		第十四幅	

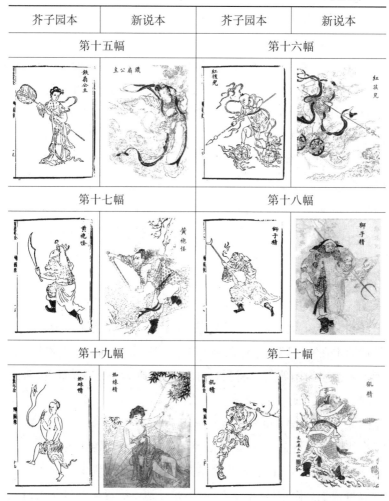

不同版本《西游记》中的图像各有特色。有效分辨版本先后的标准有两个：一个是首图内容；另一个是图像组合及排列顺序。

新说本虽然直接参考翠筠山房本的图像组合模式，但首图及图像排列顺序与芥子园本完全相同，表明新说本承袭芥子园本。新说本在完全吸收芥子园本图像的基础上又进行了增补，主要体现在以下四个方面。

第一，对于每一幅无背景的人物绣像，新说本都加入了符合人物性格特征的背景装饰,以各类云纹和山石树木为主,如在牛魔王图像中,首创加入了坐骑作为背景。

第二,在芥子园本的基础上,新说本新增了画面中的人物组合,突破了传统的单人绣像,演变为二人或三人一幅的组合图像。在第一幅如来佛图像中,增加了两侧双手合十的阿难和伽叶;在第三幅唐太宗图像中,增加了身后拿仪仗扇的侍者;在第九幅镇元仙图像中,增加了手捧托盘的小徒弟。

第三,新说本对唐僧、牛魔王、红孩儿、黄袍怪、狮子精、狐精等的武器进行了改动。芥子园本中唐僧形象继承了西泰山本和怀新楼本中的拂尘,到新说本中,唐僧手持的拂尘演变为九环锡杖。芥子园本中牛魔王手持的三股叉被改为双剑,而在《西游记》故事中被描述为混铁棍。对红孩儿手持的火尖枪进行了细节升级,即在芥子园本中是两个部分的枪头组合,在新说本中变成了三个组成结构,而在《西游记》故事中被描述为红缨枪。把黄袍怪的大刀变为剑,而在《西游记》故事中被描述为蘸钢刀。把狮子精原本在芥子园本中用的圆月棍改为三股叉,而在《西游记》故事中被描述为四明铲。将狐精手持的剑改为狼牙棍,而在《西游记》故事中被描述为宣花斧。

2. 新说本文本受多个版本影响

目前学界认为,清代诸本百回本《西游记》均源于证道本。吴圣昔通过对比第九回唐僧出身故事细节发现,新说本中的唐僧出身故事源于真诠本(陈士斌本)而不是证道本。笔者经过相关研究赞同这一观点。

对比难目名称可以发现,第三十三难中,新说本与陈士斌本均为"搬运车迟",其他诸本均为"搬运车庭"。第六十三难中,新说本与陈士斌本同为"城里遇灾",其他诸本为"城里通灾"。进一步比对陈士斌本中芥子园本和翠筠山房本的难目名称细节发现,新说本第六十八难目名称与芥子园本同为"僧房卧病",与翠筠山房本中的"僧房久病"不同,由此可见,新说本与陈士斌本中的芥子园本关系更为密切。

进一步对比难目发现，新说本中的第六个难名为"折从落坑"，与世德堂本和杨闽斋本相同，其他诸本为"落坑折从"。这表明新说本在演变的过程中，同时参考了世德堂本。

对比目录可以发现，新说本在多数情况下与证道本的目录更为相似。例如第二十七回，新说本与证道本同为"尸魔三戏唐长老　圣僧恨逐美猴王"，陈士斌本为"尸魔三戏唐三藏　圣僧恨逐美猴王"；第三十一回，新说本与证道本同为"猪八戒义激猴王　孙行者智降妖怪"，陈士斌本为"猪八戒义释猴王　孙行者智降妖怪"；第三十九回，新说本与证道本同为"一粒金丹天上得　三年故主世间生"，陈士斌本为"一粒丹砂天上得　三年故主世间生"，类似的例子还有很多，这里不一一列举。

对比唐僧徒弟出身七言诗发现，新说本在整体内容长短上沿袭了世德堂本和李卓吾本中的诗句，由于两个版本诗句的体量相同，新说本继承的是世德堂本中的内容还是李卓吾本中的内容？答案是世德堂本。通过细节比较发现，描写行者出身的诗句，世德堂本为"战退天王归上界"，李卓吾本为"吓得天王归上界"，新说本与世德堂本相同，均为"战退"。所以，新说本的文本内容，不仅参考了李卓吾本，而且参考了世德堂本。

综上所述，新说本在成书过程中，受诸多版本影响，是名副其实的"全本"。从目前对比结果看，新说本图像主要受芥子园本影响，第九回唐僧出身故事主要受陈士斌本影响，目录主要受证道本影响，故事情节中的细节则同时受世德堂本、李卓吾本和证道本等影响。

三、诸本之先后

为便于理解，笔者将所见《西游记》不同版本的先后及相互关系，绘成流程图（如图 3-2）。

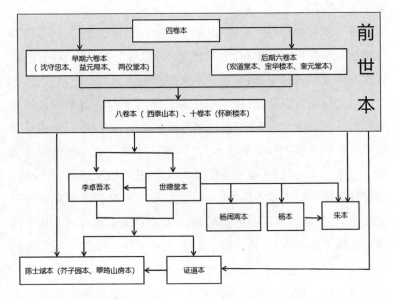

图 3-2 《西游记》不同版本先后及相互关系

补充说明：

① 前世本、世德堂本、朱本明显存在受佛教仪式文本影响的痕迹。因为仪式文本不属于《西游记》版本，所以相关信息未纳入《西游记》诸本演变图里；

② 新说本主要受陈士斌本影响，未见明显影响其他《西游记》版本的痕迹，在诸本演变史上影响有限，故未纳入演变图中；

③ 目前所见前世本，首尾均有见于证道本的文字，但由于其他文字均早于世德堂本，故仍将其视为前世本。

本 章 小 结

通过分析前世本和世德堂本分别对其他诸本的影响，总结内容变化的异同，重新梳理百回本《西游记》诸本的源流，可得出以下结论。

一、作为祖本的前世本，完整的版本内容由书名页、序文、图像、目录、正文五个部分组成。通过这五个部分的版心所题发现，前世本《西游记》主要有两种书名：一种为"西游真诠"，另一种为"西游"或"西游记"。前世本主要有三大版本特征：卷首为唐太宗绣像；有完整的唐僧出身故事，内容结构完整；文字简洁明了，叙述清晰。

二、前世本对后世诸本的影响主要体现在图像和文本两方面，版本之间存在错综复杂的演变关系。从图像数量和形式角度看，可以归纳出三条主要传播路径：一是从沈守忠本、益元局本及两仪堂本发展到西泰山本，再发展至李卓吾本，结合其他本影响后汇总至翠筠山房本；二是从宝华楼本、奎元堂本、宏道堂本起，发展至怀新楼本，然后到芥子园本，最后汇总至新说本；三是从世德堂本出发，发展至李卓吾本，结合其他本影响后汇总至证道本。可以看出，《西游记》图像发展过程并不是单一的线性传播模式，而是互相影响、多渠道汇集的一个繁复的演变过程。

三、对比现存诸本唐僧出身故事发现，完整的唐僧出身故事包括八大故事情节，即光蕊中考成婚，携母赴江州上任，刘洪谋死光蕊冒名赴任，殷小姐产了抛江，法明长老救江流抚养，江流长大后认亲，殷丞相为女报仇，光蕊还魂后一家团圆。通过逐句排查对比，笔者对明清《西游记》诸本之间的关系有了新的认识：证道本和朱本与前世本（两仪堂本、宏道堂本、西泰山本、怀新楼本）关系密切。陈士斌本情况稍复杂。

四、世德堂本对明清诸本产生了不同的影响。从图像来看，世德堂本直接、间接影响证道本中的图像，证道本打斗场景取自世德堂本，整体氛围营造和场景表现取自李卓吾本。从文本内容来看，通过对世德堂本独具特色的劝善内容、诗词诗歌、仪式程序描写来考察，李卓吾本、杨闽斋本、新说本直接受世德堂本影响。而证道本和陈士斌本则综合了前世本和世德堂本中的内容并进行增补。

　　五、对比诸本中图像、回目、唐僧出身故事、难目、关印等具有标志性的内容发现,明清诸本之间并不是通过单一路径传播,版本演变的过程中存在较复杂的源流关系。可以肯定的是,杨闽斋本与世德堂本存在直接继承关系,其他明清诸本在刊刻过程中受到至少两个版本的影响。李卓吾本受世德堂本和前世本的影响;证道本则受前世本、世德堂本和李卓吾本影响;陈士斌本是诸多版本中受影响最多的一个版本,其中包括不同卷数的前世本、世德堂本、李卓吾本和证道本。新说本在演变过程中,受多条传播路径影响,其中与芥子园本关系更为密切。

第四章 《西游记》版本研究的价值

版本研究是文本研究的基础,《西游记》版本研究的价值同样如此。本章基于上文对前世本、世德堂本等的新认识,结合新见佛教仪式文献资料,对学界有关《西游记》版本研究中热议且未达成统一观点的问题,如《西游记》作者、简本与世德堂本之间的关系、《西游记》与佛教关系等论题展开讨论,彰显《西游记》版本的研究价值。

第一节 关于作者

世德堂本《西游记》作者的争论一直是学界热议的话题,主要有吴说和非吴说两种主要观点。通过整理世德堂本基于前世本的增补内容,本书认同非吴说。

一、吴承恩无关百回本《西游记》

认为吴承恩是《西游记》作者的主要依据,是天启《淮安府志》

卷十九艺文志一"淮贤文目"中吴承恩著有《西游记》等的记载。后经多位学者①研究，证实明清两代地方志书目不收任何章回小说，且在《千顷堂书目》中，吴承恩的《西游记》与刘崧的《东游录》、唐鹤征的《南游记》等一同见于该书卷六地理类，所以吴承恩的《西游记》并不是章回小说，而是游记。

从世德堂本增补内容、世德堂本中的名词概念、世德堂本引用《明心宝鉴》等系列证据来看，吴承恩不是《西游记》的作者。

（一）世德堂本增补内容

通过分析世德堂本基于前世本增补的内容发现，世德堂本增补内容的特色之一就是将西游故事仪式化。对四个主要佛教仪式的拆解分析可以证实世德堂本编辑者非常熟悉佛教仪式程序，而吴承恩则无相关经历。

第十三回的荐亡仪式中，世德堂本增加并细化仪式程序。第四十七回的预修亡斋仪式中，世德堂本增加了新的斋名，同时增加了斋僧的具体实践和功德累积思想的描写。第八十七回的祈雨仪式中，世德堂本增加了神祇角色数量和形象，同时增加了神祇沟通环节等描写。第九十六回的圆满道场中，世德堂本增加瑜伽教大型法事情景内容，同时增加了具体的仪式用品细节描述。

分析以上四个仪式细节的增补发现，在前世本中已经出现仪式的内容，这一特征发展至世德堂本中更为明显，可见，世德堂本编辑者非常熟悉斋供仪式文本和程序内容，能事无巨细地将仪式细节与故事情节进行组合搭配。但就吴承恩的背景资料而言，未见与仪式法事相关的经历和经验。

（二）世德堂本中的名词概念

世德堂本《西游记》中有不少仅见于佛教斋供仪式文献的文

---

① 《西游记》作者非吴承恩说的支持者有杜德桥、余国藩、太田辰夫、章培恒、黄永年、程毅中等学者。

字,如"秉教加持"和"秉教沙门"等,在仪式文本中的全称为"秉释迦如来遗教弟子奉行加持法事"和"秉释迦如来遗教弟子奉行加持法事沙门"①。世德堂本中观音菩萨的全称为"南海普陀落伽山大慈大悲救苦救难灵感观世音菩萨",玉皇大帝的全称为"高天上圣大慈仁者玉皇大天尊玄穹高上帝",而这些名词概念仅出现在瑜伽教斋供仪式文献中。此外,还有"宁恋本乡一捻土,莫爱他乡万两金""佛在灵山莫远求,灵山只在汝心头。人人有个灵山塔,好向灵山塔下修"等句子,以及《唐僧往西天取经目录》等,都见于佛教斋供仪式文献中的文字。②

从世德堂本中佛教名词概念可以看出,世德堂本编辑者非常熟悉佛教仪式文本。不过,在目前所见资料中,并未见到吴承恩熟悉佛教仪式文献的证据。因此,从这个角度来看,非吴说具有其合理性。

(三)世德堂本引用《明心宝鉴》

王见川对比《明心宝鉴》与世德堂本《西游记》相关文字后发现,世德堂本《西游记》中有最早见于《御制重辑明心宝鉴》的系列文字。《御制重辑明心宝鉴》于"万历十三年十月吉日重刊"。③ 在不同版本《明心宝鉴》中,该书首次出现"一饮一啄,莫非前定"。世德堂本《西游记》引用了包括此句在内的系列文字,表明世德堂本《西游记》最后写定的时间是万历十三年或之后。④ 一般认为吴承恩卒于万历十年,因此,他显然不可能是世德堂本《西游记》的作者。

总之,从世德堂本增补内容、名词概念、世德堂本写定时间等系列证据来看,吴承恩由于缺少熟悉佛教仪式文献的背景,不具备完成世德堂本《西游记》的时间条件和能力,所以,他肯定不是世德

---

① 侯冲、王见川:《〈西游记〉新论及其他》,博扬文化,2020 年,第 28 页。
② 侯冲、王见川:《〈西游记〉新论及其他》,博扬文化,2020 年,第 9—32 页。
③ 王见川:《〈西游记〉小说无关吴承恩考及其他》,博扬文化,2022 年,第 36 页。
④ 王见川:《〈西游记〉小说无关吴承恩考及其他》,博扬文化,2022 年,第 35 页。

堂本《西游记》的作者。

二、《续西游记》作者为兰茂的佐证

　　《续西游记》作为《西游记》的三种续书（《续西游记》《西游补》《后西游记》）之一，关于它的讨论相对较少。最早提到《续西游记》版本的学者是郑振铎，他在《记一九三三年间的古籍发现》中称："《续西游》则极为罕睹。我求之数年未获。五年前，尝在苏州某书店乱书堆里，检获一部，系嘉、道间所刊之袖珍本。历经大乱，此书遂失去。到北平后，又遍访诸书肆，皆不能得。终于松筠阁得之。版本亦同苏州所得者。"①孙楷第在《中国通俗小说书目》中提到有《续西游记》一百回"存清同治戊辰渔古山房刊本。封面题'《绣像批评续西游真诠》'，半页十行，行二十四字。首真复居士序。有图。"②自此开启了对《续西游记》的研究。

　　学界对《续西游记》的研究有两个争议。第一围绕《续西游记》作者展开讨论，主要有三种观点：一为明初兰茂，主要依据《明滇南诗略》《正德云南志》③《在园杂志》④中的记载，也是支持者较多的一种意见；二为明末清初季跪，主要依据其友人毛奇龄《季跪小品制文引》⑤中的材料；三为与世德堂本《西游记》作者为

---

　　①　郑振铎：《记一九三三年间的古籍发现》，《中国文学研究》下册，作家出版社，1957 年，第 1373 页。

　　②　孙楷第：《中国通俗小说书目》，人民文学出版社，1982 年，第 193 页。

　　③　周季风：《云南志》卷二十一《乡献列传》（明正德五年刻本《云南志》，第六册）。

　　④　刘廷玑：《在园杂志》卷三上册"康熙乙未春初辽海刘廷玑自识"，下册"如《西游记》乃有《后西游记》《继西游记》"。

　　⑤　毛奇龄：《季跪小品制文引》，《毛西河先生全集》，清肖山陆凝瑞堂藏板木刻本，第三十二册"韩愈为《毛颖传》，人皆笑之，独柳州刺使叹为奇文……季跪为大文，久已行世，而间亦将为小品。尝见其座中谭义锋发，齐谐多变，私叹为庄生、淳于滑稽之雄。及进而窥其所著，则一往诵口。至读《西游续记》，犹舌桥然不下也，技之小者，非大匠勿任；文之小者，非巨才勿callable。向使季跪所作非《四子书题》为时所习，亦但若向之所为《续西游》者，则安知世无见毛颖而笑者矣？"

同人，以真复居士在《续西游记序》①中的资料为主要依据，此观点支持者最少。

第二是对"续"的《西游记》版本是否是世德堂本持不同意见。对于《续西游记》所"续"的《西游记》有四种观点：一为"续"世德堂本《西游记》；二为"续"玄奘的《大唐西域记》和《大唐三藏慈恩法师传》；②三为"续"元人《西游记》平话；③四为"续"尚未见之古本《西游》④。

（一）版本介绍

张颖和陈速在《古本〈西游〉的一部罕见续书——〈续西游记〉初探》一文中指出，目前存世的三部半《续西游记》，均为渔古山房本，分别为同治七年（1868）版、同治十年（1871）版及不署年月之版，另外半部为郑振铎提到的已失"似嘉、道间所刊之袖珍本"⑤。三个完整版本的具体版本信息如下。

① 同治七年版《续西游记》原订十册，巾箱本。该本右上首书"同治戊辰镌"，左下端梓"渔古山房"，中题《绣象批评续西游真诠》，作双行刻。首冠《续西游记序》五页，五百七十八字，落款"真复居十题"，书口空白；次载《新编续西游记目录》十一页，书口作《续西游记目录》；再次附图三十九页，七十八幅；内绣像一幅，各回故事画七十七幅。正文书题为《新编续西游记》，书口作《续西游记》，四周单边，鱼尾口，每半页十行，行二十四字。②同治

① 真复居士：《〈续西游记〉序》，清同治七年渔古山房本《续西游记》，第一册"前记……世多爱而传之。作者犹以荒唐毁褒为虑，兼之机变太熟，扰攘日生，理舛虚无，道乖平等；继撰是编，一归铲削。"

② 容津春、纪兴：《兰茂与最早的〈西游记〉》，《云南日报》2010 年版。

③ 刘荫柏：《刘荫柏说西游》（图文本），中华书局，2005 年，第 249 页。

④ 张颖、陈速：《古本〈西游〉的一部罕见续书——〈续西游记〉初探》，载《续西游记》，春风文艺出版社，1986 年，第 795 页。

⑤ 郑振铎：《记一九三三年间的古籍发现》，《中国文学研究》下册，作家出版社，1957 年，第 1373 页。

十年版《续西游记》原订六册，亦为巾箱本。该本板式如前。③不署年月之版《续西游记》原订二十册，仍系巾箱本。此本书名页右行题"悟真子批评"，中、左两行刻《全象续西游记真诠》，并于左行"记真诠"三字下镌"渔古山房梓"，亦作双行刊。此本其他板式则如前。

此外，另外半个"已失"版本"苏兴在北图柏林寺分馆得目验原郑振铎藏《全像续西游记真诠》刻本，亦题'渔古山房梓'"①，但未标明梓行时间。

张颖和陈速认为，这三部半版本的《续西游记》"应看作同一版本无疑"②，同时指出"《续西游记》可能是一部明或明以前的早期古典章回说部著作。如确认《续西游记》写定于明季或者明季以前，意味着：要么今本一百回《西游记》的成书，在现存《续西游记》之前；要么现存《续西游》，非续今本百回《西游》之书。笔者认为，《续西游记》的许多故事内容，恰恰证明现存《续西游记》不是今本百回《西游记》的续书"③。很显然，对于《续西游记》"续"的版本，学界一直没有达成统一意见。

（二）《续西游记》"续"古本《西游真诠》

通过对已知《续西游记》版本梳理发现，第一本中题"《绣象批评续西游真诠》"，第三本中题"《全象续西游记真诠》"，郑振铎藏本名为"《全像续西游记真诠》"，共同的特征是都有"真诠"。根据第一章中新资料的相关信息可以发现，六卷本、八卷本、十卷本虽然图像和分卷不同，但版本名称几乎相同，均为《西游真诠》或《绣像西游真诠》。因此可以推测，这几个版本中同时出现"西游真诠"并

---

① 苏兴、苏铁戈：《标点本〈续西游记〉读校随记》，《古籍整理研究学刊》1999 年第 5 期，第 14 页。
② 张颖、陈速：《古本〈西游〉的一部罕见续书——〈续西游记〉初探》，春风文艺出版社，1986 年，第 780 页。
③ 张颖、陈速：《古本〈西游〉的一部罕见续书——〈续西游记〉初探》，春风文艺出版社，1986 年，第 789 页。

不是巧合,三本半的渔古山房本《续西游记》"续"的不是世德堂本《西游记》,而是前世本,即古本西游真诠本《西游记》。

(三)《续西游记》作者是兰茂

基于以上研究,再来看《续西游记》的作者问题。通过上一节的讨论,已经排除了《续西游记》与世德堂本《西游记》为同一作者的可能性。作者只有两种可能:季跪或者兰茂。

从所"续"的版本、作者出身背景、文本方言及内容三个角度来看,兰茂是《续西游记》作者的可能性较大。

第一,从"续"的版本来看。由于《续西游记》是"续"古本《西游真诠》,其出现时间比世德堂本早,所以不可能与世德堂本的作者为同一人。

第二,从作者出身背景来看。明代周季凤《云南志·乡献列传》第六册中有兰茂的出身背景记录:"兰茂字廷秀,杨林千户所籍,河南洛阳人,年十六时,凡诗、史过目则成诵。即冠,耻于利禄,自扁其轩曰'止庵',号和光道人,自作《和光传》。又称玄壶子。所著有《玄壶集》《鉴义折衷》《经史余论》《安边策条》《止庵吟稿》《山堂杂稿》《碧山樵唱》《桑榆乐趣》《樵唱余音》《甲申晚稿》《梅花百韵》《秋香百吟》《草堂风月》《苹州晓唱》《韵略易通》《金粟囊》《中州韵》《声律发蒙》《四言碎金》等书,滇人多传之。其余医道,阴阳,地理丹青,无不通晓。治家,冠、丧、祭一体文公家礼。男不入内,女不出外,不作佛事。年七十四而卒。"[①]这充分证明,兰茂是有足够的学识能力完成《续西游记》的编写工作的。同时,通过"不作佛事"这点可以推测,兰茂根据早期《西游真诠》改编的可能性比较大,而不是已经加入瑜伽教太多内容的陈士斌本《西游真诠》。

第三,从方言及内容来看。苏国有在《兰茂和〈续西游记〉的关系》一文中列举了《续西游记》中出现的四十五个方言词,证明作者

① 方国瑜主编《云南史料丛刊》(第七卷),云南人民出版社,2001年,第270页。

为明代以后的云南昆明地区之人。[①] 同时,考察兰茂生前的著作与《续西游记》中内容发现,《续西游记》反映的思想与明初滇中隐士兰茂(1397—1470)的思想颇相似。[②]

综上所述,可以得出两个结论:一为《续西游记》"续"的是古本《西游真诠》,也就是前世本《西游记》,而不是世德堂本《西游记》;二为《续西游记》作者是兰茂的可能性较大,而非季跪。

第二节　关于《西游记》版本源流

关于《西游记》版本源流,学界此前一直以世德堂本为源头对明清诸本《西游记》进行研究。由于资料限制,一直无法对明清诸本中出现的与世德堂本不同的内容进行解释。对朱本、杨本与世德堂本孰先孰后的问题,也一直存在争论。

本小节从序文、图像、内容及宗教仪式等角度,对比朱本、杨本和世本三个版本中的相同内容,确认杨本和朱本均晚于世德堂本。最后从新的源头进行梳理,探究前世本在明清诸本《西游记》版本演变过程中产生的影响。

一、确立前世本

前世本作为百回本《西游记》版本的源头,对梳理《西游记》版本源流具有至关重要的作用,也可以为相关研究奠定可靠的基础。基于前文已对目前所见不同形态的前世本的版式作过介绍,本小

---

① 苏国有:《兰茂与〈续西游记〉的关系散论》,中国明史学会、昆明学院编《明代云南治理与开发国际学术研讨会论文集》,云南人民出版社,2018年,第251页。

② 苏国有:《兰茂与〈续西游记〉的关系散论》,中国明史学会、昆明学院编《明代云南治理与开发国际学术研讨会论文集》,云南人民出版社,2018年,第252页。

节仅从内容结构组合角度进一步明确前世本在《西游记》版本源流中的位置。为避文烦，下文主要从原序、图像、内容三个方面展开，讨论前世本与明清诸本的不同之处，为确认前世本是现存最早的百回本《西游记》提供进一步的佐证。

（一）从原序上看

学界对于前世本的讨论，主要从世德堂本和证道本中的序文来推测前世本的大概样貌。总结两篇序文中关于底本的描写发现，其中均提到"数十万言"和"旧有序"，这两个特征可以作为验证新发现的资料是否是前世本的重要参考依据。对此，吴圣昔指出，"两《序》之所以有许多重要的相同点，决不是出于偶然的巧合。问题是若从两《序》之间有那么一些相同这个角度看，陈《序》中所说的'旧有《叙》是指虞《序》的可能性是很大的'"①。通过对不同卷数的前世本录文校对发现，除个别本用字略有不同外，正文均在三十万字左右。所以从字数上看，满足"数十万言"这一特征。

相对来说，另一个特征更为重要。两篇序文均提到"旧有序"，说明前世本是有序文的百回本。为了讨论方便，将前世本中的原序全文移录如下。

> 原序
>
> 余浮稚史馆，鹿鹿丹铅。一日，有衡岳紫琼道人持老友危敬夫手札来揭。余与流连浃月。道人将归，乃出一帙示余日："此国初丘长春真君所纂《西游记》也，敢乞公一序以传。"余受而读之，见书中所载，乃唐玄奘法师取经事迹。夫取经不始于唐也，自汉迄梁咸有之。而唐玄奘为尤著。其所为跋涉险远，经历艰难。太宗圣教一序言之已悉，无须后人赘陈，而余窃窥真君之旨，所言者在玄

---

① 吴圣昔：《〈西游记〉陈序称"旧有叙"是指虞序吗？——虞集〈西游记序〉真伪辨之一》，《南京社会科学》1990年第4期，第91页。

类而意实不在玄奘，所纪者在取经而志实不在取经，特假此以喻大道耳。猿马金木乃吾身自具之阴阳，鬼魅妖邪亦人世应有之魔障，虽其书离奇浩瀚数十万言，而大要可以一言蔽之，曰：收放心而已。盖吾人作魔成佛皆由此心。此心放，则为妄心，妄心一起则能作魔，如心猿之称王称圣而闹天宫是也。此心收，则为真心，真心一见则能灭魔，如心猿之降妖缚怪而证佛果是也。然则同一心也，放之则其害如彼，收之则其功如此，其神妙非有加于前，而魔与佛则异矣，故学者但患放心之难收，不患正果之难就。真君之谆谆觉世，其大旨宁能外此哉。按真君在太祖时，曾遣侍臣刘仲禄万里访迎，以野服承圣问，促膝论道，一时大被宠眷，有《玄风庆会录》载之详矣。历朝以来，屡加封号。其所著诗词甚富，无一非见道之言。然未有如是书之鸿肆而灵幻者，宜紫琼道人之宝为枕秘也。乃俗儒不察，或等之齐谐稗我之流，井蛙夏虫何足深论。夫大《易》皆取象之文，《南华》多寓言之蕴，所由来尚矣。昔之善凑书者，聆周兴翩性情心动之句而获长生，诵陆士衡山晖泽媚之词而悟大道，又何况是书之深切著明者哉。

万历己未翰林学士临川邵庵虞集撰。

对比发现，前世本中的序与证道本中的序内容非常相似，但其中的不同之处值得注意。第一，证道本中的序文比前世本中的序文多二十六个字。一处是"妄心一起则能作魔"之后有"其纵横变化，无所不至"，另一处是"真心一见则能灭魔"之后有"其纵横变化，无所不至"，还有一处前世本为"数十万言"，证道本为"亡虑数十万言"。第二，序末的尾题上的时间，各本略有不同，十卷本时间与证道本同为"天历己巳"，六卷本为"万历己未"，八卷本无尾题。这一细节表明，证道本主要以十卷本为底本进行刊刻。

学界虽然对证道本中的序是否是虞集所作看法不一，但从序

文内容来看,证道本中的《序》是汪象旭根据前世本中的《序》增改
而来,并不是清代才出现的。

所以,从所见前世本的字数和原序内容来看,均具有两《序》中
所描绘的前世本版本特征。

(二) 从图像来看

《西游记》图像与章回标题之间的变化关系,此前未见学者关
注。在众多前世本中,卷首图像虽然数量和背景有所区别,但唯一
不变的是均以唐太宗为首图,这也是前世本图像的一大特征。

前世本以唐太宗为首图,第十二回"唐王选僧修大会　观音显
象化金蝉"突出唐王与修建水陆大会的关系。而在世德堂本中,由
于图像从人物绣像转变为以描述故事情节为主的全像图,同时,首
图以行者出身故事"灵根育秀"为开篇图,随之又将第十二回章回标
题改为"玄奘秉诚建大会　观音显象化金蝉",人物从唐王变成唐
僧,削弱了唐王在整个故事情节中的重要性。从内容来看,建水陆
大会的起因是唐王游地狱,且唐僧取经与之相关,故理应突出唐王
与修建水陆大会的关系。世德堂本修改后,事件因果关系明显
削弱。

通过以上案例可以看出,前世本中的图像与内容编排逻辑清
晰,条理顺畅,而世德堂本在增改的过程中,由于多方面原因,造成
图像中的相同人物造型不一,目录错位,图注来源不一。所以前世
本是世德堂本之前的一个具有完整形态、图文编排清晰的百回本
《西游记》。

(三) 从内容来看

小说《西游记》属于世代累积型文学作品,最初文本内容较
为简明扼要,受不同文本影响后,内容逐渐丰富、复杂。前世本
正文相较于明清诸本百回本主要有以下三大特征。

第一,内容结构完整。前世本是拥有完整的第九回"陈光蕊赴

任逢灾　江流僧复仇报本"唐僧出身故事的版本。《西游记》的主体结构,是唐僧去西天取大乘真经,以助力唐王举行水陆法会超度亡灵。唐僧去西天取经之前的身份,是水陆法会的主坛法师,这与他自小在金山寺长大有直接关系。所以第九回唐僧出身故事是交代唐僧与金山寺的关系必不可少的内容。

第二,文本叙述简明扼要。前世本作为百回本《西游记》的源头,在叙述方式上主要运用陈述句,除个别章节外,每一章回平均在三千五百字左右,用词简洁明了,文意表述清晰。世德堂本在前世本中的陈述式表达方式上增补了大量人物对话,同时还增补了大量环境描写、人物外貌描写、打斗场景描写等内容。特别是对已有故事情节的重复描写,导致文本内容庞杂,阅读体验感较差。

第三,故事内容前后一致。从唐僧通关文牒上的官印和难簿上的难目来看,前世本内容前后一致。世德堂本在增补的过程中,并没有考证文本内容,出现了通关文牒上的内容与实际故事情节描述不相符的问题,甚至第九十九回难簿上的难名顺序与前文故事发展顺序也不相对应。世德堂本在前世本的基础上还做了"从无到有,从正到误"的改写工作。前文已有详考,这里不再赘述。

所以,从内容的三大特征来看,前世本是优于明清诸本的百回本《西游记》。

总之,上文通过序文、图像、内容三个方面确立了前世本的主要形态。前世本文本用词简明扼要,通俗易懂;图像与章回标题编排逻辑清晰,相辅相成;内容结构完整,故事情节前后一致。这符合文本早期传播形态的版本演变规律。

二、简本与百回本先后

对于两个简本与世德堂本之间的时间先后问题,其实是世德堂本《西游记》祖本的衍生问题。诸多学者从不同角度开展研究,穷尽三本之间的排列顺序,至今仍没有达成统一认识,主要有以下三种观点。

第一种，朱本—世德堂本—杨本。郑振铎通过版式判定朱本比世德堂本早，杨本为万历年间闽南书坊余象斗所刻。曹炳建在这个顺序的基础上进行补充，认为朱本根据前世本删改而成，杨本的前半部分根据世德堂本删节而成。

第二种，杨本—朱本(吴承恩未完成稿本和杨本的捏合本)—世德堂本(吴承恩最后改定本)。陈新通过校对出版《唐三藏西游释厄传·西游记传》合订本的整理工作，认为朱本前七卷是吴承恩未完成的稿本，朱鼎臣将稿本和杨本合并成书。[①]

第三种，世德堂本—杨本—朱本。李时人结合《西游记》版本研究认为，朱本和杨本是删节本，不是世德堂本的祖本。同时通过对比发现，朱本前七卷参考世德堂本以前流传的吴氏书，从第七卷末尾至结束的内容来自杨本。黄永年进一步补充认为，杨本、朱本是世德堂本的删节改写本。张锦池通过翔实的文本比勘，为这三本的前后顺序提供了更多的支撑材料，并提出著名的"朱本是晚于杨本的三缀本"[②]这一观点。

本小节首先结合关于前世本的认识，以宗教仪式程序的记述为切入点，确认两本简本均晚于世德堂本，再比较两个简本中的章回标题和结尾诗发现，朱本先参考世德堂本再参考杨本，所以可以证明朱本晚于杨本。最后，通过进一步整理文本内容发现，杨本成书过程受杨杂剧本影响，朱本成书则受瑜伽教仪式文本影响。

(一) 世德堂本早于杨本和朱本

世德堂本成书过程的一大特色就是加入了大量的宗教仪式内容。从仪式内容角度展开研究，是判断世本、朱本及杨本先后关系

---

① 陈新：《重评朱鼎臣唐三藏西游释厄传的地位和价值》，《江海学刊》1983年第1期；《西游记研究——首届〈西游记〉学术研讨会论文选》，江苏古籍出版社，1984年；《再论〈西游记〉的版本源流》，《明清小说研究》1986年第1期，第158页。

② 张锦池：《西游记考论》，黑龙江教育出版社，1997年，第374页。

的新视角。

表 4-1　前世本、世德堂本、杨本、朱本中唐僧超荐刘伯钦父仪式文字对比

版本	仪式程序描写
前世本	次早，又整素斋，管待三藏，请开启念经。三藏同伯钦家堂前拈香，拜毕。三藏敲响木鱼，先念净口真言，净心神咒，又念荐亡疏一道，后诵各样经矣。诵了一日。经事已毕，然后安寝。
世德堂本	次早，那家老小都起来，就整素斋，管待长老，请开启念经。这长老净了手，同太保家堂前拈香，拜了家堂。三藏方敲响木鱼，先念了净口业的真言，又念了净身心的神咒，然后开《度亡经》一卷。诵毕，伯钦又请写荐亡疏一道，再开念《金刚经》《观音经》，一一朗音高诵。诵毕，吃了午斋，又念《法华经》《弥陀经》。各诵几卷，又念一卷《孔雀经》，及谈苾蒭洗业的故事，早又天晚。献过了种种香火，化了众神纸马，烧了荐亡文疏。佛事已毕，又各安寝。
杨本	次早，又整素斋管待长老，请开启念经。三藏敲响木鱼，先写荐亡疏，后开《度亡经》《金刚经》《观音经》《法华经》《弥陀经》《孔雀经》，化了纸马，荐了文疏。佛事已毕，各各安寝。
朱本	次早，伯钦起来，分付母妻又整素菜，管待长老，开启念经。请长老净了手，同太保家堂前拈香，拜了香火，敲响木鱼，先念了净口业的真言，又念了净身心的神咒，然后开《度亡经》一卷。诵毕，伯钦又请写荐亡疏一道，再开念《金刚经》《观音经》，一一朗音高诵。诵毕，吃了午斋，又分《法华经》《弥陀经》，各诵几卷。又念一卷《孔雀经》，又天将晚。献过了种种香火，化了众神纸马，烧了荐亡文疏，佛事已毕，又各安寝。

通过对比前世本、世德堂本、朱本、杨本中关于唐僧为刘伯钦父亲超度的细节可以看出，朱本完全承袭世德堂本，杨本在世德堂本的细节上进行简化。

从列举出的具体经目来看，前世本仅仅以"各样经典"一语概之，没有具体的经典名称。世德堂本大量增补斋供仪式细节内容后，才出现具体经名，如《度亡经》《金刚经》《观音经》《法华经》《弥陀经》《孔雀经》。朱本和杨本均保留了六本相同的仪式经典名称，从经目上看朱本和杨本均承袭于世德堂本，所以世德堂本早于朱

本和杨本。

从仪式程序先后关系来看,世德堂本和朱本中为"然后开《度亡经》一卷。诵毕,伯钦又请写荐亡疏一道",而杨本则是"先写《荐亡疏》,后开《度亡经》"。从仪式程序上能明显看出三个版本之间的关系,即朱本完全继承世德堂本中的仪式程序描写,而杨本则在参考世本的基础上进行内容调整。

从仪式结尾细节看,世德堂本在结束整场仪式前有"献过了种种香火,化了众神纸马,烧了荐亡文疏"这一细节,朱本也是完全继承世德堂本中的内容——"献过了种种香火,化了众神纸马,烧了荐亡文疏"。杨本对世德堂本中的仪式程序描写进行了简化——"化了纸马,荐了文疏"。在仪式结束前增加的焚化细节,是从世德堂本受斋供仪式文本影响之后才开始流传在各个版本中的内容。

所以,通过比较唐僧为刘伯钦父举行荐亡法事仪式诸本所记相关的细节可以明确,世德堂本早于朱本和杨本,朱本完全承袭世德堂本,杨本则在世德堂本的基础上进行简化。

(二)朱本晚于杨本

朱本和杨本前后关系的讨论一直是《西游记》版本研究中争议较大的问题。太田辰夫认为,"朱本是一个前繁后简的虎头蛇尾本,难以称得上是全体均整统一作品,因而在讨论朱本时,应该把它分为前半部分(至卷七第四十七"孙行者降伏火龙")与后半部分"①。

受太田辰夫启发,梳理对比世德堂本、朱本、杨本的章回标题和结尾时发现,朱本第六卷三十九则"唐太宗描写观音像",既是朱本"虎头"与"蛇尾"的分割线,也是朱本先参考世德堂本后参考杨本的转折点。此外,对比结尾诗还可以发现,朱本在吸收杨本的过程中,甚至连杨本中刊刻有问题的地方也一并纳入。这表明朱本出现时间晚于杨本。

---

① 太田辰夫:《西游记研究》,王言译,复旦大学出版社,2017 年,第 222 页。

1. 章回标题

考察世德堂本、朱本、杨本正文前的章回标题发现，世德堂本中主要以两句为主，朱本与杨本主要以单句为主。

（1）朱本参考世德堂本

朱本连续直接吸收世德堂本共八个章节的标题。朱本从第二卷第十则与世德堂本第五回标题开始相同，其中又分两种情况：一种朱本拆分后直接吸收；另一种是朱本拆分改编后再吸收。值得注意的是，朱本卷二第十则与世德堂本第五回完全相同，这是朱本首次也是唯一一次将单句标题改为两句标题，作"乱蟠桃大圣偷丹 反天宫诸神捉怪"。此后，朱本在吸收世德堂本章回标题时，将两句标题拆分，分别作为两个故事情节的标题。具体是，朱本将世德堂本第六回"观音赴会问原因 小圣施威降大圣"拆分成卷三第十一则"观音赴会问原因"和卷三第十二则"小圣施威降大圣"；将世德堂本第七回"八卦炉中逃大圣 五行山下定心猿"拆分成朱本卷三第十四则"八卦炉中逃大圣"和卷三第十五则"五行山下定心猿"；将世德堂本第八回"我佛造经传极乐 观音奉旨上长安"拆分成朱本卷三第十七则"我佛造经传极乐"和卷三第十八则"观音奉旨上长安"；将第九回"袁守诚妙算无私曲 老龙王拙计犯天条"拆分成朱本卷五第二十七则"袁守诚妙算无私曲"和卷五第二十八则"老龙王拙计犯天条"；将第十回"二将军宫门镇鬼 唐太宗地府还魂"拆分成朱本卷五第三十一则"二将军宫门镇鬼"和卷五第三十二则"唐太宗地府还魂"；将第十一回"还受生唐王遵善果 度孤魂萧禹正空门"拆分成朱本卷六第三十三则"还受生唐王遵善果"和卷六第三十六则"度孤魂萧禹正空门"；将第十二回"玄奘秉诚建大会 观音显象化金蝉"拆分成朱本卷六第三十七则"玄奘秉诚建大会"和卷六第三十八则"观音显象化金蝉"。

（2）朱本参考杨本

朱本不仅原封不动照搬世德堂本的标题，而且在卷六第三十九则内容后，有选择地吸纳并改造世德堂本的标题。朱本仅照搬世德堂本第十三回标题"陷虎穴金星解厄 双叉岭伯钦留僧"中的后半句为朱本卷六第四十一则"双叉岭伯钦留僧"标题。朱本卷七第四十六则"鹰愁涧意马收缰"标题,吸收世德堂本第十五回"蛇盘山诸神暗佑 鹰愁涧意马收缰"的后半句。此外,朱本还修改了世德堂本中的几处标题。世德堂本第十四回"心猿归正 六贼无踪",可能是为了保持标题整齐,朱本分别改为卷七第四十二则"五行山心猿归正"和卷七第四十三则"孙悟空六贼无踪"。自此之后,从朱本卷八第四十八则"观音收伏黑妖"起,标题转向从杨本中吸收直至结束,朱本共有二十个标题与杨本完全相同。

2. 结尾诗

（1）朱本参考世德堂本

朱本结尾诗共有七处吸收世德堂本结尾诗并在此基础上作增补,主要集中在孙悟空大闹天空第一至七回的故事情节中。具体是,世德堂本第一回"鸿蒙初辟原无姓,打破顽空须悟空",朱本卷一第二则中增补后两句为"鸿蒙初辟原无姓,打破顽空须悟空。悟彻菩提真妙理,断魔归本合元神"。世德堂本第二回"贯通一姓身归本,只待荣迁仙箓名",朱本卷一第四则中增补后两句为"贯通一姓身归本,只待荣迁仙箓名。四海千山皆拱伏,九幽十类尽除名"。世德堂本卷三中"高迁上品天仙位,名列云班宝箓中",朱本卷二第六则中增补后两句为"高迁上品天仙位,名列云班宝箓中。官封弼马心何足,名注齐天意未宁"。世德堂本第四回"仙名永注长生箓,不堕轮回万古传"和第五回"妖猴作乱惊天地,布网张罗昼夜看",朱本完全照搬。世德堂本第六回"欺诳今遭刑宪苦,英雄气概等时收",朱本卷三第十三则中增补后两句为"欺诳今遭刑宪苦,英雄气概等时收。若非修道菩提教,今日难逃大数灾"。

显然,朱本在吸纳世德堂本第一至六回结尾诗的过程中,主要是在世德堂本原有诗句的基础上进行增补。

（2）朱本参考杨本

朱本自卷三第十六则"五行山下定心猿"起,转向参考杨本中

211

结尾诗。朱本共吸收杨本结尾诗二十八处。相同的有：朱本卷六第三十九则与杨本卷二第十二则，朱本卷七第四十七则与杨本卷二第十五则，朱本卷八第四十八则与杨本卷二第十六则，朱本卷八第四十九则与杨本卷二第十七则，朱本卷九第五十一则与杨本卷三第十九则，朱本卷九第五十三则与卷三第二十一则，朱本卷九第五十四则与卷三第二十二则，朱本卷九第五十五则与杨本卷三第二十三则，朱本卷九第五十六则与杨本卷三第二十四则，朱本卷九第五十八则与杨本卷三第二十六则，朱本卷九第五十九则与杨本卷三第二十七则，朱本卷十第六十一则与杨本卷三第三十则。

其中，朱本卷九第六十则在杨本卷三第二十八则原有四句的基础上增补至八句，两本中的其余二十七个结尾相同。这表明朱本内容承继于杨本。

总之，对比章回标题和结尾诗发现，朱本第六卷三十九则"唐太宗描写观音像"既是朱本"虎头"与"蛇尾"的分割线，也是朱本先参考世德堂本后参考杨本的重要标志。所以朱本肯定晚于杨本。

（三）朱本成书受仪式文本影响

对于朱本的成书，一般认为是继承世德堂本。前文已经证实，朱本中的唐僧出身故事源于前世本。通过对朱本内容的仔细研究发现，朱本在成书过程中还受佛教仪式文本的影响。本小节从朱本新增的诗词和玄奘修行的寺庙这两个方面进行分析。

1. 从朱本新增的诗词

朱本经常把诗歌当作间隔，穿插在回与回之间，主要在"且听下回分解"或"且看下回分说"之后，有长短不同诗歌，即五言诗或七言诗。朱本以七言四句的形式为多。日本学者太田辰夫指出，"朱本在'且听下回分解'等结束文句后放一首诗的形式是有历史依据的，大概是继承了说唱文学的传统"。[①] 例如卷六第三十六则

---

① 太田辰夫：《西游记研究》，王言译，复旦大学出版社，2017 年，第 225 页。

中"善恶二字最难量,奉劝世人最审详。忠孝广行方便路,何愁地狱有阎王"和卷六第三十七则中"三乘妙法请展开,诸佛菩萨降临来。积善之人宣一卷,三灾八难免熬煎"。其中"宣一卷"就是"宣宝卷或宣科仪",具有浓厚的宗教仪式特征,特别是"三乘妙法请展开,诸佛菩萨降临来",在佛教宗教仪式"开坛请圣"这一环节是非常重要的。所以说朱本在编辑的过程中一定受到了仪式文本的影响。

2. 玄奘修行的寺庙

在朱本中,对于玄奘修行的寺庙有不同描述,第四卷"殷丞相为婿报仇"一回末尾提到"唐王准奏,就宣陈光蕊为丞相之职,随朝治事。殷丞相致仕归,江流和尚分付在龙兴寺内修行",在第六卷"度孤魂萧禹正空门"诗偈中提到"恩官不受愿为僧,洪福沙门将道访",在第十卷"唐三藏取经团圆"中提到"宴罢,唐僧带三徒弟回转洪福寺"。对比明清诸本《西游记》发现,玄奘修行的地方是洪福寺。

从目前所见相关资料来看,同时记录玄奘在龙兴寺和洪福寺修行的描述,仅在斋供仪式文本《刘师礼文》[①]和《大藏总经目录》中出现。这表明朱本在编撰过程中,有受佛教仪式文献影响的痕迹。

综上所述,世德堂本与两本简本的先后关系是:世德堂本—杨本—朱本。朱本的成书过程受多个文本影响,但主体框架继承于世德堂本。从第六卷唐太宗描写观音像开始,朱本转而参考杨本,同时在增补文本细节的过程中,又受佛教仪式文本的影响。

三、前世本与其后诸本的关系

前世本作为《西游记》的祖本,对其后诸本《西游记》都产生了重要影响,就细节而言,不同形态的前世本对明清诸本《西游记》的影响程度不同。本小节以前世本中具有代表性的内容为切入点,

---

① 方广锠:《谈〈刘师礼文〉的后代变种》,《华东师范大学学报》(哲学社会科学版)2016年第1期,第30页。

分别探讨不同形态的前世本与明清诸本《西游记》之间的关系。

(一)前世本与世德堂本之间的关系

从第十三回唐僧为刘伯钦父亲举行的超度仪式来看,除八卷本外,其他诸本仪式程序均为八道,世德堂本在前世本的基础上增至十五道(表4-2)。

表4-2　四个文本唐僧超荐刘伯钦父亲仪式程序对比

版本	具体仪式程序
六卷本 十卷本	开启念经—拈香—响木鱼—念净口真言—净心神咒—念荐亡疏一道—诵各样经—经事已毕。
八卷本	无
世德堂本	开启念经—净了手—拈了香—拜了家堂—敲响木鱼—念了净口业真言—念了净身心神咒—开《度亡经》一卷—写荐亡疏一道—念《金刚经》《观音经》—念《法华经》《弥陀经》各诵几卷—念一卷《孔雀经》—谈苾蒭洗业的故事—过了种种香火,化了众神纸马,烧了荐亡文疏—佛事已毕。

(二)前世本与李卓吾本之间的关系

对于前世本与李卓吾本之间的关系,可以通过第九十九回中的难目一探究竟。比较明清诸本《西游记》的难目顺序和难目名称发现,李卓吾本一方面以世德堂本为底本,另一方面在某些细节上又参考了前世本。相关难目比较如表4-3。

表4-3　前世本、世德堂本、李卓吾本个别难目文字对比

劫难顺序	前世本	世德堂本	李卓吾本
4	寻亲报仇	寻亲报冤	寻亲报冤
25	莲花洞倒悬	山压大圣	莲花洞高悬
40	天神难伏	金岘山逢	普天神难伏
47	逢火焰山	识得猕猴	路阻火焰山
71	隐雾山遇妖	棘林吟咏	隐雾山遇魔

比较三本不尽相同的难目可以看出,世德堂本难目顺序和难目名称与前世本不同。李卓吾本并没有继承错误百出的世德堂本,而是直接参考前世本中的难目顺序,在其基础上分别对五个难目名称进行增改。例如前世本第四难为"寻亲报仇",李卓吾本将"仇"改为"冤";第二十五难,前世本为"莲花洞倒悬",李卓吾本将"倒"改为"高";第四十难,前世本为"天神难伏",李卓吾本增补为五个字的"普天神难伏";第四十七难,前世本为"逢火焰山",李卓吾本改为"路阻火焰山";第七十一难,前世本为"隐雾山遇妖",李卓吾本将"妖"改为"魔"。

总之,通过整理后的难目细节可以看出,李卓吾本整体框架继承了世德堂本,但部分内容细节则参考了前世本,并据之进行了修改。

(三)前世本与朱本之间的关系

朱本中的唐僧出身故事来源于前世本。朱本在继承前世本的同时,加入自创故事情节,对唐僧故事作了改编。

在描写陈光蕊出身地时,前世本为"海州弘农县聚贤庄",朱本在前世本基础上增改为"海州弘农县,离城十里聚贤馆"。

前世本中完整的第九回为四千五百字左右,而朱本则增至一万多字,可见增补内容较多。

朱鼎臣在刊刻朱本的过程中,手中至少有两个版本的百回本《西游记》作参考,以世德堂本为底本,同时参考前世本。正因为朱本参考过多个版本,因此存在某些内容前后不一致的情况。

(四)前世本与证道本之间的关系

前世本与清代诸本《西游记》关系最密切的莫过于证道本。证道本不仅全文结构框架承袭于前世本,而且是清刊本中最早有第九回完整唐僧出身故事的《西游记》版本。通过整理目录、关印、难目等细节发现,证道本在参考前世本内容的同时,会对世德堂本中与故事情节不符的细节也作了修改。在黄永年看来,证道本才是《西游记》成书过程中真正成熟的本子。①

以下十处故事场景可以证明证道本明显受前世本影响。

(1)描写魏征丞相与太宗对话时的场景。证道本与前世本同为:"方今天下太平,八方宁静,武将纷纷,文官少有……伏乞圣鉴。"

(2)描写招贤榜文的内容。证道本与前世本同为:"……三场精通者,前赴长安应试。考取贤才授官。"

(3)描写榜文到达的具体地点。证道本与前世本(除八卷本外)同为:"此榜行至海州地方,那海州弘农县聚贤庄。"

(4)描写殷小姐抛绣球的场景。证道本与前世本都作:"在彩楼上将绣球抛下……"

(5)描写殷小姐受刘洪胁迫时的场景。证道本与前世本均为:"小姐没奈何……"

(6)描写龙王救光蕊时的场景。前世本(除八卷本外)为:"就将秀才魂魄放在死尸上,霎时间,他还魂来。"证道本在前世本的基础上增补为:"就将秀才魂魄放在那死尸上,霎时间只见他返魂转来。"

(7)描写殷小姐抛弃江流前的场景。前世本(除八卷本外)为:"小姐将此子乳哺了……"证道本作:"小姐且将此子藏在身边,乳哺已及一月。"

(8)描写殷小姐在江边看到木板时的场景。前世本(除八卷本外)描写殷小姐的心理活动为:"小姐大喜,莫非天意要救此子,即将此子安在板上……"证道本将"即将"二字扩充为"即朝天拜祷,将"六字。

(9)描写玄奘寻亲的场景。证道本与前世本同为:"殷开山丞相是你外公。"

---

① 陈三强主编《树新义室学记:黄永年的生平和学术》,陕西师范大出版社,2015年,第54页。

（10）描写玄奘在万花店寻婆婆时，与刘小二的对话细节。证道本与前世本同为："昔年有陈客官，寄下一个婆婆在你店中……"

总结上述十条内容，主要是地理位置信息、细节描写用词不同。可见，证道本在编辑的过程中受八卷本外的前世本的影响。

总之，第九回唐僧出身故事及序文尾题这两个细节可以证明，证道本明显受前世本影响。相较而言，证道本与十卷本关系更为密切。

（五）前世本与陈士斌本

关于陈士斌本成书过程，主要以证道本为底本，这是学界共识。但陈士斌本《西游真诠》具体指代两个本子：一本为芥子园本，另一本为翠筠山房本。两个文本内容基本相同，仅在个别用词上不同，但图像差别较大，分别受不同前世本影响。

1. 从故事情节来看

（1）描写魏征丞相与太宗对话时的场景。前世本均有"武将纷纷，文官少有"这个细节描写，而陈士斌本无。

（2）描写招贤榜文的内容。前世本均有"考取贤才授官"这一细节内容，而陈士斌本无。

（3）描写殷小姐被刘洪逼迫的场景。陈士斌本为"小姐寻思无计"，前世本为"小姐没奈何"。

（4）描写龙王搭救光蕊时的场景。陈士斌本为"夜叉带了魂魄到水晶宫禀见了龙王"，前世本为"夜叉回复龙王"或"夜叉带了回宫，禀覆龙王"或"夜叉到水晶宫，禀覆了龙王"。

（5）描写一僧辱骂玄奘时的场景。陈士斌本仅有较少的辱骂内容，而前世本多出"没爷娘的杂种，我是个前辈，如何不晓"这一内容。

2. 从图像来看

前文已经对这两个版本的图像来源进行研究，芥子园本由二十张人物绣像图组成，主要受十卷本怀新楼本影响。翠筠山房本由四幅人物绣像图与十六幅故事情节全像图组成，前四幅人物绣像图分别受早期六卷本和八卷本的影响，十六幅全像图受李卓吾本影响。

因此，就图像而言，陈士斌本也受前世本影响。

3. 从用词来看

陈士斌本文字与前世本有重复，但情况较复杂，需要专门展开。

从图像角度考察，陈士斌本受前世本影响的证据明确，但从故事情节和文本用词来看，情况较复杂，本书从略。

综上所述，前世本与其后明清版本的关系错综复杂、交织密切。世德堂本、李卓吾本、朱本、证道本、陈士斌本均不同程度受不同形态的前世本影响。

第三节　关于《西游记》与佛教关系

长期以来，不少学者都意识到《西游记》是世代累积型的明代小说，其中蕴藏了丰富的儒释道内涵，是研究中国传统文化的重要资料。不过，对于《西游记》中儒释道三教的"世代累积"形态，此前一直找不到突破口。前世本的发现，形成了一系列新的相关认识，而能证明这一点的，就是《西游记》与佛教关系研究中的新认识。

此前，鲁迅等学者认为，《西游记》的作者"尤未学佛"。近年来的研究发现，如果只是根据佛教《大藏经》研究佛教以及讨论《西游记》与佛教关系，鲁迅等学者的看法无可指摘。但是，当看到《大藏经》未收入的大量佛教仪式文献后，就能发现《西游记》的作者既具备全真道的某些知识，亦学过佛，而且是此前不为一般人了解和熟知的瑜伽教及其仪式文献。前世本的发现，一方面那些表现《西游记》作者熟悉佛教瑜伽教及其仪式文献的资料，在前世本中绝大部分都不存；另一方面前世本的成书，肯定受瑜伽教僧所用藏外佛教斋供仪式文献的影响。也就是说，《西游记》确实是世代累积型小说，就《西游记》与佛教关系来说，它先后两次受佛教瑜伽教仪式文献的影响。

一、《西游记》作者是否"尤未学佛"

鲁迅认为吴承恩是《西游记》的作者，虽然在《中国小说史略》中说《西游记》"释迦与老君同流，真性与元神杂出，使三教之徒，皆得随宜附会"[①]，"或云劝学，或云谈禅，或云讲道"[②]，此外同时指出，《西游记》"作者虽儒生，此书则实出于游戏，亦非语道，故全书仅偶见五行生克之常谈，尤未学佛，故末回至有荒唐无稽之经目"[③]。这是鲁迅率先提出的《西游记》与佛教关系的看法。

郑振铎认同鲁迅《西游记》作者"尤未学佛"的观点，认为"其不大明了佛教的真实的教义""我们观于吴氏《西游记》第九十八回中所开列的不伦不类的三藏目录，便知他对于佛学实在是所知甚浅的"[④]。郑振铎等学者的认同，使鲁迅有关《西游记》作者"尤未学佛"的观点在相当长一段时间都占主导地位。当然，后世也不断有学者提出不同的意见，并试图提出新的释读。遗憾的是，由于他们用来讨论的资料，在鲁迅《小说旧闻钞》[⑤]中大都已经介绍和讨论过，其相关专业知识亦未有超越鲁迅之处，所以并无特别之处，谈不上是新知。

① 鲁迅：《中国小说史略》，北新书局，1932年，第207页；李新宇、周海婴主编《鲁迅大全集》(29)，长江文艺出版社，2011年，第188页。
② 鲁迅：《中国小说史略》，北新书局，1932年，第207页；李新宇、周海婴主编《鲁迅大全集》(29)，长江文艺出版社，2011年，第188页。
③ 鲁迅：《中国小说史略》，北新书局，1932年，第207页；李新宇、周海婴主编《鲁迅大全集》(29)，长江文艺出版社，2011年，第188页。
④ 郑振铎：《郑振铎全集》第四卷，花山文艺出版社，1998年，第255页。
⑤ 鲁迅：《小说旧闻钞》，北新书局，1928年，第38—54页；李新宇、周海婴主编《鲁迅大全集》(29)，长江文艺出版社，2011年，第360—367页。

相较于《西游记》与佛教关系的研究，对于《西游记》与道教关系的研究成果突出。一批学者结合大量道教资料，明确了《西游记》与道教尤其是与全真道之间存在密切关系。就对相关资料的释读来说，虽未尽周圆，但大致有据。以此之故，不少《西游记》研究者认为，相较于《西游记》与道教关系，佛教与《西游记》的关系并不明显。

如果只是根据《大藏经》研究佛教及讨论《西游记》与佛教关系，以上各种观点毋庸置疑。但是，研究《大藏经》未收的大量佛教仪式文献后发现，《西游记》的作者熟悉佛教瑜伽教及其仪式文献。《西游记》的作者既具备全真道的某些知识，亦学过佛，而且是此前不为一般人了解的瑜伽教及其仪式文献。

什么是瑜伽教及其仪式文献？[①] 在此前的相关解读中，当以林子青的观点较全面、简明。

> 明代洪武之初，太祖屡建法会于南京蒋山，超度元末死难人物。洪武五年(1372)的广荐佛会，太祖亲临烧香，最后并命轨范师行瑜伽焰口施食之法(宋濂《蒋山广荐佛会记》)。其后忏法广泛流行。举行忏法仪式，成为僧侣的职业。僧侣以赴应世俗之请而作佛事的，称为应赴僧。这些僧人以行瑜伽三密行法，又称为瑜伽教僧，略称教僧。洪武十五年(1382)制定佛寺为禅、讲、教三宗制度，并于南京能仁寺开设应供道场，令京城内外大小应赴寺院僧人集中学习，作成一定佛事科仪。洪武十六年(1383)，由僧录司颁行。[②]

---

① 叶明生：《试论"瑜伽教"之衍变及其世俗化事象》，《佛学研究》1999 年刊；徐晓望：《论瑜珈教与〈西游记〉的众神世界》，《东南学术》2005 年第 5 期；陈玉女：《明代的佛教与社会》，北京大学出版社，2011 年，第 248—282 页。

② 林子青：《忏法》，中国佛教协会编《中国佛教》(二)，知识出版社，1982 年，第 391 页。

上文中应赴僧所学习的,就是本文所说的瑜伽教,因此,应赴僧就是瑜伽教僧(略称"教僧")。瑜伽教僧在南京能仁寺学习的佛事科仪,即他们赴应世俗之请替人举行法事时使用的仪式文本,也就是本书所说的瑜伽教仪式文献。不过,由于各种原因,此前对瑜伽教及其仪式文献的了解并不多,故无法据之讨论《西游记》。

为什么说《西游记》作者熟悉佛教瑜伽教及其仪式文献?可以从两个方面来印证:一是《西游记》描写了鲜明的瑜伽教及其仪式文献的内容;二是《西游记》中出现了仅见于瑜伽教仪式文献的文字。

二、《西游记》描写的瑜伽教及其仪式文献

(一)如来所传为瑜伽教及其仪式文献

《西游记》中关于唐僧取经背景,第八回如来称自己有三藏真经:"共计三十五部,该一万五千一百四十四卷,乃是修真之经,正善之门。我待要送上东土,颇耐那生民愚蠢,毁谤真言,不识我法门之旨要,怠慢了瑜迦之正宗。怎么得一个有法力的,去东土寻一个善信,交他苦历千山,询经万水,到我处求取真经,永传东土,劝化众生,却乃是个山大的福缘,海深的善庆。"①

如来所称"瑜迦之正宗",闽斋堂本作"谕迦之正宗"。曾上炎《西游记辞典》释为:"瑜迦宗,即佛教大乘有宗。佛教中密教的总名。此处指佛门、佛法。"②李天飞综合前人研究成果,称"瑜迦宗是佛教的一个学派,这里泛指佛门、佛法"③。对于《西游记》中诸

---

① 李天飞校注:《西游记》,中华书局,2014年,第110页。
② 曾上炎编著:《西游记辞典》,河南人民出版社,1994年,第409页。
③ 李天飞校注:《西游记》,中华书局,2014年,第110页。

经的解释，亦多附会道经展开，①但均未得其实。

这里所谓的"瑜迦之正宗""谕迦之正宗"，均为听音记字，实为"瑜伽之正宗"，指瑜伽宗或瑜伽教。在中国佛教史上，明代以前佛教三分作禅、教、律，所说"教"，又作"讲"，是"禅""律"之外的其他偏于讲经说法的佛教宗派。明初佛教三分作禅、讲、教，所说"禅"即禅宗，"讲"相当于元代的"教"，包括天台、华严和唯识等宗，而所说"教"则专指瑜伽派。作为明代与"禅""讲"相提并论的新的教派指称，"教"（瑜伽教）有意强调自己的正统性，往往会自称"瑜伽大教""瑜伽正教""瑜伽东林大教"等②。《西游记》中"瑜（谕）迦之正宗"，即"瑜伽之正宗"，正是瑜伽教在明代出现并自张其教的反映。

《西游记》第九十八回，唐僧师徒到达西天见如来后，在珍楼宝阁中所见西天佛经的经名及卷数如下。

> 《涅槃经》一部，七百四十八卷
>
> 《菩萨经》一部，一千二十一卷
>
> 《虚空藏经》一部，四百卷
>
> 《首楞严经》一部，一百一十卷
>
> 《恩意经大集》一部，五十卷
>
> 《决定经》一部，一百四十卷
>
> 《宝藏经》一部，四十五卷
>
> 《华严经》一部，五百卷
>
> 《礼真如经》一部，九十卷
>
> 《大般若经》一部，九百一十六卷
>
> 《大光明经》一部，三百卷
>
> 《未曾有经》一部，一千一百一十卷

---

① 李天飞校注：《西游记》，中华书局，2014 年，第 110、182、627、1228—1230 页等。

② 相关例子参见王熙远：《桂西民间秘密宗教》，广西师范大学出版社，1994 年，第 229—239、266 页等。

《维摩经》一部,一百七十卷

《三论别经》一部,二百七十卷

《金刚经》一部,一百卷

《正法轮经》一部,一百二十卷

《佛本行经》一部,八百卷

《五龙经》一部,三十二卷

《菩萨戒经》一部,一百一十六卷

《大集经》一部,一百三十卷

《摩竭经》一部,三百五十卷

《法华经》一部,一百卷

《瑜伽经》一部,一百卷

《宝长经》一部,二百二十卷

《西天论经》一部,一百三十卷

《僧祇经》一部,一百五十七卷

《佛国杂经》一部,一千九百五十卷

《起信论经》一部,一千卷

《大智度经》一部,一千八十卷

《宝威经》一部,一千二百八十卷

《本阁经》一部,八百五十卷

《正律文经》一部,二百卷

《大孔雀经》一部,二百二十卷

《唯识论经》一部,一百卷

《具舍论经》一部,二百卷①

其中唐僧等人取到唐朝的经卷如下。

《涅槃经》四百卷

《菩萨经》三百六十卷

---

① 李天飞校注:《西游记》,中华书局,2014年,第1228—1230页(标点略异)。

《虚空藏经》二十卷

《首楞严经》三十卷

《恩意经大集》四十卷

《决定经》四十卷

《宝藏经》二十卷

《华严经》八十一卷

《礼真如经》三十卷

《大般若经》六百卷

《大光明经》五十卷

《未曾有经》五百五十卷

《维摩经》三十卷

《三论别经》四十二卷

《金刚经》一卷

《正法轮经》二十卷

《佛本行经》一百一十六卷

《五龙经》二十卷

《菩萨戒经》六十卷

《大集经》三十卷

《摩竭经》一百四十卷

《法华经》十卷

《瑜伽经》三十卷

《宝常（长）经》一百七十卷

《西天论经》三十卷

《僧祇经》一百一十卷

《佛国杂经》一千六百三十八卷

《起信论经》五十卷

《大智度经》九十卷

《宝威经》一百四十卷

《本阁经》五十六卷

《正律文经》十卷

《大孔雀经》十四卷

《维(唯)识论经》十卷

《具舍论经》十卷①

两个经目,除个别字外,经名大体全同。组合在一起的内容,是这些经目在西天有多少卷,唐僧等人取到唐朝的有多少卷。鲁迅在《少室山房笔丛》《等不等观杂录》中均看到这样的经目。② 但根据前人记录和他自己的理解,他认为这些经名是"荒唐无稽之经目"。后来有研究者对这个经目所记经进行考察,并将其与胡应麟《少室山房笔丛》所引作比较,但未注意到方广锠此前的相关研究,所以不知道在敦煌遗书中,已经存在同类经目。③ 因此,这种讨论存在较大疏漏。

需要指出的是,在佛教仪式文献中,不仅上述部分经名见于《佛门请经科》等仪式文献,而且有专门的《大藏总经目录》,与敦煌遗书一样,记录了西天有而且传到中国的经及其卷数。目前已经收到数种《大藏总经目录》,内容略有差异。关于这些文本与《西游记》及敦煌遗书之间关系,需要专文讨论,这里不作展开。可以肯定的是,这些佛教仪式文献在全国很多地方都已发现,具有广泛的地域性,当属明初从南京传播到全国各地的瑜伽教仪式文献,因此它们出现的时间比《西游记》早。《西游记》中出现的经目,当来自佛教瑜伽教仪式文献。《西游记》作者如果不熟悉这些仪式文献,就无从将其写入小说中。

因此,只有《西游记》的作者熟悉瑜伽教及其仪式文献,小说中才会出现如来所传、唐僧所取经都是佛教斋供仪式文献的文字。

---

① 李天飞校注:《西游记》,中华书局,2014 年,第 1234—1235 页(标点略异)。

② 鲁迅:《小说旧闻钞》,北新书局,1928 年,第 53—54 页;李新宇、周海婴主编《鲁迅大全集》(29),长江文艺出版社,2011 年,第 366—367 页。

③ 方广锠:《八—十世纪佛教大藏经史》,中国社会科学出版社,1991 年,第 195—216 页;《中国写本大藏经研究》,上海古籍出版社,2006 年,第 297—313 页。

（二）唐僧为应赴僧

如林子青所说,瑜伽教僧就是以赴应世俗之请而作佛事的应赴僧。"应赴"二字往往在听音记字中被记作"印佛""应佛""应付"等,在《西游记》中被记作"应佛"。唐僧虽然没有被贴上"应佛僧"的标签,但在《西游记》中的行为表明他就是一个应赴僧。

首先,唐僧以主持水陆法会的应赴僧身份出场。李世民还阳后,应崔珏的要求举行水陆法会,以超度地狱中的孤魂野鬼。唐僧虽被称为高僧,但是以主持水陆法会的应赴僧人身份出场的。《西游记》第十一回说:

> 当日对众举出玄奘法师。这个人自幼为僧,出娘胎,就持斋受戒。他外公见是当朝一路总管殷开山。他父亲陈光蕊中状元,官拜文渊殿大学士。一心不爱荣华,只喜修持寂灭。查得他根源又好,德行又高;千经万典,无所不通;佛号仙音,无般不会。当时三位引至御前,扬尘舞蹈。拜罢奏曰:"臣瑀等,蒙圣旨,选得高僧一名陈玄奘。"太宗闻其名,沉思良久道:"可是学士陈光蕊之儿玄奘否?"江流儿叩头曰:"臣正是。"太宗喜道:"果然举之不错。诚为有德行有禅心的和尚。朕赐你左僧纲,右僧纲,天下大阐都僧纲之职。"玄奘顿首谢恩,受了大阐官爵。又赐五彩织金袈裟一件,毗卢帽一顶。教他用心再拜明僧,排次阇黎班首,书办旨意,前赴化生寺,择定吉日良时,开演经法。
>
> 玄奘再拜领旨而出,遂到化生寺里,聚集多僧,打造禅榻,妆修功德,整理音乐。选得大小明僧共计一千二百名,分派上中下三堂。诸所佛前,物件皆齐,头头有次。选到本年九月初三日,黄道良辰开启,做七七四十九日"水陆大会"。即具表申奏,太宗及文武国戚皇亲,俱至期

赴会,拈香听讲。①

历史上应赴僧被推崇,往往不是因他的义学水平,而是其唱腔。小说中称唐僧"佛号仙音,无般不会""整理音乐",表明他具备应赴僧擅长的音乐。因自幼在水陆法会祖庭金山寺长大,出家后不仅精通水陆法会仪式,而且行实具有权威性,所以唐僧在小说中一出场就被选为皇帝举办的水陆法会的主坛法师。

主坛法师是法事的核心,负责法事程序的安排,班首等行持人员的组合搭配和斋文意旨的书写备办,所以小说称唐僧得到举办水陆法会的圣旨后,就到化生寺里招集僧人,挑选阇黎班首和明确文书的抄写,着人打造禅榻,布置坛场,安排音乐,选择开坛的黄道吉日,并通知斋主唐太宗、国戚皇亲及文武官员,按时间安排到坛场拈香述意,听讲舍施。在第十二回中,更有他"聚众登坛,讽经诵偈"②"在台上,念一会《受生度亡经》,谈一会《安邦天宝篆》,又宣一会《劝修功卷》"③的明确表述。这表明作为主坛法师,既要负责法事方方面面的安排,又要能上场行持法事。

其次,唐僧在取经路上应请做法事。小说第十三回唐僧到猎户刘伯钦家中,适逢刘父周忌,遂应刘母之请,为刘父念了一天的经。

> 次早,那家老小都起来,就整素斋,管待长老,请开启念经。这长老净了手,同太保家堂前拈了香,拜了家堂。三藏方敲响木鱼,先念了净口业的真言,又念了净身心的神咒,然后开《度亡经》一卷。诵毕,伯钦又请写荐亡疏一道,再开念《金刚经》《观音经》,一一朗音高诵。诵毕,吃了午斋,又念《法华经》《弥陀经》。各诵几卷,又念一卷《孔雀经》,及谈苾蒭洗业的故事。早又天晚,献过了种种

---

① 李天飞校注:《西游记》,中华书局,2014年,第171—172页。
② 李天飞校注:《西游记》,中华书局,2014年,第179页。
③ 李天飞校注:《西游记》,中华书局,2014年,第182页。

香火，化了众神纸马，烧了荐亡文疏，佛事已毕，又各安寝。①

这是由唐僧一人行持一天的法事。没有开坛，只是敲着木鱼，先念净身口意三业真言，然后是念经，包括《金刚经》《观音经》《法华经》《弥陀经》和《孔雀经》等数种，最后由于开头有荐亡疏，故结束时要烧荐亡文疏及该场仪式使用的众神纸马。

尽管只是一个人行持的小法事，但还是让"伯钦的父亲之灵，超荐得脱沉沦"，并托梦给刘伯钦合宅长幼，称因为唐僧"念了经卷，消了我的罪业，阎王差人送我上中华富地长者人家托生去了"②。突出了唐僧作为应赴僧念经荐亡的效果。

最后，唐僧在小说中的形象，就是应赴僧举行佛教荐亡法事时主坛法师的形象。《西游记》第八回，如来托观音送五件宝贝给取经人，其中记前两件的文字如下。

> （如来）即命阿傩、迦叶，取出锦襕袈裟一领，九环锡杖一根，对菩萨言曰："这袈裟、锡杖，可与那取经人亲用。若肯坚心来此，穿我的袈裟，免堕轮回；持我的锡杖，不遭毒害。"这菩萨皈依拜领。③

观音到长安后，把这两件宝贝送给了唐王。唐王得到后，又把它们送给了唐僧。《西游记》第十二回有文记唐僧披上袈裟，手持锡杖的样子。

> 锡杖叮当斗九环，毗卢帽映多丰厚。
> 诚为佛子不虚传，胜似菩提无诈谬。
> 当时文武阶前喝彩，太宗喜之不胜。即着法师穿了袈裟，持了宝杖；又赐两队仪从，着多官送出朝门，教他上

---

① 李天飞校注：《西游记》，中华书局，2014年，第198—200页。
② 李天飞校注：《西游记》，中华书局，2014年，第200页。
③ 李天飞校注：《西游记》，中华书局，2014年，第111页。

大街行道,往寺里去,就如中状元夸官的一般。这去玄奘再拜谢恩,在那大街上,烈烈轰轰,摇摇摆摆。你看那长安城里,行商坐贾、公子王孙、墨客文人、大男小女,无不争看夸奖,俱道:"好个法师! 真是活罗汉下降,活菩萨临凡。"玄奘直至寺里,僧人下榻来迎。一见他披此袈裟,执此锡杖,都道是地藏王来了,各各归依,侍于左右。玄奘上殿,炷香礼佛,又对众感述圣恩已毕,各归禅座。①

虽然有披袈裟、持锡杖的地藏形象,但身披袈裟、手执锡杖的僧人不一定是地藏。小说中人们看到唐僧就以为是地藏王来了,显然还要有其他标志。是什么标志呢? 是在九环锡杖和袈裟之外,唐僧还戴了毗卢帽。

唐王与唐僧初次见面时,不仅赐他僧纲之职,还"又赐五彩织金袈裟一件,毗卢帽一顶",所以尽管后来唐僧只是得到了如来的锦襕袈裟和九环锡杖这两件宝贝,但他在《西游记》中的形象,一直是头戴毗卢帽,身披袈裟,手执九环锡杖。这一形象在《西游记》中多次出现。

看这长老打扮起来,比昨日又甚不同。但见他身上穿一领锦襕异宝佛袈裟,头戴金顶毗卢帽。九环锡杖手中拿,胸藏一点神光妙。通关文牒紧随身,包裹袋中缠锦套。行似阿罗降世间,诚如活佛真容貌。②

次早,唐僧换了衣服,披上锦襕袈裟,戴了毗卢帽,手持锡杖,登堂拜辞大仙。③

行者牵了马,唐僧拿了锡杖,按一按毗卢帽,抖一抖

---

① 李天飞校注:《西游记》,中华书局,2014年,第180页。
② 李天飞校注:《西游记》,中华书局,2014年,第1001页(标点略异)。
③ 李天飞校注:《西游记》,中华书局,2014年,第1222页。

锦袈裟，才喜喜欢欢，到我佛如来之前。①

值得注意的是，《西游记》中唐僧的毗卢帽、袈裟、九环锡杖三件套组合，其实是应赴僧替人举行法事尤其是荐亡法事时的特有装束。换句话说，《西游记》中唐僧的形象，是应赴僧举行佛教荐亡法事时法师的形象。《西游记》中的唐僧是应赴僧，这是此前有关唐僧文献中没有的。

（三）瑜伽教法事及程序

《西游记》作者熟悉瑜伽教法事及程序，不仅可以从上述唐僧主持举行水陆法会、替刘伯钦超度其父的情节中看出，亦能在《西游记》第四十七回、第九十六回找到明确证据。

第四十七回唐僧师徒到通天河后，八戒跟唐僧讲，前面有鼓钹声音，想是有人家做斋。唐僧在马上一听，即知道鼓钹之声不是道家乐器，而是佛教在做法事，于是前去化斋。待跟施主进到其家厅房，就是法会现场，几个正在念经的和尚，因为看到唐僧三个徒弟容貌丑陋，形如妖怪，遂不顾磬铃等乐器和佛像，跌跌撞撞一跑而散。在唐僧责怪三个徒弟"惊散了念经僧，把人家好事都搅坏了"时，施主称"老爷，没大事，没大事，才然关了灯，散了花，佛事将收也"。八戒道："既是了帐，摆出满散的斋来，我们吃了睡觉。"②这些文字表明，不仅做斋施主，而且来化斋的唐僧师徒，对法事音乐及其最后的法事程序，尤其是在法事结束后斋主请法师吃满散斋这一细节，亦都非常清楚。

在唐僧师徒吃完饭后，唐僧谢了斋供，问施主所做是什么斋事时，有文曰：

　　八戒笑道："师父问他怎的！岂不知道，必然是'青苗

---

① 李天飞校注：《西游记》，中华书局，2014年，第1233页。
② 李天飞校注：《西游记》，中华书局，2014年，第625页。

斋'"平安斋'"了场斋'罢了。"老者道:"不是,不是。"三藏
又问:"端的为何?"老者道:"是一场'预修亡斋'。"八戒笑
得打跌道:"公公忒没眼力。我们是扯谎架桥哄人的大
王,你怎么把这谎话哄我? 和尚家岂不知斋事? 只有个
'预修寄库斋''预修填还斋',那里有个'预修亡斋'的?
你家人又不曾有死的,做甚亡斋?"①

八戒这里所说的"青苗斋""平安斋""了场斋""预修寄库斋"
"预修填还斋"等,都是瑜伽教法事的名称。在应赴僧替人举行的
法事中较有代表性,表明八戒对瑜伽教法事的种类亦很清楚。

第九十六回,记述寇员外设万僧斋,在斋过唐僧师徒四人后正
好功德圆满,需要举行圆满斋仪式。于是,员外请唐僧师徒在圆满
斋后再继续取经之途。关于这场法事的文字如下。

早经过五七遍朝夕,那员外才请了本处应佛僧二十
四员,办做圆满道场。众僧们写作有三四日,选定良辰,
开启佛事,他那里与大唐的世情一般,却倒也:大扬幡,
铺设金容;齐秉烛,烧香供养。擂鼓敲铙,吹笙捻管。云
锣儿,横笛音清,也都是尺工字样。打一回,吹一荡,朗言
齐语卅经藏。先安土地,次请神将。发了文书,拜了佛
像。谈一部《孔雀经》,句句消灾障;点一架药师灯,焰焰
辉光亮。拜水忏,解冤愆;讽《华严》,除诽谤。三乘妙法
甚精勤,一二沙门皆一样。
如此做了三昼夜。②

这段文字是目前所见明清小说中对应赴僧举行的一场三天法
事的最详细记述。只有清晰了解瑜伽教大型法事程序的人,才能写
得出来。这说明《西游记》作者对瑜伽教大型法事程序非常了解。

---

① 李天飞校注:《西游记》,中华书局,2014 年,第 627 页。
② 李天飞校注:《西游记》,中华书局,2014 年,第 1200—1201 页(标点略异)。

(四)《西游记》中仅见于瑜伽教仪式文献的文字

1. "秉教""秉教伽(迦)持"和"秉教沙门"

《西游记》对唐僧师徒的行实多次说明,但不同地方使用了不同的说法,如或称"秉教",或称"秉教伽(迦)持",或称"秉教沙门"。《西游记》第九十八回唐僧师徒乘接引佛祖所撑船,过了凌云渡后,唐僧向三个徒弟致谢。孙悟空说道:"两不相谢。彼此皆扶持也。我等亏师父解脱,借门路修功,幸成了正果;师父也赖我等保护,秉教伽持,喜脱了凡胎。"[①]第五十六回唐僧向老者和婆婆介绍自己的徒弟:"他们虽是丑陋,却也秉教沙门,皈依善果,不是甚么恶魔毒怪。"[②]对于孙悟空、猪八戒和沙和尚,亦都在不同地方称他们"秉教"[③]"秉教伽(迦)持"[④],是"秉教沙门"[⑤]。

此前的《西游记》研究者已经注意到"秉教"等词,但并不知道它们是缩略词。有些词还是听音记字,如将"加持"记作"伽持"或"迦持",但一直未见清楚明确的解释。根据在福建、湖南、云南、台湾等地搜集到的相关资料,可以肯定这些概念都出自佛教斋供仪式文献。

首先,这三个词分别是"秉释迦如来遗教""秉释迦如来遗教弟子奉行加持法事""秉释迦如来遗教弟子奉行加持法事沙门"一类文字的节略。而且在这些斋供仪式文献中,还可以看到"秉教法师""秉教沙门""秉教法事沙门""秉教判斛法事沙门""秉释迦如来遗教加持主行科事""秉教加持主行兼主经科事"等各种不尽相同的表述。

其次,在江西、福建等地搜集的佛教斋供仪式文献中,直接称

---

① 李天飞校注:《西游记》,中华书局,2014年,第1225页。
② 李天飞校注:《西游记》,中华书局,2014年,第738页。
③ 李天飞校注:《西游记》,中华书局,2014年,第471—472页。
④ 李天飞校注:《西游记》,中华书局,2014年,第119、308页。
⑤ 李天飞校注:《西游记》,中华书局,2014年,第1118、1247页。

举行仪式者"秉教加持"(如图4-1)。

图4-1　佛教斋供仪式文献中出现的"秉教加持"

上述两点表明"秉教""秉教加(迦)持""秉教沙门",是目前出现且仅出现在瑜伽教斋供仪式文献中的名词概念。

2. 四大部洲名出自瑜伽教仪式文献

《西游记》中多次出现四大部洲的名字,分别是东胜神洲、南赡部洲、西牛贺洲和北俱芦洲。① 但检索藏经中关于四大部洲的记述,有多种表述,如《大智度论》作东弗婆提、南阎浮提、西拘陀尼、北鬱怛罗②,《大涅槃经》等经作东弗婆提、南阎浮提、西瞿耶尼、北鬱单越③。玄奘《大唐西域记》卷一则称:

> 海中可居者,大略有四洲焉。东毘提诃洲,旧日弗婆提,又日弗于逮,讹也。 南赡部洲,旧日阎浮提洲,又日剡浮洲,讹也。 西瞿陀尼洲,旧日瞿耶尼,又日钩伽尼,讹也。 北拘卢洲。旧日郁单越,又日鸠楼,讹也。④

以上均未见与《西游记》中四大部洲这一组合相同或相近的表述。但是,在元末明初出现的《瑜伽焰口科范》及所设坛场中,才有这一组合的相关记载。也就是说,小说《西游记》中四大部洲名字

---

① 李天飞校注:《西游记》,中华书局,2014年,第3、109页。
② 鸠摩罗什译:《大智度论》卷五,《大正藏》第25册,第94页。
③ 法显译:《大般涅盘经》卷下,《大正藏》第1册,第202页;地河婆罗译:《方广大庄严经》卷一,《大正藏》第3册,第541页。
④ 季羡林等校注:《大唐西域记校注》,中华书局,1985年,第35页。

的组合方式,出现且仅出现在应赴僧举行的荐亡法事中。这是此前相关研究未注意到的。

3. 多次引用并以瑜伽教仪式文献中的文字结尾

《西游记》往往直接引用瑜伽教仪式文献文字。如第十二回太宗叮嘱唐僧"宁恋本乡一捻土,莫爱他乡万两金"①,见于明初《佛门请经科》等瑜伽教仪式文献中②。第八十五回孙悟空道:"佛在灵山莫远求,灵山只在汝心头。人人有个灵山塔,好向灵山塔下修。"③出自宋代宗镜的《销释金刚科仪》④。

再如《西游记》第一百回,亦是《西游记》全书结尾的文字。

> 大众合掌皈依,都念:
> 南无燃灯上古佛。南无药师光王佛。
> 南无释迦牟尼佛。南无过去未来现在佛。
> 南无清净喜佛。南无毗婆尸佛。
> 南无宝幢王佛。南无弥勒尊佛。
> 南无阿弥陀佛。南无无量寿佛。
> 南无接引归真佛。南无金刚不坏佛。
> 南无宝光佛。南无龙尊王佛。
> 南无精进善佛。南无宝月光佛。
> 南无现无愚佛。南无婆留那佛。
> 南无那罗延佛。南无功德华佛。
> 南无才功德佛。南无善游步佛。
> 南无旃檀光佛。南无摩尼幢佛。
> 南无慧炬照佛。南无海德光明佛。
> 南无大慈光佛。南无慈力王佛。

---

① 李天飞校注:《西游记》,中华书局,2014年,第187页。
② 参见王熙远:《桂西民间秘密宗教》,广西师范大学出版社,1994年,第493、518页。
③ 李天飞校注:《西游记》,中华书局,2014年,第1076页。
④ 方广锠主编《藏外佛教文献》第六辑,宗教文化出版社,1998年,第323页。

南无贤善首佛。南无广庄严佛。

南无金华光佛。南无才光明佛。

南无智慧胜佛。南无世静光佛。

南无日月光佛。南无日月珠光佛。

南无慧幢胜王佛。南无妙音声佛。

南无常光幢佛。南无观世灯佛。

南无法胜王佛。南无须弥光佛。

南无大慧力王佛。南无金海光佛。

南无大通光佛。南无才光佛。

南无旃檀功德佛。南无斗战胜佛。

南无观世音菩萨。南无大势至菩萨。

南无文殊菩萨。南无普贤菩萨。

南无清净大海众菩萨。南无莲池海会佛菩萨。

南无西天极乐诸菩萨。南无三千揭谛大菩萨。

南无五百阿罗大菩萨。南无比丘夷塞尼菩萨。

南无无边无量法菩萨。南无金刚大士圣菩萨。

南无净坛使者菩萨。南无八宝金身罗汉菩萨。

南无八部天龙广力菩萨。如是等一切世界诸佛。

愿以此功德,庄严佛净土。

上报四重恩,下济三途苦。

若有见闻者,悉发菩提心。

同生极乐国,尽报此一身。

十方三世一切佛,诸尊菩萨摩诃萨,摩诃般若波罗密。

《西游记》至此终。①

这段文字中的佛名,唐僧被封的旃檀佛、孙悟空被封的斗战

---

① 李天飞校注:《西游记》,中华书局,2014 年,第 1256 页。

胜佛,都属于三十五佛,在《瑜伽焰口科范》等佛教仪式文献中经常出现。而回向偈之后“十方三世一切佛,诸尊菩萨摩诃萨,摩诃般若波罗密”一类的组合,在收集到的瑜伽教仪式文献中较为普遍,在较容易收集到的《水陆仪轨会本》中亦能看到(图 4-2)。这表明《西游记》相当多的文字,实际上直接引自瑜伽教仪式文献。在中外小说中,这可以说是独一无二的,毕竟,熟悉瑜伽教及其仪式文献的作家并不多见。

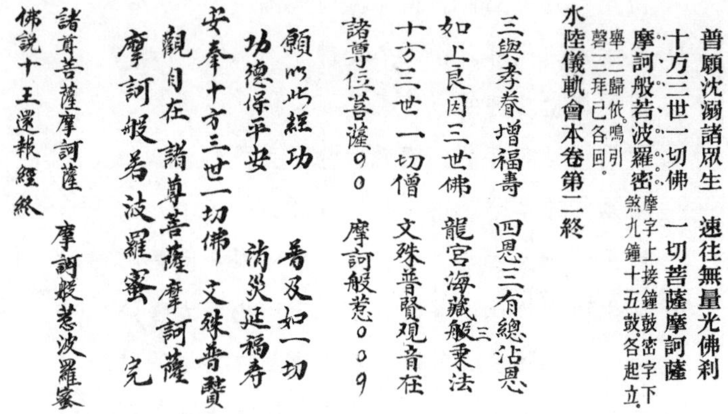
普願沈溺諸衆生　速往無量光佛刹
十方三世一切佛　一切菩薩摩訶薩
摩訶般若波羅密　摩字上接鐘鼓密字下煞九鐘十五鼓各起立
舉三歸依鳴引磬三拜已各回
水陸儀軌會本卷第二終

三與孝眷增福壽　四恩三有總沾恩
如上良因三世佛　龍宮海藏般若法 三
十方三世一切僧　文殊普賢观音在
諸尊位菩薩〇〇　摩訶般若〇〇9
願以此經功　普及如一切
功德保平安　消災延福壽
安奉十方三世一切佛　文殊普賢
觀自在　諸尊菩薩摩訶薩
摩訶般若波羅蜜　完
諸尊菩薩摩訶薩　摩訶般若波羅蜜
佛說十王還報經終

图 4-2　佛教瑜伽教仪式文献中《西游记》相类文字

三、瑜伽教佛教仪式文献两次影响《西游记》的成书

(一) 前世本与世德堂本瑜伽教相关内容的异同

前世本发现后,将其与世德堂本比较发现,二者文字有同有异。不同之处是前世本中找不到出现在世德堂本中的如下文字。

1. 在提到佛或佛教时,称佛所传为“瑜伽之正宗”,并将“瑜伽”记为“瑜迦”“谕迦”“谕伽”等情况。

2. 提到僧人时,称唐僧及其弟子信奉和实践佛教为“秉教加持”,并记作“秉教迦持”“秉教伽持”等。

3. 记载佛教仪式时，往往详细说明仪式程序的具体名目，罗列所念诸经的经名。

4. 多次引用的瑜伽教仪式文献的文字。如第十二回太宗叮嘱唐僧的"宁恋本乡一捻土，莫爱他乡万两金"[①]，第八十五回孙悟空所说"佛在灵山莫远求，灵山只在汝心头。人人有个灵山塔，好向灵山塔下修"[②]等。

5. 见于瑜伽教仪式文献《诸部因缘》的《心经》全文。

上文中大量可证明《西游记》描写瑜伽教及其仪式文献的文字，都未出现在前世本中。

当然，也有证明《西游记》描写瑜伽教及其仪式文献的文字出现，如同样见于《瑜伽焰口》等佛教仪式文献的东西南北四大部洲名字的组合；唐僧同样以头戴毗卢帽、身穿锦襕袈裟、手执九环锡杖的应赴僧形象出现，确实精熟于瑜伽教法事仪式；同样存在与佛教斋供仪式文献中相类的将"加持"记作"伽持"、"阿难"记作"阿傩"等情况；唐僧师徒西天所取之经与《大藏总经目录》相同；小说结尾时也以瑜伽教仪式文献中文字结尾。

那么，如何理解这种异同呢？侯冲先生收集的 4 000 余册宋元明清佛教斋供仪式文献，大都未被历代大藏经收录，属于长期不被人熟知但明清时期往往被用于佛教斋供仪式的藏外佛教文献。其中一系列与《西游记》研究有关的文献，以其丰富多样的内容，扩充了我们对百回本《西游记》成书过程的认知。这些资料不仅具有地域广泛性的特点，而且是明初定型的瑜伽教仪式文献的有机组成部分，明显影响了前世本的成书。世德堂本在前世本的基础上，又增加了大量与瑜伽教斋供仪式文献有关的文字，表明瑜伽教斋供仪式文献深刻影响了《西游记》的成书。

---

① 李天飞校注：《西游记》，中华书局，2014 年，第 187 页。
② 李天飞校注：《西游记》，中华书局，2014 年，第 1076 页。

（二）与《西游记》有关系列佛教斋供仪式文献及其出现时间

1. 侯冲先生收集《西游记》有关系列佛教斋供仪式文献

目前搜集到的印刊本和抄本已有 200 余册，较有代表性的是如下 10 种。

（1）《佛门请经科》

抄本 43 册。搜集自湖南、湖北、山东、福建、广西、贵州、四川、重庆、陕西、甘肃等地。既有单行本，也有与《香山科》《十王科》等科仪组合本。侯冲先生整理过其中的 12 种。[①] 主体内容与王熙远、刘琳、左怡兵、胡胜等学者整理发表的相关成果可相互印证[②]。近年来又发现了新异本数种。

（2）《三藏表》

抄本 2 册。搜集自四川、贵州。大量文字与唐僧西天取经有直接关系。未见著录。

（3）《受生宝卷》

抄本 8 册。收集自湖南、湖北、江西、山东、甘肃等地。侯冲先生曾根据 6 个抄本整理出 4 个异本。[③]

（4）《大藏总经目录》

刊印本 4 册，抄本 12 册。收集自北京、湖南、湖北、江西、安徽、山东、四川、贵州、广东等地。方广锠先生曾利用周绍良先生藏

---

① 侯冲整理：《佛门请经科》，侯冲、王见川主编《〈西游记〉新论及其他：来自佛教仪式、习俗与文本的视角》，博扬文化，第 371—496 页；侯冲、王见川主编《〈西游记〉新论集》，广西师范大学出版社，2022 年，第 387—498 页。

② 参见王熙远：《桂西民间秘密宗教》，广西师范大学出版社，1994 年，第 493—498、517—521 页；刘琳：《独山布依族民间信仰与汉文宗教典籍研究》，贵州师范大学硕士论文，2008 年，第 139—140 页；左怡兵：《〈瑜伽取经道场〉和〈佛门取经道场〉调查整理》，《文学教育》2013 年第 8 期，第 132—133 页；胡胜与赵毓龙辑校《西游说唱集》，上海古籍出版社，2020 年，第 16—27 页。

③ 侯冲整理：《受生宝卷》，方广锠主编《藏外佛教文献》第十三辑，中国人民大学出版社，2008 年，第 219—311 页。

本与敦煌遗书和《西游记》相关内容作过比较研究。①

（5）《佛说受生经》

又作《佛说寿生经》。刊印本 6 册，抄本 11 册。主要包括序、经文、十二相属和疏文四个部分，流传较广。侯冲先生曾著录②，并根据内容将其分为金元本和明清本两种。③

（6）《冥王斋仪》

抄本 31 册。内容包括教诫、仪文、提纲和密教四个部分，属于大科仪。根据使用情况有左案、右案、升座、礼请、仪文等不同的组合文本。完整文本至少有四册。收集自贵州、云南、四川、甘肃、湖南、湖北等地。王熙远录文整理过广西桂西地区流传本。④

（7）《佛门填还科》

抄本 25 册。搜集自湖北、贵州、重庆、四川、陕西、甘肃等地。张贤明对其中 11 种作过梳理和研究。⑤

（8）《佛门破狱科》

抄本 48 册。流传较广。主要搜集自湖南、湖北、江西、贵州、四川、重庆、甘肃等地。曹婕曾整理和研究过其中的 7 个本子。⑥

（9）《诸斋坛前》

清刊本 3 册，抄本 6 册。搜集自云南、四川、贵州、甘肃。未见著录。

（10）《请仪法事》

抄本 3 册。搜集自云南、四川。侯冲先生曾著录并讨论了其

① 方广锠：《八—十世纪佛教大藏经史》，中国社会科学出版社，1991 年，第195—216 页；《中国写本大藏经研究》，上海古籍出版社，2006 年，第 297—313 页。
② 侯冲：《云南阿吒力教经典研究》，中国书籍出版社，2008 年，第 200—202 页。
③ 侯冲整理：《佛说受生经》，方广锠主编《藏外佛教文献》第十三辑，中国人民大学出版社，2008 年，第 109—136 页；侯冲：《中国佛教仪式研究——以斋供仪式为中心》，上海古籍出版社，2018 年，第 396—414 页。
④ 王熙远：《桂西民间秘密宗教》，广西师范大学出版社，1994 年，第 498—505 页。
⑤ 张贤明：《佛教受生文献研究》，上海师范大学博士学位论文，2013 年。
⑥ 曹婕：《〈佛门破狱科〉研究》，上海师范大学硕士学位论文，2016 年。

中的《请仪法事》,但未指出其中包括唐僧师徒西天取经内容。①

2. 上述与《西游记》相关文献出现的时间

新资料出现后,对其成书时间及可靠性进行鉴定是首要工作。我们注意到,在中国历史上,明洪武年间朱元璋数次规范佛道教科仪,尤其是洪武十六年(1383)命令僧录司官:"即今瑜伽显密法事仪式及诸真言密咒,尽行考较稳当,可为一定成规,行于天下诸山寺院,永远遵守,为孝子顺孙慎终追远之道,人民州里之间祈禳伸情之用。恁僧录司行文书与诸山住持并各处僧官知会,俱各差僧赴京,于内府关领法事仪式回还习学。后三年,凡持瑜伽教僧赴京试验之时,若于今定成规仪式通者方许为僧;若不省解读念且生,须容周岁再试;若善于记诵,无度牒者试后就当官给与。如不能者,发为民庶。"②这不仅规范了佛教科仪,还对其应用作了说明。洪武二十四年(1391),又在《申明佛教榜册》中强调"显密之教,仪范科仪务遵洪武十六年颁降格式"③,表明洪武十六年统一编定格式并颁降的瑜伽显密法事仪式文献,成为当时全国各地瑜伽教僧申领学习并通过考试的"统编教材",并在明洪武年间传到全国各地。

在对佛教斋供仪式文献中与《西游记》相关文献进行综合梳理后,可以确定它们都属于明初统一成规后传到全国各地的"瑜伽显密法事仪式及诸真言密咒"。

首先是云南和贵州等地保存了较为系统的材料。据《金陵梵刹志》记载,洪武二十一年(1388),"迁僧录司于天禧寺。试经度僧,给与度牒。三月十四日,僧录司左善世弘道等于中右门钦奉圣旨:'恁僧录司行文书各处僧司去,但有讨度牒的僧,二十已上的发去乌蛮、曲靖等处,每三十里造一座庵,自耕自食,就化他一境的

---

① 侯冲:《云南阿吒力教经典研究》,中国书籍出版社,2008 年,第 188—189 页。

② 葛寅亮:《金陵梵刹志》,何孝荣点校,天津人民出版社,2007 年,第 54 页。

③ 葛寅亮:《金陵梵刹志》,何孝荣点校,天津人民出版社,2007 年,第 61 页。

人。钦此'"①。圣旨中所说乌蛮、曲靖等处，即今滇东、黔西一带。时间上恰在洪武十六年之后。侯冲先生搜集的佛教斋供仪式文献，以云南和贵州保存的较为系统。尤其是在贵州搜集的 1 000 余册，不仅数量较多，而且种类较齐全。基于他对云南阿吒力教的经典系列研究②，可以看出并见于云南、贵州、四川、甘肃的大科仪，如《报恩科》《楞严科》《圆通科》，都包括《心经》和"十小咒"的《诸部因缘》（又称"严净法事"）的环节，是曾经"为一定成规，行于天下诸山寺院"的证据。罗清《五部六册》明正德四年（1509）刊本中，引录过宋元时期成书的数种佛教科仪文献，③其中的《目连卷》，与卷首包括《佛门请经科》的《香山科》一样，在云南和贵州都发现了数种传本。这表明这些文献至迟明正德四年（1509）以前，在贵州、云南已经广泛流传，且至今仍有多种传本，并用于佛教斋供仪式中。

其次，佛教斋供仪式文献的核心内容属于佛教斋供仪式及其文献的有机组成部分。具体又分三种情况。一是像《佛门请经科》一样，为中国僧人利用这些文献举行斋供仪式提供正统源头，说明中国佛教斋供仪式及其文本的神圣性、权威性和效验性，在仪式开始时或文本开头说明道场所用仪式文献是唐僧从西天请来的。④二是仪式中使用的仪式文献的具体内容，就是与《西游记》相关的内容。如举行填还受生时，使用的仪式文本是《佛说受生经》《受生宝卷》《佛门填还科》等；纪赞唐僧举行奏表仪式时，使用的是《三藏

---

① 葛寅亮：《金陵梵刹志》，何孝荣点校，天津人民出版社，2007 年，第 57 页。

② 侯冲：《白族心史——〈白古通记〉研究》，云南民族出版社，2002 年，第 58—68、258—266 页；《云南阿吒力教经典研究》，中国书籍出版社，2008 年，第 336—337 页；《"白密"何在——云南汉传佛教经典文献研究》，广西师范大学出版社，2017 年。

③ 侯冲：《早期宝卷并非白莲教经卷——以〈五部六册〉征引宝卷为中心的考察》，《清史研究》1995 年第 1 期，第 102—105 页。

④ 侯冲：《〈佛门请经科〉：〈西游记〉研究的新资料》，《宗教学研究》2013 年第 3 期，第 104—109 页；《斋供仪式文献中的唐僧西天取经文献——以〈佛门取经道场·科书卷〉为中心》，《玄奘佛学研究》2022 年第 38 期，第 39—70 页。

表》这一科仪;发放公据时,发给的是《大藏总经目录》,只不过将其改名为"灵山路引"。三是与《西游记》相关内容,是某一科仪文献的核心元素。如《冥王斋仪》中所叙唐王入冥故事,既是《冥王斋仪》编撰的起因,也是过第五阎罗王案科仪的文字;完整《佛门破狱科》散花文中,都有明确的唐僧师徒及其西天取经的文字。这些普遍存在的内容,都不是后人能随意添加或改写的。

最后是具有地域广泛性,且流传时间早于世德堂本《西游记》。地域广泛性表现在三个方面:一是在湖南、湖北、江西、山东、广西、贵州、甘肃、四川、云南等地均有流传;二是汉族、白族、仡佬族等民族均在使用;三是虽然流传的地方不同、使用的民族不同,但这些文献并非地域性文本,其中不少完全相同的内容,证明它们有共同来源,不可能是后人改编的。就时间来看,目前已经收集到明正德三年(1508)四川广元地区抄本。这一抄写时间远早于世德堂本的万历二十年(1592),显然不是受世德堂本《西游记》影响才出现。

另外,陈毓罴先生在研究广西传本《佛门请经科》后,考订其为元末明初撰成的佛教道场台本。[①] 光绪六年(1880)贵州汪泽民抄本《佛门破狱科》散花文中,仍然有"我是南京人,只会散花文"等文字,可作为相关材料从侧面印证上述观点。

(三)瑜伽教仪式文献中《西游记》相关主题

1. 唐王入冥与回阳还受生钱

唐王入冥的原因有两种:一种是误杀大臣;另一种是所谓许救不救龙之事,即唐王答应救龙,但龙被魏征杀了,未救成。魏征所杀或唐王许救的龙,在不同文献中名字并不相同,或作金角老龙王(金角龙王),或作金河小龙(金河老龙),或作泾河老龙。龙被杀

---

① 陈毓罴:《新发现的两种〈西游实卷〉考辨》,《中国文化》1996 年第 1 期,第56—57 页。

的原因有二：一是玉帝勅令午时行雨，龙王因为怠慢而错了时刻，被判违误天条，勅令魏征取斩；二是金角老龙因与袁天罡打赌而不按玉帝旨意，更改了雨时和雨量的分配，祸害了生灵。魏征不仅是唐王在阳间的丞相，也是唐王入冥后阎君的曹僚，在阎君面前替唐王说了好话，并祈求阎君放唐王还魂。阎王设计让唐王游白莲池，在池边由鬼使将其推倒昏迷，醒后还阳。

唐王还阳前，曾在冥府库内借过受生钱。借钱给唐王的是长安卖水人玉玺或者王大。唐王在还阳后，召见了玉玺或王大。见玉玺时，先让玉玺自证是冥府官库中钱财的主人，并在质之不爽后才说借了他的钱。除还了所借八万贯钱外，赏给他终身俸禄。见王大时，在欠债外多给了钱，封他为本处县丞，并为王大接受。

据《受生宝卷》介绍，唐王在冥府所见各地狱中受尽百般苦楚的罪人，有各种因果，其中不乏没有还受生钱的。唐王能还阳，与支借王大库内经文钱贯填还完成有直接关系。唐僧去西天取经，在大藏经中看到《受生经》，经文称每个人在未生阳道之时，先在冥司借过受生钱贯。人有十二相属，每个相属都有报库曹官及其姓名。不同庚甲的人，所借受生钱贯的多少不一。受生钱是需要填还的冥府司债。只是人们在转回阳间后，忘了自己的借欠。百年之后，回归阴司，曹官逼勒钱贯，如果有孝子顺孙，舍财修斋荐拔，依经填还，还能转回人身。如果儿女忤逆，吝财轻规，不替填还，则会受尽苦楚，堕落三途，为牛作马，或为蠢动含灵，难转人身。即使能得人身，也是贫穷下贱，丑陋不堪。诸佛悯怜众生，造立《受生经》，说明受生因果，让其流传东土，作为众人依经填还受生钱，百年后永不欠钱的依凭。

填还受生钱有亲自还和替他人还两种。替他人还，就是替死者还，在亡者五七、百日、周年、除服、斋会之期举行。亲自还，是在四五十岁的时候，请僧人到家里举行填还法会。亲自还要分三次填还，使用阴阳二牒，标明合同字号，作为勘合的文凭。阳牒付与本人收执，阴牒在举行仪式时化纳给阴府库官。待百年限满后，到

243

冥司比对字号合同,还清欠钱。

2. 唐僧取经的时间和原因

唐僧出发去西天取经的时间有两说:一在唐王李世民梦感入冥前;一在唐王梦感入冥后。

在唐王梦感入冥前,是魏征或萧瑀告诉唐王,佛说大乘经可以救人生病苦,能度世界亡魂。大唐国中万物具足称心,独独缺少大乘经。于是,唐王出榜招募西天取经的人,许诺取经回来后加官进职,万般升赏。但只有唐僧揭榜,后带徒弟孙行者、猪八戒和沙和尚前往,得唐王御赐白马。唐王入冥回阳且唐僧西天取经回来后,才知道《受生经》和举行填还受生的仪式。数种《佛门取经科》强调所取是大乘经,以及唐僧师徒取经回来后得唐王的封赏,与这一背景正相契合。

唐僧在唐王梦感入冥后取经有两种说法。一是因唐王入冥,遍历阴司地狱,见种种苦楚,狱中有众生称负债而求索还偿。梦觉回阳后,太宗认识到阴与阳同,故出榜觅僧往西域,亲叩世尊取经文,但仅玄奘领旨西游。《冥王斋仪》是唐王还阳后,让高僧导世编修以救拔地狱众生的。二是唐王入冥后,与金角老龙相遇,不能脱身,得崔判官添注。唐王还魂后,传下圣旨,建设水陆会,三藏西天去取经,以超度金角超升离苦。

不管是在唐王梦感入冥前还是入冥后,取经(大乘经)都是为了举行法会(水陆法会)超生度死,救苦荐亡。

不同文献对唐僧西天取经所用时间说法不一。有说 17 年,有说取经不久,抄本较多的《佛门请经科》甚至有不同的说法,其中 14 年、13 年、6 年、3 年 6 个月出现次数稍多,其他只出现了一次或两次。

3. 取经诸人与取经历程

揭榜取经的唐僧是唐王国师。他原是西天如来佛会中金禅长老,因佛发现他在听法时懒座瞌睡,不听正法,就把他贬下凡尘。太白金星奉佛敕令,送他到东土长安大国。殷小姐三更时出门观望,遂走入其身怀。受胎怀孕一个月,学士陈光蕊带妻洪州上任。中途过江,光蕊被稍公刘洪二人打入黑江,将妇殷小姐强逼为妻,赴洪州上任。临月之时,刘洪吩咐娘子:生下女子,度时过日;若生儿子,不要留养,斩草除根。小姐难忍除灭,即请木匠做一小匣,将孩儿放在匣内投江。木匣顺水流至金山寺,孩子被该寺和尚捞出并抚养长大,唤作江流和尚。十五年后,江流和尚上长安国,凭血书信与外祖殷丞相相认。殷丞相据实表奏唐王,唐王差官军前去拿贼,将刘洪二人绑到江边,剖心祭奠光蕊。龙王得知,遣水中夜叉将光蕊送出江岸,光蕊复生,与妻殷氏喜聚。此乃太白金星相救。和尚同父娘在万花店寻到祖母。太婆两目不明,和尚用唾沫润洗,将舌一混,即便双目光明。一家团圆,光蕊仍到洪州上任。和尚到长安说法,时观音度化,叹曰:此是小乘,非大乘也。欲至心忏罪,必须西天取来经忏,方可忏亡罪过,救众生冤孽。和尚发愿上西天取经,唐王大喜,銮驾迎送。

一说江流三岁不到出家。十八岁洪州寻母。得外公殷开山上奏太宗皇帝,三千御林军杀进洪州府,活捉刘洪。玄奘到江州杀掉刘洪祭父魂。江中龙君送其父浮出水面。陈光蕊将龙王所赐一颗明珠进贡唐王,一家团圆受皇恩。

《三藏表》概说玄奘出生故事作:"陈父光蕊,清河母氏生,御赐壮(状)元及第。开山温娇,抛秀(绣)结为婚。授属江洲任,中途释放,惭眠鲤鱼生。刘洪李彪,造孽含冤巨海深。南极星君,恻忍痛念,梦中叮咛。慈亲温母,育养两日嚼脚指,修书直(置)水缤(滨),金山寺法明师收养。知原因,相表奏陛下,率众兵马,剿贼祀严君。一十八年冤仇报,合家团圆谢天意。"

一些文献将"猪八戒"写作"朱八戒"。他使的武器是钉耙,主要工作是逢高山开条大路。沙和尚被说成眉清目秀,江河里神通广大,但主要工作是担挑行李。

《佛门破狱科》对西天取经诸人有较全面的描述。

叹唐僧，号三藏，十世修行为和尚。唐王勅封为御弟，一心要把西天上。扫宝塔，礼金相，取经三藏忏三藏，取回东土度亡魂，亡魂得度上天堂。

孙行者，手段强，花果山中美猴王。五百年前闹天宫，唵嘛呢叭咪吽。皈正道，改邪妄，护佑唐僧取经章。取得经来唐三藏，惹下祸来行者当。

高老庄，猪八戒，本是上界天蓬帅。只因淫戏天仙女，谪贬凡尘受灾害。观世音，离莲台，手执杨柳洒尘埃。点化八戒护唐僧，西天路上夯妖怪。

流沙河，沙和尚，本是上界卷帘将。因他打破琉璃盏，将功折罪还天堂。手执着，夯妖杖，护佑唐僧取经章。取经功劳最广大，至今果证净坛场。

对于唐僧等人西天取经、降妖伏怪的历程，在《佛门请经科》等文献中有较丰富的记载。《佛门请经科》30 余种抄本侧重点不同、详略不一，更增加了这一历程的复杂性。陈毓罴先生对其中重要内容有详细考证。①

取经回到东土后，唐王除赦免犯人外，还封唐僧为旃檀佛，封猪八戒为净坛使者，沙和尚为阿罗汉，白龙马为天龙八部。也有说封为净坛使者的是沙和尚。孙行者的结果有两种说法：一种是成正觉，封为斗战胜佛；另一种是封为大力士菩萨。

4. 雷音寺取经与《大藏总经目录》

释迦牟尼佛住在灵鹫山（灵山）雷音寺，被尊为"灵鹫山雷音寺娑婆教主本师释迦牟尼佛"，其两大弟子有"灵鹫山雷音寺摩诃迦叶、阿难大德尊者"的称谓。阿难被称为"灵鹫山雷音寺瑜伽焰口启教阿难陀尊者"，与《瑜伽焰口施食科》中"焰口雷音报祸殃"相互印证。不同地方奏《取经表》时，都呈送"雷音古寺"；去取经的地

---

① 陈毓罴：《新发现的两种〈西游实卷〉考辨》，《中国文化》1996 年第 1 期，第 49—55 页。

方,自然也是西天雷音寺。

唐僧师徒到灵山雷音寺见到释迦牟尼后,跪拜说明是受唐王所派,到西天求取真经,希望如来发慈悲赐给真经。释迦佛亲自吩咐阿难打开宝藏,取出真经。唐僧师徒得到真经后,即告辞如来佛回东土,但路上妖精阻路并抢去真经。唐僧急忙让孙行者赶去抢回,发现是没有半个字的白纸。只好重回雷音寺,向释迦佛诉苦,称阿难给了他们无字的假经,希望佛如来赐给有字真经。

释迦佛知道真相后,斥责了阿难,让他重新细拣佛经给唐僧等人。唐僧师徒用白马驮着《华严经》《法华经》《金刚经》《弥陀经》《观音经(普门品)》《圆觉经》《心经》《孔雀经》等瑜伽教大藏经和诸部尊经返回东土。途中过流沙河,撑船摆渡的白鼋因为唐僧忘了他托唐僧向释迦佛所问事,恼怒之下将唐僧师徒抛落江中。经文被鲤鱼精吃了,沙僧拿住鲤鱼精,用棒打个不停,让它把经吐出来。打一下,吐一字,一打一吐,但把鲤鱼精吐出的字凑在一起,仍然念不成文。这时半空中现出弥陀,添上娑婆二字才成。

唐僧师徒第一次取到无字经,借释迦佛之口说,是阿难财迷心窍,未得人事的结果。《请经坛仪》《请经仪》表明,佛教举行取经法事时,有法师让施主现场布施的环节。具体做法是在经台前,一法师依科仪称:佛言:尊者迦叶和阿难,去宝藏经楼,将经取与三藏。一法师代阿难言:请经三藏,取人事过来,方可传经。另一法师代三藏说:我大唐过西天十万余里,岂无财帛?望佛慈悲,广布经文。予遂乐施普舍。今有修因建善,请经超度斋信□□,大发慈悲,愿效三藏,广舍财帛,诣于请经台前,礼行四叩。斋信布施,僧人将经交与斋主。唱偈后,大众念佛,迎经入坛。请经法事结束。

佛教斋供仪式文献对唐僧取回的经的记载各不相同。有具体罗列经名如《华严经》《法华经》《金刚经》等的;有罗列数种具体经名后,又归总为经三藏、忏三藏和陀罗尼咒共三藏的;还有总其为三十五部经的。记载最全面的当推《大藏总经目录》。该书的不同版本都包括《唐僧往西天取经目录》,其内容并见于敦煌遗书伯

2987号和斯3565号,既有西天佛典总卷数,又有取到唐国的实际卷数,被认为能灭一切众生无始以来所作一切重罪业障。如果有人志心顶戴受持读诵,或供养礼拜,有各种不可思议的功德,故该文献被广泛应用于各类宗教信仰活动中。

(四)佛教斋供仪式文献影响前世本及世德堂本的成书

佛教斋供仪式文献与《西游记》相关系列资料,为探究《西游记》的成书提供了直接证据。首先可以肯定的是它们影响了前世本的成书。

百回本《西游记》组合结构和内容,世德堂本与前世本一样,主要包括四个部分:①第一至七回是孙悟空出世、学本领、大闹天宫并被压在五指山下;②第八至十二回是唐僧西天取经故事的缘起,包括释迦佛要传经东土,观音代为寻取经人,魏征斩泾河老龙,唐王许救未救游冥,还阳后由唐僧主坛举行水陆大会,观音点明唐僧所念是小乘经,只有到西天雷音寺释迦如来处取来大乘真经,才能超度亡灵,水陆法会暂止,唐僧主动要求到西天取经并得允;③第十三至九十七回,西天取经路上招纳徒弟,降妖伏怪;④第九十八至一百回,到达西天灵山大雷音寺,取得真经回东土,唐僧师徒到西天受封,唐王找僧人做完水陆法会。

《西游记》上述组合结构和内容,在佛教斋供仪式文献中均能找到。核心内容是唐僧西天取经,所取是西天释迦牟尼所说的大乘经,取经的背景是唐王梦感入冥,而唐王梦感入冥与魏征梦斩即唐王许救未救之龙有关,唐王入冥返阳前在冥司借过长安某人的受生钱。唐僧取大乘经的目的,与李世民要举行水陆法会或超荐亡灵有直接关系,不论是受苦众生、冥道含识还是魏征所斩龙。参与取经的孙行者是花果山美猴王,他五百年前闹过天宫,有高强的本领;高老庄的猪八戒原是天上的天蓬元帅,只因调戏嫦娥仙子被贬下凡;流沙河的沙和尚是天上的卷帘将,因失手打破琉璃盏被贬下凡。在观音的助力下,唐僧师徒一路降妖伏魔,经历九九八十一难,历时三年六个月(或十四年、或六年等)到达西天雷音寺取得真经,靠白马驮回了各种见于佛教斋供仪式文献中的经忏,这些经忏的名字并见于《佛门请经科》和《大藏总经目录》。参与者得唐王各种御封,或者果证金身,成为旃檀佛等。所取经忏则被唐王颁行天下,作为举行以水陆法会为代表的各种荐亡法事的科范。

除了上述资料外,最有代表性的证据是前世本对释迦牟尼三藏真经的解释。前世本第八回有文如下。

> 如来讲罢,对众言曰:"我观四大部洲众生,善恶各方不一。东胜神洲者,敬天敬地,心爽气平;北俱芦洲者,虽好杀生,祗因糊口,性拙情疏,无多作贱;我西牛贺洲者,不贪不杀,养气潜灵,虽无上真,人人固寿;但那南赡部洲者,贪淫乐祸,多杀多争,正所谓口舌凶场,是非恶海。我今有三藏真经,可以劝人为善。"诸菩萨问曰:"是那三藏真经?"如来曰:"一藏谈天;一藏说地;一藏度鬼。三藏共计三十五部,该一万五千一百四十四卷,乃是修真之径,正善之门。我要送上东土,颇耐那众生愚蠢,毁谤真言,怎么得一个有法力的,去东土寻一个善信,教他苦历千山,远经万水,到我处求取真经,永传东土,劝化众生,乃是个山大的福缘,海深的善庆。谁肯去走一遭?"时有观音菩萨近前,礼佛三匝道:"弟子不才,愿上东土寻一个取经人来也。"

世德堂本中相应的文字如下。

> 如来讲罢,对众言曰:"我观四大部洲,众生善恶,各方不一。东胜神洲者,敬天礼地,心爽气平;北巨芦洲者,虽好杀生,只因糊口,性拙情疏,无多作践;我西牛贺洲者,不贪不杀,养气潜灵,虽无上真,人人固寿;但那南赡

部洲者，贪淫乐祸，多杀多争，正所谓口舌凶场，是非恶海。我今有三藏真经，可以劝人为善。"诸菩萨闻言，合掌皈依，向佛前问曰："如来有那三藏真经？"如来曰："我有《法》一藏，谈天；《论》一藏，说地；经一藏，度鬼。三藏共计三十五部，该一万五千一百四十四卷，乃是修真之经，正善之门。我待要送上东土，叵耐那方众生愚蠢，毁谤真言，不识我法门之旨要，怠慢了瑜迦之正宗。怎么得一个有法力的，去东土寻一个善信，教他苦历千山，远经万水，到我处求取真经，永传东土，劝化众生，却乃是个山大的福缘，海深的善庆。谁肯去走一遭来？"当有观音菩萨，行近莲台，礼佛三匝道："弟子不才，愿上东土寻一个取经人来也。"

佛教的三藏，是指经、律、论三藏。前世本和世德堂本所说的"三藏真经"，可以说是对佛教经典的歪解。但是，在贵州地区新搜集到的《颁恩科》表明，举行水陆法会超度亡灵，需要从灵山雷音寺颁下诏赦，赦除亡者生前的诸罪，他们才能出离地狱，皈依三宝后，闻法听经受式，凭公据到西方极乐世界。在举行颁恩仪式的对话中，出现了与上引世德堂本中完全相同的关于四大部洲和三藏经的解释。

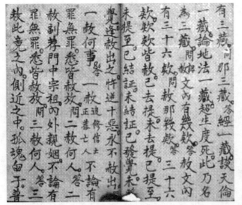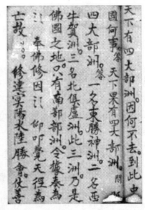

图 4-3 《颁恩科》书影

在广西、湖南等地,同样有内容相近的文本。相同的内容出现在不同地方,说明它们具有同源性和地域广泛性,显然属于明初朱元璋颁布全国供佛教徒使用的统一佛教斋供仪式文本。《西游记》中出现与之相同的文字,说明《西游记》的成书,确实受佛教斋供仪式文献的影响。世德堂本在成书时,"有意续凫就鹤,半用俚词填凑",沿袭前世本受佛教斋供仪式文献影响的先例,增加了大量不见于前世本但往往仅见于佛教斋供仪式文献的文字,将《西游记》中的佛教"瑜伽教化"。

总之,上述资料表明,百回本《西游记》组合结构和内容均能在这批资料中得到印证,而且内容比《西游记》更丰富。不论是前世本还是世德堂本,其成书都受佛教斋供仪式文献的影响。《西游记》的成书,两度受佛教斋供仪式文献影响。相对于世德堂本之前的百回本即前世本来说,世德堂本受佛教斋供仪式文献的影响更明显。基于此,可以说《西游记》的作者不一定学习过大藏经,但肯定了解瑜伽教斋供仪式文献。因此,《西游记》的作者肯定学过佛教的瑜伽教,不论是前世本还是世德堂本,都是如此。但就吴承恩的生平资料来看,未见相关证据,因此,他不具备完成《西游记》的条件,即不可能是《西游记》的作者。

本 章 小 结

基于上文中的研究成果,并结合前世本的认识,对学界有关《西游记》版本研究中热议且未达成统一观点的问题分别讨论。主要围绕《西游记》作者问题、简本与世德堂本之间的关系等方面展开,同时进一步对前世本内容进行总结归纳,从而对《西游记》版本研究的价值进行梳理,得出以下结论。

一、从斋供仪式文献、世德堂本增补的内容、世德堂本引用《明心宝鉴》的角度来看,世德堂本编辑者需要了解并熟悉明初佛教瑜伽教及佛教斋供仪式文献,需要具备与仪式法事相关的经历,同时需要满足卒于万历十三年之后。吴承恩并不满足这三项中的任何一项，所以世德堂本《西游记》的作者或者编辑者不是吴承恩。

二、结合前世本的研究成果，通过作者出身背景、文本方言和内容这三个角度确认《续西游记》"续"的是古本《西游真诠》，也就是前世本《西游记》，而不是世德堂本《西游记》，进而确认《续西游记》作者是兰茂，不是季跂。

三、从原序、图像、内容这三个部分讨论总结前世本与明清诸本的不同。通过文本内容组合方式，明确前世本在《西游记》演变进程中的位置，从而进一步肯定，前世本是现存最早的《西游记》百回本。

四、以宗教仪式为切入点，确认两本简本均晚于世德堂本。通过整理两本简本中的章回标题和结尾诗发现，朱本先参考世德堂本再参考杨本，朱本晚于杨本。最后，进一步整理文本内容发现，朱本的成书还受佛教仪式文本的影响。

五、不同形态的前世本对明清诸本产生不同的影响。朱本以世德堂本为底本，同时参考了前世本。证道本受前世本影响，从序文尾题来看，证道本与前世本的十卷本关系更为密切。陈士斌本就图像而言，受多本前世本的影响。

六、与鲁迅认为《西游记》的作者"尤未学佛"不同，笔者研究认为"《西游记》作者熟悉佛教瑜伽教及其仪式文献"。一方面，《西游记》称如来所传为瑜伽教及其仪式文献，唐僧被写成精擅佛教法会仪式的应赴僧，《西游记》记录了较为详细的佛教法会仪式程序和出自佛教仪式的名词概念和文字；另一方面，"秉教""秉教伽（迦）持"和"秉教沙门"等佛教斋供仪式文献独有概念出现在《西游记》中。鲁迅认为《西游记》的作者"尤未学佛"，持不同意见者认为《西游记》中的佛教是"道化了的佛教"，这都是因不了解佛教斋供仪式及其文献而提出的不当观点。

七、不论是前世本还是世德堂本，其成书都受佛教斋供仪式文献的影响。《西游记》的成书，两度受佛教斋供仪式文献影响。

相对于世德堂本之前的百回本即前世本来说，世德堂本受佛教斋供仪式文献的影响更明显。《西游记》的作者了解瑜伽教斋供仪式文献，也学过佛教的瑜伽教。不论是前世本还是世德堂本，都是如此。

结　语

　　前世本新资料的发现，打开了研究《西游记》的新视野，拓展了相关研究的空间，是《西游记》研究取得一系列研究新成果的基石。受时间和资料限制，本书主要通过具体的文本比较，将前贤关于前世本的推测落到实处，初步明确了前世本的几种不同形态及其与明清不同版本《西游记》的关系，讨论了《西游记》的版本源流及明清不同版本《西游记》之间的相互关系。相信随着新资料的进一步搜集和研究，《西游记》研究将跨上新的台阶，形成更多有价值的研究成果。

　　现对本书已取得的新认识作如下说明。

　　1. 新见诸本百回本《西游记》主要有四种形态，即四卷本、六卷本、八卷本和十卷本。其中六卷本蕴藏丰富的版本信息。一方面，六卷本目录表明，在六卷本之前还存在四卷本形态的百回本《西游记》版本；另一方面，六卷本有多种版本，从图像来看可以分为早期六卷本和后期六卷本两大类。

　　2. 新见百回本《西游记》故事结构完整，由书名页、图像、赞文、目录、正文五个部分组成。语言叙述简练，故事情节前后一致，是具有完整第九回唐僧出身故事的版本。新见诸本百回本是学界一直讨论但始终未见到实物的前世本。

3. 前世本中的图像分初期、中期和后期三个阶段，整体图像数量呈现递增趋势。初期阶段有两仪堂本、益元局本、沈守忠本；中期阶段有奎元堂本、宏道堂本；后期阶段有西泰山本、怀新楼本。从内容来看，前世本中的图像分六幅图和十幅图两种形态，六幅图的版本又分有背景的人物绣像图和无背景的人物绣像图两种情况。前世本中图像的共同特色是均以唐太宗为首图。

4. 通过梳理诸前世本之间的关系发现，诸前世本之间存在两条传播路径，早期六卷本与八卷本关系比较密切，后期六卷本与十卷本关系比较接近；八卷本与十卷本属于平行传播关系。

5. 世德堂本较前世本文字有较大幅度增加，文本字数从前世本的三十万字增加到世德堂本的七十万字。增加的文字主要与如下五个方面相关：一是复述已发生的故事情节；二是添加周边环境描写；三是大量增加神祇妖魔角色数量；四是增加人物形象细节及打斗场面描写；五是增加角色人物之间的互动及对话描写。

6. 世德堂本增补内容，表现最明显的是诗词、劝善文字、仪式程序三个方面。其中，最具世德堂本特色的增补是俚词填凑和金陵方言两方面。这些只有世德堂本才有的特殊版本痕迹，对梳理明清《西游记》诸本关系具有关键作用。

7. 世德堂本在前世本基础上进行的诗词增补主要采取两种方式：一种为集中式增补；另一种为穿插式增改。世德堂本中关于行者、八戒和沙僧出身等诗句，是前贤讨论《西游记》与道教关系的重要资料。经由增补的善书文字发现，世德堂本《西游记》同时受嘉靖三十二年和万历十三年御制版《明心宝鉴》的影响。根据增补的佛教仪式程序发现，早在前世本中已有关于宗教仪式的记录，但没有瑜伽教的相关内容。世德堂本编辑者从仪式程序、仪式文本、仪式斋名、仪式用品等方面大量增补瑜伽教及相关专有名词等宗教仪式的描写，可见，编辑者非常熟悉瑜伽教等相关仪式内容。

8. 对比前世本和世德堂本中的目录、关印、难簿上的细节内容发现，世德堂本在演变的过程中，存在从无到有、从正到误的演变过程。前世本原本正确无误的内容，在世德堂本增补过程中被粗糙修改，导致故事情节存在前后矛盾的问题。

9. 世德堂本在前世本基础上删除唐僧出身故事，大致有两个方面的原因。一为版本和刊印问题，两个版本主旨所突出的人物侧重点不同，世德堂本由于组合刊印等原因造成内容刊落；二为故事情节组合问题，编辑者难以处理唐僧与其父母复杂的人物关系，如殷小姐被刘洪所强最后自尽的情节，陈光蕊与三元大帝之间的关系，最后让世德堂本刊落第九回内容。

10. 完整的前世本内容由书名页、序文、图像、目录、正文五个部分组成，通过这五个部分的版心所题发现，前世本《西游记》主要以两种书名示人：一种为《西游真诠》，另一种为《西游》或《西游记》。前世本主要有三大版本特征，即卷首为唐太宗绣像；有完整的唐僧出身故事，内容结构完整；文字叙述风格简明清晰。从原序、图像、内容组合上进一步明确前世本的地位，前世本发展至世德堂本有一个由简到繁的演变过程，并进一步肯定，前世本是现存最早的百回本《西游记》。

11. 前世本与明清诸本之间存在着错综复杂的演变关系。从文本来看，证道本与两仪堂本、宏道堂本、西泰山本、怀新楼本关系更为密切，芥子园本、翠筠山房本与六卷本关系更为密切，朱本则与两仪堂本、宏道堂本、怀新楼本关系更为密切。诸本之间的关系可以在图像数量和形式方面得到验证，就此可进一步归纳出两条传播路径：一条为从沈守忠本、益元局本、两仪堂本发展到西泰山本，再发展至李卓吾本，最后发展到翠筠山房本；另一条为从六卷本起，先发展到奎元堂本、宏道堂本，再发展到怀新楼本，进一步到芥子园本，最后演变至新说本。

12. 基于前世本的认识，重新梳理明清诸本《西游记》版本源流可以发现，明清诸本《西游记》，除杨闽斋本和闽斋堂之外，均受前世本和世德堂本影响。通过对比诸本中具有标志性的内容发现，明清诸本之间并不是通过单一路径传播，版本演变的过程存在较复杂的源流关系。其中，杨闽斋本、闵斋堂本与世德堂本存在直接继承关系，其他版本的明清本在演变过程中都受至少两个版本的影响。李卓吾本受世德堂本和前世本的影响，而朱本则以世德堂本、杨本为底本，同时参考前世本的内容。杨本以世德堂为底本，同时受多渠道影响。证道本则受前世本、世德堂本和李卓吾本影响，尤其与十卷本怀新楼本关系密切。陈士斌本是诸多版本中受影响最多的一个版本，包括不同卷数的前世本、世德堂本、李卓吾本和证道本。新说本在演变过程中，受多条传播路径影响，其中与芥子园本关系更为密切。

13. 基于前世本的相关研究，有必要重新认识《西游记》的作者。首先，通过斋供仪式文献、世德堂本增补的内容、世德堂本引用《明心宝鉴》等具体文字发现，世德堂本编辑者要了解并熟悉明初佛教瑜伽教及佛教斋供仪式文献，还要有与法事仪式相关的经历，同时需要满足卒于万历十三年至二十年之间的条件。而吴承恩并不满足这三项中的任何一项，所以世德堂本《西游记》的作者或者编辑者不是吴承恩。其次，结合前世本的研究成果，通过作者出身背景、文本方言和内容三个角度可以确认《续西游记》"续"的是古本《西游真诠》，也就是前世本，而不是世德堂本《西游记》，进而确认《续西游记》的作者是兰茂，不是季跪。

14. 正是由于确立了《西游记》前世本，一些《西游记》版本研究中悬而不决的问题得到了新的回答。

首先，关于世德堂本的祖本问题。世德堂本之前的确存在一个具有完整第九回唐僧出身故事的百回本《西游记》，即前世本。

其次，关于世德堂本、杨本、朱本之间的关系问题。由于朱本和杨本均保留了世德堂本在前世本基础上增补的内容，所以世德堂本早于朱本和杨本。朱本因保留了杨本才有的内容，所以可以证明朱本在编辑过程中参考了杨本。这三本的前后关系为世德堂本—杨本—朱本。

再次，关于唐僧出身故事来源的问题，朱本、证道本和陈士斌本中的唐僧出身故事，均来源于不同形式的前世本。具体说来，证道本和陈士斌本中的唐僧出身故事直接来源于前世本，而朱本则是在参考前世本的基础上改编而成。

最后，关于《西游记》作者问题。新见同源性强、有地域广泛性特点的佛教斋供仪式文献表明，不论是前世本还是世德堂本，其成书都受佛教斋供仪式文献的影响。佛教斋供仪式文献两度影响《西游记》的成书。相对于世德堂本之前的百回本即前世本来说，世德堂本受佛教斋供仪式文献的影响更明显。《西游记》的作者一定了解瑜伽教斋供仪式文献，肯定学过佛教的瑜伽教。不论是前世本还是世德堂本，都是如此。从吴承恩的生平资料来看，未见相关证据，因此，他不具备完成《西游记》的条件，即不可能是《西游记》的作者。

最后要补充说明的是，由于闽斋堂本是在本书完成后才进入研究视域，故将该刊本纳入《西游记》版本研究，是下一步要完成的工作。

参 考 文 献

一、原始资料

(一) 刊本古籍

［1］《西游真诠》(六卷本)，上海图书馆藏宏道堂本(又作文成堂本)，刻本，六册。

［2］《西游真诠》(六卷本)，嘉兴市图书馆藏宝华楼本，刻本，六册。

［3］《西游真诠》(六卷本)，上海师范大学图书馆藏奎元堂本，刻本，六册。

［4］《西游真诠》(六卷本)，两仪堂本，刻本，残存二册。

［5］《西游真诠》(六卷本)，沈守忠本，刻本，残存一册。

［6］《西游真诠》(六卷本)，益元局本，刻本，残存一册。

［7］《西游真诠》(八卷本)，复旦大学图书馆藏西泰山本，刻本，八册。

［8］《西游真诠》(八卷本)，顺天堂本，刻本，残存一册。

［9］《西游真诠》(十卷本)，日本东京大学东洋文化研究所藏怀新楼本，刻本，十册。

［10］汪象旭:《西游证道书》，日本东方文化学院京都研究所藏本。

［11］陈士斌:《西游真诠》，翠筠山房藏版，日本国立国会图书馆藏本。

［12］《新镌全像西游记传》，杨闽斋版，日本内阁文库藏本。

259

[13]李贽评《李卓吾先生批评西游记》,明刊本,日本内阁文库藏本。

(二)影印古籍

[1]周季风:《云南志》第六册,明正德五年刻本。

[2]《西游记》,世德堂本,国家图书馆藏本。

[3]朱鼎臣编辑《唐三藏西游释厄传》,收录于古本小说集成编委会编《古本小说集成》(第二辑),上海古籍出版社,1991年。

[4]《杂剧西游记》,日本斯文会藏本,1928年。

[5]阳至和编《唐三藏出身全传》,收录于古本小说集成编委会编《古本小说集成》(第三辑),上海古籍出版社,1991年。

[6]《新说西游记》,乾隆戊辰年(1748)版,收录于古本小说集成编委会编《古本小说集成》(第三辑),上海古籍出版社,1991年。

[7]张书绅:《新说西游记》,收录于古本小说集成编委会编《古本小说集成》(第三辑),上海古籍出版社,1991年。

(三)校注资料

[1]方广锠主编《藏外佛教文献》(第二编第十三辑),中国人民大学出版社,2010年。

[2]朱恒夫、黄文虎搜集编校:《江淮神书》,上海古籍出版社,2011年。

[3]李天飞校注:《西游记》(上下册),中华书局,2014年。

[4]常熟市文化广电新闻出版局编《中国常熟宝卷》,中国常熟宝卷编委会,2016年。

[5]胡胜、赵毓龙校注:《西游戏曲集》(上下),人民文学出版社,2018年。

[6]吴圣燮辑评:《西游记百家精评本》,崇文书局,2019年。

[7]胡胜、赵毓龙辑校:《西游说唱集》,上海古籍出版社,2020年。

(四)汇编资料

[1]朱一玄编著《古典小说版本资料选编》(全二册),山西人民出版社,1986年。

[2]刘荫柏编著《西游记研究资料》,上海古籍出版社,1990年。

[3]朱一玄、刘毓忱编著《西游记资料汇编》,南开大学出版社,2002年。

[4]蔡铁鹰编著《西游记资料汇编》(套装全2册),中华书局,2012年。

[5]张贤明:《佛教受生仪式文献研究·资料篇》,国家社科基金报告,2019年。

二、研究著作

［１］孙楷第：《中国通俗小说书目》，人民文学出版社，1982 年。

［２］柳存仁：《伦敦所见中国小说书目提要》，文献出版社，1982 年。

［３］中国佛教协会编《中国佛教》第 2 辑，知识出版社，1982 年。

［４］刘荫柏：《刘荫柏说西游》（图文本），中华书局，2005 年。

［５］郑明娳：《〈西游记〉探源》，文开出版事业有限公司，1982 年。

［６］张颖、陈速：《续西游记》，春风文艺出版社，1986 年。

［７］吴圣昔：《西游新解》，中国文联出版公司，1989 年。

［８］余国藩：《余国藩西游记论集》，李奭学译，台湾联经出版事业公司，
　　　1989 年。

［９］苏兴：《西游记及明清小说研究》，上海古籍出版社，1989 年。

［10］王国光：《〈西游记〉别论》，学林出版社，1990 年。

［11］李时人：《西游记考论》，浙江古籍出版社，1991 年。

［12］马西沙、韩秉方：《中国民间宗教史》，上海人民出版社，1992 年。

［13］屈小强：《〈西游记〉中的悬案》，四川人民出版社，1994 年。

［14］刘荫柏：《西游记发微》，文津出版社有限公司，1995 年。

［15］张锦池：《西游记考论》，黑龙江教育出版社，1997 年。

［16］郑振铎：《郑振铎全集》（第四卷），花山文艺出版社，1998 年。

［17］鲁迅：《连环图画琐谈》，岳麓书社，1999 年。

［18］沈承庆：《话说吴承恩：〈西游记〉作者问题揭秘》，北京图书馆出版社，
　　　2000 年。

［19］蔡铁鹰：《〈西游记〉成书研究》，中国文联出版社，2001 年。

［20］中野美代子：《西游记的秘密（外二种）》，王秀文译，中华书局，2002 年。

［21］蔡铁鹰：《〈西游记〉的诞生》，中华书局，2007 年。

［22］侯冲：《云南阿吒力教经典研究》，中国书籍出版社，2008 年。

［23］李新宇、周海婴主编《鲁迅大全集》（第 29 卷），长江文艺出版社，
　　　2011 年。

［24］曹炳建：《〈西游记〉版本源流考》，人民出版社，2012 年。

［25］胡淳艳：《〈西游记〉传播研究》，中国文史出版社，2013 年。

［26］周勇、潘晓明：《〈西游记〉学术档案》，武汉大学出版社，2013 年。

［27］谢明勋：《西游记考论——从域外文献到文本诠释》，里仁书局，2015 年。

［28］齐裕焜主编《中国古代小说演变史》，人民文学出版社，2015 年。

［29］陆三强主编《树新义室学记：黄永年的生平和学术》，陕西师范大学出版
社，2015 年。

［30］赵毓龙：《西游故事跨文本研究》，中国社会科学出版社，2016 年。

［31］乔光辉：《明清小说戏曲插图研究》，东南大学出版社，2016 年。

［32］竺洪波：《西游释考录》，上海文艺出版社，2016 年。

［33］太田辰夫：《西游记研究》，王言译，复旦大学出版社，2017 年。

［34］侯冲：《中国佛教仪式研究——以斋供仪式为中心》，上海古籍出版社，
2018 年。

［35］杨俊：《〈西游记〉研究新探》，社会科学文献出版社，2018 年。

［36］蔡铁鹰、王毅：《〈西游记〉成书的田野考察报告》，中州古籍出版社，
2018 年。

［37］刘荫柏：《刘荫柏讲西游》，东方出版中心，2018 年。

［38］王进驹、杜治伟：《取经故事的演化与〈西游记〉成书研究》，凤凰出版社，
2019 年。

［39］杨森：《明清刊本〈西游记〉"语图"互文性研究》，西南交通大学出版社，
2019 年。

［40］侯冲、王见川主编《〈西游记〉新论及其他：来自佛教仪式、习俗与文本的
视角》，博扬文化，2020 年。

［41］张怡微：《明末清初〈西游记〉续书研究》，华东师范大学出版社，2020 年。

［42］郭健：《明清时期的〈西游记〉证道书研究》，中国社会科学出版社，
2021 年。

［43］许芳红主编《西游记文化研究》（第二辑），上海三联书店，2021 年。

［44］王见川：《〈西游记〉小说无关吴承恩考及其他》，博扬文化，2022 年。

［45］竺洪波：《〈西游记〉通识》，中华书局，2022 年。

三、研究论文

(一) 刊印论文

［1］郑振铎：《记一九三三年间的古籍发现》，载《中国文学研究》（下册），作
家出版社，1957 年。

［2］赵景深:《谈"西游记平话"残文》,《文汇报》1961年第8版。

［3］杜德桥:《〈西游记〉祖本考的再商榷》,《新亚学报》1964年第6期。

［4］陈新:《重评朱鼎臣〈唐三藏西游释厄传〉的地位和价值》,《江海学刊》
　　 1983年第1期。

［5］李时人:《吴本、杨本、朱本〈西游记〉关系考》,淮安西游记研究会所编
　　 《西游记研究》(第一辑)1986年。

［6］朱德慈:《西游记三种版本的新检讨》,淮安西游记研究会所编《西游记
　　 研究》(第一辑),1986年。

［7］陈君谋:《百回本〈西游记〉的前驱——评朱鼎臣〈西游释厄传〉》,《上海
　　 师范大学学报》(哲学社会科学版)1986年第4期。

［8］刘荫柏:《〈西游记〉与元明清宝卷》,《文献》1987年第4期。

［9］刑治平、曹炳建:《〈西游记〉祖本新探》,《新疆社会科学》1988年第6期。

［10］吴圣昔:《〈西游记〉陈序称"旧有叙"是指虞序吗? ——虞集〈西游记序〉
　　 真伪辨之一》,《南京社会科学》1990年第4期。

［11］吴圣昔:《"大略堂〈释厄传〉古本"之谜试解》,《明清小说研究》1992年第
　　 Z1期。

［12］王辉斌:《〈西游记〉祖本新探》,《宁夏大学学报》(社会科学版)1993年第
　　 4期。

［13］陈毓罴:《新发现的两种〈西游实卷〉考辨》,《中国文化》1996年第1期。

［14］陈洪:《〈西游记〉的宗教文字版本问题》,《运城高专学报》1997年第
　　 1期。

［15］吴圣昔:《论〈西游记〉的"前世本"》,《临沂师专学报》1997年第5期。

［16］苏兴:《标点本〈续西游记〉读校随记》,《古籍整理研究学刊》1999年第
　　 5期。

［17］吴圣昔:《"祖本"探讨的演变与错位——〈西游记〉版本问题世纪回眸之
　　 一》,《中华文化论坛》2000年第3期。

［18］郑振铎:《西游记演化》,《中国文学研究》(上)2000年。

［19］吴圣昔:《究竟谁是造物主:〈西游记〉作者问题综考辨证录》,《明清小说
　　 研究》2002年第4期。

［20］陈洪、陈宏:《论〈西游记〉与全真教之缘》,《文学遗产》2003年第6期。

［21］吴晓萍:《中国工尺谱的文化内涵》,《中国音乐学》2004年第1期。

[22] 万晴川:《以明清民间宗教宝卷考察〈西游记〉的版本演变》,《中国文学研究》(辑刊)2007年第1期。

[23] 宁稼雨:《尘故庵藏〈西游记〉版本述略》,《淮海工学院学报》(社会科学版)2007年第2期。

[24] 晁瑞、杨柳:《〈西游记〉所见方言词语流行区域调查》,《淮阴师范学院学报》(哲学社会科学版)2012年第34期。

[25] 容津薈、纪兴:《兰茂与最早的〈西游记〉》,《国学》2012年第11期。

[26] 侯冲:《〈佛门请经科〉:〈西游记〉研究的新资料》,《宗教学研究》2013年第3期。

[27] 谢健:《仪式·文学·戏剧——〈西游记〉故事与目连救母渊源新证》,《世界宗教文化》2015年第3期。

[28] 李慧、张祝平:《图赞源流考》,《语文学刊》2015年第11期。

[29] 方广锠:《谈〈刘师礼文〉的后代变种》,《华东师范大学学报》(哲学社会科学版)2016年第1期。

[30] 苏国有:《兰茂与〈续西游记〉的关系散论》,《明代云南治理与开发国际学术研讨会论文集》,2016年。

[31] 韩亚光:《古典名著〈西游记〉作者是罗贯中》,《前沿》2019年第2期。

[32] 车瑞:《〈西游记〉宝卷研究》,《太原理工大学学报》(社会科学版)2019年第37期。

[33] 竺洪波:《论〈西游记〉中的"难簿"与"经谱"》,《三峡论坛》(三峡文学·理论版)2020年第5期。

[34] 侯冲、杨天奇:《〈西游记〉与佛教关系新探》,侯冲、王见川主编《〈西游记〉新论及其他:来自佛教仪式、习俗与文本的视角》,博扬文化,2020年。

[35] 王见川:《〈明心宝鉴〉与〈水浒传〉、〈西游记〉关系初探》,侯冲、王见川主编《〈西游记〉新论及其他:来自佛教仪式、习俗与文本的视角》,2020年。

[36] 胡胜、金世玉:《〈受生宝卷〉与早期西游故事的建构》,《民族文学研究》2022年第3期。

(二)学位论文

[1] 赵国庆:《〈西游记〉与神仙文化》,西北大学硕士论文,2001年。

[2] 蔡婉星:《〈西游记〉诸神形象研究》,河南大学硕士论文,2011年。

［3］张灵:《民间宝卷与中国古代小说》,上海师范大学博士论文,2012年。

［4］谭琳:《同源而异派——"西游"故事宝卷与西游记比较研究》,湖北大学硕士论文,2012年。

［5］赵毓龙:《西游故事跨文本研究》,上海师范大学博士论文,2013年。

［6］张贤明:《佛教受生文献研究》,上海师范大学博士论文,2013年。

［7］罗兵:《"西游"宝卷研究》,辽宁大学硕士论文,2016年。

［8］郭峪良:《明清小说与宝卷互动关系研究》,辽宁大学博士论文,2019年。

附 录 一

诸本"第九回陈光蕊赴任逢灾　江流僧复仇报本"对比

两仪堂本	上图本	西秦山本	怀新楼本	证道本	陈士斌本	新说本	朱本
话说陕西长安城，	话说陕西长安城，	话表陕西长安城，	话说陕西长安城，	话表陕西大国长安城，	话表陕西大国长安城，	话表陕西大国长安城，	话表陕西大国长安城，
乃历代帝王建都之地。	乃历代帝王建都之地。	乃历代帝王建都之地。	乃历代帝王建都之地。	乃历代帝王建都之地。	乃历代帝王建都之地。	乃历代帝王建都之地。	乃历代帝王建都之地。
				自周秦汉以来，三州花似锦，八水绕城流。	自周秦汉以来，三州花似锦，八水绕城流。	自周秦汉以来，三州花似锦，八水绕城流。	自周秦汉以来，三州花似锦，八水绕城流。
							三十六条花柳巷，七十二座管弦楼。

（续表）

两仪堂本	上图本	西泰山本	怀新楼本	证道本	陈士斌本	新说本	未本
				真个是名胜之邦。	真个是名胜之邦。	真个是名胜之邦。	真个是奇胜之地。
方今却是大唐太宗皇帝登基，改元贞观，此时已登极十三年。	方今却是大唐太宗皇帝登基，改元贞观，此时已登极十三年。	方今大唐太宗皇帝登基，改元贞观，此时已登极十三年。	方今却是大唐太宗皇帝登基，改元贞观，此时已登极十三年。	方今却是大唐太宗文皇帝登基，改元贞观，此时已登极十三年。	彼时是大唐太宗皇帝登基，改元贞观，已登极十三年。	彼时是大唐太宗皇帝登基，改元贞观，已登极十三年。	今却是大唐太宗皇帝登基，改元贞观，此时已登极十三年。
				岁在己巳。	岁在己巳。	岁在己巳。	岁在己巳。
天下太平，八方进贡。	天下太平，八方进贡。	天下太平，八方进贡。	天下太平，八方进贡。	天下太平，八方进贡。	天下太平，八方进贡。	天下太平，八方进贡。	天下太平，八方进贡。
				四海称臣。	四海称臣。	四海称臣。	四海称臣。
							万民讴诵，人乐先天。太宗驾前文官武将，个个英豪，争疆创业，人人列土。
一日，太宗	一日，太宗	一日，太宗	一日，太宗	悠一日，太宗	悠一日，太宗	悠一日，太宗	悠一日，太宗
升殿，	升殿，	升殿，	升殿，	登位。	登位。	登位。	登位。
				聚集	聚集	聚集	聚集
文武百官，	文武百官，	文武百官，	文武百官，	文武众官，	文武众官，	文武众官，	文武众官，
朝拜毕。	朝拜毕。	朝拜毕。	朝拜毕。	朝拜礼毕。	朝拜礼毕。	朝拜礼毕。	朝拜呼首，山呼扬尘礼毕。

（续表）

两仪堂本	上图本	西泰山本	怀新楼本	证道本	陈士斌本	新说本	未本
有丞相魏征出班奏曰："方今天下太平，八方宁静。"	有丞相魏征出班奏曰："方今天下太平，八方宁静。"	有丞相魏征出班奏曰："方今天下太平，八方宁静。"	有丞相魏征出班奏曰："方今天下太平，八方宁静。"	有丞相魏征出班奏道："方今天下太平，八方宁静。"	有魏征出班奏道："方今天下太平，八方宁静。"	有魏征出班奏道："方今天下太平，八方宁静。"	有魏征出班奏曰："方今天下太平，八方宁静。"
							四夷拱服。
武将纷纷，文官少有。	武将纷纷，文官少有。	武将纷纷，文官少有。	武将纷纷，文官少有。	武将纷纷，文官少有。			武将纷纷，文官少有。
微臣	微臣	微臣	微臣	微臣			微臣
欲依古法，开立选场，招取资士，擢用人材。	欲依古法，开立选场，招取资士，擢用人材。	欲依古法，开立选场，招取资士，擢用人材。	欲依古法，开立选场，招取资士，擢用人材。	欲依古法，开立选场，招取资士，擢用人材。	应依古法，开立选场，招取资士，擢用人材。	应依古法，开立选场，招取资士，擢用人材。	欲依古法，开立选场，招取资士，擢用人材。
伏乞圣鉴。"	伏乞圣鉴。"	伏乞圣鉴。"	伏乞圣鉴。"	伏乞圣鉴。"	以资化理。"	以资化理。"	伏望圣鉴。"
大宗准奏	大宗准奏	大宗准奏	大宗准奏	大宗道："贤卿所奏有理。"	大宗道："贤卿所奏有理。"	大宗道："贤卿所奏有理。"	大宗曰："贤卿所奏，朕联不胜之喜。"
就出一道招贤榜文，颁示天下：	就出一道招贤榜文，颁示天下：	就出一道招贤榜文，颁示天下：	就出一道招贤榜文，颁示天下：	就出一道招贤榜文，颁示天下：	就传招贤文榜，颁布天下：	就招贤资榜文，颁布天下：	就出榜文，颁布天下：
				各府州县，	各府州县，	各府州县，	各州县。
							常川张挂。所属地方，不俱显宦。

（续表）

两仪堂本	上图本	西泰山本	怀新楼本	证道本	陈士斌本	新说本	朱本
不拘军民人等，	不拘军民人等，	不拘军民人等，	不拘军民人等，	不拘军民人等，	不拘军民人等，	不拘军民人等，	军民人等。
但有读书明理，	但有读书明理，	且有读书明理，	但有读书明理，	但有读书儒流，立志向上，文义明畅。	但有读书儒流，文义明畅，	但有读书儒流，文义明畅，	有读书儒流，简能立志向上，文法通畅。
三场精通者，前赴长安应试。	三场精通者，前赴长安应试。	三场精通者，前赴长安应试。	三场精通者，前赴长安应试。	三场精通者，前赴长安应试。	三场（精）通者，前赴长安应试。	三场将精通者，前赴长安应试。	三篇精通，前赴安应试考选。
考取贤才授官，	考取贤才授官，	考取贤才授官，	考取贤才授官，	考取贤才授官，			擢取贤才，封受官职。
							不负十载青灯之苦。圣旨出朝，一月有余，遍布天下。话分两头。国开南省选贤良，士子纷纷进试场。唐主招贤征纳士，经筵御赐恩还乡。
此榜行至海州地方。	此榜行至海州地方。	此榜行至海州地方。	此榜行至海州地方。	此榜行至海州地方。	此榜行至海州地方。	此榜行至海州地方。	却说
那海州弘农县聚贤庄	那海州弘农县聚贤庄		那海州弘农县聚贤庄	那海州弘农县聚贤庄			海州弘农县、商城十里聚贤馆，

（续表）

两仪堂本	上图本	西泰山本	怀新楼本	证道本	陈士斌本	新说本	朱本
有一人，姓陈名萼，表字光蕊，	有一人，姓陈名萼，表字光蕊，	有一人，姓陈名萼，表字光蕊，	有一人，姓陈名萼，表字光蕊，	有一人，姓陈名萼，表字光蕊，	有一人，姓陈名萼，表字光蕊，	有一人，姓陈名萼，表字光蕊，	有一人，姓陈名萼，表字德光蕊。
				一日入城，			忽一日，
见了此榜，即回家，对母张氏道：	见了此榜，即回家，对母张氏道：	见了此榜，实时回家，对母张氏道：	见了此榜，即回家，对母张氏道：	见了此榜，即时回家，对母张氏道：	见了此榜，即时回家，对母张氏道：	见了此榜，即时回家，对母张氏道：	前去海州城内，去买文房四宝，行至十字街头，只见众人，纷纷嚷嚷看榜。那陈光蕊挤身挨进，拨开众者，仰头一看，却是唐王一道招贤的黄榜，颁行天下；但有读书士子，前赴长安应试，举用贤材。陈光蕊见了，满心欢悦，即时回家，就对张氏商议曰：孩儿前到县前，因买书纸，

（续表）

两仪堂本	二图本	西泰山本	怀新楼本	证道本	陈士斌本	新说本	未本
"唐王出下黄榜，	"唐王出下黄榜，	"唐王出下黄榜，	"唐王出下黄榜，	"唐王出下黄榜，	"朝廷颁下黄榜，	"朝廷颁下黄榜，	只见唐王出下黄榜。
开科取士，	开科取士，	开科取士，	开科取士，	诏开南省，招取贤才。	诏开南省，考取贤才。	诏开南省，考取贤才。	招取天下贤材，举用方正，国开南省。
儿欲前去应试。	儿欲前去应试。	儿欲前去应试。	儿欲前去应试。	孩儿意欲前去一官试，倘求得半职，	孩儿意欲前去一官试，倘求得半职，	孩儿意欲前去一官试，倘求得半职，	孩儿不肖，意欲拜两漆下，前去求得一官半职，
							上不负十载青灯之苦，下不负母妻所望。"张氏答曰："我儿，你去应举，教我老母倚门托何人？"光蕊答道："孩儿幼蒙诗书，铁砚磨穿，已受寒窗之苦，
					显亲扬名，	显亲扬名，	指望一举成名，
				封妻荫子，光显门闾，乃儿之志也。	封妻荫子，光显门闾，乃儿之志也。	封妻荫子，光显门闾，乃儿之志也。	封妻荫子，光显门闾，乃儿之志也。

271

（续表）

两仪堂本	上图本	西泰山本	怀新楼本	证道本	陈士斌本	新说本	未本
特来禀告母亲。"	特来禀告母亲。"	特来禀告母亲。"	特来禀告母亲。"	特此禀告母亲前去。"	特此禀告母亲前去。"	特此禀告母亲前去。"	孩儿择日起程,望老娘休得阻滞。"
张氏道:"我儿,	张氏道:"我儿,	张氏道:"我儿,	张氏道:"我儿,	张氏道:"我儿,	张氏道:"我儿,	张氏道:"我儿,	张氏道:"我儿,
					读书人幼而学,壮而行,正该如此。	读书人幼而学,壮而行,正该如此。	
你去赴举,路上须要小心,得了官,早早回家。"	你去赴举,路上须要小心,得了官,早早回家。"	你去赴举,路上须要小心,得了官,早早回家。"	你去赴举,路上须要小心,得了官,早早回来。"	你去赴举,路上须要小心,得了官,早早回来。"	但去赴举,路上须要小心,得了官,早早回来。"	但去赴举,路上须要小心,得了官,早早回来。"	你去赴举,路程之上须要小心。到京要安,休问有官无官,千万早早回家,莫使老母在家倚门而望。"
光蕊遂	光蕊遂	光蕊道:"孩儿晓得。"	光蕊遂	光蕊便分付家童	光蕊便分付家童	光蕊便分付家童	分付家童
收拾行李,拜辞母亲	收拾行李,拜辞母亲	收拾行李,遂拜辞母亲	收拾行李,上路。	收拾行李,辞别母亲。	收拾行李,即拜辞母亲	收拾行李,即拜辞母亲	收拾行李,即日拜辞母亲,径上长安。
上路。	上路。	上路。		上路。	赶程前进。	赶程前进。	在途晚行夜宿,饥餐渴饮,
不一日,已到长安,	不一日,已到长安,	不一日,到了长安,	不一日,已到长安,	不则一日,已到长安,	到了长安,	到了长安,	不觉日近长安。
正值大开选场,	正值大开选场,	正值大开选场,	正值大开选场,	正值大开选场,	正值大开选场。	正值大开选场。	正值贡院大开,

（续表）

两仪堂本	上图本	西泰山本	怀新楼本	证道本	陈士斌本	新说本	朱本
就同众举子进场，及廷试三策。	就同众举子进场，及廷试三策。	就同众举子进场，及廷试三策。	就同众举子进场，及廷试三策。	光蕊就进场应考，及廷应对策三策。	光蕊就进场中选，考毕及廷试三策。	光蕊就进场中选，考毕及廷试三策。	光蕊就同众举子进场，面试及廷试三策。
唐王御笔亲赐状元。	唐王御笔亲点状元。	唐王御笔亲点状元。	唐王御笔亲赐状元。	唐王御笔亲赐状元。	唐王御笔亲赐状元。	唐王御笔亲赐状元。	唐王亲书御赐状元。
跨马游街。	跨马游街。	跨马游街。	跨马游街。	跨马游街	跨马游街	跨马游街	游街
				三日。	三日。	三日。	三日。
							就着军人安排马匹，令光蕊上苑游街，正夸货处。
不期游到丞相殷开山门首。	不期游到丞相殷开山门首。	不期游到丞相殷开山门首。	不期游到丞相殷开山门首。	不期游到丞相殷开山门首。	不期游到丞相殷开山门首。	不期游到丞相殷开山门首。	不期游到殷开山门首。
有丞相所生一女。	有丞相所生一女。	有丞相所生之女。	有丞相所生一女。	有丞相所生一女。	有丞相所生一女。	有丞相所生一女。	有殷丞相生一女。
名唤温娇。	名唤温娇。	名唤温娇。	名唤温娇。	名唤温娇。	名唤温娇。	名唤温娇。	
又名满堂娇。	又名满堂娇。	又名满堂娇。	又名满堂娇。	又名满堂娇。	又名满堂娇。	又名满堂娇。	名唤满堂娇。
未曾配人，高结彩楼，抛打绣球。	未曾配人，高结彩楼，抛打绣球。	未曾婚配，正高结彩楼，抛打绣球。	未曾配人，高结彩楼，抛打绣球。	未曾匹配与人，高结彩楼，抛打绣球。	未曾婚配，正高结彩楼，抛打绣球。	未曾婚配，正高结彩楼，抛打绣球。	未曾匹配于人，高结彩楼，抛打绣球。
	小姐	小姐			小婿	小婿	

273

（续表）

两仪堂本	上图本	西泰山本	怀新楼本	证道本	陈士斌本	新说本	朱本
正值陈光蕊在楼下经过,	正值陈光蕊在楼下经过,	遇陈光蕊在楼下经过,	正值陈光蕊在楼下经过,	正值陈光蕊在楼下经过,	适值陈光蕊在楼下经过,	适值陈光蕊在楼下经过,	正值陈光蕊游街,在彩楼下经过。
小姐见他,	小姐见他,	小姐见他,	小姐见他,	小姐一见他。	小姐一见蕊。	小姐一见光蕊。	有殷小姐在彩楼上,一见光蕊
人才出众,又是新科状元,	人才出众,又是新科状元,	人材出众,又是新科状元,	人才出众,又是新科状元,	人材出众,况是新科状元。	人材出众,知是新科状元。	人材出众,知是新科状元。	人材出众,一貌堂堂,是新科状元。
十分喜欢。	十分喜欢。	十分欢喜。	十分喜欢。	心内十分欢喜。	心内十分欢喜。	心内十分欢喜。	心内十二分欢喜。
							那小姐抛着绣球,
就在彩楼上,	就在彩楼上,	就在彩楼上。	就在彩楼上。	就在彩楼上。			就在彩楼上
将绣球抛下,正打着光蕊的	将绣球抛下,正打着光蕊的	将绣球抛下,正打着光蕊的	将绣球抛下,正打着光蕊的	将绣球抛下,正打着的光蕊的	就将绣球抛下,恰打着的光蕊的	就将绣球抛下,恰打着的光蕊的	将绣球儿滚下,恰打着陈光蕊的
纱帽。	纱帽,	纱帽上。	乌纱帽。	乌纱帽。	乌纱帽。	乌纱帽。	头。
只听得一派笙箫细乐,数十个婢妾夫走下楼来,把光蕊马头扯住。	只听得一派笙箫细乐,数十个婢妾夫走下楼来,把光蕊马头扯住。	只听得一派笙箫细乐,十数个婢妾夫走下楼来,把光蕊马头扯住。	只听得一派笙箫细乐,十数个婢妾夫走下楼来,把光蕊马头扯住。	只听得一派笙箫细乐,十数个婢妾夫走下楼来,把光蕊马头扯住。	猛听得一派笙箫细乐,十数个婢妾夫走下楼来,把光蕊马头扯住。	猛听得一派笙箫细乐,十数个婢妾夫走下楼来,把光蕊马头扯住。	只得一派笙箫细乐吹打,忽见十数个婢妾,夫走下楼来,把陈光蕊拥马扯住。
迎状元入了相府。	迎状元入了相府。	迎状元入相府。	迎状元入了相府。	迎状元入了相府。	迎状元入相府。	迎状元入相府。	教请状元入相府。

（续表）

两仪堂本	上图本	西泰山本	怀新楼本	证道本	陈士斌本	新说本	末本
					成婚	成婚	
丞相即唤宾人赞礼。	丞相即唤宾人赞礼。	丞相即唤宾人赞礼。	丞相即唤宾人赞礼。	即请丞相和夫人出堂唤宾人赞礼。	那丞相和夫人，即时出堂唤宾人赞礼。	那丞相和夫人，即时出堂唤宾人赞礼。	即请宾人赞礼。
小姐就与光蕊拜了天地。	小姐与光蕊拜了天地。	小姐与光蕊拜了天地。	小姐就与光蕊拜了天地。	小姐就与光蕊拜了天地。	将小姐配与光蕊拜了天地。	将小姐配与光蕊拜了天地。	小姐就与陈光蕊拜了天地。
夫妻交拜毕，又拜岳丈、岳母。丞相分付安排酒席。欢饮一宵。	夫妻交拜毕，又拜岳丈、岳母。丞相分付安排酒席。欢饮一宵。	夫妻交拜毕，又拜岳丈、岳母。丞相分付安排酒席，欢饮一宵。	夫妻交拜毕，又拜岳丈、岳母。丞相分付安排酒席，饮一宵。	夫妻交拜毕，又拜岳丈、岳母。丞相分付安排酒席。欢饮一宵。	夫妻交拜毕，又拜岳丈、岳母。丞相分付安排酒席。欢饮一宵。	夫妻交拜毕，又拜岳丈、岳母。丞相分付安排酒席。欢饮一宵。	夫妻交拜。陈光蕊请岳母、殷丞相出堂拜谢。丞相分付侍妾，安排酒席捕饮。一宵酩酊如醉。
二人携手，同入洞房。	二人携手，同入洞房。	二人携手，同入洞房。	二人携手，同入洞房。	二人同携素手，共入兰房。	二人同携素手，共入兰房。	二人同携素手，共入兰房。	二人同携素手，共入兰房。
次日。	次日。	次日。	次日。	次日	次日	次日	
				五更三点。	五更三点。	五更三点。	
		大宗临朝。文武众臣朝毕。		大宗驾坐金銮宝殿，文武众臣趋朝。	大宗驾坐金銮宝殿，文武众臣趋朝。	大宗驾坐金銮宝殿，文武众臣趋朝。	大宗驾坐金銮宝殿，左文右武，臣趋朝。
大宗问魏征道：	大宗问魏征道：	大宗问道：	大宗问魏征道：	大宗问道：	大宗问道：	大宗问道：	大宗问曰：

（续表）

两仪堂本	上图本	西泰山本	怀新楼本	证道本	陈士斌本	新说本	朱本
"新科状元陈光蕊应授何官?"	"新科状元陈光蕊应授何官?"	"新科状元陈光蕊应授何官?"	"新科状元陈光蕊应授何官?"	"新科状元陈光蕊应授何官?"	"新科状元陈光蕊应授何官?"	"新科状元陈光蕊应授何官?"	"新科状元陈光蕊除何官职?"
魏征丞相奏道:"臣查所属江州县,止有江州缺官。乞我王授他此职。"太宗就命光蕊为江州州主。	魏征丞相奏道:"臣查江州所属州县,止有江州缺官。乞我王授他此职。"太宗就命光蕊为江州州主。	魏征丞相奏道:"臣查所属州郡,止有江州缺官。乞我王授他此职。"太宗就命光蕊为江州州主。	魏征丞相奏道:"臣查所属州郡,止有江州缺官。乞我王授他此职。"太宗就命光蕊为江州州主。	魏征丞相奏道:"臣查所属州郡,止有江州缺官。乞我王授他此职。"太宗就命光蕊为江州州主。	魏征丞相奏道:"臣查所属州郡,止有江州缺官。乞我王授他此职。"太宗就命光蕊为江州州主。	魏征丞相奏道:"臣查所属州郡,止有江州缺官。乞我王授他此职。"太宗就命光蕊为江州州主。	魏征丞相出班奏曰:"臣查所属州郡,止有江州缺一州主。"命唐王道:"赐他为江州州主。"
							大宗准奏,就宣光蕊到殿,金阶之下,山呼礼毕,大宗曰:"寡人缺江州一州主,除贤卿为江州之任。"
				即收拾起身,勿误限期。	即令收拾起身,勿误限期。	即令收拾起身,勿误限期。	即日起身,勿误限期。
光蕊谢恩出朝,	光蕊谢恩出朝,	光蕊谢恩出朝,	光蕊谢恩出朝,	光蕊谢恩出朝,	光蕊谢恩出朝,	光蕊谢恩出朝,	光蕊谢恩,就出朝门。
				回到相府,	回到相府,	回到相府,	回到相府,
与妻说知,	与妻说知,	与妻商议,	与妻说知,	与妻商议,	与妻商议,	与妻商议,	与妻商议,

（续表）

两仪堂本	上图本	西泰山本	怀新楼本	证道本	陈士斌本	新说本	未本
拜辞岳丈、岳母，同妻前赴任。离了长安。	拜辞岳丈、岳母，同妻前赴任。离了长安。	拜辞岳丈，同妻赴任。离了长安。	拜辞岳丈、岳母，离。同妻前赴长安。	拜辞岳丈、岳母，同妻前赴江州之任。离了长安登途。	拜辞岳丈、岳母，同妻前赴江州之任。离了长安登途。	拜辞岳丈、岳母，同妻前赴江州之任。离了长安登途。	即日拜辞了岳丈、岳母前赴江州之任，就离长安。随即登途。
				正是暮春天气，和风吹柳绿，细雨点花红。	正是暮春天气，和风吹柳绿，细雨点花红。	正是暮春天气，和风吹柳绿，细雨点花红。	正是暮春天气，和风吹柳绿，细雨点花红。
							光蕊遂作诗一首，又听下回分解。 一春最好艳阳天。绿柳花红是阳天。桑烟。细雨洒开南省院。和风摆散锦江川。家家无火烟柳吐火，户户无烟柳吐烟。 金勒马嘶人醉芳草地。玉楼人醉杏花天。
回到家中。	回到家中。	回到家中。	回到家中。	光蕊便道回家。	光蕊便便道回家。	光蕊便道回家。	却说陈光蕊别了岳丈，同妻赴江州之任，在路遂道便回家。

（续表）

两仪堂本	上图本	西泰山本	怀新楼本	证道本	陈士斌本	新说本	朱本
同妻参拜母来，	同妻参拜母来，	同妻参拜母来毕，	同妻参拜母来，	同妻交拜母来张氏，	同妻交拜母来张氏。	同妻交拜母来张氏。	饥餐夜宿，约行数日，前至海州弘农县，到了自己家下，
将娶来为官情由说了一遍，	将娶来为官情由说了一遍，	遂将娶来得官情由说了一遍，	将娶来为官情由说了一遍，	张氏道："恭喜我儿，且又娶来回来。"光蓝道："孩儿叨赖母亲福庇，儿中状元，唐王赐游，路住殿府，儿游街，路过相门前经过，	张氏道："恭喜我儿，且又蓝道："光蓝道："孩儿叨赖母亲福庇，儿中状元，经过丞相府街，儿游街，敬住首丞相门前。	张氏道："恭喜我儿，且又蓝道："光蓝道："孩儿叨赖母亲福庇，儿中状元，经过丞相府街，儿游街，敬住首丞相门前。	其母张氏曰："且又娶我回来。""孩儿幼蒙母亲训诲之恩，朝夕教读诗书，叨赖先人之福庇。孩儿中状元，敬往丞相府，儿游街，敬住首丞相门前经过，
					遇抛打绣球。	遇抛打绣球。	谁想那丞相小姐堂前抛打绣球为婿。
				丞相将小姐招孩儿为婿，	适中堂丞相，即将小姐招孩儿为婿。	适中堂丞相，即将小姐招孩儿为婿。	适想丞相将小姐招孩儿为婿。
				朝廷敕赐孩儿衣锦回家。	朝廷	朝廷	朝廷敕赐孩儿衣锦回家。
				除孩儿为江州州主。	除孩儿为江州州主。	除孩儿为江州州主。	除孩儿为江州之任。

（续表）

丙仪堂本	上图本	西泰山本	怀新楼本	证道本	陈士斌本	新说本	未本
今特来请母来，同去赴任。	今特来请母来，同去赴任。	今特来请母来，同去赴任。	今特来请母来，同去赴任。	迳来接取母来，同去赴任。	今来接取母来，同去赴任。	今来接取母来，同去赴任。	不肖因见老母在家，敬来接取母来，同赴江州抵任。"
张氏大喜，收拾起身。行了数日，至万花店刘小二家歇下。	张氏大喜，收拾起身。行了数日，至万花店刘小二家歇下。	张氏闻所说之事，遂收拾行李。夫了几日，前至万花店刘小二家歇下。	张氏大喜，收拾起身。行了数日，至万花店刘小二家歇下。	张氏大喜，收拾行程。在路数日，前至万花店刘小二家安下。	张氏大喜，收拾行程。在路数日，前至万花店刘小二家安下。	张氏大喜，收拾行程。在路数日，前至万花店刘小二家安下。	回家。张氏大喜，收拾数日，在路数日，前至万花店中安下。
张氏身觉	张氏身觉	张氏悠然	张氏身觉	张氏身觉	张氏身体悠然	张氏身体悠然	有母来张氏身已
不快。	不快。	染病。	不快。	不快。	染病。	染病。	不快。
分付光蕊	分付光蕊	分付光蕊道："我身上不快。"	分付光蕊	与光蕊道：	与光蕊道："我身上不安。"	与光蕊道："我身上不安。"	与光蕊道：
安歇两日再去。	安歇两日再去。	在此少歇两日再去。" 光蕊遵命。	安歇两日再去。	"且在店中安歇两日再去。"	且在店中调养两日再去。 光蕊遵命。	且在店中调养两日再去。 光蕊遵命。	且在店中这歇两日，方下去也。"
次日早晨，见店前有一个金有一人把着个色鲤鱼叫卖。	次日早晨，见店前有一个金有一人把着个色鲤鱼叫卖。	至次日早晨，店前有一人把着个色鲤鱼叫卖。	次日早晨，见店前有一个金有一人把着个色鲤鱼叫卖。	次日早晨，只有有一人把着一个色鲤鱼叫卖。	至次日早晨，见店门前有一人提着个色鲤鱼叫卖。	至次日早晨，见有一人提着个色鲤鱼叫卖。	次日早晨，店门前有一人提着个色鲤鱼叫卖。
				光蕊即将一贯钱买了，欲待烹与母来吃。	光蕊即将一贯钱买了，欲待烹与母亲吃。	光蕊即将一贯钱买了，欲待烹与母亲来吃。	光蕊送与一贯钱买了，把入店内，欲待烹与母亲吃。

(续表)

两仪堂本	上图本	西泰山本	怀新楼本	证道本	陈士斌本	新说本	朱本
光蕊见其鱼闪闪斩眼,心内暗想:	光蕊见其鱼闪闪斩眼,心内暗想:	光蕊见其鱼闪闪斩眼,心内暗想:	光蕊见其鱼闪闪斩眼,心内暗想:	只见其鱼闪闪斩眼,光蕊道:"怪哉!闻人说,	只见鲤鱼,闪闪斩眼,光蕊惊异道:"闻说,	只见鲤鱼,闪闪斩眼,光蕊惊异道:"闻说,	只见其鱼斩眼,光蕊惊道:"怪哉!人有言:
"鱼蛇斩眼,决不是等闲之物!"遂问渔人道:"这鱼那里打来的?"渔人道:"离府十五里洪江内打来的。"	"鱼蛇斩眼,决不是等闲之物!"遂问渔人道:"这鱼那里打来的?"渔人道:"离府十五里洪江内打来的。"	"鱼蛇斩眼,决非等闲之物!"遂问渔人道:"这鱼那里打来的?"渔人道:"离府十五里洪江内打来的。"	"鱼蛇斩眼,决不是等闲之物!"遂问渔人道:"这鱼那里打来的?"渔人道:"离府十五里洪江内打来的。"	鱼蛇斩眼,决不是等闲之物!"遂问渔人道:"这鱼那里打来的?"渔人道:"离府十五里洪江内打来的。"	鱼蛇斩眼,必不是等闲之物!"遂问渔人道:"这鱼那里打来的?"渔人道:"离府十五里洪江内打来的。"	鱼蛇斩眼,必不是等闲之物!"遂问渔人道:"这鱼那里打来的?"渔人道:"离府十五里洪江内打来的。"	鱼蛇斩眼,必不是等闲之物!"遂问渔人道:"这鱼那里打来的?"渔人道:"离府十五里洪江内打来得。"
光蕊即将一贯钱买了。	光蕊即将一贯钱买了。	光蕊遂将一贯钱买了。	光蕊即将一贯钱买了。				
就把鱼送在洪江里去放去。	就把鱼送在洪江里去放去。	就把鱼送在洪江内放了。	就把鱼送在洪江里放了。	光蕊就把鱼送在洪江里去了。	光蕊就把鱼送在洪江里去了。	光蕊就把鱼送在洪江里去了。	光蕊把鱼送在洪江里去了。
		回店对张氏道:	回店对母来道:	回店对母亲道此事。张氏道:"我儿你去放生,甚好。"	回店对母来道知此事。张氏道:"放生好事,我心甚喜。"	回店对母来道知此事。张氏道:"放生好事,我心甚喜。"	回店对母来道:"儿子买一个金色鲤鱼,恐是龙王,送将洪江里去了。"张氏道:"鱼斩眼,你将放去,决是龙王,也是好勾当。"

（续表）

两仪堂本	上图本	西泰山本	怀新楼本	证道本	陈士斌本	新说本	未本
过了三日，即欲起身。	过了三日，即欲起身。	"此店已住三日了，孩儿意欲明日起身。"	过了三日，即欲起身。	光蕙道："此店已住三日了，孩儿明日起身也。"	光蕙道："此店已住三日了，孩儿意欲明日急起身。	光蕙道："此店已住三日了，孩儿意欲明日急起身。	光蕙道："此店已住三日了，孩儿明日起身也。"
					不知母亲身体好否？"	不知母亲身体好否？"	
张氏道："我身子不快，此时路上炎热，恐生疾病。可这里赁间房屋与我住。	张氏道："我身子不快，此时路上炎热，恐生疾病。可这里赁间房屋与我住。	张氏道："我身子不快，此时路上炎热，恐添疾病。你这里赁间房屋子与我暂住。	张氏道："我身子不快，此时路上炎热，恐生疾病。可这里赁间房屋与我住。	张氏道："我身子不快，此时路上炎热，恐添疾病。可这里赁间房屋与我住。	张氏道："我身子不快，此时路上炎热，恐生疾病。可这里赁间房屋与我暂住。	张氏道："我身子不快，此时路上炎热，恐生疾病。可这里赁间房屋与我暂住。	张氏道："我身子不快，老娘身子不快，怕做路途之上，天道炎热，送了我的性命。你这里赁间房屋，送我这里赁间房身。
				付些盘缠在此，	付些盘缠在此，	付些盘缠在此，	付些盘缠在此，
你两人先上任去，候秋凉却来接我。"	你两人先上任去，候秋凉却来接我。"	你两人先上任去，候秋凉再来接我。"	你两人先上任去，候秋凉却来接我。"	你两口儿先上任去，候秋凉却来接我。"	你两口儿先上任去，候秋凉却来接我。"	你两口儿先上任去，候秋凉却来接我。"	你两口儿先上任去，候秋凉却来接身。"
				光蕙与妻商议。	光蕙与妻商议。	光蕙与妻商议。	光蕙就与娇妻商议。
							殷小姐曰："既是婆婆不肯身子不安，他的言语，多付些盘缠与用。"

（续表）

两仪堂本	上图本	西泰山本	怀新楼本	证道本	陈士斌本	新说本	朱本
光蓝就租了屋宇，付了盘缠与母亲前去。同妻拜辞前去。	光蓝就租了屋宇，付了盘缠与母亲前去。同妻拜辞前去。	光蓝遂租了房子，付了盘缠与母亲前去。同妻一齐拜辞前去。	光蓝就租了屋宇，付了盘缠与母亲前去。同妻拜辞前去。	就租了屋宇，付了盘缠与母亲前去。同妻拜辞前去。	就租了屋宇，付了盘缠与母亲前去。同妻拜辞前去。	就租了屋宇，付了盘缠与母亲前去。同妻拜辞前去。	次日，光蕊租了屋宇，同妻拜辞前去。
				途路艰苦，晚行夜宿。	途路艰苦，晚行夜宿。	途路艰苦，晚行夜宿。	二人途路艰苦，不可言也。晚行夜宿。
及行	及行	及行	及行	不觉	不觉	不觉	不觉
到洪江渡口。只见稍水刘洪、李彪二人，撑船到岸迎接。	到洪江渡口。只见稍水刘洪、李彪二人，撑船到岸迎接。	到洪江渡口。只见稍水刘洪、李彪二人，撑船到岸迎接。	到洪江渡口。只见稍水刘洪、李彪二人，撑船到岸迎接。	已到洪江渡口。只见稍水刘洪、李彪二人，撑船到岸迎接。	已到洪江渡口。只见稍水刘洪、李彪二人，撑船到岸迎接。	已到洪江渡口。只见稍水刘洪、李彪二人，撑船到岸迎接。	已到江边。只见稍水刘洪、李彪二人，撑船来接。光蕊与妻登船。
				也是光蕊前生合当有此灾难，正撞着这冤家。	也是光蕊前生合当有此灾难，撞着这冤家。	也是光蕊前生合当有此灾难，撞着这冤家。	也是陈光蕊命有灾难，撞遇这冤家。
光蓝令家僮将行李搬上船去，夫妇齐齐上船。	光蓝令家僮将行李搬上船去，夫妇齐齐上船。	光蓝令家僮将行李搬上船去，夫妇齐齐上船。	光蓝令家僮将行李搬上船去，夫妇齐齐上船。	光蓝令家僮将行李搬上船去，夫妇齐齐上船。	光蓝令家僮将行李搬上船去，夫妇齐齐上船。	光蓝令家僮将行李搬上船去，夫妇正齐上船。	光蕊就令家僮将行李搬上船去。
刘洪看见殷小姐	刘洪看见殷小姐	刘洪看见殷小姐	刘洪看见殷小姐	刘洪睁眼看见那殷小姐	那刘洪睁眼看见殷小姐	那刘洪睁眼看见殷小姐	刘洪就把船开，只见殷小姐

（续表）

两仪堂本	上图本	西泰山本	怀新楼本	证道本	陈士斌本	新说本	未本
十分美丽，	十分美丽，	十分美丽，	十分美貌，	面如满月，眼似秋波，樱桃小口，绿柳蛮腰，真个有沉鱼落雁之容，闭月羞花之貌。	面如满月，眼似秋波，樱桃小口，绿柳蛮腰，真个有沉鱼落雁之容，闭月羞花之貌。	面如满月，眼似秋波，樱桃小口，绿柳蛮腰，真个有沉鱼落雁之容，闭月羞花之貌。	面如满月，点似桃月，樱桃小口，绿唇，蛮腰柳，谩夸他有闭月差花之容，亦有沉鱼落雁之容， 丰姿体态，动人情兴。
陟起狼心，	陟起狼心，	陟起狼心，	陟起狼心，	刘洪陟起狼心，	陟起狼心，	陟起狼心，	
自私	自私	遂	私自	私自	遂	遂	
与李彪设计，将船撑至无人烟处，	与李彪设计，将船撑至无人烟处，	与李彪设计，将船撑至无人烟处，	与李彪设计，将船撑至无人烟处，	与李彪设计，将船撑至无人烟处，	与李彪设计，将船撑至无人烟处，	与李彪设计，将船撑至无人烟处，	刘洪私自与李彪设计，将船撑至无人烟处，日色将斜，舟泊芦花。
候至三更，	候至三更，	候至三更，	候至三更，	候至夜静三更，	候至夜静三更，	候至夜静三更，	候静
先将家僮杀死，次将光蕊打死，把尸首都推在水里。小姐见他打死了丈夫，也要将身赴水。	先将家僮杀死，次将光蕊打死，把尸首都推在水里。小姐见他打死了丈夫，也要将身赴水。	先将家僮杀死，次将光蕊打死，把尸首都推在水里。小姐见他打死了丈夫，也要将身赴水。	先将家僮杀死，次将光蕊打死，把尸首都推在水里。小姐见他打死了丈夫，也要将身赴水。		先将家僮杀死，次将光蕊打死，把尸首都推在水里。小姐见他打死了丈夫，也便将身赴水。	先将家僮杀死，次将光蕊打死，把尸首都推在水里。小姐见他打死了丈夫，也便将身赴水。	先将家僮杀死，次将光蕊打死，将尸推在水里去了。有殷小姐打死了丈夫，他将身赴水。

（续表）

两仪堂本	上图本	西泰山本	怀新楼本	证道本	陈士斌本	新说本	朱本
刘洪忙	刘洪忙	刘洪一把忙	刘洪忙	刘洪一把	刘洪一把	刘洪一把	刘洪
抱住道："你若从我，万事皆休；若不从时，一刀两断！"	抱住道："你若从我，万事皆休；若不从时，一刀两断！"	抱住道："你若从我，万事皆休；若不从时，一刀两断！"	抱住道："你若从我，万事皆休；若不从时，一刀两断！"	抱住道："你若从我，万事皆休；若不从时，一刀两断！"	抱住道："你若从我，万事皆休；若不从时，一刀两断！"	抱住道："你若从我，万事皆休；若不从时，一刀两断！"	抱住道："你若从我，万事皆休；若不从时，一刀两断！"
小姐没奈何，	小姐没奈何，	小姐无奈	小姐没奈何，	那小姐没奈何，	那小姐寻思无计。	那小姐寻思无计。	唬得那殷小姐没奈何，
只得权时顺了刘洪。	只得权时顺了刘洪。	只得权时顺了刘洪。	只得权时顺了刘洪。	只得权时应承、顺了刘洪。	只得权时应承、顺了刘洪。	只得权时应承、顺了刘洪。	只得满口应承，顺了刘洪。
那贼把船渡到南岸，将船付与李彪，他就穿了光蓝衣冠，带了官诰，凭小姐同住江州上任去了。	那贼把船渡到南岸，将船付与李彪，他就穿了光蓝衣冠，带了官诰，凭小姐同住江州上任去了。	那贼把船渡到南岸，将船付与李彪，他就穿了光蓝衣冠，带了官诰，凭小姐同住江州上任去了。	那贼把船渡到南岸，将船付与李彪，他就穿了光蓝衣冠，带了官诰，凭小姐同住江州上任去了。	那贼把船渡到南岸，将船付与李彪，他就穿了光蓝衣冠，带了官诰，凭小姐同住江州上任去了。	那贼把船渡到南岸，将船付与李彪，他就穿了光蓝衣冠，带了官诰，凭小姐同住江州上任去了。	那贼就把船渡到南岸，将船付与李彪，他就穿了光蓝衣冠，带了官诰，同殷小姐住江州上任去了。	那贼就把船渡到南岸，将船付与李彪，他就穿了光蓝衣冠，带了官诰，同殷小姐住江州上任去了。
							毕竟看后事如何，又听下回分解。说出秦华山摄动，道破黄河水逆流。人事尽是天理现，只争迟早自分明。

（续表）

两仪堂本	上图本	西泰山本	怀新楼本	证道本	陈士斌本	新说本	未本
却说刘洪杀死家僮尸首，顺水流去，惟有陈光蕊的尸首，沉在水底。	却说刘洪杀死家僮尸首，顺水流去，惟有陈光蕊的尸首，沉在水底。	却说刘洪杀死家僮尸首，顺水流去，惟有陈光蕊的尸首，沉在水底。	却说刘洪杀死家僮尸首，顺水流去，惟有陈光蕊的尸首，沉在水底。	却说刘洪杀死家僮去，惟有陈光蕊的尸首，沉在水底。	却说刘洪杀死家僮去，惟有陈光蕊的尸首，沉在水底。	却说刘洪杀童家僮去，惟有陈光蕊的尸首，沉在水底。	却说刘洪打死三个尸首，尸首顺水漂流而去，惟有陈光蕊的尸首，漂流。
巡海夜叉见了，报入龙宫。	巡海夜叉见了，报入龙宫。	巡海夜叉见了，报入龙宫。	巡海夜叉见了，报入龙宫。	不动。	不动。	不动。	不动。
				有洪江口巡海夜叉见了，星飞报入龙宫。	有洪江口巡海夜叉见了，星飞报入龙宫。	有洪江口巡海夜叉见了，星飞报入龙宫。	有洪江口巡海夜叉见了，星飞报入龙宫。
				正值龙王升殿，夜又报道："今洪江口不知甚人，把一个读书人打死，将尸撇在水底。"	正值龙王升殿，夜又报道："今洪江口不知甚人，把一个读书人打死，将尸撇在水底。"	正值龙王升殿，夜又报道："今洪江口不知甚人，把一个读书人打死，将尸撇在水底。"	正值龙王升殿，夜又报江口里，把人，不知甚的士子打死，将尸撇在水底。
							特来报与大王知之。
龙王叫将尸抬来，	龙王叫将尸抬来，	龙王叫将尸抬来，	龙王叫将尸抬来，		龙王叫将尸抬来，	龙王叫将尸抬来，	那龙王听云，今夜又："将尸抬来看。"

（续表）

两仪堂本	上图本	西泰山本	怀新楼本	证道本	陈士斌本	新说本	朱本
							不多时，那夜又丢前一个死人的尸首，
				放在面前，	放在面前，	放在面前，	放在无王面前。
仔细一看道："此人就是救我的恩人，如何被人谋死？	仔细一看道："此人就是救我的恩人，如何被人谋死？	仔细一看道："此人正是救我的恩人，如何被人谋死？	仔细一看道："此人正是救我的恩人，如何被人谋死？	仔细一看道："此人正是救我的恩人，如何被人谋死？	仔细一看道："此人正是救我的恩人，如何被人谋死？	仔细一看道："此人正是救我的恩人，如何被人谋死？	老王仔细中踌躇道："此人正是救我的恩人，好似救我一般，如何被人谋死在水底？
				常言道，恩将恩报。	常言道，恩将恩报。	常言道，恩将恩报。	常言道得好：恩将仇报。
我今日须救他性命，以报前日之恩。"	我今日须救他性命，以报前日之恩。"	我今日须救他命，以报前日之恩。"	我今日须救他命，以报前日之恩。"	我今日须索救他命，以报前日之恩。"	我今日须索救他性命，以报日前之恩。"	我今日须索救他性命，以报前日之恩。"	今日须救他命，以报日前之恩也。"
即写下牒文一道，差夜又径往洪州城隍土地处下，要取城隍秀才的魂魄，救他的性命。	即写下牒文一道，差夜又径往洪州城隍土地处下，要取城隍秀才的魂魄，救他的性命。	遂写下牒文一道，差夜又径往洪州城隍处下，要取此人魂魄，救此人魂魄。	即写下牒文一道，差夜又径往洪州城隍处下，要取城隍秀才的魂魄，救他性命。	即写下牒文一道，差夜又径往洪州城隍土地处下，要取土地处魂魄，救秀才魂魄来，救他的性命。	即写下牒文一道，差夜又径往洪州城隍土地处下，要取土地处魂魄，救秀才魂魄来，救他的性命。	即写下牒文一道，差夜又径往洪州城隍土地处下，要取土地处魂魄，救秀才魂魄来，救他的性命。	那老王即时写了牒文一道，连夜又径往洪州城隍土地处下，要取土地处魂魄，救秀才魂魄来，救他的性命。

（续表）

两仪堂本	上图本	西泰山本	怀新楼本	证道本	陈士斌本	新说本	朱本
							夜叉接了牒文，领了王旨，径至城隍并土地处。夜叉就将牒文投下，那城隍文开读，从头将牒文展看，言道江中打死秀才一事。
城隍	城隍	城隍	城隍	城隍土地	城隍土地	城隍土地	土地
唤小鬼把光蕊的魂魄交与夜叉去。	唤小鬼把光蕊的魂魄交与夜叉去。	遂唤小鬼将光蕊的魂魄交付与夜叉带去。	唤小鬼把光蕊的魂魄交与夜叉去。	遂唤小鬼把陈光蕊的魂魄交付与夜叉去。	遂唤小鬼把那死的秀才魂魄交付与陈光蕊夜叉去。	遂唤小鬼把那死的秀才魂魄交付与陈光蕊夜叉去。	遂唤小鬼把那死的秀才魂魄交付与陈光蕊夜叉去。
夜叉回复龙王。	夜叉回复龙王。	夜叉带了回宫，票覆龙王。	夜叉回复龙王。	夜叉到水晶宫，票覆了龙王。	夜叉带了魂魄到水晶宫，票见了龙王。	夜叉带了魂魄到水晶宫，票见了龙王。	夜叉得了魂魄，不多时早到水晶宫里，就报与龙王："小将蒙大王台意，追得那秀才的魂魄来也。"龙王看毕。
就将秀才魂魄放在死尸上，要时间，他还魂来。	就将秀才魂魄放在死尸上，要时间，他还魂来。		就将秀才魂魄放在死尸上，要时间，他还魂来。	就将秀才魂魄放在那死尸上，要时间只见他返魂转来。			就将那秀才的魂魄，放在那死人尸上，要时间只见那秀才还魂转来。

287

(续表)

两仪堂本	上图本	西泰山本	你新楼本	证道本	陈士斌本	新说本	朱本
龙王问道:"你姓甚名谁?何方人氏?	龙王问道:"你这人姓甚名谁?何方人氏?	龙王问道:"你这人姓甚名谁?	龙王问道:"你这甚名谁?何方人氏?	龙王问道:"你这秀才姓甚名谁?何方人氏?	龙王问道:"你这秀才姓什名谁?何方人氏?	龙王问道:"你这秀才姓甚名谁?何方人氏?	那老王问曰:"你这秀才,姓甚名谁?何州府何县人?
故何人打死?"	故何人打死?"	因甚到此被人打死?"	被何人打死?"	因甚到此被人打死?"	因甚到此被人打死?"	因甚到此被人打死?"	因甚至此被人打死?"
光蕊道:	光蕊道:	光蕊遂将始缘由细述了一遍。	光蕊道:	光蕊躬身施礼:上告龙君。	光蕊施礼道:	光蕊施礼道:	陈光蕊躬身施礼曰:上告龙君。
"小生姓陈名萼,字光蕊,	"小生姓陈名萼,字光蕊,		"小生姓陈名萼,字光蕊,	小生陈萼,表字光蕊,	"小生陈萼,表字光蕊,	"小生陈萼,表字光蕊,	念小生姓陈名萼,表字光蕊,
系海州人。	系海州人。		系海州人。	系海州弘农县人。	系海州弘农县人。	系海州弘农县人。	家居海州弘农县。
中状元,授江州州主。	中状元,授江州州主。		中状元,授江州州主。	忝中新科状元,叨授江州州主。	忝中新科状元,叨授江州州主。	忝中新科状元,叨授江州州主。	唐主开科招取天下贤才,因往长安应试,幸中状元。又蒙殷丞相将小姐招我为东床女婿,蒙唐王恩,次日谢恩,除授江州州主。

（续表）

两仪堂本	上图本	西泰山本	怀新楼本	证道本	陈士斌本	新说本	朱本
同妻赴任,行至江边上船,不料稍子刘洪、贪谋我妻,将我打死抛尸。	同妻赴任,行至江边上船,不料稍子刘洪、贪谋我妻,将我打死抛尸。		同妻赴任,行至江边上船,不料稍子刘洪、贪谋我妻,将我打死抛尸。	同妻赴任,行至江边上船,不料稍子刘洪、贪谋我妻,将我打死抛尸。	同妻赴任,行至江边上船,不料稍子刘洪、贪谋我妻,将我打死抛尸。	同妻赴任,行至江边上船,不料稍子刘洪、贪谋我妻,将我打死抛尸。	同妻与母未赴江州之任。不期未到母屋病,因母屋栖行,只得赁星身,与母权居。光恐限期娵有候,同妻别母前去起身。怎见江边,忽见刘季夫撑我季,渡我夫妻一人过去。谁想那人心不良,将船撑至更静处,船夜更静,先将家童杀死,抛进船仓,候我揪立不良,将我揪发斩打,出血而死,把我推在水里。
望大王救我,	望大王救我,		望大王救我,	乞大王救我一救!"	乞大王救我一救,	乞大王救我一救,	乞大王救我一救。
没世不忘!"	没世不忘!"		没世不忘!"	没世不忘!"			没世不忘!"
龙王道:"原来如此。	龙王道:"原来如此。"	龙王闻言道:"原来如此。"	龙王道:"原来如此。	龙王闻言道:"原来如此。	龙王闻言道:"原来如此。	龙王闻言道:"原来如此。	龙王答曰:"

（续表）

两仪堂本	上图本	西泰山本	你新楼本	证道本	陈士斌本	新说本	朱本
先生，前日所放鲤鱼乃是我也，你是我恩人。	先生，前日所放鲤鱼乃是我也，你是人。		先生，前日所放鲤鱼乃是我也，你是我恩人。	先生，你前日所放金色鲤鱼，乃是我也，你是救我的大恩人。	先生，你前日所放金色鲤鱼即是我也，你是救我的恩人。	先生，你前日所放金色鲤鱼即是我也，你是救我的恩人。	前者你买金色鲤鱼放了，乃是我也。你是救我的大恩也。
我当救之。	我当救之。		我当救之。	你今有难，吾当救之。	你今有难，我岂有不救你之理？	你今有难，我岂有不救你之理？	汝今有难，吾当救之。
就把光蕊尸放在一壁，口内含一颗定颜珠，休教损坏。	就把光蕊的尸放一壁，口内含一颗定颜珠，休教损坏。	遂把光蕊尸首安置在一壁，口内含一颗定颜珠，坏了尸骸。	就抱光蕊的尸，放在一壁，口内含一颗定颜珠，休教损坏了。	就把光蕊尸安放在一壁，口内含一颗定颜珠，休教损坏了。	就把光蕊尸身安置一壁，口内含一颗定颜珠，休教颜损坏了。	就把光蕊尸身安置一壁，口内含一颗定颜珠，休教颜珠损坏了。	就把陈光蕊的尸首安放在一壁，口内含一颗定颜珠，休教损坏了。
待日后报仇之日，送你回阳。	待日后报仇之日，送你回阳。	日后好还魂报仇。	待之后报仇之日，送你回阳。	日后好待他报仇。	日后好还魂报仇。	日后好还魂报仇。	日后定要与他报仇。
				龙王道："汝今真魂且在我水府中做一个都领。"	又道："汝今真魂且在我水府中做个都领。"	又道："汝今真魂且在我水府中做个都领。"	龙王道："汝今真魂且在我水府中做一个都判。"
光蕊拜谢不题。	光蕊拜谢不题。	光蕊叩谢不题。	光蕊拜谢不题。	光蕊叩头拜谢。	光蕊叩头拜谢。	光蕊叩头拜谢。	光蕊叩头拜谢毕。
				龙王设宴相待不题。	龙王设宴相待不题。	龙王设宴相待不题。	龙王分付龙婆相待。

（续表）

两仪堂本	上图本	西泰山本	怀新楼本	证道本	陈士斌本	新说本	朱本
							话分两头，又听下回分解。莫道善人无善报，善人各有善根源。王孙公子谁人做，尽是前生种福田。
却说殷小姐痛恨刘贼，	却说殷小姐痛恨刘贼，	却说殷小姐痛恨刘贼，	却说殷小姐痛恨刘贼，	却说殷小姐痛恨刘贼，	却说殷小姐痛恨刘贼，	却说殷小姐痛恨刘贼，	却说殷小姐，盖因情不得已，而强从刘洪为妻。
情愿一死，	情愿一死，	情愿一死，	情愿一死，				
				不食肉寝皮。	恨不食肉寝皮。	恨不食肉寝皮。	恨不得食其肉而报夫之仇。
只因身怀有孕，未知男女。	只因身怀有孕，未知男女。	只因身怀有孕，未知男女。	只因身怀有孕，未知男女。	只因身怀有孕，未知男女。	只因身怀有孕，未知男女。	只因身怀有孕，未知男女。	况且身怀有孕，将及弥月，是男是女，朝夕思忆，只忧陈光蕊的冤仇不能报也。
不得已	不得已	不得已	不得已	万不得已	万不得已	万不得已	
权且相从。	权且相从。	权且相从。	权且相从。	权且勉强相从。	权且勉强相从。	权且勉强相从。	权且同他上任，
				再作区处。			又作区处。

（续表）

两仪堂本	上图本	西泰山本	怀新楼本	证道本	陈士斌本	新说本	朱本
及到江州,所属官员并	及到江州,所属官员并	及到江州,所属官员	及到江州,所属官员并	转盼之间,不觉	转盼之间,不觉	转盼之间,不觉	那殷小姐就与刘洪上任,不觉
				已到江州。	已到江州。	已到江州。	已到江州。
吏书门皂,	吏书门皂,	吏书门皂,	吏书门皂,	吏书门皂,	吏书门皂,	吏书门皂,	吏书门皂,
俱来迎接。刘洪居然到任,不以为疑。	俱来迎接。刘洪居然到任,不以为疑。	俱来迎接。刘洪居然到任,不以为疑。	俱来迎接。刘洪居然到任,不以为疑。	俱来迎接。所属官员设宴相叙,刘洪道:"学生到此,全赖诸公大力匡持"堂尊答道:"堂尊至此,视民如子,讼简刑清,我等何必如此过谦?"公宴已罢,人各散。	俱来迎接。所属官员,公堂设宴,刘洪道:"学生到此,全赖诸公大力匡持。"堂尊道:"堂尊大粗我才,自然视民刑清,讼简何处过,合属有赖,何必过谦,众公宴已罢,人各散。	俱来迎接。所属官员,公堂设宴,刘洪道:"学生到此,全赖诸公大力匡持。"堂尊高道:"堂尊大粗我才,自然视民刑清,讼简何处过谦,合属有赖,何必过谦,众公宴已罢,人各散。	俱来迎接。所属官员,各官蒲饮一旬。刘洪曰:"学生到此,全赖诸公大力匡持"堂尊答曰:"堂尊至此,视民如子,讼简刑清,我等则有光"语长难尽,众人各散。
	光阴迅速。	光阴迅速。		光阴迅速。	光阴迅速。	光阴迅速。	殷小姐在任,光阴易过,倏忽如梭。
一日,刘洪公事远出,小姐在衙思念丈夫。	一日,刘洪公事远出,小姐在衙思念丈夫。	一日,刘洪因公事远出,小姐在衙念念丈夫。		一日,刘洪公事远出,小姐在衙思念丈夫。	一日,刘洪公事远出,小姐在衙思念丈夫。	一日,刘洪公事远出,小姐在衙思念丈夫。	一日,刘洪公事出,小姐在衙思念前夫。

（续表）

两仪堂本	上图本	西泰山本	怀新楼本	证道本	陈士斌本	新说本	朱本
				正在花亭上感叹。	在花亭上感叹。	在花亭上感叹。	在花亭上玩赏。
忽然身体困倦,腹内疼痛,晕闷在地,不觉生了一子。	忽然身体困倦,腹内疼痛,晕闷在地,不觉生下一子。	忽然身体困倦,腹内疼痛,晕闷在地,不觉生下一子。	忽然身体困倦,腹内疼痛,晕闷在地,不觉生下一子。	忽然身体困倦,腹内疼痛,晕闷在地,不觉生下一子。	忽然身体困倦,腹内疼痛,晕闷在地,不觉生下一子。	忽然身体困倦,腹内疼痛,晕闷在地,不觉生下一子。	忽然之间,身体困倦,腹内疼痛,晕闷在地,不觉生下一子。
耳边听得有人言曰:	耳边听得有人言曰:	耳边听得有人言曰:	耳边听得有人言曰:	耳边听得有人嘱曰:	耳边有人嘱曰:	耳边有人嘱曰:	大白金星嘱曰:
"温娇、	"温娇、	"满堂娇、	"温娇、	"满堂娇、	"满堂娇、	"满堂娇、	"满堂娇、满堂娇,
听吾叮嘱。	听吾叮嘱。	听吾叮嘱。	听吾叮嘱。	听吾叮嘱。	听吾叮嘱。	听吾叮嘱。	听我叮嘱
吾乃南极星君,	吾乃南极星君,	吾乃南极星君,	吾乃南极星君,	吾乃南极星君,	吾乃南极星君,	吾乃南极星君,	
				奉观世音菩萨法旨,	奉观世音菩萨法旨,	奉观世音菩萨法旨,	吾奉玉帝金旨,
特送此子与你。异日声名远大,	特送此子与你。异日声名远大,	特送此子与你。异日声名远大,	特送此子与你。异日声名远大,	特送此子与你。异日声名远大,	特送此子与你。异日声名远大,	特送此子与你。异日声名远大,	特送此子与来。你异日声名远大,
非比等闲。	非比等闲。	非比等闲。	非比等闲。	非比等闲。	非比等闲。	非比等闲。	非比等闲。
刘洪若回,必害此子。汝可用心保护。汝夫已得龙王相救,日后夫妻相会,子母团圆。	刘洪若回,必害此子。汝可用心保护。汝夫已得龙王相救,日后夫妻相会,子母团圆。	刘洪若回,必害此子。汝可用心保护。汝夫已得龙王相救,日后夫妻相会,子母团圆。	刘洪若回,必害此子。汝可用心保护。汝夫已得龙王相救,日后夫妻相会,子母团圆。	刘贼若回,必害此子。汝可用心保护。汝夫已得龙王相救,日后夫妻相会,子母团圆。	刘贼若回,必害此子。汝可用心保护。汝夫已得龙王相救,日后夫妻相会,子母团圆。	刘贼若回,必害此子。汝可用心保护。汝夫已得龙王相救,日后夫妻相会,子母团圆。	刘贼若回,必害此子。汝可用心保护。汝夫已得龙王相救,见为水夫妻判官,日后夫妻相会,子母团圆

（续表）

两仪堂本	上图本	西泰山本	怀新楼本	证道本	陈士斌本	新说本	朱本
报仇有日。"	报冤有日。"	报仇有日。"	报冤有日。"	取冤报仇，定有日也。	雪冤报仇有日也。	雪冤报仇有日也。	取冤报仇，定有日也。
				谨记吾言，快醒快醒！"	谨记吾言，快醒快醒！"	谨记吾言，快醒快醒！"	速将此子远避，吾神已退，汝可速醒。快记。快苏醒！"
言讫而去。	言讫而去。	言讫而去。	言讫而去。	言讫而去。	言讫而去。	言讫而去。	言要而去。
							那小姐晕闷在地，已领神人嘱语，将子抱起。
小姐醒来，句句记得，将此子抱定，无计可施。忽然刘洪回来，一见此子，便要淹杀。	小姐醒来，句句记得，将子抱定，无计可施。忽然刘洪回来，一见此子，便要淹杀。	小姐醒来，句句记得，将子抱定，无计可施。忽然刘洪回来，一见此子，便要淹杀。	小姐醒来，句句记得，将子抱定，无计可施。忽然刘洪回来，一见此子，便要淹杀。	小姐醒来，句句记得，将子抱定，无计可施。忽然刘洪回来，一见此子，便要淹杀。	小姐醒来，句句记得，将子抱定，无计可施。忽然刘洪回来，一见此子，便要淹杀。	小姐醒来，句句记得，将子抱定，无计可施。忽然刘洪回来，一见此子，便要淹杀。	悠门外有一僧人，念经求食，小姐看他言语凿凿，非是等闲之人。小姐道："汝为何入？幸得私衙求讨？幸遇相公不在衙内，倘相公这里，你这和尚性命必难保矣。"那和尚答道："贫僧乃是金山寺一个住持僧，我已

（续表）

两仪堂本	西秦山本	怀新楼本	证道本	陈士斌本	新说本	朱本
						知过去未来，你皆在我掌握之中。我已知你这化缘，洪远出。他立心不良，谋为不轨，他将你大夫的名色，假你江州为官。且喜你产下一子，汝夫之仇凡在言平？"殷小姐曰："我虽晚必定下一子，他若，此子死无与这回来，叫冤枉。安能寻我谁人？"那和尚答曰："小姐但领去，待我长大？"那和尚答曰："此子贫僧领去，待汝抚养长大之时，教他养长大汝。"

（续表）

两仪堂本	上图本	西泰山本	怀新楼本	证道本	陈士斌本	新说本	朱本
小姐再三哀求道:	小姐再三哀求道:	小姐道:	小姐再三哀求道:	小姐再三哀求:	小姐道:	小姐道:	
"今日天晚,待明日抛去江中。"	"今日天晚,待明日抛去江中。"	"今日天晚,容明日抛去江中。"	"今日天晚,待明日抛去江中。"	"今日天色已晚,容待明日抛去江中。"	"今日天色已晚,容待明日抛去江中。"	"今日天色已晚,容待明日抛去江中。"	
幸喜次早,刘洪又有公事远出。	幸喜次早,刘洪又有公事远出。	幸喜次早,刘洪又有公事远出。	幸喜次早,刘洪又有公事远出。	幸喜次早,刘洪有公事远出。	幸喜次早,刘洪怨有紧急公事远出。	幸喜次早,刘洪怨有紧急公事远出。	
小姐将此子乳哺了,	小姐将此子乳哺了,		小姐将此子乳哺了,	小姐且将此子在身边,乳哺已及一月,			
自思:	自思:	小姐暗思:	自思:	小姐自思:	小姐暗思:	小姐暗思:	
"此贱回来,此子性命休矣!不如早抛弃江中,	"此贱回来,此子性命休矣!不如早抛弃江中,	"此子若待贱人回来,性命休矣!不如及早抛弃江中,	"此贱回来,此子性命休矣!不如及早抛弃江中,	"此番贱人回来,此子性命休矣!不如及早抛弃江中,	"此子若待贱人回来,性命休矣!不如及早抛弃江中,	"此子若待贱人回来,性命休矣!不如及早抛弃江中,	
				听其生死。	听其生死。	听其生死。	
倘或皇天见怜,有人收养此子,他日相逢。	倘或皇天见怜,有人收养此子,他日相逢。	倘或皇天见怜,有人收养此子,他日相逢。	倘或皇天见怜,有人收养此子,他日相逢。	倘或皇天见怜,有人收养此子,他日相逢。	倘或皇天见怜,有人数得收养此子,他日还得相逢。"	倘或皇天见怜,有人数得收养此子,他日还得相逢。"	
何以认识?"	何以认识?"	何以识认?"	何以识认?"	何以识认?"	但恐难以相认,	但恐难以相认,	
遂咬破手指,写下血书一纸,将父母姓名、缘由备细开载。	遂咬破手指,写下血书一纸,将父母姓名、缘由备细开载。	遂咬破手指,写下血书一纸,将父母姓名、缘由备细开载。	遂咬破手指,写下血书一纸,将父母姓名、缘由备细开载。	于是咬破手指,写下血书一纸,将父母姓名、缘由备细开载。	即咬破手指,写下血书一纸,将父母姓名、缘由备细开载。	即咬破手指,写下血书一纸,将父母姓名、缘由备细开载。	小姐就写血书一纸,书内将父母氏,跟脚缘由,细载在书上。

296

（续表）

两仪堂本	上图本	西泰山本	怀新楼本	证道本	陈士斌本	新说本	朱本
又将此子左脚上小指，	又将此子左脚上小指，	将此子左脚小指.	又将此子左脚上小指，	又将此子左脚上一个小指，	又将此子左脚上一个小指，	又将此子左脚上一个小指，	小姐勉强就将此子付与和尚，珠泪双湮，大哭于地。那和尚得了此子，领了血书，出了私衙，化一道清风而去。
							原来这和尚是谁？乃是上界南极星君，观音娘娘的法旨教来辅佐，不可损害。仍着南极星君变做和尚，将子往金山寺与那长老抚养，好生教育。话分两头，又听下回分解。 佳人无语蹙眉头，身怀遗腹为夫愁。若要报怨须待子，天教骨肉再重圆。

（续表）

两仪堂本	上图本	西泰山本	怀新楼本	证道本	陈士斌本	新说本	未本
用口咬下，以为记念；取贴身汗衫一件，包裹此子。	用口咬下，以为记念；取贴身汗衫一件，包裹此子。	用口咬下，以为记念；取贴身汗衫一件，包裹此子。	用口咬下，以为记念；取贴身汗衫一件，包裹此子。	用口咬下，以为记念；取贴身汗衫一件，包裹此子。	用口咬下，以为记念；取贴身汗衫一件，包裹此子。	用口咬下，以为记念；取贴身汗衫一件，包裹此子。	
					乘空	乘空	
抱出衙门。	抱出衙门。	抱出衙门。	抱出衙门。	抱出衙门。	抱出衙门。	抱出衙门。	
幸喜	幸喜	幸喜	幸喜	幸喜	幸喜	幸喜	
离江不远。	离江不远。	离江不远。	离江不远。	官衙离江不远。	官衙离江不远。	官衙离江不远。	
小姐到了江边，大哭一场。	小姐到了江边，大哭一场。	小姐到了江边，大哭一场。	小姐到了江边，大哭一场。	小姐到了江边，大哭一场。	小姐到了江边，大哭一场。	小姐到了江边，大哭一场。	
正欲将此子抛弃，	正欲将此子抛弃，	正欲将此子抛弃，	正欲将此子抛弃，	正欲将此子抛弃，	正欲将此子抛弃，	正欲将此子抛弃，	
忽见江岸飘起一片木板，	忽见江岸飘起一片木板，	忽见江岸侧浮来一片木板，	忽见江岸飘起一片木板，	忽见江岸侧飘起一片木板，	忽见江岸侧飘起一片木板，	忽见江岸侧飘起一片木板，	
小姐大喜，	小姐大喜，	小姐大喜，	小姐大喜，	小姐大喜，	小姐	小姐	
莫非天意要救此子。	莫非天意要救此子。		莫非天意要救此子。	莫非天意要救此子。			
即将此子安在板上，用带缚住，血书系在胸前，推放江中，任其所之。	即将此子安在板上，用带缚住，血书系在胸前，推放江中，任其所之。	朝天拜拜罢，将此子安在板上，用带缚住，血书系在胸前，推放江中，任其所之。	即将此子安在板上，用带缚住，血书系在胸前，推放江中，任其所之。	即朝天拜拜，将此子安在板上，用带缚住，血书系在胸前，推放江中，听其所之。	即朝天拜拜，将此子安在板上，用带缚住，血书系在胸前，推放江中，听其所之。	即朝天拜拜，将此子安在板上，用带缚住，血书系在胸前，推放江中，听其所之。	

（续表）

丙仪堂本	上图本	西泰山本	怀新楼本	证道本	陈士斌本	新说本	朱本
				小姐	小姐	小姐	
大哭回衙。	大哭回衙。	大哭回衙。	大哭回衙	仍大哭回衙不题。	含泪回衙不题。	含泪回衙不题。	
此子在木板上，	此子在木板上，	此子在木板上，	此子在木板上，	却说此子在木板上，	却说此子在木板上，	却说此子在木板上，	
顺水流去。	顺水流去。	顺水流去。	顺水流去。	顺水流去。	顺水流去。	顺水流去。	
直流到金山寺停住。	直流到金山寺停住。	直流到金山寺停住。	直流到金山寺停住。	一直流到金山寺	一直流到金山寺	一直流到金山寺	
				脚下停住。	脚下停住。	脚下停住。	
那金山寺长老叫明和尚，修真悟道。	那金山寺长老叫明和尚，修真悟道。	那金山寺长老叫明和尚，就法明和尚，修真悟道。	那金山寺长老叫明和尚，做法明和尚，修真悟道。	那金山寺长老老叫做法明和尚，修真悟道。	那金山寺长老老叫做法明和尚，修真悟道。	那金山寺长老老叫做法明和尚，修真悟道。	却说那金山寺老叫做法明和尚，修真悟道。
				已得无生妙诀。	已得无生妙诀。	已得无生妙诀。	已得无生之寿诀。
当日打坐参禅，忽闻小儿啼哭之声，	当日打坐参禅，忽闻小儿啼哭之声，	当日打坐参禅，忽闻小儿啼哭之声，	当日打坐参禅，忽闻小儿啼哭之声，	当日打坐参禅，忽闻小儿啼哭之声。	正当打坐参禅，忽闻小儿啼哭之声。	正当打坐参禅，忽闻小儿啼哭之声。	
							向领南极星君钧旨，玉帝金旨，观音娘娘法旨，着贫僧好生抚养。

（续表）

两仪堂本	上图本	西泰山本	怀新楼本	证道本	陈士斌本	新说本	朱本
				一时心动，	一时心动，	一时心动，	
急走到江边观看，见其木板上，睡着一个婴儿，	急走到江边，观见，睡着一个婴儿，	急走到江边观看，见一片木板上，睡着一个婴儿，	急走到江边观看，睡着	急走到江边，只见一片木板上，睡着	急走到江边观看，只见一片木板上，睡着一个婴儿，	急走到江边观看，见漩边一片木板上，睡着一个婴儿，	
				长老道："善哉！是何人家故，不知出家所弃，慈悲为本，救人一命胜造浮屠。"			
长老即将此子取起。	长老即将此子教起。	长老急忙救起。	长老即将此子取起。	即将此子取起。	长老慌忙救起。	长老慌忙救起。	
见了怀中血书，方知来历。	见了怀中血书，方知来历。	见了怀中血书，方知来历。	见了怀中血书，方知来历。	见了怀中血书，方知来历。	见了怀中血书，方知来历。	见了怀中血书，方知来历。	
将此子取个乳名，	将此子取个乳名，	取个乳名，	将此子取个乳名，	将此子取个乳名，	取个乳名，	取个乳名，	
叫做江流，托人抚养。血书紧紧收藏。	叫做江流，托人抚养。血书紧紧收藏。	叫做江流，托人抚养。血书紧紧收藏。	叫做江流，托人抚养。血书紧紧收藏。	叫做江流，托人抚养。血书紧紧收藏。	叫做江流，托人抚养。血书紧紧收藏。	叫做江流，托人抚养。血书紧紧收藏。	
光阴似箭，日月如梭，	光阴似箭，日月如梭，	光阴似箭，日月如梭，	光阴似箭，日月如梭，	光阴似箭，日月如梭，	光阴似箭，日月如梭，	光阴似箭，日月如梭，	不觉光阴似箭，日月如梭，日
不觉此子	不觉此子	不觉江流	不觉此子	不觉其子	不觉江流	不觉江流	其子

（续表）

两仪堂本	上图本	西泰山本	怀新楼本	证道本	陈士斌本	新说本	朱本
十八岁。	一十八岁。	年长一十八岁。	一十八岁。	年长一十八岁。	年长一十八岁。	年长一十八岁。	年长一十八岁。
长老叫他削发修行,取法名为位装。	长老就叫他削发修行,取法名为位装。	长老就叫他削发修行,取法名为位装。	长老就叫他削发修行,取法名为位装。	长老就叫他削发修行,取法名为位装。	长老就叫他削发修行,取法名为位装。	长老就叫他削发修行,取法名为位装。	那长老就与他取个耳名,叫做"江流"。后因削发修行,又取法名,名三藏。
				摩顶受戒,坚心修道。	摩顶受戒,坚心修道。	摩顶受戒,坚心修道。	摩顶受戒,立志出家,坚心修道。
一日。	一日。	一日。	一日。	一日,暮春天气。	一日,暮春天气。	一日,暮春天气。	正值暮春之际,暑气逼人。
众僧谈说奥妙。	众僧谈说奥妙。	众僧谈说奥妙。	众僧谈说奥妙。	众人同在松阴之下,讲经参禅,谈说奥妙。	众人同在松阴之下讲经参禅,谈说奥妙。	众人同在松阴之下讲经参禅,谈说奥妙。	众人就在松阴下,打坐片时,讲经论法,运气参禅,谈说其奥妙,泄出玄机。
				那酒肉和尚	那酒肉和尚	那酒肉和尚	那酒肉和尚
被依装难倒。	被依装难倒。	恰被依装难倒。	被依装难倒。	却被依装难倒。	恰被依装难倒。	恰被依装难倒。	恰被三藏难倒。
和尚大怒,就骂道:	一僧大怒道:	一僧大怒道:	一僧大怒道:	一僧大怒道:	和尚大怒骂道:	和尚大怒道:	和尚大怒骂道:

301

（续表）

两仪堂本	上图本	西泰山本	怀新楼本	证道本	陈士斌本	新说本	朱本
"没爷娘的杂种，我是个前辈，如何不晓？	"没爷娘的杂种，我是个前辈，如何不晓？	"你这没爷娘的杂种，我是个前辈，何事不晓？	"汝没没爷娘的杂种，我是个前辈，何事不晓？	"没爷娘的杂种，我是个前辈，吃盐多似饭，何事不晓？			"没爷娘的杂种，常言道：我是个前辈，吃盐多似饭，何为不晓。
你这业畜，父母姓名也不知。	你这业畜，父母姓名也不知。	你连父母的姓名也不知。	你这业畜，父母姓名也不知。	你这业畜，姓名也不知，父母也不识。	你这业畜，姓名也不知，父母也不识。	你这业畜，姓名也不知，父母也不识。	你姓也不知，天地也不识，已可为人在世！
还在此捣什么鬼？佥装被他写这般言语。	还在此捣什么鬼？佥装被他写这般言语。	还在此捣甚么鬼？佥装被他写出这般言语。	还在此捣什么鬼？佥装被他写这般言语。	还在此捣什么鬼？佥装被他写出这般言语。	还在此捣什么鬼？佥装被他写出这般言语。	还在此捣什么鬼？佥装被他写出这般言语。	三藏教他说出些始末根由。
即来见。	即来见。	遂来见。	即来见。	入寺跪告。	入寺跪告。	入寺跪告。	回入寺里。
师父。	师父。	师父。	师父。	师父。	师父。	师父。	去见师父。
跪下流泪道："人生在世皆有父母，未知愚徒弟的父母是何人？	跪下流泪道："人生在世皆有父母，未知愚徒弟的父母是何人？	跪下流泪道："人生在世皆有父母，但不知弟的父母是何人？	跪下流泪道："人生在世皆有父母，未知徒弟的父母是何人？	眼泪双流道："人生于天地之间，禀阴阳而资五行，尽由父母养，岂有无父无母，而人在世？再三表告者，岂无父母者乎？"	眼泪双流道："人生于天地之间，禀阴阳而资五行，尽由父母养，岂有无父无母，而人在世？再三表告者，岂无父母者乎？"	眼泪双流道："人生于天地之间，禀阴阳而资五行，尽由父母养，岂有无父无母，而人在世？再三表告者，岂无父母者乎？"	双膝跪下，眼泪哀告曰："人生于天地之间，禀阴阳而资五行，尽由父母养，盖由无父母者，岂由人在世乎？"

（续表）

两仪堂本	上图本	西泰山本	怀新楼本	证道本	陈士斌本	新说本	朱本
愿闻姓名。"	愿闻姓名。"	愿闻名姓。"	愿闻姓名。"	求问父母姓名。	求问父母姓名。	求问父母姓名。	再三袁告，求问父母姓名。
长老道："你真要寻父母，可随我到方丈里来。"	长老道："你真要寻父母，可随我到方丈里来。"	长老道："你真要寻父母，可跟我到方丈里来。"	长老道："你真要寻父母，可随我到方丈里来。"	长老道："你真要寻父母，可随我到方丈里来。"	长老道："你真要寻父母，可随我到方丈里来。"	长老道："你真要寻父母，可随我到方丈里来。"	长老答曰："汝要寻父母，可随我到里面，我说与汝名姓。"
二人夹到方丈。	二人就到方丈。	二人进了方丈。	二人夹到方丈。	侬装就跟着师父，直到方丈。	侬装就跟到方丈。	侬装就跟到方丈。	那三藏就跟着行去，直到方丈。三藏仍然跪下，苦苦哀告。
长老在栋梁之上，取下一个小匣子，打开来取出血书一纸，汗衫一件，付与侬装。	长老在栋梁之上，取下一个小匣子，打开来取出血书一纸，汗衫一件，付与侬装。	长老到重梁之上，打取下一个小匣儿，打开取出血书一纸，汗衫一件，付与侬装。	长老在重梁之上，取下一个小匣儿，打开来取出血书一纸，汗衫一件，付侬装。	长老到重梁之上，取下一个小匣儿，打开来取出血书一纸，汗衫一件，付与侬装。	长老到重梁之上，取下一个小匣儿，打开来取出血书一纸，汗衫一件，付与侬装。	长老到重梁之上，取下一个小匣儿，打开来取出血书一纸，汗衫一件，付与侬装。	那法明长老见个本人，不觉重重喜喜，就指重梁之上，取下一个小匣儿，打开来，取出血书儿一纸，汗衫儿一件。那长老当明三藏跟前，
侬装将血书开，	侬装将血书开，	侬装将血书开看，	侬装将血书拆开看，	侬装将血书拆开，	侬装将血书拆开，	侬装将血书拆开，	将血书拆开。
				读之，	读之，	读之，	读曰：

（续表）

两仪堂本	上图本	西泰山本	怀新楼本	证道本	陈士斌本	新说本	朱本
才晓得父母姓名，并冤仇事迹。	才晓得父母姓名，并冤仇事迹。	才晓得父母姓名，并冤仇事迹。	才晓得父母姓名，并冤仇事迹。	才备细晓得父母姓名，并冤仇事迹。	才备细晓得父母姓名，并冤仇事迹。	才备细晓得父母姓名，并冤仇事迹。	温娇写刺血书，付与法明来我儿。父母殷勤开元蕊，丞相殷开山是外公。升父江州为州主。与母登途起任居。婆婆张氏身沾病，万花店内寄婆身。双双行至洪江口。稍水刘洪接夫身，夫妇登船平稳过，谁知立起不良心。撑至孤村没栖处，身怀遗腹难从允。幸产我儿踢法明。强从刘贼还法明，孤托金山寻他去。长大教他来寻母，血书为证莫埋沉。
倚装看罢，	倚装看罢，	倚装看罢，	倚装看罢，	倚装读罢，	倚装读罢，	倚装读罢，	那三藏将血书读罢。
				不觉。	不觉。	不觉。	

（续表）

两仪堂本	上图本	西泰山本	怀新楼本	证道本	陈士斌本	新说本	未本
哭倒在地道："父母之仇，不能报，何以为人？	哭倒在地道："父母之仇，不能报，何以为人？	哭倒在地道："父母之仇，不能报，何以为人？	哭倒在地道："父母之仇，不能报，复，何以为人？	哭倒在地道："父母之仇，不能报，复，何以为人？	哭倒在地道："父母之仇，不能报，复，何以为人？	哭倒在地道："父母之仇，不能报，复，何以为人？	大哭于地："父母之仇，不能报复，岂可做世人也？
				十八年来。	十八年来。	十八年来。	十八年来。
				不识生身父母，至今日方知有母来。	不识生身父母，至今日方知有母来。	不识生身父母，至今日方知有母来。	不识生身父母，至今日方能寻母来。
此身若非师父抚养，安有今日？	此身若非师父抚养，安有今日？	此身若非师父抚养，安有今日？	此身若非师父养，安有今日？	此身若非师父抚养成人，亦安得有今日？	此身若非师父教抚养，有今日？	此身若非师父教抚养，有今日？	此身若非师父，育我成人，此恩何能酬报。
待弟子去寻母见母，然后头顶香盆，重建殿宇，报答师父深恩！"师父道："你要去寻母，可带这血书与母，只做化缘，径住江州私衙，才得与母来相见。	待弟子去寻母见母，然后头顶香盆，重建殿宇，报答师父深恩！"师父道："你要去寻母，可带这血书与母，只做化缘，径住江州私衙，才得与母来相见。	答弟子去寻母见母，然后头顶香盆，重建殿宇，报答师父深恩！"师父道："你要去寻母，可带这血书与母，只做化缘，径住江州私衙，才得与母来相见。	待弟子去寻母，然后头顶香盆，重建殿宇，报答师父深恩！"师父道："可带这血书与母，只做化缘，径住江州私衙，才得母来相见。	待弟子去寻母见母，然后头顶香盆，重建殿宇，报答师父深恩！"师父道："你要去寻母，可带这血书与母，只做化缘，径住江州私衙，才得与母来相见。	答弟子去寻母见母，然后头顶香盆，重建殿宇，报答师父深恩！"师父道："你要去寻母，可带这血书与母，只做化缘，径住江州私衙，才得与你母来相见。	答弟子去寻母见母，然后头顶香盆，重建殿宇，报答师父之深恩！"师父道："你要去寻母，可带这血书与母，只做化缘，径住江州私衙，才得与你母来相见。	待弟子去寻母见母，然后建殿宇，报抚育之恩！"父曰："你去寻母，要血书与母前去，只做化缘，经住至江衙，入私衙，才得你母来相见。
依装领了师父言语	依装领了师父言语	依装领了师父言语	依装领了师父言语	依装领了师父言语。	依装领了师父言语。	依装领了师父言语。	三藏领了师父言语。

305

（续表）

两仪堂本	上图本	西泰山本	怀新楼本	证道本	陈士斌本	新说本	朱本
				就装做化缘的和尚，	就做化缘的和尚，	就做化缘的和尚，	就装做化缘的和尚。
径至江州。适值刘洪有事出化，	径至江州。适值刘洪有事出化，	径至江州。适值刘洪有事出化，	径至江州。适值刘洪有事出外，	径至江州。适值刘洪有事出化。	径至江州。适值刘洪有事出外，	径至江州。适值刘洪有事出外，	径入江州抄化，不料刘洪有事出，未曾在衙。
				也是天教他母子相会。	也是天叫他母子相会。	也是天教他母子相会。	也是天教他母子相会。
径装直至私衙门口抄化。	径装直至私衙门口抄化。	径装遂至私衙门口抄化。	径装直至私衙门口抄化。	径装直至私衙门口抄化。	径装就直至私衙门口抄化。	径装就直至私衙门口抄化。	三藏就在衙门前打听得刘洪出去，径直持钵化，直入私衙门去了。
那殷小姐	那殷小姐	那殷小姐	那殷小姐	那殷小姐	那殷小姐	那殷小姐	有妳妳小姐
正在衙内思想，夜来一梦，梦见月缺再圆。	正在衙内思想，夜来一梦，梦见月缺再圆。	正在衙内思想，夜间之梦，梦见月缺再圆。	正在衙内思想，夜来一梦，梦见月缺再圆。	正在衙内思想，夜来得了一梦，梦见月缺再圆。	原来夜间得了一梦，梦见月缺再圆。	原来夜间得了一梦，梦见月缺再圆。	正在衙内，适思想再圆。
		暗想道：		小姐自思："我夫又被这贼谋杀。	暗想道："我婆婆不知音信，被这贼谋杀。	暗想道："我婆婆不知音信，我丈夫被这贼谋杀。	小姐自思曰："我夫又被这贼谋杀。

（续表）

两仪堂本	上图本	西泰山本	怀新楼本	证道本	陈士斌本	新说本	未本
"我儿子若有人收养，	"我儿子若有人收养，	"我的儿子倘若有人收养。	"我儿子若有人收养。	我的儿子抛在江中，若有人收养。	我的儿子抛在江中，倘若有人收养。	我的儿子抛在江中，倘若有人收养。	且我的儿子托孤于金山寺法明长老抚养，我将屈指数来。
今已十八岁了，或者今日相会，亦未可知。"	今已十八岁了，或者今日相会，亦未可知。"	今已十八岁了，或者今日相会，亦未可知。"	今已十八岁了，或者今日相会，亦未可知。"	屈指算来，今已八年矣，或今日天教相会，亦未可知。	算来有十八岁矣，或今日天教相会，亦未可知。"	算来有十八岁矣，或今日天教相会，亦未可知。"	则有十八年矣，莫不是天交相得，亦未见得。况且这两日眼跳心凉，不知有何吉兆。"
		正沉吟间，		正沉吟间，	正沉吟间，	正沉吟间，	
忽听得私衙前有人念经，"抄化"，	听得私衙前有人念经，"抄化"，	忽听得私衙前有人念经，"抄化"，	忽听得私衙前有人念经，"抄化"，	忽听得私衙前有人连叫"念经，抄化"。	忽听私衙前有人念经，连叫"抄化"。	忽听私衙前有人念经，连叫"抄化"。	听见衙门前有人念经，声声叫"抄化"。
							三藏云："上至千千贯，下至一文钱，若人肯施舍，布福定无边。"小和尚行到楼边，又叫一声，且无人应。渐次行进，大叫一声。
小姐	小姐	小姐乘便	小姐	小姐便	小姐又乘便	小姐又乘便	只见那股小姐

307

（续表）

两仪堂本	上图本	西泰山本	怀新楼本	证道本	陈士斌本	新说本	朱本
出来问道:"你是何处来的?"道:"贫僧是金山寺明长老的徒弟。"	出来问道:"你是何处来的?"道:"贫僧是金山寺明长老的徒弟。"	出来问道:"你是何方来的?"道:"贫僧是金山寺明长老的徒弟。"	出来问道:"你是何处来的?"道:"贫僧是金山寺明长老的徒弟。"	出来问道:"你是何处来的?"答道:"贫僧乃是金山寺法明长老的徒弟。"	出来问道:"你是何处来的?"答道:"贫僧乃是金山寺法明长老的徒弟。"	出来问道:"你是何处来的?"答道:"贫僧乃是金山寺法明长老的徒弟。"	出来问曰:"你这和尚,是何处来?"三藏答曰:"贫僧乃是金山寺法明长老的徒弟。"
小姐道:"既是金山寺来的,"	小姐道:"既是金山寺来的,"	小姐道:"既是金山寺来的,"	小姐道:"既是金山寺来的,"	小姐道:"你既是金山寺长老的徒弟。"	小姐道:"你既是金山寺长老的徒弟。"	小姐道:"你既是金山寺长老的徒弟。"	小姐答曰:"汝既是金山寺的长老的徒弟。"
且请坐下。"	且请坐下。"	且请坐下。"	且请坐下。"	且请坐下。"	叫进衙门来。	叫进衙门来。	你在那里原作座下。
便将斋饭与僧仔细吃。小姐看他言谈举止,好似我丈夫一般。	便将斋饭与僧仔细吃。小姐看他言谈举止,好似我丈夫一般。	便将斋饭与僧吃。小姐仔细看他言谈举止,好似我丈夫一般。	便将斋饭与僧吃。小姐仔细看他言谈举止,好似我丈夫一般。	便将斋饭与僧吃。仔细看他言谈举止,好似我丈夫一般。	将斋饭与僧仔细看他言谈举止,好似我丈夫一般。	将斋饭与僧仔细看他言谈举止,好似丈夫一般。	小姐就将斋饭与僧人吃。他言谈止举止,好似一般光蕊,行藏。
顾四壁无人,乃问道:	顾四壁无人,乃问道:	小姐诸将从婢赶开,乃问道:	顾四壁无人,乃问道:	小姐见四壁无人,私自问道:	小姐将从婢打发开去问道:	小姐将从婢打发开去问道:	三藏见小姐见四壁无人,私自问曰:
"师父,	"师父,	"师父,	"师父,	"你这小和尚,还是自幼出家,还是中年出家?	"你这小师父,是自幼出家的,是中年出家的?	"你这小和尚,还是自幼出家,还是中年出家?	
你姓甚名谁?可有父母否?"	你姓甚名谁?有父母否?"	你姓甚名谁?有父母否?"	你姓甚名谁?有父母否?"	姓甚名谁?有父母出家?	姓甚名谁?可有父母出家?	姓甚名谁?可有父母出家?	姓甚是谁?父母如何将你出家?

（续表）

两仪堂本	上图本	西泰山本	怀新楼本	证道本	陈士斌本	新说本	未本
依奘道：	依奘道：	依奘道：	依奘道：	依奘答道："我也不是自幼出家，不是中年出家。	依奘答道："我也不是自幼出家，也不是中年出家。	依奘答道："我也不是自幼出家，我也不是中年出家。	那三藏答曰："我也不是自幼出家，也不是中年出家。我也有父母。"
							小姐曰："你这小和尚，说话好笑，又不是中年出家。你姓甚是谁？"
"说起我父母，冤仇甚大！	"说起我父母，冤仇甚大！	"说起我父母，冤仇甚大！	"说起我母，冤仇甚大！	我说起来冤有天来大，仇有海样深。	我说起来冤有天来大，仇有海样深。	我说起来冤有天来大，仇有海样深。	小和尚曰："我也冤有天来大，仇有海样深！
我父被人杀死，我母却被贼人占了。	我父被人杀死，我母却被贼人占了。	我父被人打死，我母却被贼人占了。	我父被人打死，我母却被贼人占了。	我父被人打死，我母却被贼人占了。	我父被人谋死，我母却被贼人占了。	我父被人谋死，我母却被贼人占了。	我父被人打死，我母却被贼人占了。
我师父	我师父	我师父	我师父	我师父法明长老。	我师父法明长老。	我师父法明长老。	我师父法明长老。
教我在江州衙内寻取母来。"小姐道："你姓甚？"依奘道："我母姓殷，名唤温娇，我父姓陈，名光蕊。	教我在江州衙内寻取母来。"小姐道："你姓甚？"依奘道："你母姓殷，名唤温娇，我父姓陈，姓名光蕊。	叫我在江州衙内寻取母来。"小姐道："你姓甚？"依奘道："我母姓殷，名唤温娇，我父姓陈，姓名光蕊。	我在江州衙内寻我母来。"小姐道："你姓甚？"依奘道："我母姓殷，名唤温娇，我父姓陈，名光蕊。	教我在江州衙内寻我母来。"问道："你姓甚？"依奘道："我母姓殷，名唤温娇，我父姓陈，名光蕊。	教我在江州衙内寻取母来。"小姐问道："你姓甚？"依奘道："我母姓殷，名唤温娇，我父姓陈，名光蕊。	教我在江州衙内寻取母来。"小姐问道："你姓甚？"依奘道："我母姓殷，名唤温娇，我父姓陈，名光蕊。	教我在江州衙内寻我母来。"小姐问曰："你姓甚？"三藏曰："我母姓殷，名唤温娇，我父姓陈，名光蕊。

（续表）

两仪堂本	上图本	西泰山本	怀新楼本	证道本	陈士斌本	新说本	朱本
我法名叫做玄奘。	我法名叫做玄奘。	我法名叫做玄奘。	我法名叫做玄奘。	我小名叫江流，法名取为玄奘。	我小名叫做江流，法名取为玄奘。	我小名叫江流，法名取为玄奘。	我名叫做陈江流，法名取做陈三藏。
小姐道："但你有何凭据？"	小姐道："但你有何凭据？"	小姐道："但你有何凭据？"	小姐道："但你有何凭据？"	小姐道："但你今有何凭据？"	小姐道："但你今有何凭据？"	小姐道："但你今有何凭据？"	小姐答曰："我们的身，法是我明师父，如何不同来？有何凭据。"事熟可疑。
玄奘听说是他母亲。	玄奘听说是他母亲。	玄奘听说是他母亲。	玄奘听说是他母亲。	玄奘听说是他母亲。	玄奘听说是他母亲。	玄奘听说是他母亲。	那三藏听说他。
跪下大哭：	跪下大哭：	跪下大哭：	跪下大哭。	双膝跪下，哀哀大哭：	双膝跪下，哀哀大哭：	双膝跪下，哀哀大哭：	双膝跪在地下，哀哀大哭。
"我娘若不信，见有血书汗衫为证！"温娇接过一看，果然是真，母子相抱而哭。	"我娘若不信，见有血书汗衫为证！"温娇接过一看，果然是真，母子相抱而哭。	"我娘若不信，见有血书汗衫为证！"温娇接过一看，果然是真，母子相抱而哭罢。	"我娘若不信，见有血书汗衫为证！"温娇接过一看，果然是真，母子相抱而哭。	"我娘若不信，见有血书汗衫为证！"温娇接过一看，果然是真，母子相抱而哭。	"我娘若不信，见有血书汗衫为证！"温娇接过一看，果然是真，母子相抱而哭。	"我娘若不信，见有血书汗衫为证！"温娇取出一看，果然是真，母子相抱而哭。	"老娘若不信，见有汗衫为证。"温娇取出一看，果是真也，子相抱而哭，就叫分舍。

（续表）

两仪堂本	上图本	西泰山本	怀新楼本	证道本	陈士斌本	新说本	朱本
				就叫我儿快去。倏装道："十八年不识生身父母，今朝才见母？你教孩儿如何割舍？"小姐道："我儿，你速抽身前去，他必害你性命。若回，只说先车鞋，未许舍寺中还愿。那时，我有话与你说。"倏装依言拜别。	就叫我儿快去。倏装道："十八年不识生身父母，今朝才见母？你教孩儿如何割舍？"小姐道："我儿，你速抽身前去，他必害你性命。若回，只说先车鞋，未许舍寺中还愿。那时，我有话与你说。"倏装依言拜别。	就叫我儿快去。倏装道："十八年不识生身父母，今朝才见母？你教孩儿如何割舍？"小姐道："我儿，你速抽身前去，他必害你性命。若回，只说先车鞋，未许舍寺中还愿。那时，我有话与你说。"倏装依言拜别。	三藏曰："十八年不识生身本，今朝才得见，教我母子恩情如何过活。"小姐曰："你快抽身前去！刘贼若回，他必害你。"我为娘的如此如此，何教得你？"三藏曰："不肯一朝别去，从此相见无相别。"曰："我儿，你说得极是。你明日假装一病，只说先车鞋，未许舍寺中还愿。那时，我有话与你说。"三藏依言拜别。
							又听下回分解。父母恩情似海深，殷勤孝养报双亲。戴天之恨如山积，不报冤仇枉做人。

311

(续表)

两仪堂本	上图本	西泰山本	怀新楼本	证道本	陈士斌本	新说本	朱本
				却说小姐自见儿子之后,心内一忧一喜。忽一日,推病,茶饭不吃,卧于床上。刘洪归衙,问其缘故。小姐道:"我幼时曾许下一愿,许舍僧鞋一百双。昨五日之前,梦见个和尚,手执利刃,要索僧鞋,便觉身子不快。"刘洪道:"这些小事,何不早说?"随升堂分付王左衙、李右衙,江州城内百姓,	却说小姐自见儿子之后,心内一忧一喜。忽一日,推病,茶饭不吃,卧于床上。刘洪归衙,问其缘故,小姐道:"我幼时曾许下一愿,许舍僧鞋一百双。昨五日之前,梦见个和尚,手执利刃,要索僧鞋,便觉身子不快。"刘洪道:"这些小事,何不早说?"随升堂分付王左衙、李右衙:江州城内百姓,	却说小姐自见儿子之后,心内一忧一喜。忽一日,推病,茶饭不吃,卧于床上。刘洪归衙,问其缘故,小姐道:"我幼时曾许下一愿,许舍僧鞋一百双。昨五日之前,梦见个和尚,手执利刃,要索僧鞋,便觉身子不快。"刘洪道:"这些小事,何不早说?"随升堂分付王左衙、李右衙:江州城内百姓,	却说小姐自见儿子之后,须则欢喜,心内有十二分烦恼。一日,推病茶饭不吃,卧于床上。刘洪归衙,见小姐卧病于床,茶饭不沾。刘洪问曰:"因何得病,如此沉重?"小姐答曰:"我自幼之时,曾许了一个口头愿,许舍僧鞋一百双。这五日前夜间,梦见个和尚,手执利刃,要索我僧鞋,取我前愿,醒来乃是一梦,便觉身子有些不快。"刘洪曰:"这些小事,何不早说?"直待身子不安,汝方说也。随即升堂,分付王左衙、李右衙:"江州城内百姓,

(续表)

两仪堂本	上图本	西泰山本	怀新楼本	证道本	陈士斌本	新说本	朱本
				每家要办僧鞋一双，暑袜一双，	每家要办僧鞋一双，	每家要办僧鞋一双，	每家俱要办僧鞋一双，暑袜一对，
				限五日内完纳。百姓俱依，限完纳讫。小姐对刘洪道：“既僧鞋做完，这里有什么寺院，好去还愿？”刘洪道：“这江州有个金山寺、焦山寺，听你在那个寺里去。”小姐道：“久闻金山寺好个寺院，我就往金山寺去。”刘洪即唤王李二衙办下船只。	限五日内完纳。百姓俱依，限完纳讫。小姐对刘洪道：“僧鞋做完，这里有甚么寺院好去还愿？”刘洪道：“这江州有个金山寺、焦山寺，听你在那个寺里去。”小姐道：“久闻金山寺好个寺院，我就往金山寺去。”刘洪即唤王李二衙办下船只。	限五日内完纳。百姓俱依，限完纳讫。小姐对刘洪道：“僧鞋做完，这里有甚么寺院好去还愿？”刘洪道：“这江州有个金山寺、焦山寺，听你在那个寺里去。”小姐道：“久闻金山寺好个寺院，我就往金山寺去。”刘洪即唤王李二衙办下船只。	限在五日内要完，如违期限，提来重究。”那王衙与李衙就往百姓人家催趱，不消三四日，百姓俱来完纳僧鞋、暑袜。那百姓并不敢误时刻。有殷小姐就问刘洪曰：“既僧鞋做完，这里有甚么寺院，好去还愿？”刘洪道：“这江下有个金山寺、焦山寺，由汝在那个寺里去施舍。”小姐道：“我久闻金山

（续表）

两仪堂本	上图本	酉泰山本	怀新楼本	证道本	陈士斌本	新说本	朱本
							寺好个寺院，我在金山寺去。"刘洪就听小姐的言语，即唤王、李左右二衙随即前去，速水夫人前往金山寺酬愿。王李官二衙领了本官的讨了还心愿。即在舟中了旨，就在岸下伺候。
				小姐带一个心腹人，同上了船，稍水将船撑开，就投金山寺去。	小姐带了心腹人，同上了船。稍水将船撑开，就投金山寺去。	小姐带了心腹人，同上了船。稍水将船撑开，就投金山寺去。	一个即辞刘洪，径至舟边。那小姐就引得力水手之人，同前去，拜了王、李二衙接了小姐上船。李稍水就划了王、李二衙，将船撑开，就投金山寺去。

（续表）

两仪堂本	上图本	西泰山本	怀薪楼本	证道本	陈士斌本	新说本	未本
				却说依装回寺，见法明长老。把前项说了一边，长老甚喜。次日，只见夫人来寺还愿。参了一个丫鬟先到，说夫人来寺还愿。众僧都出寺迎接。那小姐经进寺门，参了菩萨，大设斋。来叫唤丫鬟将僧鞋暑袜，托于盘内。小姐来到心香礼拜，就教拾法明长老分派与众僧去讫。法堂上并见众僧散了，他却跪前跪下。	却说依装回寺，见法明长老，把前项说了一遍，长老甚喜。次日，只见夫人先到，说一个丫鬟先到，人来寺还愿。众僧都出寺迎接。参了菩萨，大设斋。小姐唤丫鬟将僧鞋暑袜，托于盘内。来到心香礼拜，就教法明长老分派去讫。依装见众僧散了，上更无一人，他却近前跪下。	却说依装回寺，见法明长老。把前项说了一遍，长老甚喜。次日，只见先到，说一个丫鬟先到，人来寺还愿。众僧都出寺迎接。参了菩萨，大设斋。小姐唤丫鬟将僧鞋暑袜，托于盘内。来到心香礼拜，就教法明长老分派去讫。依装见众僧散了，上更无一人，他却近前跪下。	小和尚回寺来，参见师父法明长老，把前项事说了一遍。长老甚喜。小和尚道："俺娘约我，说来寺里还我，他有话与我说。"师父曰："你今寻见了你的娘来，他许你来寺也。"次日见一个丫头来，只见一个丫头先到，说道："众僧都来接。"众僧出寺门迎接。那小姐进到金山寺，参了圣贤，拜了至资，大设斋醮。小姐唤了丫环，将僧鞋托于盘内，来到僧堂内，他无一人，来到法堂上，心香一炷，礼拜我佛。就叫法明长老分上。

315

（续表）

两仪堂本	上图本	西泰山本	怀新楼本	证道本	陈士斌本	新说本	朱本
							俟与众僧各人穿领去讫。为有江流和尚,见母散了众鞋,打发了众僧之上。无一人在法堂和尚跪下。江流和尚跪下。
遂叫他脱下鞋袜,	遂叫他脱下鞋袜,		遂叫他脱下鞋袜,	小姐叫他脱了鞋袜时,	小姐叫他脱了鞋袜时,	小姐叫他脱了鞋袜时,	
见左脚上,果然少了一个小指。	见左脚上,果然少了一个小指。	又验左脚上小指,果然没有。	见左脚上,果然少了一个小指。	那左脚上果然少了一个小指头。	那左脚上果然少了一个小指头。	那左脚上果然少了一个小指头。	原小姐只见那一个脚上无了脚指头。先年托孤于金山寺法明长老处,故此咬下脚指为记。就在香囊内取出元在那脚指上面,仍然安住,并无痕迹。
				当时两个又抱住而哭。	当时两个又抱住而哭。	当时两个又抱住而哭。	母子抱住哭了儿子,认了儿子,母子

（续表）

两仪堂本	上图本	西泰山本	怀新楼本	证道本	陈士斌本	新说本	未本
				双双拜谢	拜谢	拜谢	双双拜谢
				长老来明道："汝今母子相会，恐好瞅知之，可速速抽身回去，庶免其祸。"	长老来明道："汝今母子相会，恐好瞅知之，可速速抽身回去，庶免其祸。"	长老来明法明道："汝今母子相会，恐好瞅知之，可速速抽身回去，庶免其祸。"	长老素育之恩。法明说道："汝有今子母相会，恐好瞅知，可早速抽身回去，庶免其祸。"
小姐道："你且在此。	小姐道："你且在此。	小姐道："你且少待。	小姐道："你且在此。				
待我写两封书与交你，"入去不多时，又夫出来道：	待我写两封书与交你，"入去不多时，又夫出来道：	待我写两封书与交你，"入去不多时，又夫出来道：	待我写两封书与交你。"入去不多时，又夫出来道：				
				小姐道：	小姐道：	小姐道：	殷小姐曰：
"我儿，我与你一只香环，	"我儿，我与你一只香环，	"我儿，我与你一只香环，	"我儿，我与你一只香环，	"我儿，我与你一只香环，	"我儿，我与你一只香环，	"我儿，我与你一只香环，	"我儿，我与你一只香环，
你可到	你可到	你且先到	你可到	你径到	你径到	你径到	你径到
洪州西北地区，	洪州西北地区，	洪州西北地区，	洪州西北地区，	洪州西北地区，	洪州西北地区，	洪州西北地区，	洪州西北地区，
				约有一千五百里之程，	约有一千五百里之程，	约有一千五百里之程，	约有一千五百里田地，

（续表）

两仪堂本	上图本	西泰山本	你新楼本	证道本	陈士斌本	新说本	未本
有个万花店,当时留下婆婆张氏在那里,是你父之母。	有个万花店,当时留下婆婆张氏在那里,是你父之母。	有个万花店,当时曾留下婆婆张氏在那里,是你父之母。	有个万花店,当时留下婆婆张氏在那里,是你父之母。	那里有个万花店,当时留下婆婆张氏在那里,是你身之亲生父母。	那里有个万花店,当时留下婆婆张氏在那里,是你身之亲生父母。	那里有个万花店,当时留下婆婆张氏在那里,是你身之亲生父母。	那里有座万花店。当初店上留下婆婆张氏在那里,是你的娘生来。
				我再写一封书与你。	我再写一封书与你。	我再写一封书与你。	我再写一封书与你。
你认了。随刻到	你认了。随刻到	你认了。可即到	你认了。随刻到	径到唐王	径到唐王	径到唐王	径到唐王
皇城内,金殿左边。	皇城内,金殿左边。	皇城内,金殿左边。	皇城内,金殿左边。	皇城之内,金殿左边。	皇城之内,金殿左边。	皇城之内,金殿左边。	皇城之内,金殿左边。
殿开山丞相,是你外公。	殿开山丞相是你外公。	殿开山丞相是你外公。	殿开山丞相,是你外公。	殿开山丞相是你外公。	殿开山丞相家是你外公。	殿开山丞相家是你之外公。	殿开山丞相家是你外公。
你将我这一封书递与外公,叫外公奏上唐王,统领人马,摘杀此贼,与父报仇。	你将我这一封书递与外公,叫外公奏上唐王,统领人马,摘杀此贼,与父报仇。	你再将我这封书递与外公,叫外公奏明唐王,统领人马,摘杀此贼,与父报仇。	你将我这一封书递与外公。	你将我的书速与外公,叫外公奏上唐王,统领人马,摘杀此贼,与母报仇。	你可将我的书速与外公,叫外公奏上唐王,统领人马,摘杀此贼,与母报仇。	你可将我娘的书速与外公,叫外公奏上唐王,统领人马,摘杀此贼,与母报仇。	你可将我娘的书来速与外公,统领人马,摘杀此贼,必要与父报仇。
那时才教得身子出来。	那时才教得身子出来。	那时才教得身子出来。	那时才教得我身出来。	那时才教得老娘的身子出来。	那时才教得老娘的身子出来。	那时才教得老娘的身子出来。我	那时才教得老娘的身子出来。我
				我今不敢久停,诚恐赈汉归识我。	我今不敢久停,诚恐赈汉归识。	恐赈汉归识。	不敢久停,诚恐赈汉归识中,诚恐赈汉归来了。

（续表）

两仪堂本	上图本	西泰山本	怀新楼本	证道本	陈士斌本	新说本	朱本
我儿,你可快去,恐刘贼回来,必然害你性命。	我儿,你可快去,恐刘贼回来,必然害你性命。	我儿,你快去罢,刘贼瞅闲回,必然害你性命。	我儿,你可快去,恐刘贼回来,必然害你性命。	依装悲啼,甚难割舍,小姐临行又嘱道："我儿,紧记我的言语,火速起身,勿得耽误。"			三藏曰："今日得见老娘,不知何日又在何日?"母子大哭,甚难割舍。殷小姐临行又嘱曰："我的儿语谨记在心,火速起身去寻婆婆与外公,勿得误事。"二人话毕,辞别而去。
依装依言拜别,奔回寺中。	依装依言拜别,奔回寺中。	依装依言拜别,奔回寺中。	依装依言拜别,奔回寺中。	小姐便出寺登舟而去。	便出寺登舟而去。	便出寺登舟而去。	
				依装哭回寺中。	依装哭回寺中。	依装哭回寺中。	那和尚哭回寺中。
							来见师父。那师父曰:"汝可速行,毋得在此久延。候汝母朝夕悬望,犹如若大旱之望云霓也。"江流和尚就听了师父的言语,即时拜别,敬命,径往洪州。

（续表）

两仪堂本	上图本	西泰山本	怀新楼本	证道本	陈士斌本	新说本	朱本
告过师父，径往洪州。来到万花店，问那店主刘小二道：	告过师父，径往洪州。来到万花店，问那店主刘小二道：	告过师父，遂往洪州而来。一日到了万花店，问那店主刘小二道：	告过师父，径往洪州。来到万花店，问那店主刘小二道：	告过师父，即时拜别，径往洪州。来到万花店，问那店主刘小二道：	告过师父，即时拜别，径往洪州。来到万花店，问那店主刘小二道：	告过师父，即时拜别，径往洪州。来到万花店，问那店主刘小二道：	行经数日，就到万花店上。就书上写地埋，栽道："去直过南北街。东街上刘家店内，便可知端的"同店主，近前唱个
"昔年有陈客官，寄下一个婆婆在你店中。	"昔年有陈客官，寄下一个婆婆在你店中。	"昔年人有陈客官，寄下一位婆婆在你店中。	"昔年有陈客官，寄下一个婆婆在你店中。	"昔年有陈客官，寄下一个婆婆在你店中。	"昔年江州陈客官，留有一母亲来住在你店中。	"昔年江州陈客官，有一母亲来住在你店中。	十八年前有个人叫做陈光蕊，留下一婆婆，寄在我店中安下。
如今好么？"刘小二道："他原在我店中。	如今好么？"刘小二道："他原在我店中。	如今好么？"刘小二道："他原在我店中。	如今好么？"刘小二道："他原在我店中。	如今好么？"刘小二道："他原在我店中。	如今好么？"刘小二道："他原在我店中。	如今好么？"刘小二道："他原在我店中。	小二道：
							"你这和尚，问他怎么？"答道："我乃是他的儿，待来寻他。""既然如此，道你去寻他。"

（续表）

两仪堂本	上图本	西泰山本	怀新楼本	证道本	陈士斌本	新说本	朱本
				后来昏了眼，	后来昏了眼，	后来昏了眼，	他如今昏了眼，
三四年并无佃租我，如今在南门外头	三四年并无佃租我，如今在南门外头	三四年并无店租还我，如今在南门外头	三四年并无店租还我，如今在南门头	三四年并无店租还我，如今在南门头	三四年并无店租还我，如今在南门头	三四年并无店租还我，如今在南门头	原在我店中安下，三四年了，并无店租我，如今在南门上头
				一个	一个	一个	有一个
破瓦窑里，每日上街叫化度日。"	破瓦窑里，每日上街叫化度日。"	破瓦窑里，每日上街叫化度日。"	破瓦窑里，每日上街叫化度日。"	破瓦窑里，每日上街叫化度日。	破瓦窑里，每日上街叫化度日。	破瓦窑里，每日上街叫化度日。	破瓦窑里居住，每日上街沿门叫教化，度过时光。
				那客官一去许久，到如今竟无消息，不知为何。"	那客官一去许久，到如今杳无信息，不知为何。"	那客官一去许久，到如今杳无信息，不知为何。"	那客人一去了许久，到如今不知些消息。
依装听要，即时问到破瓦窑，	依装听要，即时问到破瓦窑，	依装听要，即时问到破瓦窑，	依装听要，即时问到破瓦窑，	依装听要，即时到南门头破瓦窑。	依装听要，即时到南门门头破瓦窑。	依装听要，即时到南门头破瓦窑。	那江流和尚刘要酒，即时离南门门，借问南门上头。行不二三里，果来有一个破窑房。

（续表）

两仪堂本	上图本	西泰山本	怀新楼本	证道本	陈士斌本	新说本	朱本
寻着婆婆。婆婆面貌，好似我儿陈光蕊。你装道："你声音好似我儿陈光蕊。我不是陈光蕊，我是陈光蕊的儿子。温娇小姐是我的娘。婆婆怎么不认得？你装道：我多被贼盗强盗打死，我娘被贼盗强占为妻。婆婆得道：你怎么晓得？你装着我寻婆婆。是我娘着我来寻婆婆有书在此。	寻着婆婆。婆婆面貌，好似我儿陈光蕊。你装道："你声音好似我儿陈光蕊。我不是陈光蕊，我是陈光蕊的儿子。温娇小姐是我的娘。婆婆怎么不认得？你装道：我多被贼盗强盗打死，我娘被贼盗强占为妻。婆婆得道：你怎么晓得？你装着我寻婆婆。是我娘着我来寻婆婆有书在此。	寻着婆婆。婆婆面貌，好似我儿陈光蕊。你装道："你声音好似我儿陈光蕊。我不是陈光蕊，我是陈光蕊的儿子。温娇小姐是我的娘。婆婆怎么不认得？父母为何不认得我？你装道：我多被贼盗打死，我娘被贼盗强占为妻。婆婆道：你怎么晓得？是我母来叫我来寻婆婆。有书在此。	寻着婆婆。婆婆道："你声音好似我儿陈光蕊。我不是陈光蕊，我是陈光蕊的儿子。温娇小姐是我的娘。婆婆道：你多怎么？你装道：我多被贼盗强盗打死了，我娘被贼盗强占为妻。婆婆得道：你怎么晓得？你装着我寻婆婆。是我娘着我来寻婆婆有书在此。	寻着婆婆。道："你儿陈光蕊。你装道：我不是陈光蕊，我是陈光蕊的儿子。温娇小姐是我的娘。婆婆道：你多怎么？你装道：我多被贼盗打死了，我娘被贼盗强占为妻。婆婆道：你怎么晓得？你装着我寻婆婆。是我娘着我来寻婆婆有书在此。	寻着婆婆。道："你声音好似我儿陈光蕊。你装道：我不是陈光蕊，我是陈光蕊的儿子。温娇小姐是我的娘。婆婆道：你多怎么？你装道：我多被贼盗打死了，我娘被贼盗强占为妻。婆婆道：你怎么晓得？是我娘着我来寻婆婆。我寻婆婆有书在此。	寻着婆婆道："你声音好似我儿陈光蕊。你装道：我不是陈光蕊，我是陈光蕊的儿子。温娇小姐是我的娘。婆婆道：你多怎么？你装道：我多被贼盗打死了，我娘被贼盗强占为妻。婆婆道：你怎么晓得？是我娘着我来寻婆婆。我寻婆婆有书在此。	小和尚就在窗门外喊叫"陈婆婆！"密密声。那婆婆听得叫了儿声，似有人应声。小和尚道："敢是陈光蕊来也！"小和尚就到窗中，拜婆："汝声音好似陈光蕊的。我是陈光蕊的儿子。温娇小姐是我娘。婆婆道：你多怎么？"婆问道："小和尚还是么？"尚道："我多被人打死。娘为我强占盗霸为妻。"婆婆道："你怎么？"小和尚答我寻道："是我娘特着我来寻婆婆。今我娘来寻有书在此。

（续表）

两仪堂本	上图本	西泰山本	怀新楼本	证道本	陈士斌本	新说本	未本
又有那香环一只。"书井那香环接了香环，	又有那香环一只。"书井那香环接了香环，	还有那香环一只。"那香环接了香环，	又有香环一只。"那香环接了书井香环，	又有香环一只。"那香环接了书井香环，	又有香环一只。"那香环接了书井香环，	又有香环一只。"那香环接了书井香环，	又有香环一只。"那香环接了书井那香环，
大哭道：	大哭道：	大哭道：	大哭道：	放声痛哭道：	放声痛哭道：	放声痛哭道：	放声痛哭，闷绝在地。
"我儿为功名到此，我只道他背义忘亲，那知他被人谋死！且喜得皇天怜念，不绝我儿之后，今日孙子来见我。"	"我儿为功名到此，我只道他背义忘亲，那知他被人谋死！且喜得皇天怜念，不绝我儿之后，今日孙子来见我。"	"我儿为功名到此，我只道他背义忘亲，那知他被人谋死！且喜得皇天怜念，不绝我儿之后，今日孙子来寻我。"	"我儿为功名到此，我只道他背义忘亲，那知他被人谋死！且喜得皇天怜念，不绝我儿之后，今日孙子来见我。"	"我儿为功名到此，我只道他背义忘亲，那知他被人谋死！且喜得皇天怜念，不绝我儿之后，今日孙子来见我。"	"我儿为功名到此，我只道他背义忘亲，那知他被人谋死！且喜得皇天怜念，不绝我儿之后，今日还有孙子来寻我。"	"我儿为功名到此，我只道他背义忘亲，那知他被人谋死！且喜得皇天怜念，不绝我儿之后，今日还有孙子来寻我。"	"我儿为功名到此，我只道他背义忘亲，那知他被人谋死！且喜得皇天怜念，不绝我儿之后，幸有孙子来寻我。"
	怜好孙子与我儿，形容无二。你看果是喜加。	怜好孙子与我儿，那容无二，婆婆真果是喜加。					
				倒装问："婆婆，如何都昏了？"婆婆道："我因日悬望你父亲，终日不见他来，不见得，两眼都上哭得，因此上哭昏了。"	倒装问："婆婆的眼，如何都昏了？"婆婆道："我因日悬望你父亲，终日不见他来，不见得，两眼上哭得，因此上哭昏了。"	倒装问："婆婆的眼，如何都昏了？"婆婆道："我因日思量你父亲，终日不见他来，因此都昏了，两眼都上哭得，思量他。"	小和尚问道："婆婆的眼，如何都昏了？"这来婆婆道："我因日思量你父亲，终日不见他来，不见得，因此上哭昏了，两眼都上哭得。"

（续表）

两仪堂本	上图本	西泰山本	怀新楼本	证道本	陈士斌本	新说本	朱本
				佼装出了密门，向天拜天告道：		佼装便跪倒，向天拜告道：	"小和尚出了密门，跪告于天，拜四方之神：
				"念佼装一十八岁，父母之仇不能报复，今日领母命来寻母，天若鉴，弟子诚意，保我双眼光明！"	"念佼装一十八岁，父母之仇不能报复。今日领婆婆命，天若婆婆怜鉴，弟子诚意，保我眼目复明！"	"念佼装一十八岁，父母之仇不能报复。今日领婆婆命，天若婆婆怜鉴我，弟子诚意，保我眼目复明！"	"念三藏一十八岁，父母之仇不能报复。今日领婆婆之命，来寻婆婆。天若有灵，鉴三藏之诚，保复眼目复明。
				佼装祝罢，就进密中。	祝罢，	祝罢，	小和尚祝罢，就进密中。
				将舌尖与婆婆眼，须臾之间，添眼眼舔开，仍复如初。婆婆觑了小和尚道："你果是我的孙子，恰和我儿子光蓝，形容无二！"婆婆又喜又悲。	就将舌尖与婆婆之间，添眼眼舔开，仍复如初。婆婆觑了小和尚道："你果是我的孙子，恰和我儿子光蓝，形容无二。"婆婆又喜又悲。	就将舌尖与婆婆之间，添眼双眼舔开，仍复如初。婆婆觑了小和尚道："你果是我的孙子，恰似我儿子光蓝，形容无二。"婆婆又喜又悲。	婆婆将舌尖与婆婆之间，眼舔双眼开，仍复如初。婆婆觑了小和尚：你果是似我的孙子！恰似我儿子光蓝，形容无二，"婆婆见了，又喜又悲。

（续表）

两仪堂本	上图本	西泰山本	怀新楼本	证道本	陈士斌本	新说本	未本
依妆就领婆婆出了窑门，还到刘小二店内，将坐些房钱，婆婆栖身，又将盘缠与婆婆道："我只去未月余就回。"	依妆就领婆婆出了窑门，还到刘小二店内，将坐些房钱，婆婆栖身，又将盘缠与婆婆道："我只去未月余就回。"	依妆子是领婆婆出了窑门，还到刘小二店内，将坐些房钱，婆婆栖身，又将盘缠与婆婆道："我只去未月余就回。"	依妆就领婆婆出了窑门，还到刘小二店内，将坐些房钱，婆婆栖身，又将盘缠与婆婆道："我只去月余就回。"	依妆就领婆婆出了窑门，还到刘小二店内，将坐些房钱，婆婆栖身，又将盘缠与婆婆道："我只去月余就回。"	依妆就领婆婆出了窑门，还到刘小二店内，将坐些房钱，婆婆栖身，又将盘缠与婆婆道："我只去月余就回。"	依妆就领婆婆出了窑门，还到刘小二店内，将坐些房钱，婆婆栖身，又将盘缠与婆婆道："我只去月余就回。"	那小和尚领婆婆出到窑门，就到刘小二店内，将些房钱与刘小二，婆婆栖身，又将盘缠与婆婆道："小和尚去只有两月就回。"婆婆盘缠与
遂拜辞婆婆，径往京城。寻到	遂拜辞婆婆，径往京城。寻到	遂拜辞婆婆，径往京城。寻到	遂拜辞婆婆，径往京城。寻到	随即辞了婆婆，径住京城。寻到	随即辞了婆婆，经住京城。寻到	随即辞了婆婆，住住京城。寻到	随即辞了婆婆，径往京城寻丞公。
							朝行夜宿，在路有三个月关。经到帝都，寻问一寺院女下。就问院主："取丞相住在那里居住？"院主道：
				皇城东街，	皇城东街，	皇城东街，	在皇城东街西北，

325

(续表)

丙仪堂本	上图本	西泰山本	怀新楼本	证道本	陈士斌本	新说本	朱本
殷丞相府,对门上人说道:"小僧是与亲眷,来探相公。"	殷丞相府,对门上人说道:"小僧是与亲眷,来探相公。"	殷丞相府,对门上说道:"小僧系与亲眷公,时来探相望。"	殷丞相府上,对门上人说道:"小僧是与亲眷,来探相公。"	殷丞相府上,俟门上人道:"小僧是门上人与亲眷,来探相公。"	殷丞相府上,与门上人道:"小僧是与亲眷,来探相公。"	殷丞相府上,与门上人道:"小僧是与亲眷,来探相公。"	大门楼宅下便是。"小和尚辞了天明,出寺门,行到皇城西街北,果见大门楼一座。
门上人禀知丞相,丞相道:"我与和尚并无亲眷。"	门上人禀知丞相,丞相道:"我与和尚并无亲眷。"		门上人禀知丞相,丞相道:"我与和尚并无亲眷。"	门上人禀知丞相,丞相道:"我与和尚并无亲眷,我昨夜梦见我女儿满堂娇女婿未来家,莫不是有书信回来也?"	门上人禀知丞相,丞相道:"我与和尚并无亲眷,我昨夜梦见我女儿满堂娇女婿未来家,莫不是有书信回来也?"	门上人禀知丞相,丞相道:"我与和尚并无亲眷,我昨夜梦见我女儿满堂娇女婿未来家,莫不是有书信回来也?"	遂问把门人,说是殷丞相之宅。小和尚问道:"丞相在宅里么?"夫人问道:"上告哥哥,小僧是个与丞相处亲眷。"小和尚去禀知丞相,把门人就去启殷丞相公,"启丞相:门前有个和尚,说是你亲眷。"殷丞相曰:"我与和尚并无亲眷,我昨夜梦见我女儿满堂娇女婿陈光蕊寄有书回来,莫不是女婿陈家,也未见得。"

326

（续表）

两仪堂本	上图本	西泰山本	怀新楼本	证道本	陈士斌本	新说本	未本
一时难解，便叫请进来。	一时难解，便叫请进来。	一时难解，便叫请进来。	一时难解，便叫请进来。	丞相便教请小和尚来到厅上。	丞相便教请小和尚来到厅上。	丞相便教请小和尚来到厅上。	殷丞相就听夫人之言，就令把门人引入把小和尚来到正厅上。
依装见了丞相，哭拜在地，	依装见了丞相，哭拜在地，	依装见了丞相，哭拜在地，	依装见了丞相，哭拜在地，	小和尚见了丞相与夫人，哭拜在地。	小和尚见了丞相与夫人，哭拜在地。	小和尚见了丞相与夫人，哭拜在地。	小和尚拜毕，殷丞相与夫人坐在上面。只见那小和尚哭不能言，
就怀中取出一封书来，递与丞相。丞相拆开，读罢。放声痛哭。夫人忙走出来：	就怀中取出一封书来，递与丞相。丞相拆开，读罢。放声痛哭。夫人忙走出来：	就怀中取出一封书来，递与丞相。丞相拆开，读罢，放声痛哭。夫人忙走出来：	就怀中取出一封书来，递与丞相。丞相拆开，读罢，放声痛哭。夫人忙走出来：	就怀中取出一封书来，递与丞相。丞相拆开，读罢，放声痛哭。夫人问道：	就怀中取出一封书来，递与丞相。丞相拆开，从头读罢，放声痛哭。夫人问道：	就怀中取出一封书来，递与丞相。丞相拆开，从头一读，放声痛哭。夫人问道：	殷丞相中取出一封书来，那丞相公接书在手，拆开从头一读，夫人动问相公曰：
"何事故？"	"何事故？"	"何事故？"	"何事故？"	"相公，有何事故？"	"相公，有何事故？"	"相公，有何事故？"	"相公因看书，缘何放声大哭？有何事故？"
丞相道："这和尚是我的	丞相道："这和尚是我的	丞相道："这和尚是我的	丞相道："这和尚是我的	丞相道："这和尚是我与你的	丞相道："这和尚是我与你的	丞相道："这和尚是我与你的	殷丞相曰："这和尚是我与你的
外孙，	外孙，	外孙，	外孙，	外甥。	外甥。	外甥。	外甥。

327

（续表）

两仪堂本	上图本	西泰山本	怀新楼本	证道本	陈士斌本	新说本	未本
女婿陈光蕊被贼谋死，	女婿陈光蕊被贼谋死，	女婿陈光蕊被贼谋死，	女婿陈光蕊被贼谋死，	女婿陈光蕊被贼谋死，	女婿陈光蕊被贼谋死，	女婿陈光蕊被贼谋死，	女婿陈光蕊被贼谋死，
温矫被贼强占为妻，"夫人听罢，痛哭不止。	温矫被贼强占为妻，"夫人听罢，痛哭不止。	温矫被贼强占为妻，"夫人听罢，痛哭不止。	温矫被贼强占为妻，"夫人听罢，痛哭不止。	满堂矫被贼强占为妻。"夫人听罢，亦痛哭不止。	满堂矫被贼强占为妻。"夫人听罢，亦痛哭不止。	满堂矫被贼强占为妻。"夫人听罢，亦痛哭不止。	满堂矫被贼强占为妻。"夫人听罢，闷死在地，大哭不止。满门人口，个个流泪。
				丞相道："夫人休得烦恼，来朝奏知主上，亲自统兵，定要与女婿报仇。"	丞相道："夫人休得烦恼，来朝奏知主上，亲自统兵，定要与女婿报仇。"	丞相道："夫人休得烦恼，来朝奏知主上，亲自统兵，定要与女婿报仇。"	丞相劝道："夫人休得烦恼，来朝奏知帝宗，定要与陈光蕊取冤报仇。"
							话分两头，又听下回分解。超递持书到到帝宗，奏得见帝兴兵由，殷相与三藏为父取冤报仇。
次早，丞相入朝，	次早，丞相入朝，	次早，丞相入朝，	次早，丞相入朝，	次早，丞相入朝，	次早，丞相入朝，	次早，丞相入朝，	却说殷开山清早入朝，

（续表）

两仪堂本	上图本	西泰山本	怀新楼本	证道本	陈士斌本	新说本	朱本
将此事启奏唐王。	将此事启奏唐王。	将此事奏明唐王。	将此事启奏唐王。	启奏唐王	启奏唐王	启奏唐王	只见朝门未开，众官俱在朝房伺候。忽听得金钟三响，唐主登了龙霄宝殿，众臣朝拜，叩首山呼扬尘礼毕。有殷丞相执简当胸，启奏唐王
				曰："今有臣婿状元陈光蕋，带领家小往江州赴任，被稍水刘洪打死，占女为妻；假冒臣婿，为官多年。事属异变。乞陛下立发人马，剿除贼寇。"	曰："今日臣婿状元陈光蕋.带领家小江州赴任，被稍水刘洪打死，占女为妻，假冒臣婿为官多年。事属异变，乞陛下立发人马，剿除贼寇。"	曰："今日臣婿状元陈光蕋.带领家小江州赴任，被稍水刘洪打死，占女为妻，假冒臣婿为官多年。事属异变，乞陛下立发人马，剿除贼寇。"	曰："今有新科状元陈光蕊，蒙王除授江州州主，领带家小同赴江州之任，行至洪江江口，稍水刘洪，将船撑至江心，就将陈光蕊打死，占女为妻。有此激切冒奏天台，乞发人马，剿除贼寇，黎庶得安。"
唐王大怒，	唐王大怒，	唐王大怒，	唐王大怒，	唐王见奏大怒，	唐王见奏大怒，	唐王见奏大怒，	唐王见奏，龙颜大怒，

（续表）

两仪堂本	上图本	西泰山本	怀新楼本	证道本	陈士斌本	新说本	未本
就发御林军六万,着殷丞相押领兵前去。丞相领旨出朝,	就发御林军六万,着殷丞相押领兵前去。丞相领旨出朝,	就发御林军十万,着殷丞相押领兵前去。丞相领旨出朝,	就发御林军六万,着殷丞相押领兵前去。丞相领旨出朝,	就发御林军六万,着殷丞相押领兵前去。丞相领旨出朝,	就发御林军六万,着殷丞相督兵前去。丞相领旨出朝,	就发御林军六万,着殷丞相督兵前去。丞相领旨出朝,	就发御林军六万,着殷丞相押领兵前去,就丁旨意,发兵前朝门。
点齐军马,	点齐军马,	点齐人马,	点齐了军马,	即到教场内点了兵,	即往教场内,点了兵,	即往教场内,点了兵,	先到教场内点起雄兵六万,辞夫人,发兵前行。
径往江州进发。	径往江州进发。	径往江州进发。	径往江州进发。	径往江州进发。	径往江州进发。	径往江州进发。	直往江州进发。
							先令外孙舅统兵一万,续奏江州伺候。
				晚行夜宿,星落乌飞,	晚行夜宿,星落乌飞,	晚行夜宿,星落乌飞,	晚行夜宿,星落乌啼,
一日到江州,	一日到江州,	一日到江州,	一日到江州,	不觉已到江州北岸下了营寨。	不觉已到江州。	不觉已到江州。	不觉兵马已到江州。
殷丞相兵马至北岸营寨。	殷丞相兵马在北岸营寨。	殷丞相兵马在北岸营寨。	殷丞相兵马在北岸营寨。	殷丞相兵北岸下了营寨。	殷丞相兵马俱在北岸下了营寨。	殷丞相兵马俱在北岸下了营寨。	殷丞相就将将马俱在北岸下了营寨。

（续表）

两仪堂本	二图本	西泰山本	怀新楼本	证道本	陈士斌本	新说本	未本
星夜唤	星夜唤	星夜唤	星夜唤	星夜令金牌下，户唤到	星夜令金牌下，户唤到	星夜令金牌下，户唤到	星夜令金牌下，户唤到
江州同知，州判二人至。	江州同知，州判二人至。	江州同知，州判二人至。	江州同知，州判二人至、	江州同知，州判二人。	江州同知，州判二人。	江州同知，州判二人。	江州同知，州判二人到来，参见殷相。
丞相对他说知此事，叫他提兵相助。天尚未明，就把刘洪衙门围住。	丞相对他说知此事，叫他提兵相助。天尚未明，就把刘洪衙门围住。	对他说知此事，叫他提兵相助。一同过江。天尚未明，就把刘洪衙门围住。	丞相对他说知此事，叫他提兵相助，一同过江，天尚未明，就把刘洪衙门围住。	丞相对他说知此事，叫他提兵相助。一同过江而去。天尚未明，把刘洪衙门围了。	丞相对他说知此事，叫他提兵相助。一同过江而去。天尚未明，就把刘洪衙门围了。	丞相对他说知此事，叫他提兵相助。一同过江而去。天尚未明，就把刘洪衙门围了。	那殷丞相就知此事，叫他提殷丞相统兵伐揽，有殷丞相统兵二万，与江流和尚一同过江而去。天尚未明，把刘洪衙门围了。
				刘洪正在梦中，听得	刘洪正在梦中，听得	刘洪正在梦中，听得	刘洪正在浓睡，却得一梦，正与殷小姐解梦。只听得
一声炮响，	一声炮响，	一声炮响，	一声炮响，	火炮一响，	火炮一响，	火炮一响，	门前火炮一响，
				金鼓齐鸣。	金鼓齐鸣。	金鼓齐鸣。	金鼓齐明。

（续表）

两仪堂本	上图本	西泰山本	怀新楼本	证道本	陈士斌本	新说本	朱本
众兵杀进私衙,刘洪措手不及。	众兵杀进私衙,刘洪措手不及,	众兵杀进私衙,刘洪措手不及,	众兵杀进私衙,刘洪措手不及,	众兵杀进私衙,刘洪措手不及,	众兵杀进私衙,刘洪措手不及,	众兵杀进私衙,刘洪措手不及,	江流众兵杀进。和尚备勇当先,杀进私衙,刘洪措手不及,
被众兵擒住。	被众兵擒住。	被众兵擒住。	被众兵擒住。	早被众兵擒倒。	早被擒住。	早被擒住。	欲待夺夫,却被兵擒倒。
丞相令众军,	丞相令众军,	丞相令众军,	丞相令众军,	丞相传下军令,	丞相传下军令,	丞相传下军令,	丞相就令众军。
将刘洪一千人犯,绑赴法场。	将刘洪一千人犯,绑赴法场。	将刘洪一千人犯,绑赴法场。	将刘洪一千人犯,绑赴法场。	将刘洪一千人犯,绑赴法场。	将刘洪一千人犯,绑赴法场。	将刘洪一千人犯,绑赴法场。	将刘洪一千人犯,捆绑赴法场。
军马扎在城外。	军马扎在城外。	军马扎在城外。	军马扎在城外。	令众军俱在城外安营去了。	令众军俱在城外安营去了。	令众军俱在城外安营去了。	就令众军俱在城外安营去了。
丞相直入内衙,	丞相直入内衙,	丞相直入内衙,	丞相直入内衙,	丞相直入衙内正厅坐下。	丞相直入衙内正厅坐下。	丞相直入衙内正厅坐下。	殿丞直入相衙内,衙正在正厅上坐下。
请小姐出来相见。小姐此时羞见父亲,就将绳索自缢。	请小姐出来相见。小姐此时羞见父亲,就将绳索自缢。	请小姐出来相见。小姐此时羞见父亲,就将绳索自缢。	请小姐出来相见。小姐此时羞见父亲,就将绳索自缢。	请小姐出来相见。小姐欲待要出来,就将绳索自缢。	请小姐出来相见。小姐欲待要出来,见父亲,就将绳索自缢。	请小姐出来相见。小姐欲待要出来,见父亲,就将绳索自缢。	请小姐出来相见。小姐得知父亲在厅上坐下,缓缓走出,又差见父,就将绳索自缢。

两仪堂本	上图本	西泰山本	怀新楼本	证道本	陈士斌本	新说本	未本
倪妆闻知，	倪妆闻知，	倪妆闻知，	倪妆闻知，	倪妆闻知，	倪妆闻知，	倪妆闻知，	使唤丫头慌忙去报丞相。
							有江流和尚在衙，已知母来自缢，
				忙进宅内。			忙进内宅，见母果然自缢。
急急将母救解，跪下大哭。	急急将母救解，跪下大哭。	急急将母救解，跪倒大哭。	急急将母救解，跪下大哭。	急急将母救解，双膝跪下对母道： "儿与外公统兵至此，与父报仇。今日贼已擒报，母来何故反要寻死？母来寻死，孩儿已能若存乎？"	急急将母救解，双膝跪下，对母道： "儿与外公统兵至此，与父报仇。今日贼已擒报，母来何故反要寻死？母来寻死，孩儿已能存乎？"	急急将母救解，双膝跪下，对母道： "儿与外公统兵至此，与父报仇。今日贼已擒报，母来何故反要寻死？母来寻死，孩儿已能存乎？"	解去绳索，江流双手膝跪在地下，就对母曰："儿与外公统兵至此，与父报仇。今日贼已擒报，何故自缢？假若母亲一死，为儿已能存乎？"
丞相亦入内劝解。	丞相亦入内劝解。	丞相亦入内劝解。	丞相亦入内劝解。	丞相亦进衙劝解。	丞相亦进衙劝解。	丞相亦进衙劝解。	有殷丞相进衙劝曰："今日老妈此，皆为于你。唐王敕命亲来提雄兵六万，代贼，汝夫报仇。今仇人已擒，因何而缢？"

333

（续表）

两仪堂本	上图本	西泰山本	怀新楼本	证道本	陈士斌本	新说本	朱本
小姐道："吾闻妇人从一而终。痛夫被贼人所杀，岂可因颜从贼？只得忍耻偷生。今幸老儿长大，又见老父提兵报仇，为女儿者，有何面目相见！惟有一死耳！"丞相以报文夫儿以相劝道："此非我儿，盖出于不得已，何得为耻！"父子相抱而哭。	小姐道："吾闻妇人从一而终。痛夫被贼人所杀，岂可因颜从贼？只得忍耻偷生。今幸老儿长大，又见老父提兵报仇，为女儿者，有何面目相见！惟有一死耳！"丞相以报文夫儿以相劝道："此非我儿，盖出于不得已，何得为耻！"父子相抱而哭。	小姐道："吾闻妇人从一而终。痛夫被贼人所杀，岂可因颜从贼？只得忍耻偷生。今幸老儿长大，又见老父提兵报仇，为女儿者，有何面目相见！惟有一死耳！"丞相以报文夫儿以相劝道："此非我儿，盖出于不得已，何得为耻！"父子相抱而哭。	小姐道："吾闻妇人从一而终。痛夫被贼人所杀，岂可因颜从贼？只得忍耻偷生。今幸老儿长大，又见老父提兵报仇，为女儿者，有何面目相见！惟有一死耳！"丞相以报文夫儿以相劝道："此非我儿，盖出于不得已，何得为耻！"父子相抱而哭。	小姐道："吾闻妇人从一而终。痛夫已被贼人所杀，岂可因颜从贼？只得忍耻偷生。今幸儿已长大，又见老父提兵报仇，有何面目相见！惟有一死耳！丞相以报文夫儿以相劝道："此非我儿，盖出于不得已，何得为耻！"父子相抱而哭。	小姐道："吾闻妇人从一而终。痛夫已被贼人所杀，岂可因颜从贼？只得忍耻偷生。今幸儿已长大，又见老父提兵报仇，有何面目相见！惟有一死耳！丞相以报文夫儿以相劝道："此非我儿，盖出于不得已，何得为耻！"父子相抱而哭。	小姐道："吾闻妇人从一而终。痛夫已被贼人所杀，岂可因颜从贼？只得忍耻偷生。今幸儿已长大，又见老父提兵报仇，有何面目相见！惟有一死耳！丞相以报文夫儿以相劝道："此非我儿，盖出于不得已，何得为耻！"父子相抱而哭。	小姐答曰："吾闻妇人妻死为夫，被贼人贼人，而夫已强贼从身，况女儿遗腹在身，只得强从贼人，幸今儿大，又见父提兵到期此，安敢偷生而见父乎？"殷丞生因得抱儿曰："非我儿，何得不平！"父子相抱而哭。
倚装亦哀不止。丞相挥泪道：	倚装亦哀不止。丞相挥泪道：	倚装亦哀不止。丞相挥泪道：	倚装亦哀不止。丞相挥泪道：	倚装亦哀不止。丞相挥泪道：	倚装亦哀不止。丞相挥泪道：	倚装亦哀不止。丞相挥泪道：	只见江流和尚在地上，哀不止哭，母子哭做一处。殷丞相曰：
				"你二人且休烦恼，	"你二人且休烦恼，	"你二人且休烦恼，	"二人休得烦恼，

（续表）

两仪堂本	上图本	西泰山本	怀新楼本	证道本	陈士斌本	新说本	未本
"我今且发落这贼。"	"我今且发落这贼。"	"我今且发落这贼。"	"我今且发落这贼。"	我今已擒捉仇贼，且去发落去来。	我今已擒捉仇贼，且去发落去来。	我今已擒捉仇贼，且去发落去来。	我今已擒捉仇贼在此。就令本州岛同知、州判各所属官员，速办看候。
即起身到法场，恰好江州	即起身到法场，恰好江州	即起身到法场，恰好江州	即起身到这贼	即起身到法场，恰好江州	即起身到法场，恰好江州	即起身到法场，恰好江州	发兵回京，有江州
				同知	同知	同知	同知
拿获水贼李彪解到。	拿获水贼解到李彪。	拿获水贼解到李彪。	拿获水贼李彪解到。	亦差哨兵拿获贼李彪解到。	亦差哨兵拿获贼李彪解到。	亦差哨兵拿获贼李彪解到。	亦差哨兵绢拿贼李彪。
丞相大喜。	丞相大喜。	丞相大喜。	丞相大喜。	丞相大喜。	丞相大喜。	丞相大喜。	
就将刘洪、李彪，	就将刘洪、李彪，	遂将刘洪、李彪，	就将刘洪、李彪，	就令军牢押过刘洪、李彪。	就令军牢押过刘洪、李彪。	就令军牢押过刘洪、李彪。	到解赴殷丞相营中。正值殷丞相行牌缉拿这贼，不料被江州同知拿到。奏旦解来，参见丞相，拜谢丞相，小同知已拿贼李彪，殷贼在辕门之外，拱候丞相军令。"

（续表）

两仪堂本	上图本	西泰山本	怀新楼本	证道本	陈士斌本	新说本	朱本
							殷丞相曰："多蒙贤契同知，果有贞干之材，国家之贤能。下官回京，奏上唐王，不日擢取高升之职也。"那殷丞相就令军牢，将重物拿出。
各打一百大棍，	各打一百大棍，	各打一百大棍，	各打一百大棍，	每人痛打一百大棍，	每人痛打一百大棍，	每人痛打一百大棍，	痛责四十铁棍，打得两腿皮开肉绽。
取了供状，	取了供状，	取了供状，	取了供状，	取了供状，招了先年不合谋死陈光蕊情由。	取了供状，招了先年不合谋死陈光蕊情由。	取了供状，招了先年不合谋死陈光蕊情由。	取了刘洪、李彪的供状，招了先年不合谋杀陈光蕊情由。
先将李彪推出市曹，	先将李彪推去市曹，	先将李彪推去市曹，	先将李彪推去市曹，	先将李彪钉在木驴上，推去市曹。	先将李彪钉在木驴上，推去市曹。	先将李彪钉在木驴上，推去市曹。	敲将两个长钉钉在木驴上，拖去市曹。将李彪剐了，皮肉。
剐了千刀，枭首示众。把刘洪拿至洪江渡口。	剐了千刀，枭首示众。把刘洪拿到洪江渡口。	剐了千刀，枭首示众洪拿刘洪至洪江渡口。	剐了千刀，枭首示众。把刘洪拿至洪江渡口。	剐了千刀，枭首示众。把刘洪至洪江渡口。	剐了千刀，枭首示众。把刘洪至洪江渡口。	剐了千刀，枭首示众。把刘洪至洪江渡口。	割了千刀，方才处死。将李彪枭首示众。拿刘洪至洪江渡口北岸，

（续表）

两仪堂本	上图本	西泰山本	怀新楼本	证道本	陈士斌本	新说本	朱本
				先年原打死陈光蕊处。	先年打死陈光蕊处。	先年打死陈光蕊处。	原打死陈光蕊处。
丞相与小姐、俏装。	丞相与小姐、俏装。	丞相与小姐、俏装。	丞相与小姐、俏装。	丞相与小姐、俏装。	丞相与小姐、俏装。	丞相与小姐、俏装。	殷丞相与小姐江流和尚。
来。	来。	三人同。	来。	三人。	三人。	三人。	三人。
到江边，望空祭奠，活剥刘洪取心肝，祭了光蕊。	到江边，望空祭奠，活剥刘洪取心肝，祭了光蕊。	到江边，望空中祭奠，活剥刘洪的心肝，祭了光蕊。	到江边，望空中祭奠，活剥刘洪的心肝，祭了光蕊。	亲到江边，望空中祭奠，活剥刘洪取心肝，祭了光蕊。	亲到江边，望空中祭奠，活剥刘洪取心肝，祭了光蕊。	亲到江边，望空中祭奠，活剥刘洪取心肝，祭了光蕊。	亲自江边，遥望空中祭奠，活取刘洪心肝，生祭光蕊。
				烧了祭文一道。	烧了祭文一道。	烧了祭文一道。	即时烧了祭文一道。
三人望江痛哭。	三人望江痛哭。	三人望江痛哭。	三人望江痛哭。	三人望江哭。	三人望江哭。	三人望江哭。	三人望江而哭。
				早已惊动水府。	早已惊动水府。	早已惊动水府。	有江流和尚哭绝在地，死而复生，惊动水府。
有巡海夜叉报知龙王，	有巡海夜叉报知龙王，	早有巡海夜叉报知龙王，	有巡海夜叉报龙王，	有巡海夜叉，又将祭文呈与龙王。龙王看要，就差鳖元帅去请光蕊来	有巡海夜叉，将祭文呈与龙王。龙王看要，就差鳖元帅去请光蕊来	有巡海夜叉，将祭文呈与龙王。龙王看要，就差鳖元帅去请光蕊来	有巡海夜叉报太师："今有三界人打死我王，见我王藏之中，故将乞大王仔细查看"那龙王天怒，看

（续表）

两仪堂本	上图本	西泰山本	怀新楼本	证道本	陈士斌本	新说本	未本
老王谓光蕊道："今先生、恭喜！先生夫人、公子同岳丈俱在江边祭你。我今送还祭魂。	老王谓光蕊道："先生、恭喜！今先生夫人、公子同岳丈俱在江边祭你。我今送还魂。	老王谓光蕊道："先生、恭喜！今先生夫人、公子同岳丈俱在江边祭你。我今送还魂。	老王谓光蕊道："先生、恭喜！今先生夫人、公子同岳丈俱在江边祭你。我今送还魂。	道："先生、恭喜！今有先生夫人、公子同岳丈俱在江边祭你。我今送还祭魂也。	道："先生、恭喜！今有先生夫人、公子同岳丈俱在江边祭你。我今送还祭魂也。	道："先生、恭喜！今有先生夫人、公子同岳丈俱在江边祭你。我今送还祭魂也。	接了祭文，仔细看一看："原来是我的恩人陈光蕊。他的妻子温娇丞相流和尚望空祭黄，于江边祭祀。在殷丞相丁妻子温娇娇同子三人，衰恸三军。"就差整无帅去请恩人陈光蕊来。不多时，陈光蕊感请至。
赠你如意珠一颗，走盘珠二颗，	赠你如意珠一颗，走盘珠二颗，	赠你如意珠一颗，走盘珠二颗，	赠你如意珠一颗，走盘珠二颗，	再有如意珠一颗，走盘珠二颗，	再有如意珠一颗，走盘珠二颗，	再有如意珠一颗，走盘珠二颗，	老王道："光蕊哥哥！今有哥哥的妻子，又有江边岳大，俱在江边祭你。我今赐你还魂。与你如意珠一颗，又与你走盘珠二颗。
		绞绢十段，		绞绢十端，	绞绢十端，	绞绢十端，	再与你绞绢
玉带一条。"	玉带一条。"	明珠玉带一条。"	玉带一条。"	明珠玉带一条送。	明珠玉带一条送。	明珠玉带一条送。	明珠玉带一条，送你出江。"

（续表）

两仪堂本	上图本	西泰山本	怀新楼本	证道本	陈士斌本	新说本	朱本
				你今日便可夫父子相会也。"	你今日便可夫妻子母相会也。"	你今日便可夫妻子母相会也。"	与你夫妻子母相会。" 陈光蕊道："蒙大王连救之恩，又蒙赐我宝贝，恩爱大矣。"龙王就令陈光蕊巡海夜叉，将口还魂，送出江口，还魂去了。
光蕊再三拜谢。龙王就令夜叉将光蕊送出江口还魂，夜又领命而去。	光蕊再三拜谢。龙王就令夜叉将光蕊送出江口还魂，夜又领命而去。	光蕊再三拜谢。龙王就令夜叉将光蕊尸首送出江口还魂，夜又领命而去。	光蕊再三拜谢。龙王就令夜叉将光蕊送出江口还魂，夜又领命而去。	光蕊再三拜谢。龙王就令夜叉将光蕊送出江口还魂，夜又领命而去。	光蕊再三拜谢。龙王就令夜叉将光蕊身尸送出江口还魂，夜又领命而去。	光蕊再三拜谢。龙王就令夜叉将光蕊身尸送出江口还魂，夜又领命而去。	
却说殷小姐哭要大夫，又欲赴水而死，慌得倓装拼命扯住。	却说殷小姐哭要大夫，又欲赴水而死，慌得倓装拼命扯住。	却说殷小姐哭要大夫，又欲赴水而死，慌得倓装拼命扯住。	却说殷小姐哭要大夫，又欲赴水而死，慌得倓装拼命扯住。	却说殷小姐哭要大夫，又欲赴水而死，慌得倓装拼命扯住。	却说殷小姐哭要大夫，又欲赴水而死，慌得倓装拼命扯住。	却说殷小姐哭要大夫，又欲赴水而死，身赴水而死，倓装拼命扯住。	有陈光蕊的尸首，就离了水晶宫，来到渡口分开水浪，把尸首撤在江岸之上，险些惊倒殷幸相，啼哭杀了小姐温娇，昏死江流。三人皆不知，和尚同知意，有洪州同知，那里二人在那里

（续表）

两仪堂本	上图本	西泰山本	怀新楼本	证道本	陈士斌本	新说本	朱本
							助祭，向前施礼而言曰："众人不必烦恼，且向前去认取此尸，看是不是。"
		正在仓皇之际，		正在仓皇之际，	正在仓皇之际，	正在仓皇之际，	正在仓皇之际，
忽见水面一个死尸浮出，靠近江岸之旁。小姐向前认，是丈夫的尸首。	忽见水面一个死尸浮出，靠近江岸之旁。小姐向前认，是丈夫的尸首。	忽见水面上一个死尸浮出，靠近江岸之旁。小姐向前认，认得是丈夫的尸首。	忽见水面一个死尸浮出，靠近江岸之旁。小姐向前认，是丈夫的尸首。	忽见水面上一个死尸浮来，靠近江岸之旁。小姐忙认着，认得是丈夫的尸首。向前认着，认得是丈夫的尸首。	忽见水面上一个死尸浮来，靠近江岸之旁。小姐忙认着，认得是丈夫的尸首。向前认着，认得是丈夫的尸首。	忽见水面上一个死尸浮来，靠近江岸之旁。小姐忙认着，认得是丈夫的尸首。向前认着，认得是丈夫的尸首。	殷小姐就向前认，"我丈夫是谁的尸首。"
嚷啕大哭。	嚷啕大哭。	一发嚎啕大哭。	嚷啕大哭。	一发嚎啕大哭不已。	一发嚎啕大哭不已。	一发嚎啕大哭不已。	放声大哭。
众人俱来观看，只见光蕊身子渐渐转动。	众人俱来观看，只见光蕊身子渐渐转动。	众人俱来观看，只见光蕊的身子渐渐转动。	众人俱来观看，只见光蕊身子渐渐转动。	众人俱来观看，只见光蕊舒拳伸脚，身子却能展动。	众人俱来观看，只见光蕊舒拳伸脚，身子却能展动。	众人俱来观看，只见光蕊舒拳伸脚，身子却能展动。	众人俱来观看，见光蕊舒拳伸脚，身子却能展动。
忽地爬将起来坐下，众人不胜惊骇。光蕊睁开眼，咳。观见小姐与大人、见殷小姐与大人和尚	忽地爬将起来坐下，众人不胜惊骇。光蕊睁开眼，咳。见殷小姐与大人、见小姐与大人和尚	忽地爬将起来坐下，众人不胜惊骇。光蕊睁开眼，咳。见殷小姐与大人、殷丞相并和尚	忽地爬将起来坐下，众人不胜惊骇。光蕊睁开眼，咳。见小姐与大人、见小姐与大人和尚	忽地爬将起来坐下，咳，光蕊睁开眼，早见殷小姐与大人殷丞相同着小子江流和尚	忽地爬将起来坐下，咳，光蕊睁开眼，早见殷小姐与大人殷丞相同着小子江流和尚	忽地爬将起来坐下，咳，光蕊睁开眼，早见殷小姐与大人殷丞相同着小子江流和尚	就要爬将起来坐下。那光蕊总爬起来，眼与大人殷丞相、小姐早见丈夫与小子江流和尚同

（续表）

两仪堂本	上图本	西泰山本	怀新楼本	证道本	陈士斌本	新说本	末本
俱在哨边哭。	俱在哨哭。	俱在那边哭。	俱在哨哭。	俱在身边哭。	俱在身边哭。	俱在身边哭。	俱在身边哭。
忙问道："你们为何在此？"小姐道："因汝被贼人打死,后来妾身生此子,幸遇金山寺长老抚养,	忙问道："你们为何在此？"小姐道："因汝被贼人打死,后来妾身生此子,幸遇金山寺长老抚养,	光蕊道："你们为何在此？"小姐道："因汝被贼人打死,后来妾身生此子,幸遇金山寺长老抚养,	忙问道："你们为何在此？"小姐道："因汝被贼人打死,后来妾身生此子,幸遇金山寺长老抚养,	光蕊道："你们何在此？"小姐道："因汝被贼身打死,后来妾身生此子,幸遇金山寺长老抚养,此子	光蕊道："你们何在此？"小姐道："因汝被贼人打死,后来妾身生此子,幸遇金山寺长老抚养,此子	光蕊道："你们何在此？"小姐道："因汝被贼身打死,后来妾身生此子,幸遇金山寺长老抚养,此子	陈光蕊曰："汝何在此？"殷小姐曰："因汝被贼人打死,生下一子,托孤金山寺法明长老抚养。
今来寻我。	今来寻我。	今来寻我。	今来寻我。	大来寻我。	寻我相会。	寻我相会。	幸我儿寻我,教他去寻外公,圣相得知。
我教他去报外公得知,	我教他去报外公得知,	我叫他去寻外公得知,	我教他去报外公得知,	我教他去寻外公,父亲得知。	我教他去寻外公,父亲得知。	我教他去寻外公,父亲得知。	
奏闻主上。	奏闻主上。	奏闻朝廷。	奏闻主上。	奏闻主上。	奏闻朝廷。	奏闻朝廷。	
统兵到此,拿住贼人。取剜心肝,祭我夫,不知我夫怎得还魂。	统兵到此,拿住贼人。取剜心肝,祭我夫,不知我夫怎得还魂。	统兵到此,拿住贼人。剜取心肝,祭我夫,不知我夫怎得还魂。	统兵到此,拿住贼人。剜取心肝,祭我夫,不知我夫怎得还魂。	统兵到此,拿住贼人。迟才生祭心肝,望空祭奠我夫,不知我夫怎生又得还魂。	统兵到此,拿住贼人。迟才生祭心肝,望空祭奠我夫,不知我夫怎生又得还魂。	统兵到此,拿住贼人。迟才生祭心肝,望空祭奠我夫,不知我夫怎生又得还魂。	他统领雄兵六万,将这水贼拿至江边,生取心肝,望空祭奠我夫,不知怎生又得还魂？"
光蕊道："因昔我年在万花店,	光蕊道："因昔我年在万花店,	光蕊道："因我昔年在万花店,	光蕊道："因我万花店年在,	光蕊道："曾因我与你昔年在万花店时,	光蕊道："曾因我与你昔年在万花店时,	光蕊道："曾因我与你昔年在万花店时,	陈光蕊总曰："若非我与你昔年在万花店居住,

341

（续表）

两仪堂本	上图本	西泰山本	怀新楼本	证道本	陈士斌本	新说本	朱本
买一尾金色鲤鱼放生。	买一尾金色鲤鱼放生。	买放了那尾金色鲤鱼。	买一尾金色鲤鱼放生。	买放了那尾金色鲤鱼。	买放了那尾金色鲤鱼就是此处龙王。	买放了那尾金色鲤鱼就是此处龙王。	因买鲤鱼。
谁知那条鲤鱼就是此处龙王。	谁知那条鲤鱼就是此处龙王。	谁知那条鱼就是此处龙王。	谁知那条金色鲤鱼就是此处龙王。	谁知那条鲤鱼就是此处龙王。			我见那鱼异样，各别，我就放他。
		后来那厮把我推下水去。		后来逆贼把我推在水中。	后来逆贼把我推在水中。	后来逆贼把我推在水中。	不料我身救对洪逆贼打死，将我尸推入水中。
							有巡海夜叉报入龙宫，龙王就令将我尸首入龙宫。龙王看见，说我原是那人，他的恩人，就是那金色鲤鱼，他是水藏在身上。
亏得他救我，方才赐我还魂，送我宝物，俱在身上。	亏得他救我，方才赐我还魂，送我宝物，俱在身上。	亏得他救我，方才又送我还魂宝物，俱在身上。	亏得他救我，方才赐我还魂，送我宝物，俱在身上。	全亏得他救我，方才赐我还魂，送我宝物，俱在身上。	全亏得他救我，方才赐我还魂，送我宝物，俱在身上。	全亏得他救我，方才赐我还魂，送我宝物，俱在身上。	因此得他救我，赐我还魂，送我的宝物俱在身上。
				更不想你生下这儿子，又得岳丈为我报仇。真是苦尽甘来。	更不想你生下这儿子，又得岳丈为我报仇尽甘来。	更不想你生下这儿子，又得岳丈为我报仇。真是苦尽甘来。	更不想你产下这子，又得岳父代我报仇。"

（续表）

两仪堂本	上图本	西泰山本	怀新楼本	证道本	陈士斌本	新说本	未本
众人大喜!"	众人大喜!"	众人大喜!"	众人大喜!"	莫大之喜!"	莫大之喜!"	莫大之喜!"	
				众官闻知,都来就令。丞相排酒席。答谢所属官员。	众官闻知,都来恭喜。丞相就令安排酒席答谢,所属官员。	众官闻知,都来恭喜。丞相就令安排酒席答谢,所属官员。	众将都来贺喜,殷丞相席令安排酒答谢所属官员。
丞相令军马起程。	丞相就令军马起程。	丞相遂令军马起程。	丞相就令军马起程。	即日军马回程。	即日军马回程。	即日军马回程。	即日令军马起程。莫个糠散金银,人唱叉歌回正行之次。
		不一日,					
							只见红轮西下,玉兔东生。正是行人归旅店,鸦鹊噪寒林。
来到万花店,	来到万花店,	来到万花店,	来到万花店,	不觉来到万花店,丞相传令众人安营。	来到万花店。那丞相传令安营。	来到万花店。那丞相传令安营。	林下觉来到万花店。殷丞相令众要管下寨。

（续表）

两仪堂本	上图本	西泰山本	怀新楼本	证道本	陈士斌本	新说本	朱本
							有陈光蕊与妻殷小姐曰："我与你赴任之时，曾将婆婆寄在万花店内。我抽身上去看取婆婆尚在店上。有江流和尚答曰："昔日我父母写书一封，就着婆婆去寻取婆婆。问那店主，说他在南头店上。不见婆婆，问南头店主，说他在南头店。孩儿寻至店中，果见婆婆，双眼昏了。孩儿拜告天地，将婆婆双眼用舌头舔开，依旧光明，仍复如初。不肖就在刘家店安下，付了盘缠，已经又是三个月了。"

（续表）

两仪堂本	上图本	西泰山本	怀新楼本	证道本	陈士斌本	新说本	朱本
光蕊同俊装到到刘家店寻见老母。	光蕊同俊装到到刘家店寻见老母。	光蕊同俊装到到刘家店寻见母亲。	光蕊同俊装到到刘家店寻见老母。	光蕊便同玄奘到到刘家店未寻婆婆。	光蕊便同俊装到刘家店寻婆婆。	光蕊便同俊装到刘家店寻婆婆。	殷丞相就同陈光蕊与江流众人，行至万花店刘家店前。
				那婆婆当夜得一梦，梦见枯木开花，屋后喜鹊频频喧噪，想道："莫不是我孙儿来也。"说犹未了，只见店门外，光蕊父子齐到，小和尚指道："这不是俺婆婆？"光蕊见了老母。	那婆婆当夜得一梦，梦见枯木开花，屋后喜鹊频频喧噪，想道："莫不是我孙儿来也。"说犹未了，只见店门外，光蕊父子齐到，小和尚指道："这不是俺婆婆？"光蕊见了老母。	那婆婆当夜得一梦，梦见枯木开花，屋后喜鹊频频喧噪，想道："莫不是我孙儿来也。"说犹未了，只见店门外，光蕊父子齐到，小和尚指道："这不是俺婆婆？"光蕊见了老母。	有陈婆婆当夜梦得一奇梦，梦见枯木开花，屋后喜鹊频频喧噪，道："莫不是我儿来了？"说犹未了，只见店门外，有小和尚先进。"这里寻俺婆婆？"
连忙拜倒。母子大哭一场。	连忙拜倒。母子大哭一场。	连忙拜倒。母子抱头大哭。	连忙拜倒。母子大哭一场。	连忙拜倒。母子抱头痛哭一场。	连忙拜倒。母子抱头痛哭一场。	连忙拜倒。母子抱头痛哭一场。	陈光蕊连忙拜进去，拜了母来。
把上项事说了一遍，算还小二店钱。	把上项事说了一遍，算还了小二店钱。	把上项事说了一遍，算还了小二店钱。	把上项事说了一遍，算还小二店钱。	把上项事说了一遍，算还了小二店钱。	把上项事说了一遍，算还了小二店钱。	把上项事说了一遍，算还了小二店钱。	把前项事情说了一遍。
							殷丞相就令小二来算店钱，那小二不敢受。

345

（续表）

两仪堂本	上图本	西泰山本	怀新楼本	证道本	陈士斌本	新说本	朱本
回见相府，一同到京。	回见相府，一同到京。	回见丞相，一同到京。	回见相府，一同到京。	回见丞相，丞相令起程。	起程回到京城。	起程回到京城。	即令军马起程。
				将軟车护送婆与小姐一同到京城。			就将軟车护送婆与小姐一同上京。
入了相府。	入了相府。	入了相府。	入了相府。	丞相进府。	进了相府，	进了相府，	晚行夜宿，不见已到京城。
光蕊夫妻，母子四人，未见见夫人。	光蕊夫妻，母子四人，未见见夫人。	光蕊夫妻，子母四人，拜见了夫人。	光蕊夫妻，子母四人，未见见夫人。	光蕊同小姐与婆，依装都来见了夫人。	光蕊同小姐与婆，依装都来见了夫人。	光蕊同小姐与婆，依装都来见了夫人。	唦马先报夫人得知，俱在丞相府前，迎接丞相进府。陈光蕊及小姐与婆及江流和尚都来见夫人。
夫人大喜，	夫人大喜，	夫人不胜之喜，	夫人大喜，	夫人不胜之喜。	夫人不胜之喜。	夫人不胜之喜。	又见陈光蕊还魂，小姐完聚，夫人不胜欢喜。
设宴庆贺。	设宴庆贺。	分付家僮，设宴庆贺。	设宴庆贺。	分付家僮，大排筵宴庆贺。丞相道："今日此宴可取名为团圆会。"	分付家僮，大排筵宴庆贺。丞相道："今日此宴可取名为团圆会。"	分付家僮，大排筵宴庆贺。丞相道："今日此宴可取名为团圆会。"	分付家僮，安排酒席。殷丞相取名叫做"团圆酒"。
合家欢乐。	合家欢乐。	合家欢乐。	合家欢乐。	真正合家欢乐。	真正合家欢乐。	真正合家欢乐。	不在话下。

（续表）

两仪堂本	上图本	西泰山本	怀新楼本	证道本	陈士斌本	新说本	朱本
次日，殷丞相入朝。	次日，殷丞相入朝。	次日，殷丞相入朝覆旨。	次日，殷丞相入朝。	次日早朝，唐王登殿，殷丞相出班叩首。	次日早朝，唐王登殿，殷丞相出班。	次日早朝，唐王登殿，殷丞相出班。	次日临朝，唐王登殿，殷丞相出班叩首称谢。
将事情启奏唐王。	将事情启奏唐王。	将此事奏知唐王。	将事情启奏唐王。	将前事情备细启奏一遍。	将前事情备细启奏。	将前事情备细启奏。	殷丞相就启上一本。臣因年迈，不能摄政，告乞归田里，告养膝下女婿陈光蕊。
并荐光蕊才可大用，唐王准奏，升陈等为学士之职。	并荐光蕊才可大用，唐王准奏，升陈等为学士之职。	并荐光蕊才可大用，即命陈等为学士之职。	并荐光蕊才可大用，唐王准奏，升陈等为学士之职。	并荐光蕊才可大用，命陈等为学士之职。	并荐光蕊才可大用。唐王准奏，即命陈等为学士之职。	并荐光蕊才可大用。唐王准奏，即命陈等为学士之职。	有文武全材堪称此职。唐王准奏，就宣陈光蕊为丞相去讫。
				随朝理政。	随朝理政。	随朝理政。	随朝治事。
依妆立意安禅，送在洪福寺内修行。后来殷小姐毕竟从容自尽，依妆自到金山寺中报答。	依妆立意安禅，送在洪福寺内修行。后来殷小姐毕竟从容自尽，依妆自到金山寺中报答。	依妆立意安禅，送在洪福寺内修行。后来殷小姐毕竟从容自尽，依妆自到金山寺中报答。	依妆立意安禅，送在洪福寺内修行。后来殷小姐毕竟从容自尽，依妆自到金山寺中报答。	依妆立意安禅，送在洪福寺内修行。后来殷小姐毕竟从容自尽，依妆自到金山寺中报答。	依妆立意安禅，送在洪福寺内修行。后来殷小姐毕竟从容自尽，依妆自到金山寺中报答。	依妆立意安禅，送在洪福寺内修行。后来殷小姐毕竟从容自尽，依妆自到金山寺中报答。	殷丞相致仕归，江流和尚分付在光兴等内修行讫。
法明师父。	法明长老。	法明长老。	法明师父。	法明师父。	法明长老。	法明长老。	
不知后来事体若何，且听下回分解。	不知后来事体若何，且听下回分解。	不知后来事体若何，且听下回分解。	不知后来事体若何，且听下回分解。	不知后来事体若何，且听下回分解。	不知后来事体若何，且听下回分解。	不知后来事体若何，且听下回分解。	语分两头又一卷分解。

附　录　二

前世本与世德堂本第九至十二回内容对比

前世本	世德堂本
第九回 陈光蕊赴任逢灾　江流僧复仇报本	第九回 袁守诚妙算无私曲　老龙王拙计犯天条
话说陕西大国长安城，乃历代帝王建都之地。方今却是大唐太宗皇帝登基，改元贞观。此时已登极十三年，天下太平，八方进贡。一日，太宗升殿，文武官朝拜毕……玄奘立意安禅，送在洪福寺内修行。后玄奘自到金山寺，报答法明师父。不知毕竟来事体若何，且听下回分解。	诗曰： 都城大国实堪观，八水周流绕四山。 多少王兴此处，古来天下说长安。 此单表陕西大国长安城，乃历代帝王建都之地。自周、秦、汉以来，三川花似锦，八水绕城流。三十六条花柳巷，七十二座管弦楼。华夷图上看，天下最为头。真是奇胜之方。今却是大唐太宗文皇帝登基，改元贞观。此时已登极十三年，岁在己巳。且不说他安邦定国的英豪，与那创业争疆的杰士。

（续表）

前世本	世德堂本
第十回 老王拙计犯天条 魏征遣书托冥吏	
再说长安城，有两个相与甚好：一个是渔翁，名唤张稍；一个是樵子，名唤李定。一日在酒馆同饮，吃了半酣，顺泾河岸边而行。李定问道："张兄，你每日所获鱼虾甚多，只因西门街上，有一个卜先生。我每日送他一尾鲤鱼，他就教我占一课。依方位，百下百中。今日我又去买卦，定获满载鱼虾而归。西岸抛钓，下网，我明日沽酒与兄吃。"	那说长安城外泾河岸边，有两个贤人：一个是渔翁，名唤张稍；一个是樵子，名唤李定。他两个是不曾登科的进士，能识字的山人。一日在长安城里，卖了肩上柴，货了篮中鲤，同入酒馆之中，吃了半酣，各携一瓶，顺泾河岸边，徐步而回。张稍道："李兄，我想那争名的，因名丧命；夺利的，为利亡身；受爵的，抱虎而眠；承恩的，袖蛇而走。算起来，还不如我们水秀山青，逍遥自在，甘淡薄，随缘而过的好。"李定道："张兄说得有理。但只是那水秀，不如我的山青。"张稍道："你山青不如我的水秀，有一《蝶恋花》为证：烟波万里扁舟小，静依孤篷，西岸芦花绕。渌水溪深鱼易饱，莲舟盈满得丰饶。 数点沙鸥堪乐道，柳岸芦湾，妻子同欢笑。一觉安眠风浪俏，无荣无辱无烦恼。"李定道："你的水秀不如我的山青，也有一《蝶恋花》为证：云林一段松花满，默听莺啼，巧舌如调管。红瘦绿肥春正暖，倏然夏至光阴转。 又值秋来容易换，黄花丛菊，赏玩些盘桓。满地榭花霜雪冷，迅速严冬四季殷。"樵子道："你山青不如我的水秀，有什么受用处？我有一《鹧鸪天》为证：仙乡云水足生涯，摆橹横舟便是家。活剀鲜鳞烹绿鳖，旋蒸紫蟹煮红虾。 青芦笋，水荇芽，菱角鸡头更可夸。娇藕嫩藕芹叶菜，慢火煨鱼味更佳。"渔翁道："你水秀不如我山青，亦有一《鹧鸪天》为证：崔嵬峻岭接天涯，草舍茅庵是我家。腌腊鸡鹅强蟹鳖，獐犯兔鹿胜鱼虾。 香椿叶，黄楝芽，竹笋山茶又可夸。紫李红梅甜杏熟，堪怜崔李更堪夸。"樵夫道："你山青真不如我的水秀受用，再有一《天仙子》为证：一叶小舟随所寓，万叠烟波无恐惧。垂钩撒网捉鲜鳞，没酱腻，偏有味，老妻稚子团圆会。 鱼多又货长安市，换得香醪吃个醉。蓑衣当被卧秋江，鼾鼾睡，无忧虑，不管六朝兴与废。"渔翁道："你水秀还不如我山青，也有一《天仙子》为证：茅舍数椽山下盖，松竹梅兰真可爱。穿林越岭觅干柴，没人怪，从我卖，或少或多凭世界。 将钱沽酒随心快，瓦钵磁瓯殊自在。酕醄醉了卧松阴，无挂碍，无利害，不管人间兴与败。"樵夫道："李兄，你山中若是不如我水上生意快活，有一《西江月》为证：红蓼花繁映月，黄芦叶乱摇风。碧天清远楚江空，牵搅一潭星动。 入网大鱼捉队，吞钩小鱼成丛。得来烹煮味偏浓，笑傲江湖打哄。"渔翁道："李兄，你水秀还不如我山青快活，亦有一《西江月》为证：

（续表）

前世本	世德堂本
	坡叶枯藤满路，破梢老竹竿山。女萝干葛乱牵攀，折取藤绳收杀担。采来堆积备冬寒，换酒换钱从俺懒。渔翁道："你山中虽可比过，还不如我水秀的幽雅。有一《临江仙》为证：潮落旋移孤艇去，夜深燕睡芦洲。随心尽意自安排，亦有《临江仙》可证：苍遥秋搜抬担回来。蒸梨炊黍旋铺排，有诗为证。樵夫道："你那闲时又不如我的闲时好也。性定果然知浪静，身安自觉风波微。俺舟随绿水烟波汎，身在青山绿树微。但散道词章，不为稀罕。无事琴棋似着罗衣，看我这两个真是实定章。李稍道："李兄，我两个俱吟咏可相得，不须枉把根通。张兄且言妙，清兄无先吟。虫蛀空心榆柳，风吹断头松栖。修竹茅庵掩石扉。樵门对客把根国。你那闲时开卷读，龙门鲤甲游云委。龙口场书科歌听咏鸿，是幽雅的幽雅，拔云寻路还不须枉把根通。借绿水烟波内，钓绳如常挂晒。钓网多般塔缝如唱似着罗衣，石上重重磨擦似着罗衣，自唱自歌道字漫传传韵。行令情奉频递盏，拆牌道字共子句。溪边挂网钓清江，春来黄鸟鸣，秋月仲阳过似锋。小舟仲夜听咏独钓，秋月常独钓寂寂不须枉把根通。呼兄唤弟共携朋聚野翁。烹虾煮蟹朝朝乐，炒鸭烹鸡日日丰。易归煎茶情散淡，山妻造饭饮意从容。晚来举杖杖淘轻浪，日出李稍道："我爱秋情蓑衣，潜踪避世收痴蠢，隐姓埋名作哑聋。风月伴狂山野汉，江湖寄傲老余丁。清闲有分随沸洒，口苦无闻鼓笙乐。名利心无不算计，干戈身眼不闻声。随时一酌春醪酒，度日三餐野菜羹。两束柴薪识松梅友，忘情结识松梅友，乐意相交野鸥鹭。闲呼稚子磨钢斧，静唤憨儿补旧绳。春到爱观杨柳绿，夏天遂爱看荷青。秋到看黄菊，时融喜看荻芦青。冬来柴薪新为活计，一年四季暑修蒸。霜降蟹肥常自足，重阳蟹壮菊及时烹。数九天高自不寒，八新竹，六月乘凉摘嫩菱。

（续表）

前世本	世德堂本
二人说话不料教一个巡水的夜叉听见，慌忙报与龙王，将张稍所言一一说了。龙王大怒道："若依卖卦的道算，却不将水族尽行打去？何以壮观水府？遂提到要上城，杀这卖卦先生。龙子、龙孙，恐惊了长安黎庶，上天见怒。上天见责。龙女从旁劝道："大王息怒。大王见责。上天见责，到城内访问。果有此事，诛灭不迟。若无此事，杀着不迟。"	节山中随放性，四时湖里任陶情。采薪自有仙家兴，垂钓全无世俗形。门外野花香艳艳，船头绿水浪平平。身安不说三公位，性定强如十里城。他二人既各道词章，又相联诗句，行到那分路去处，船身作别。"李闻言，大怒道："你这厮翻江！"李这厮不得翻江。"张稍道："李兄，我来世也不等你这等说，你还这般烦重！"上山行细看真有些凶险，正是明日上城来，卖我这等货。明日上城来，卖我这等货。二人从头与老兄见教别。 这正是路上说话，草里有人。原来这泾河水府有一个巡水的夜叉，听了百千着的夜叉，听了百千着的夜叉，忙报与龙王道："有甚祸事了？"夜叉道："臣巡水去到河边，只听得两个渔翁樵子作别时。相别时，他就袖传一课，教他百下百着。若依此等货准，长安城里西门街上，有一卖卦先生，却不将水族尽该灭绝？如此久以后，水府何存？"龙王甚怒，急提了剑，就要上城，诛灭这卖卦的。龙子龙孙、虾臣蟹士，鳜少卿、鲤太宰、鳜军师、鲈司从，一齐启奏道："大王且息怒。常言道：过耳之言，不可听信。大王此去，必有云从，必有雨助，恐惊了长安黎庶，上天见怒，大王且宽心。容加减弱不迟，容加减弱不迟。若无此事，可于无害，可于无害，可于无害，加添弱不迟，若无此事，可于无害，可于无害，可于无害也？"
龙王依奏，遂变做白衣秀士，径到长安城西门大街上。见一簇人围住门的相冲。凤狗的相冲。那人是当朝钦天监台正袁天罡的叔父袁守诚。龙王与他行礼谦，分开众人，望里观看，走上前，分开众人，望里观看，只见那龙台正袁天罡的叔父袁守诚。此人是当朝钦天监台正袁天罡的叔父袁守诚。	龙王依奏，遂弃宝剑，也不兴云雨，出岸上，摇身一变，变作一个白衣秀士。真个：丰姿英伟，耸壑昂霄。步履端祥，循规蹈矩。语言遵孔孟，礼貌体周公。身穿玉色罗襕服，头戴逍遥一字巾。迳直行到长安城里。只见那西门大街上，有一簇人，挤挤杂杂，闹闹哄哄，济济攒攒。内有高谈阔论的。龙王近前看时，原来是卖卦之处。走上前，分开众人，望里观看，只见：四壁珠玑，满堂绮绣。宝鸭香无断，磁瓶水恁清。两边罗列王维画，

（续表）

前世本	世德堂本
坐，老王曰:"请卜何时下雨?"先生即神占一课。断曰:"云送山顶，雾罩林梢。若占雨泽，准在明朝。"龙王道:"明日甚时下雨?雨有多少尺寸?"先生道:"明日辰时布云，巳时发雷，午时下雨，未时雨足，共得水三尺三寸零四十八点。"龙王笑曰:"此言不可作戏。如若明日有雨，依你断的时辰数目，我送课金五十两奉谢。若无雨，或不按时辰数目，我要打坏你的门面，扯碎你的招牌，即时赶你出长安，不许在此惑众!"先生欣然而答:"这便任你。请了，明朝雨后来会。" 龙王遂回水府。众水神接着，问道:"大王访那卖卦的如何?"龙王将前事并与他赌赛说了一遍。众水神笑曰:"大王是八河都总管，司雨的大龙神，他怎敢这等明言?那卖卦的定是输了!"话未已，那巡海夜叉，撺头而来。时见一个金衣力士，手擎玉帝敕旨，径投水府而来。龙王整衣接旨。金衣力士回空而去。龙王谢恩。明朝施雨泽，普济长安城。旨意上世上有此灵!"鲥军师奏曰:"鲥军师差了时辰，少些点数?大王问此辰，少些点数?龙王明日行雨差了时辰，少些点数?大王明日行雨准不准，已不赢他?少数，就是那厮断卦不准，果何难他所奏，龙王依他所奏。	座上高悬鬼谷形。端溪砚，金烟墨，相衬着霜毫大笔;火珠林，郭璞数，谨对了台政新经。六爻熟谙，八卦精通。能知天地理，善晓鬼神情。一排子午安排定，满腹星辰布列清。知凶定吉，断死言生。此人是当朝钦天监台正袁天罡，袁守诚是也。袁果然相貌稀奇，仪容秀丽，名扬大国，术冠长安。龙王入门相见，与先生相见。礼毕，请先生即袖传一课。先生曰:"云送山头，雾罩林梢。若占雨泽，准在明朝。"龙王曰:"请卜明日甚时下雨?雨有多少尺寸?"先生云:"明日辰时布云，巳时发雷，午时下雨，未时雨足，共得水三尺三寸零四十八点。"龙王笑曰:"此言不可作戏。明日若有雨，或不按时辰数目，我送课金五十两奉谢。若无雨，或不按时辰数目，我不许在此惑众!"先生欣然而答:"这个一定任你。请了，明朝雨后来会。" 龙王辞别，出长安，回水府。大小水神接着，问曰:"大王访那卖卦的如何?"龙王道:"有，有，有!但是一个掉嘴口讨春的先生。我问他几时下雨，他就说明日下雨;问他什么时辰，什么雨数，我与他打了个赌赛;若赢如他，与他五十两银;若输与他，就打破他门面，赶他起身，不许在长安惑众。"众水族笑曰:"大王是八河都总管，司雨的大龙神，那卖卦的如何与你知之定输了?"此言未毕，只听得半空中叫:"泾河龙王接旨。"众抬头上看，是一个金衣力士，手擎玉帝敕旨，径往水府而来。慌得龙王整衣端肃，焚香接了。金衣力士回空而去。龙王拆封看时，上写着:"敕命八河总，驱雷掣电行，明朝施雨泽，普济长安城。"旨意上时辰数目，与那龙王所约，不差丝毫。唬得那龙王魂飞魄散。少顷苏醒，对众水官道:"世上有此灵人，真个是能通天地理，却不输与他?"鲥军师蟹相曰:"大王放心。要赢那厮断卦不准，少些点数?龙王问此计，军师道:"行雨差了时辰，少些点数，就是那厮断卦不准，果是那样断卦的所奏，龙王依他所奏。

前世本	世德堂本
至次日，点风伯、雷公、云童、电母，直至长安九霄空上。却只得三尺零四十点，未时下雨，申时止。雨发卦毕。他又按落云头，就把他招牌、笔，砚众人心打一齐打碎。大马问："你这卖卜的妖人！说今日下雨的时辰点数俱不相对，你今早出去，饶你这卖卜的死罪！"守诚公然不惧分毫，仰面朝天冷笑道："我无死罪，我不怕！你违了玉帝敕旨，犯了天条，改了时辰，克了点数，还不是死罪？恐难免一刀，只是休怪。"前言戏之耳，已知弄假成真。果然违犯天条，只是指条生路与你救生便了。守诚曰："你明日午时三刻，该赴人曹官魏征丞相处听斩。若是讨得他个人情，方保无事。"	至次日，点札风伯、雷公、云童、电母，直至长安城九霄空上。他挨到那已时方布云，午时发雷，未时落雨，申时雨止，还变作白衣秀士，公然不动。这先王轮起时辰点数众将班师，克了他三寸八点。雨后发放众将班师，笔、砚一齐抹碎。他来到那已时方布云，午时发雷，未时落雨，申时雨止，却只得三尺零四十点。改了他一个时辰，克了三寸八点。雨发卦毕。他又按落云头，就把他招牌、笔，砚众人心打一齐抹碎。大马问道："你这卖卜的妖人！说今日下雨的时辰点数俱不相对，你还死罪，只怕你倒有个死罪哩！"守诚公然不惧分毫，仰面朝天冷笑道："我无死罪，我不怕！你违了玉帝敕旨，犯了天条，改了时辰，克了点数，还不是死罪？恐难免一刀，只是休怪。"前言戏之耳，已知弄假成真。果然违犯天条，只是指条生路与你救生便了。守诚曰："我救你不得，只是指条生路与你救生命。须当急急去告当今唐王。愿求指教。"守诚曰："你明日午时三刻，该赴下的丞相魏征处听斩。若是讨得他个人情，方保无事。"
也不回水府，只在空中，等到午时，收了云头，径入长安。此时大宗正梦出宫门之外，步月花阴。忽然见龙王，变作人相，上前跪道："陛下救我！"太宗云："你是何人？朕当救你。"龙王云："陛下是真龙，臣是业龙。臣因犯了天条，该陛下贤臣人曹官魏征处斩，故来拜求，望陛下救我一救！"太宗曰："既是魏征征斩，朕可以救你。你放心前去。"龙王欢喜，叩谢而去。	龙王闻言，拜辞含泪而去。不觉红日西沉，太阴星上。但见：烟凝山紫归鸦倦，远路行人投旅店。渡头新雁宿眭沙，银河现。催更筹，孤村灯火光无焰。风袅炉烟清道院，蝴蝶梦中人不见。月移花影上栏杆，星光乱。漏声换，不觉深沉夜已半。这泾河龙也不回水府，只在空中，等到子时前后，收了云头，径来皇宫门首。此时唐王正梦出宫门之外，步月花阴，忽然龙王变作人相，上前跪拜。口叫："陛下，救我，救我！"太宗云："你是何人？朕当救你。"龙王云："陛下是真龙，臣是业龙。臣因犯了天条，该陛下贤臣人曹官魏征处斩，故来拜求，望陛下救我一救！"太宗云："既是魏征征斩，朕可以救你，你放心回去。"龙王欢喜，叩谢而去。

353

（续表）

前世本	世德堂本
太宗梦醒，念念在心。次早设朝，文武众官朝贺毕，太宗只见众官俱在，独不见魏征，心内暗想：昨夜之梦，这魏征处斩，今不见魏征，须审他未朝。不要放他出门。过此一日，可教梦中之龙意定了。遂使魏征入朝，着他午时三刻，在府中试剑之神，故此未曾入朝。一见当驾官奏：不曾见魏征。梦斩泾河老龙，梦斩泾河老龙，当驾官奏：不曾入朝，只得整夜国之谋。即命诸臣散朝，独留魏征入便殿，却命前官初时候，将近已午时初时候，却命前官……卿对来。众嫔妃随取棋枰，铺设御案。	却说那大宗梦醒后，念念在心。早已至五鼓三点，大宗设朝，聚集两班文武官员。待臣下唱：拿女嫔，礼乐近汉周。静鞭三响，衣冠拜冕旒。宫花灿烂天香袭，堤柳轻柔御乐飘。珍珠帘卷，宝华摇留。文官英秀，武将划拔。御道分高下，丹墀列品流。金章紫绶乘三象，地久天长万万秋。众官朝贺已毕，王上生受，武官各分班。唐王闪凤目龙睛，一从头观看。只见那文官内是房玄龄、杜如晦、徐世勋，许敬宗、王圭、魏征等，武官处……一个个威仪端肃。排立两边。唐王正自观看，只见那魏征丞相在那班中，闪身出来，俯伏在阶前道：陛下，昨日夜来，怎的这般整夜思省？世续对曰：着当驾官宣魏征入朝。却说魏征丞相，自从那日夜来，斋戒沐浴，在府中试慧剑运元神，故此未曾入朝。一见当驾官请着入朝，在御前叩头请罪。唐王出旨道：故此未曾入朝。召入便殿，名入便殿，先发旨安邦，朕与贤卿对来。众嫔妃随取棋枰，铺设御案。毕竟不知胜负如何，且听下回分解。

第十回　二将军宫门镇鬼　唐大宗地府还魂

前世本	世德堂本
魏征谢了恩，君臣二人摆开阵势，逐一着厮劘。君臣盘残局未终，魏征忽然伏着。大宗时三刻，大宗任他伏睡着。大宗任他酣睡。正待魏征醒来，望陛下赦臣慢君之罪。太宗道：卿有何罪？	却说大宗与魏征在便殿对弈，一着罢，摆开阵势。正合《烂柯经》云：博弈之道，贵乎严谨。高者在腹，下者在边，中者在角，此棋家之常法。法曰：宁输一子，勿失一先。击左则视右，攻后则瞻前。有先而后，有后而先。两生勿断，两死勿连。路绝而救，子孤而战。子孤而战，密不可取则逃生，弃子以求生。与其无事而独行，不若固之而自补。夫彼众我寡，先谋其生；我众彼寡，务张其势。善胜者不争，善阵者不战；善战者不败，善败者不乱。

（续表）

前世本	世德堂本
掷退残棋，与卿从新更着。"魏征谢恩，却才拈子在手，忽见朝门外有人大呼小叫。原来是秦叔宝、徐茂功等，将着一个血淋淋的龙头，掷在帝前，启奏道："十字街头，云端里落下这颗龙头，微臣不敢不奏。"太宗惊问魏征："此是何说？"叔保、茂功道："千步廊南，十字街头，臣等亲见，故将来奏。"唐王惊问魏征："是卿何时斩此龙？"魏征道："陛下，臣在朝与陛下对残局，合眼朦胧，忽闻人说朝廷差臣梦斩老龙，臣随后到斩龙台去斩。"唐王闻言甚喜，亦惊亦忧。喜者夸奖魏征好臣，忧者犹恐老龙来讨命。当时即着秦叔宝、徐茂功等送龙头去十字街头，号令百姓。一壁厢宣召魏征。晚谕退了满朝文武，只见太宗心中只是忧闷，回宫也睡不稳。当夜二更时分，只听得宫门外有鬼泣声，太宗愈加惊恐。正朦胧睡间，又见那泾河龙王，手提着一颗血淋淋的首级，高叫："唐太宗，还我命来！还我命来！你昨夜满口许救我，怎么天明时反宣人曹官来斩我？你出来！你出来！我与你到阎君处折辩折辩！"说毕，那领皮来扯住太宗，只嚷：还我命来！太宗口难言，身难动，只是汗流遍体。正在那难分难解之时，只见正南上香风绕绕，彩雾飘飘，有一个女真人，一撮柳枝把甘露遍洒，那鬼闻着滴住了，放声大哭而去。原来这是观音菩萨，领佛旨上东土寻取经人，此住长安城都土地庙里，夜闻鬼泣神号，特来喝退业龙，救脱皇帝。那龙径到阴司地狱具告不题。	棋始以正合，终以奇胜。凡致人之道，有图败绝之意，弃小而不救者，有图大之心。随手而下者，无谋之人也；不思而应者，取败之道也。《诗》云：'弭嫡小心，如临于谷'。此之谓也。下到玄微，通变化全。太宗与此二仙，正下到斜午时三刻，一盘残局未终，魏征忽然睡着。太宗见他睡着，不多时，魏征醒来，睡伏在地道："臣该万死，臣该万死！适才晕困，不知不觉伏下就睡，望陛下赦臣慢君之罪。"太宗道："卿有何慢朕之处？且起来，掷退残棋，与卿从新更着。"魏征谢了恩，却才拈子在手，只听朝门外大呼小叫。原来是秦叔宝、徐茂功等，将着一颗血淋淋的龙头，掷在帝前，启奏道："陛下，海浅河枯曾有见，云端里落下这颗龙头，是旷古奇事，臣等不敢不奏。"唐太宗与魏征起身道："此物何来？"叔宝、茂功道："千步廊南，十字街头，臣等亲见，故将来奏。"唐王惊问魏征："此是何说？"魏征转身叩头道："是臣适才一梦斩的。"太宗大惊道："贤卿睡着，又不曾动身动手，又无刀剑，如何却斩此龙？"魏征奏道："主公，臣的身在君前，臣的梦离君座。那睡着的是臣魏征，在那剐龙台上，被天兵绑缚其中。那龙道：'你犯罪当死，我奉玉帝敕旨，在此监斩。'那龙哀苦，臣也苦。龙哀苦告饶，臣衙门中有劈头一声，猛然醒来。却才伏爪收鳞甘受死，臣却举霜锋一剑，只得强打精神，舞龙泉宝剑，丁丁当当，一刀挥过，就把那龙头剁下来也。"太宗闻言，心中只是忧闷，想那梦中之处，又愁又喜。喜者夸奖魏征好臣，忧者犹恐老龙来讨命。当晚回宫，心中只是忧闷，渐觉神魂倦怠，身体不安。当夜二更时分，只听得宫门外有鬼泣神号，太宗愈加惊恐。正朦胧睡间，又见那泾河龙王，手提着一颗血淋淋的首级，高叫："唐太宗，还我命来！还我命来！你昨夜满口许救我，怎么天明时反宣人曹官来斩我？你出来！你出来！我与你到阴司阎君处折辩折辩！"说毕，领着那皮来扯住太宗，口口声声，只嚷：还我命来！唐太宗口难言，身难动，只是汗流遍体。正在那难分难解之时，只见那正南上香风绕绕，彩雾飘飘，有一个女真人，将杨柳枝用手一摆，那滴滴的甘露，把那鬼的血水淋淋都洒了。原来这是南海普陀落伽山观世音菩萨，领佛旨上东土寻取经人，此住长安城都土地庙里，夜闻鬼泣神号，特来喝退业龙，救脱皇帝。那龙径到阴司地狱具告不题。

355

（续表）

世德堂本	前世本
却说太宗苏醒回来，只叫"有鬼！有鬼！"慌得那三宫皇后、六院嫔妃，与近侍太监，战战兢兢，一夜无眠。及至五更三点，那满朝文武多官，都在朝门外候朝。等到天明，犹不见临朝，谏得一个个惊惶。正是：朕日上三竿，方有旨意，召医官入宫用药，众人在朝门首候讨信。少时，医官出来，众问何疾。众官道："皇上脉气不正，虚而又数，又诊得十动一代，五脏无气，恐入到七日之内无矣。"众官闻言大惊失色。正他惶惧间，又听得太后有旨宣公见驾。三公闻言，急入到分宫见驾。拜见毕，太宗正色强言道："贤卿，寡人十九岁领兵，南征北伐，东挡西除，苦历数载，更不曾见半点邪祟。今日却反见鬼？"魏徵公道："创立江山，杀人无数，何怕鬼乎？"太宗道："卿是不信。朕这寝宫门外，入夜就抛砖弄瓦，鬼魅呼号。委是难寐。"敬德道："陛下宽心，今晚臣与敬德把守宫门，看有甚么鬼祟。"太宗准奏。尉迟公谢恩而出。当日天晚，各取披挂，身披铠甲，手执金瓜钺斧，在宫门外把守。好将军！你看他怎生打扮：头戴金盔斗斗，那一个环睛映电光，身披铠甲龙鳞。护心宝镜晃晃，绣带彩霞新。这一个金盔晃亮，重复安寝。二将军当晚把守门庭，一夜天晚，更不曾见一点动静。遂此二夜，朕自得睡，劳二将军勤劳，分付道："这两日朕虽得安，只是难为二卿辛苦。朕欲召与房杜诸公，敬德与房杜诸公画一将军真容，贴于门上。夜间也即无事。"众臣即领旨，当夜将门无事。后门又响，今着后门亦安，这着魏徵手执立在后门首，真个好英雄也！大宗准奏，又宣魏徵，他怎生打扮：熟绢青巾抹额，锦袍玉带垂腰，兜风鞋衬袖拂来蓝袜神貌，手持利刃，身多体重。虽是前后门无事，奈圆睛两眼四边瞧，那个邪魔敢到！一夜通明，也无鬼祟。	却说太宗醒来，连叫"有鬼！"惊得后妃，战战兢兢，着众官免朝。及天明方有旨意，着众官免朝。过了两日，大后有旨，急入御前。拜见毕，三人奉旨，拜见毕。太宗道："贤卿，朕自十九岁领兵征伐，不曾见鬼！白日见鬼！"魏徵奏道："陛下宽心，为何今日却反抛砖弄瓦，鬼魅呼号，委是邪祟可！入夜就抛砖弄瓦，鬼魅呼号。叔宝道："陛下宽心。今晚臣与敬德把守宫门。"是夜天晚，并不见一将军，重复安寝，只赐皇宝，待立宰门来护卫。比及天晚，晚来宣二将军。如此三五夜，虽得安寝，只是太宗在宫安寝无事。太宗日前门来护卫，如此三五夜，是两势病势十分沉重。

（续表）

前世本	世德堂本
一日，太后召众臣商议后事。太宗向徐茂公奏道："朕一心爱卿，言毕，沐浴更衣，候时而已。惚保臣长生。"太宗道："朕势已入膏肓，如何保得？"征曰："臣有书一封，此人乃先帝驾前之臣，为礼部侍郎，在日与臣相知。现在阴司做掌生死簿的判官。他今已死，相知甚厚。他念微臣之分，必然故此与他，他去将此书付与他，他念微臣之分，必然故此与他。太宗闻言，接入袖里，遂瞑目而亡。那三宫六院及储君文武，俱举哀，再看后文如知。残险已毕，梓宫停在白虎殿。 第十一回 游地府太宗还魂　进瓜果刘全续配 却说太宗魂灵出五凤楼，只见林军马，请大驾出朝来措，马俱无。独自个散步荒郊草野之间。正惶惶之间，一官员乌纱罗袖，捧笏跪拜路傍，口称："陛下，微臣接驾来迟。先主远去。"太宗道："大唐皇帝，往这里来？"那人道："你是何人？即差鬼使催请陛下。望乞恕罪对案；即向袖中即向袖中取出有书前驾征魏有书一封，寄与先生。"	一日，太后又传旨，召众臣商议后事。太宗又宣徐茂功，分付国家大事，叮嘱仿效刘主托孤之意。言毕，沐浴更衣，待时而已。旁闪魏征，手扯龙衣，奏道："陛下宽心，臣保陛下长生。"太宗道："病势已入膏肓，命将危矣。如何保得？"征云："臣有书一封，进与陛下，先受兹洲令，带去到冥司付酆都判官崔珏。"太宗道："崔珏是谁？"征道："崔珏乃是太上皇帝驾前之臣，先受兹洲令，后升礼部侍郎。在日与臣八拜为交，相知甚厚。他如今已死，现在阴司做掌生死案牍的都判官。臣旦梦中常与他会晤。此去若将此书付与他，定念故臣，定取我魂转回来，皇教魂转帝梦之颜，待长储君及两班文武，俱举哀，戴孝。那三宫六院，皇后嫔妃，停着梓宫不题。 却说太宗渺渺茫茫，魂灵出五凤楼前。太宗欣然从之，缥缈而去。行多时，人马俱无。独自个散步荒郊野之间。正惶难寻路。只见那一边，有一人高声大叫道："大唐皇帝，往这里来！往这里来！"太宗闻言，抬头观看，只见那人：头顶乌纱飘软，腰围犀角银光。头顶乌纱飘软，腰围犀角；身着罗袍隐隐；脚踏一双粉底皂靴；腰束蓝飘带松。手擎牙笏凝祥霭，足纳飞靴稳衬祥光。昔日曾为唐国相，如今掌案侍君王。 太宗行到那边，只见他跪拜路旁，口称："陛下，赦臣失误远迎之罪！"太宗问曰："你是何人？因甚事前来接拜？"那人道："微臣半月前，在森罗殿上，见泾河鬼龙告陛下许救反悔之故，因命司人曹官秦广王，即着鬼使催请陛下。要三曹对案；正惊讶间，忽见这鬼使来请，不期今日来迎。臣已知之，故来此候接。望陛下恕臣失误远接之罪。"太宗道：

（续表）

前世本	世德堂本
取出递与崔珏。崔珏接了，拆开看，书曰：辱爱弟魏征，顿首书拜大都案契兄崔老先生台下：忆昔交游，音容如在，倏尔数载，不闻清教。常只是遇节令设蔬品奉祭，未卜享否？又承不弃，梦中临示，始知我兄长大人高迁。奈何阴阳两隔，天各一方，不能面觐。今因我太宗文皇帝倏然而故，料是三曹必然对案，得与我兄相会。万祈俯念生日交情，方便一二，放我主皇帝回阳，殊为爱也。容再修谢不尽。	"你姓甚名谁？是何官职？"是那人道："微臣存日，在阳曹侍先君驾前，为兹洲令，后拜礼部侍郎，姓崔名珏。今在阴司，得受酆都掌案判官。"太宗大喜，近前御手忙搀道："先生远劳。"朕驾前魏征有一书，烦为转递，正喜与先生会下。判官谢恩，问书在何处。太宗即袖中取出递与崔珏。崔珏接了，拆封而看。其书曰：辱爱弟魏征，顿首书拜大都案契兄崔老先生台下：忆昔交游，音容如在，倏尔数载，不闻清教。常只是遇节令设蔬品奉祭，未卜享否？又承不弃，梦中临示，始知我兄长大人高迁。奈何阴阳两隔，天各一方，不能面觐。今因我太宗文皇帝倏然而故，料是三曹必然对案，得与我兄相会。万祈俯念生日交情，方便一二，放我主皇帝回阳，殊为爱也。容再修谢不尽。
那崔珏看了书，对太宗道："陛下宽心，微臣管送陛下还阳。"又见一对青衣童子，执幢幡，高叫道："阎王有请。"太宗遂与崔判官并一童子举步前进。忽见一座城，城门上挂一面大牌，上写"幽冥地府鬼门关"七字。那青衣执幡，引太宗径入城，顺街而走。只见那街傍有先主李渊、先兄建成、故弟元吉，上写道："世民来了，世民来了！"那建成、元吉就来揪打索命。被崔判官唤一青面獠牙鬼使，喝退了建成、元吉方得脱身。行过数里，见一大殿，殿上十个大王，分宾降阶而迎，共入森罗殿上。秦广王道："泾河鬼曾夜告陛下不许他求救，是我许他，不期魏征征梦而斩他，该我曹官魏征征处斩。今朕曾魏征征梦里斩他，不知他一梦之前，自那王处斩。呈见死簿上已注定该遭杀于人曹之手。但只是他南斗星死注魂着着根，是我是他在此折辩。定要陛下来此三曹对案，是我	那判官看了书，满心欢喜道："魏人曹前日梦前老一事，臣已早知，甚是荣幸不尽。又蒙他早晚看顾臣的子孙，今日既有书命，陛下宽心。微臣管送陛下还阳，重登玉阙。"太宗登谢了。二人正说间，只见那边送与崔判官并一童子举步前进。那青衣将地府鬼门关七个大金字。那青衣将幡衣将幢摇动，引太宗径入城中，顺街而走。只见那街傍有先主李渊、先兄建成、故弟元吉，来揪身而去。被他扯住。幸有崔判官喝一青面獠牙鬼使，喝退了建成、元吉方得脱身而去。行过数里，见一座碧瓦楼台，真个壮丽，但见： 飘飘隐隐彩霞堆，隐隐飘飘瑞霭现。 耿耿晴光辉碧瓦，巍巍帝座压山头，截界星辉瑞片。 门钻几路玉栏楼台，槛设一横白玉栏。 窗牖近光放晓烟，帘栊隐隐穿红电。 楼台高耸接青霄，廊庑平排连宝院。 兽鼎香云袭御衣，绛纱灯火明官烛。 左边猛烈炎烟迸，右下峥嵘素练垂。 接亡送鬼转金牌，引魄招魂升宝殿。 唤作阴司总会门，下方阎老森罗殿。 大宗正在外面观看，只见那壁厢环佩叮当，仙香奇异，外有

（续表）

前廿本	世德堂本
……等将他送入轮藏，转生去了。今劳陛下降临，望乞恕我催促之罪。命判官："取生死簿子来，看我大唐王阳寿该有几何？"崔珏玉到司房，将万国国王总簿，逐一查看，只见南赡部洲大唐皇帝注定贞观一十三年。崔珏吃了一惊，急取浓墨大笔，将"一"字上添了两画，却将簿子呈上。十王查看，见太宗名下注定三十三年，因曰："陛下宽心勿虑，还有二十年阳寿。今已将案明白，请送太宗还魂。"太宗称谢。十王差崔判官、朱太尉二人，送太宗还魂。太宗出森罗殿，又起手问十王道："朕宫中老少安否如何？"十王道："俱安，但恐御妹寿似不永。"太宗又再拜谢："朕回阳世，无物可酬谢，惟答瓜果而已。"太宗道："我处颇有东西瓜，只少南瓜。"十王道："朕回去即送来。"遂相揖而别。	两对提出，后面却是十代阎王降阶而至。是那十代阎君：秦广王、初江王、仵官王、阎罗王、平等王、泰山王、都市王、卞城王、转轮王。十王出在森罗宝殿，控背躬身迎迓太宗。太宗谦下，不敢前行。十王道："陛下是阳间人王，我等是阴间鬼王，分所当然，何须过让？"太宗逊之不已。太宗前行，经入森罗殿而反杀之，何也？"朕虽如何救得，但那老龙生之前，南斗星死注已注定三十三年，因曰："陛下宽心勿虑，还有二十年阳寿。今已将案明白，请送太宗还魂。"太宗称谢。十王差崔判官、朱太尉二人，送太宗还魂。太宗出森罗殿，又起手问十王道："朕宫中老少安否如何？"十王道："俱安，但恐御妹寿似不永。"太宗又再拜谢："朕回阳世，无物可酬谢，惟答瓜果而已。"太宗道："我处颇有东西瓜，只少南瓜。"十王道："朕回去即送来。"遂相揖而别。

（续表）

世德堂本	前世本
那太尉执一首引魂幡，在前引路，崔判官随后保着太宗，径出幽司。大宗举目而看，不是旧路，问判官曰："此路差？"判官曰："不差。阴司里是这般，有去路，无来路。如今送陛下自转轮藏出身，一则教陛下游观地府，一则教陛下转托超生。"大宗只得随他两个，引路前来。经行数里，忽见一座高山，阴云垂地，黑雾迷空。大宗道："崔先生，那厢是个什么山？"判官道："乃幽冥背阴山。"大宗悚惧道："朕如何去得？"判官道："陛下宽心，有臣等引领。"大宗战战兢兢，相随二人，上得山岩，抬头观看。只见那山，荆棘丛丛，石崖磷磷，峰头峦色，岭不插天，洞不纳云。非阳世名山，实阴司之险地。阴风飒飒，黑雾漫漫。岸前唤魂时对泣，洞内收冤鬼卒呼，勾勾人黑雾迷空，恶怪惊心。大宗又道："这是那十八层地狱？"判官道："你听我说：吊筋狱、幽枉狱、火坑狱，寂寂寥寥，烦烦恼恼，尽皆是生前作下千般业，死后通身膏肓损；酆都狱、拔舌狱、剥皮狱，哭哭啼啼，凄凄惨惨，只因不忠不孝伤天理，佛口蛇心堕此门；磨捱狱、碓捣狱、车崩狱，皮开肉绽，抹嘴咨牙，乃是瞒心昧己不公道，巧语花言暗损人；寒冰狱、脱壳狱、抽肠狱，垢面蓬头，愁眉皱眼，都是大斗小秤欺痴蠢，致使灾屯累自身；油锅狱、黑暗狱、刀山狱，战战兢兢，悲悲切切，皆因强暴欺良善，藏头缩颈苦伶仃；血池狱、阿鼻狱、秤杆狱，脱皮露骨，折臂断筋，也只为谋财害命，宰畜屠生堕此门。绳缠索绑，铁简铜锤，一个个紫筋冰冰，叫地叫天无救应。正是人生却莫把心欺，神明昭彰放过谁？善恶到头终有报，只争来早与来迟。"	朱太尉执引魂幡，在前引路，崔判官随后保着大宗。举目而看，不是旧路，因问曰："此路差？"判官曰："不差。阴司里是这般，有去路，无来路。如今送陛下自转轮藏出身，一则教陛下游观地府，一则教陛下转托超生。"大宗只得随他两个，引路前来。经行数里，忽见一座高山，阴云垂地，黑雾迷空。大宗问道："崔先生，那厢是个什么山？"判官道："乃幽冥背阴山。"大宗悚惧道："朕如何去得？"判官道："陛下宽心，有臣等引领。"大宗战战兢兢，相随二人，上得山岩，抬头观看。又过了阴山。又行了许多衙门，处处悲声振耳。大宗又问："此是何处？"判官道："是那十八层地狱。吊筋狱、幽枉狱、火坑狱，酆都狱、拔舌狱、剥皮狱，磨捱狱、碓捣狱、车崩狱，寒冰狱、脱壳狱、抽肠狱，油锅狱、黑暗狱、刀山狱，血池狱、阿鼻狱、秤杆狱。屠杀罪业重，堕落罪业深。善恶到头终无救，呼叫无救，只叹来早与来迟。"

（续表）

前世本	世德堂本
太宗闻说，心又惊惶。进前又走，忽见一起鬼卒，各执幢幡，跪下道："桥梁使者来接。"判官令起身去，从金桥边引过，又见那一边有一座银桥，桥上行几个忠孝善良之辈，亦有幢幡接引。那壁厢又有一桥，寒风滚滚，号泣之声不绝。太宗问道："那桥是何名？"判官道："那桥是奈河桥。洞只三朝，深却有千尺，深却有百尺。上无扶手栏杆，下有抢人恶怪。桥边那神将凶恶，河内血波黄苦恼，永堕奈河无出路。"	太宗听说，心中惊惨。进前又走不多时，见一伙鬼卒，各执幢幡，路傍跪下道："桥梁使者来接。"太宗又见那一边有一座银桥，桥上行几个忠孝贤良之辈，公平正大之人，亦有幢幡接引。那壁厢又有一桥，寒风滚滚，血浪滔滔，号泣之声不绝。太宗问道："那桥是何名色？"判官道："陛下，险峻等第之路。俨如匹练搭长江，却似火坑浮大地。阴气遏人寒透骨，腥风扑鼻味钻心。波翻浪滚，都是那桥边数里，河肉将裹凶顽，河内血波黄苦恼，铜蛇铁狗任争餐，永堕奈河无出路。"诗曰：时闻鬼哭与神号，血水浑浑万丈高。无数牛头并马面，狰狞把守奈河桥。
太宗闻说，心又惊惶。过了奈河恶水，又行到枉死城，心惊胆战。见一伙拖腰折臂、有足无头的鬼，上前拦住，都叫："还我命来！"那些人都是那六十四处烟尘、七十二处草寇，众王子的鬼魂，我才救得哩。太宗道："寡人空身到此，无处可得些钱钞？"判官道："陛下，阳间有一人，金银若干，在我这阴司里寄放。陛下可出名立一约，小判可作保，借他一库，给散这些饿鬼，方得过去。"太宗问曰："此人是谁？"判官道："他是河南开封府人氏，姓相名良，他有十三库金银在此。陛下若借用过他的，到阳间还他便了。"太宗甚喜，情愿出名借用。遂立了文书与判官。借一库金银，着太尉分付给散。判官分付道："这些金银，汝等可均分用度，放你们过去，再休生事。"众鬼闻言，得了金银，俱唯唯而退。太尉领了太宗出离枉死城中，奔上阳间大路而退。	正说间，那几个小桥使者，早已回去了。太宗心中惊惶，点头暗叹，默默悲伤，相随着判官、大神，过了奈河恶水、血盆苦界。前又到枉死城，只听哄哄人嚷，分明说："李世民来了！李世民来了！"太宗听叫，心惊胆战。见一伙拖腰折臂、有足无头的鬼魅，上前拦住，都叫道："还我命来！还我命来！"慌得那太宗藏藏躲躲，只叫："崔先生救我！崔先生救我！"判官道："陛下，那些人都是六十四处烟尘、七十二处草寇，众王子、众头目的鬼魂，尽是枉死的冤业。更无诉告之门，无人收管，又无盘缠，都是孤寒饿鬼。陛下与他些钱财，我才救得哩。"太宗道："寡人空身到此，却那里得有钱钞？"判官道："陛下，阳间有一人，金银若干，在我这阴司里寄放。陛下可出名立一约，小判可作保，借他一库，给散这些饿鬼，方得过去。"太宗问曰："此人是谁？"判官道："他是河南开封府人氏，姓相名良，他有十三库金银在此。陛下若借用过他的，到阳间还他便了。"太宗甚喜，情愿出名借用。遂立了文书与判官。借得金银一库，着太尉尽行给散。判官复吩咐道："这些金银，汝等可均分用度，放你们过去，再休生事。"众鬼闻言，得了金银，俱唯唯而退。判官令太尉摇动引魂幡，领太宗出离了枉死城中，奔上平阳大路，飘飘荡荡而去。

361

（续表）

前世本	世德堂本
	第十一回 还受生唐王遵善果　度孤魂萧瑀正空门
又见那腾云的身披霞帔，受箓的腰挂金鱼，僧尼道俗，走兽飞禽，都奔走那轮回之下，各进其道。太宗问曰："此意何如？"判官道："这唤做六道轮回：那行善的升化仙道，尽忠的超生贵道，行孝的再生福道，公平的还生人道，积德的转生富道，恶毒的沉沦鬼道。"太宗听说，点头称善。判官送太宗至那超生贵道门，拜下道："陛下，此间乃出头之处，小判告回，着朱太尉再送一程。陛下到阳间，千万做个水陆大会，超度那无主冤魂，凡有百不善之处，俱可一一改过，"太宗谨记在心，辞了判官，随太尉同入门来。见门里有一匹海马，太尉就请太宗上马，走到渭水河边，那马一跃，把太宗跌下水去，就脱了阴司，径回阳世。	诗曰：百岁光阴似水流，一生事业等浮沤。昨朝面上桃花色，今日头边雪片浮。 白蚁陈残方是幻，子规声切想回头。古来阴骘能延寿，善不求怜天自周。却说唐太宗随着崔判官、朱太尉，自脱了冤家债主，前进多时，却来到"六道轮回"之所，又见那腾云的身披霞帔，受箓的腰挂金鱼，僧尼道俗，走兽飞禽，魑魅魍魉，滔滔都奔走那轮回之下，各进其道。唐王问曰："此意何如？"判官道："陛下明心见性，是必记了，传与阳间人知。这唤做六道轮回：行善的升化仙道，进忠的超生贵道，行孝的再生福道，公平的还生人道，积德的转生富道，恶毒的沉沦鬼道。"唐王听说，点头叹曰：善哉真善哉，作善果无灾！善心常切切，善道大开开。莫教兴恶念，是必少刁乖。休言不报应，神鬼有安排。判官送唐王直至那超生贵道门，拜呼唐王道："陛下呵，此间乃出头之处，小判告回，着朱太尉再送一程。"唐王谢道："有劳先生远踄。"判官道："陛下到阳间，千万做个水陆大会，超度那无主的冤魂，切勿忘了。若是阴司里无报怨之声，阳世间方得享太平之庆。凡百不善之处，俱可一一改过，普谕世人为善，管教你后代绵长，江山永固。"唐王一一准奏，辞了崔判官，随着朱太尉，同入门来。那太尉见门里有一匹海骝马，鞍鞴齐备，急请唐王上马，太尉左右扶持。马行如箭，早到了渭水河边，只见那水面上有一对金色鲤鱼在河里翻波跳斗。唐王见了心喜，兜马贪看不舍，太尉道："陛下，趱动些，趁早赶时辰进城去也。"那唐王只管贪看，不肯前行，被太尉撮着脚，高呼道："还不走，等甚！"扑的一声，望那渭河推下马去，却就脱了阴司，径回阳世。

（续表）

世德堂本	前世本
却说那唐朝朝下有徐茂功、秦叔宝、胡敬德、段志贤、马三保、程咬金、高士廉、虞世南、房玄龄、杜如晦、萧瑀、傅奕、张道源、张士衡、王珪等，俱扶着那东宫太子登基。时有魏官魏征在傍言道："列位且住。不可！不可！自古云'波水难收，人逝不返，推算最灵'。且再按候一日，我主必还魂也。"众扶太子登基。一壁厢议传表章，恐若生不测。且再按候，恐乱人心。忽听得棺材中声大叫道："淹杀我那！淹杀我那！"储君、嫔后、众多官人等，惊慌失色，只听得棺中声大叫道："淹杀我那！淹杀我那！"魏征道："陛下莫怕，这是陛下还阳哩！"嫔妃打开棺盖，把一座白虎殿洲断梁冲倒到脚跟，难扶扶救醒如就，如此打开，彩女歌舞，好似骤雨风吹倒，却如烟柳披风，多亏了正直的徐茂功，说与嫔妃，彩女歌舞。闻救自就近入此处，放个个故不下心处，正直打开棺盖，把一座白虎殿上胆魂魄，骨肉筋光，那个扶着棺材，叫道："座下要心勿怕，臣等在此护驾，有甚水灾？"此乃得近灵扶道："座下勿怕，臣等在此护驾。"众臣醒来，叫道："座下醒来，臣等在起道：'不是弄鬼，此是陛下还魂也。'众臣起道："陛下醒来，臣等在此护驾。"唐王才开眼，又道："朕适才好苦！躲过阴司恶鬼，又遭水面攻难。"是谁救驾？茂功道："座下勿惧，又安排粥膳，连服一次，朕汤水只往里面，还叫'淹死我了！'是谁救我？'是谁救我？唐王才开眼，道："朕适才好苦！躲过阴司恶鬼，又遭水河边。"正行至渭水河边，见双头鱼戏水，被太医院进安神定魄汤药，复回阳间为君。诗曰：万古江山几度更，历来殿却阴司恶鬼，又遭水面攻难。是谁救驾？茂功道："座下放心，臣等在此护驾，有甚水灾？"太宗道："朕骑着马河边，儿平淹死。众臣诸王死去君，一计唐宗死去来。怎着太医院定安神定魄汤药，复回阳间为君。诗曰：万古江山几度更，谁似唐君死复生？方才反本还原，如得人事。一计唐宗死去君，似向王诸王为君。众臣各已晚，当日天色已晚，各各散讫。	此时文武众官，与太子登基，都在白虎殿举哀。正欲扶那太子登基，忽听得棺中连声叫道："这杀我那！"唬得众官唬得众官胆战心惊。徐茂功道："陛下放心不可！"众上前扶着棺材，叫曰："座下有甚委屈？莫敢弄鬼，荣坟着魂也！"魏征道："不是弄鬼，此是陛下还魂也。快取器械来！"打开棺盖，还叫'淹死我了！'是谁救我？"茂功等扶起来道："陛下苏醒，臣等在此护驾，又遭水河中，儿平淹死？"太宗方才开眼，道："朕适才好苦！躲过阴司恶鬼，又遭水面攻难。"是谁救我？"魏征道："座下勿惧，有甚水灾？"太宗道："朕骑着马，行至渭水河中，儿平淹死。"朕骑着马，正行至清水河边，见双头鱼戏水，被太医院进安神定魄汤药，方才返本还原。如得人事。计太宗方还原，又安排人事。急着太医院进安神定魄汤药，又安排粥膳，连服一次，复回阳间，如得人事。当日天色已晚，如得人事。当日天色已晚，众臣诸王归寝，各各散讫。众臣诸王归寝，各各散讫。

363

（续表）

世德堂本	前世本
次早，脱却孝衣，换了彩服，一个个紫袍乌帽，一个个红袍彩服，聚集两班文武，齐齐整整，朝贺大宗。成功，總绖尽金，贤，猩咬金等。又见那方觉了？大宗道："有事出班来奏，无事退朝。"西厢闪过殷开山，刘供基，马三保，如何许久先君文与先太宰争襄，引朕入内，到朕罗殿上，与十代阎王叙坐。他说那泾河龙逆告我许多款他。正看时，又见那罗殿前，手执简簿一遍。他说已三曹对案了，朕命取生死文簿，检看我的阳寿，乃是一十三年天禄。才过得十二年，还该我一十三年阳寿，即着崔珏，煎熬吊剋之刑，非礼非义，传念之簿，是阎王看了道：寡人有三十三年天禄，才过得十二年，还该我一十三年阳寿。见那阴司里，有千恐的官，送朕回来。朕过任了殷之来路。辛与崔判官作别，大小净，奸盗诈伪，无数的冤魂作践朕五分，明散喑喑，允了送他瓜果谢忌。魂灵，挡住了朕之来灵，又过着枉死城中，有无数的淫邪行劣清水河边，借得河南相老儿的金银一库，又转鬼魅，方解前行。有朱太尉诸朕上马，一马行至得还魂处。……众臣闻此，无不称贺。遂此编行传报，天下各府县名官员，上表称贺，贺四百余宗。脚一推下水中，朕方得还魂。"众官俱羡。时有审官将刑部绞斩罪人，查有四百余宗上。大宗放回魂文，拜辞文皇，又查宫中老幼彩女共有三千人，出旨配军。时有审官传报，借那水面上有又查出妯孤寡文母妻子兄弟，把产与亲威行乐，明年今日为期。正效军务出宫，送此编急春将出官，查有四百余宗名上。思愍洪，道过密舜万民丰。死因四百官离狱，怨女三千放出宫，又出御制榜文，编传天下。善心一念天应佑，福荫绵绵十七宗。太宗既放宫女，出死因已毕，又出御制榜曰：	却说大宗一夜稳睡，保养精神，至天明方起。太宗抖擞地朝还殿，两班齐武，三呼已毕。大宗就将地府还魂之事，备细对众臣说了一遍。又众臣闻言莫不称贺。大宗传旨，救天下罪人，出血孤榜文，发管中彩女三千六百人，匹配军出榜招入进瓜果到阴司府，又将金银一库，鄂国公上河南开封府，访相良还债；榜张秀有有一起命进瓜果李翠莲刘全之妻，家有万贯之资。只因丧了性命，魂张秀有绘而死。遂舍了性命，情愿以死进瓜，刘全见大宗。乃是均州人，姓刘首拨刘全斋僧，刘见大宗进瓜果翠莲归道，写双幼子，日夜恐怀口衔药物。大宗教他去金亭馆里，头顶一对南瓜

（续表）

前世本	世德堂本
	乾坤浩大，日月照鉴分明，宇宙宽洪，天地不容奸党。使心用术，果报只在今生；善布浅求，获福休言后世。千般巧计，不如本分为人；万种强徒，怎似随缘节俭。心行慈善，何须努力看经？意欲损人，空读如来一藏！自此时，差唐太宗无一人不行善者。一壁厢将至藏库金银，一半与刘全名，姓刘是均州人，一壁厢敕德上河南开封府，访相良还债。榜张数日，有一老者，姓金名员外，揭了榜文，将金钱斋僧，刘全一家夜夜悲啼。说他不遵妇道，善出闺门，李氏忍气不过，自缢而死。只因李妻金莲在门首拔金钗斋僧，刘全与他口句见，无奈，遂含了性命，弃了宗缘，撇下儿女一双几女年幼又不忍见，情愿以死进瓜，将皇榜揭了，来见唐王。王传旨意，教他去金亭馆里，头顶一对南瓜，袖带黄钱，捆带药物。
那刘全果服毒而死，一点魂灵，顶着瓜果，对着瓜果，径引刘全到森罗殿。见了阎王，将把瓜果进就说了。那鬼使引进瓜果，因问进瓜州人：“好一个信行的皇帝！”遂此收了瓜果。阎问那进瓜果的姓名，刘全道：“小人是均州人，姓刘名全。因妻李氏缢死，撇下儿女，小人情愿进查妻舍家奔子。与我王进贡南瓜。”阎王即命速查舍家奔子。却检生死薄，看着刘全夫妻都有登仙之寿，急命鬼取来与刘全相会。取来与刘全夫妻相会。有登仙之寿，急命鬼差取来与刘全相会。阴司久，尸首无存，魂将何附？”阎王道：“御妹李翠莲归阳世前言，回谢十王厚恩，那阴司尸首无存，魂将何附？”阎王道：“御妹李翠莲阳，即命使魂送回。那使领命，即将刘全夫妻二人一同回阳去。毕竟不知二人如何还魂，且听下回分解。	那刘全果赴毒而死，一点魂灵，顶着瓜果，早到鬼门关上。把门的鬼喝道：“你是甚人，敢来此处？”刘全道：“我奉大唐太宗皇帝钦差，特进瓜果与十代阎君。”那鬼使欣然接引。刘全径至森罗殿，见了阎王，将瓜果进上意，奉唐王意，以谢十王宽宥之恩。阎王大喜道：“好！好一个有德行的大唐太宗皇帝！”遂此收了瓜果。使问那进瓜的人姓名，刘全道：“小人是均州城民，姓名刘全。因妻李氏，撇下儿女，小人情愿舍家弃子，捐躯报国，特与我王进贡南瓜。”那鬼速报罗王，捐身进瓜，小人情愿舍家弃子，捐躯报国，特与我王进贡南瓜。那鬼速报阎殿下，急命鬼使送回。鬼使道：“唐御妹李翠莲归阴日久，尸首无存，魂将何附？”阎王道：“李翠莲阳寿未绝，当教他还魂去也。”

（续表）

前世本	世德堂本
第十二回 唐王遵修大会 观音显象化金蝉 却说那鬼使将刘全夫妇的魂灵，被鬼使使带进皇宫内。鬼使回转阴司复命，却不在话下。 却说宫中的大小侍婢，见玉英跌死，急走报与三宫皇后，报与三宫皇后道："朕曾问阎君，他曾点头允着时，尽到阴下看时，只见宫人都苏醒有气。太宗闻言，大喜。只见御手扶起，叫道："御妹苏醒，等我一等！"太宗大喜，急上前将御手扶起头来。太宗道："御妹！"公主道："你是谁人？敢来扯我？"公主曰："我没有甚公皇兄？"我是你皇兄。我名叫做李翠莲，我在月前，因为我三个月前，在门首做个斋僧，放我夫妻回来。今我夫妻回来，马我将瓜果，阴司进瓜果，阴王怜悯，因我行孝，大宗王怜悯，放我夫妻回来。你等无礼！怎敢扯我！大宗闻言，举了一跌，因我跌死阴司了，明说。"想是御妹御跌昏了，扶入宫中。	那鬼使领命，即将刘全夫妻二人还魂。待定出了阴司，带进皇宫内院。 只见那玉英宫主，正在花阴下绿苔，径到了长安大国，将刘全的魂灵，推入金亭馆里。将玉英翠莲的灵魂，活报了他魂，急走回转阴司复命，却不在话下。 却说宫中的大小侍婢，见玉英跌死，急走金銮殿，报与三宫皇后道："宫主娘娘死也！"皇后大惊，随报太宗闻之也。 太宗闻言，大喜。"合言人都来悲切，尽到阴下看花阴时，只见宫主苏醒，叫："莫哭，莫哭！等我！"唐王道："御妹苏醒，叫：'等我！'是甚缘故。"太宗大喜，急上前将御手扶起头来，叫："御妹苏醒？"公主忽的翻身，叫："丈夫慢行，等我一等！"太宗道："妹是我的孔名，我丈夫姓李，我丈夫姓李名翠莲，我在月前，因为我三个月前，我自在绣带悬梁缢死。他在前悬梁缢死，放我夫妻回来。因我夫妻付阴司进瓜果，阎王怜悯，与众合言人道："大宗闻言，怎敢扯我！将玉英跌跌一跌，你等无礼！将玉英 姓名，怎敢扯我！大宗闻言，明说。"想是御妹御跌昏了，扶入宫中。

（续表）

前世本	世德堂本
大宗升殿，忽有当驾官来奏说："进瓜果人刘全还魂，在朝门外等旨。"大宗大惊，问进瓜果之事。刘全奏道："臣顶瓜果，径至鬼门关，引上森罗殿，将瓜果奉上，多多拜上我王。臣拜辞，说夫妻都有登仙之寿，便差鬼使送回。臣在前夫，便差鬼使送回。但不知我妻投何所。"大宗惊问道："那阎王可曾说你妻什么？"刘全首顿首道："阎王道：'刘妻李翠莲归阴日久，尸还无存。但御妹李英今该促死，教翠莲即借李英尸还魂。'臣不知御妹李英所在，寻得。多官道："陛下可请御妹李英出来，看他有甚话说。"大宗就令宫女扶他至殿下。御妹忽然苏醒，口叫："文夫慢行等我！"却才御妹征道："朕史苏醒，但只说此言。"大宗道："朕即便去请，御妹征道：'但只说此言。'朕即便去请与刘全去吧。"快快放他出来，到他面前，见了刘全。那公主出来，看他有甚话说。只见四五个宫女，扶他至殿下，到他面前，见了刘全，就乱嚷道："我丈夫！"正嚷道："说那里话，是些的说！"那刘全就不认得，见了刘全，就不敢相认。唐王道："这正是山崩地裂的结发，见了刘全，怎么就不认得？"就不敢相认。我朕之面，不敢相认。我朕了一等！只赏赐了一般，又赏赐御妹这些陪嫁衣饰，衣物，即将御妹所陪嫁的妆奁衣饰，尽赏赐前妻之恩，领御妹回去。他夫妻两个回阳世，见旧家业儿女俱全，两口儿宣扬善果不题。	唐王当殿，忽有当驾官奏道："万岁，今有进瓜果人刘全还魂，在朝门外等旨。"唐王大惊，急传旨，将刘全召进，伏丹墀。大宗问曰："进瓜果之事何如？"刘全奏道："臣顶瓜果，径至鬼门关，引上森罗殿，见了那十代阎君，将瓜果奉上，多多拜上我王，备言我王殷勤致谢之意。阎君甚喜，说：'真是个有信有惠的大宗皇帝！'臣不谙言语，只见鬼使引我妻进宫得相会。"唐王道："你妻说什么？"刘全道："阎君司见您什么？"刘全道："臣不认得。只因妻曾说了一便，引见我妻，就在森罗殿下相会，又检着鬼使引臣妻拜见。但只得鬼使说：'李翠莲归阴日久，尸首无存。但御妹李英今该促死，教翠莲即借李英尸还魂。'此事有理。"唐王闻奏，我还未得寻处，花明下英心欢喜。那阎王满心欢喜，当对阎王曾说什么？"刘全曾顿首道："阎王道：'翠莲归阴日久，尸首无存，但御妹李英今该促死，教翠莲借尸还魂。'臣不知御妹李英在何处，我还未得寻处。"唐王闻得详细，此事也有。却才御妹李英得病寻死。又问阎君借尸还魂之事。却才御妹李英昏了明白，又问阎君借尸还魂之事。此事也有如。"便教孤哨的女，说刘全怎知，花里孤哨上。那阎王道："你请他去查。"唐王道："朕才去请，御妹李英。"又问借尸还魂之事，阎君详细说了明白。少苏醒，却才御妹李英即便即将御妹昏了明白，少苏醒，却才御妹苏醒。魏征道："御妹李英醒来，不知何如，不象这个老宫人。"又看他有甚话说。却才即便即将御妹苏醒，口叫："文夫慢行等我！"魏征道："御妹醒来，少苏醒，不象这个老宫人。"又看他有甚话说。朕即便即将他扯死却难道："那里去？是谁女，看他是男女，怎的不认得？"唐王道："你往那里去，可请孤哨的有。"唐王道："你往那里去？是你妻子。"就不认得，见那女昏头昏脑，扶着宫门乱嚷道："我吃什么药？这里嚷处。只见那三个大盗，两三个女使从小儿出发来。这正是：我家李翠莲，只见刘全的结发。这正是山崩地裂的君女，见了刘全，见着那三个从小儿出发来，怎么就不认得？"唐王道："丈夫，你往那里去，可请孤哨的有。"唐王道："好一个孤哨的女！说那里话，就是那里去的话，是你的结发，那公主出来一敛，被那些宫女一围，直至玉阶前，见了刘全的结发。唐王道："这正是没没道理，把那结死却难道！'报与他死却难道！'那刘全就着死却难道：'好一个孤哨的女！'说刘全怎么就着死却难道："丈夫，你往那里去，可请孤哨的有。"那公主出来，见了刘全，就乱嚷道："丈夫，你往那里去？"就是那里去的话，是你的结发男女。观今将御妹之面，首饰、衣物，尽赏赐了刘全，报与他死却难道！'好一个孤哨的御妹之面，首饰、衣服，又赏赐御妹的妆奁、衣饰，就如陪嫁一般，欢欢喜喜，有诗为证：人生死是非是前缘，短短善长各有年。对刘全进瓜两个辞了君王，径来均州城里，见旧家业儿女俱全，两口儿死魂宣扬善果不题。

（续表）

前世本	世德堂本
却说鄂国公将金银一库，上河南开封府，访着相良，原来卖水为活，同妻张氏在门首贩卖乌金瓦器营生，但赚得些钱儿，除了盘缠之外，尽数斋僧布施，买金银纸锭，故有此善果。那鄂国公将金银送上他门，茅舍有外车马骈集，唬得那夫妇，跪在地下，只是磕头。鄂国公道："老人家请起。"我兼有甚么怨谢，你的答道："小的没所为甚么？"鄂国公道："我也访得你是个穷汉，只是你斋僧布施，还魂复生。是我积下的钱钞。你可办甚么金银放债，如何敢受这不明之财？就此里借了你一库金银，今送还与你。你可收下云。"那相良夫妇只是死去还魂，有崔判官作保，此乃冥冥之事，万岁爷令在那里借了金银，此何凭记？就死不敢受。鄂国公见那里肯受，纵是他苦推辞，只得具本还朝，大宗金银与他修理寺院，敬德遂将金银送来本寺。起盖寺院，名敬德监造石，即今大相国寺也。左有相公相婆，工完时兴工，就此还他一片。即今大相国寺也。左有相公相婆，工完回奏，大宗甚喜。却又出榜招僧，修建水陆大会，超度冥府孤魂。榜行天下，着处选有道高僧。府推选多僧俱到。过了一月，天下多僧俱到。上长安设做会。	却说那尉迟公将金银一库，上河南开封府访着相良，原来卖水为活，同妻张氏在门首贩卖乌金瓦器营生，其多斋僧布施，买金银纸锭，记库焚烧，故有此善果臻身。那世间是一条好善的穷汉，那尉迟公将金银送上他门，唬得那相公相。跪在地下，只是磕头礼拜。尉迟公道："老人家请起。"又兼有本府官员，又赍着榜文道："他跟就我的答道："小的没所有什么金银放债，如何敢受这不明之财？"尉迟公道："我也访得你是个穷汉，只是你斋僧布施，还魂复生。是我大宗一库的钱钞。你可办甚么金银，今此照数送还与你。"相良两口儿只是好好去回旨。还魂复生，况乃是朝阴司里借了你一库金银，今此照数送还与你。你可收下云。那相良夫妇只是死决不敢受。虽然是烧纸钱记库，的东西，有崔判官作保见了了天礼拜，那里肯受。尉迟公道："相良曾受了这些金银，有何凭据？我决不敢受的。"即传旨着善良与他修理寺院，请僧度牒，宣扬善果知之。遂将金银交到城里婆子那地基。上写着尉迟公监造，即今大相国寺也。即今大相国寺也。工完回奏，大宗甚喜。左有相公相婆多僧，出榜招僧，修建水陆大会，超度冥府孤魂。榜行天下，着大史丞博爰选举南僧，修斋演佛。傅来阆官，即上晓止浮图，以冒无虑佛。下多僧榜到。唐王传旨：西域之法，无若三教。以三数六道，蒙诱愚蠢。追既住玄门，口诵无之期，以图偷免。且日生死寿天，本诸自然；刑德威福，系乎人主。今闻俗徒所托，自传其教，以冒中国，未有其佛。法，君明臣忠，年寿长久。至汉明帝始立胡神，然惟西域桑门之人，实乃明帝不足为信。

（续表）

前世本	世德堂本
太宗着魏征与宰相萧瑀，大小卿张道源，选举诸僧，逐一查选，内中选得洪福寺一名有德行的高僧，一法名玄奘禅师。查得他根源又好，德行又高，千经万典，无所不通。遂引至御前，扬尘舞蹈，拜舞起来。奏曰："臣玄奘得高僧一名，陈玄奘。"太宗沉思良久，道："可是学士陈光蕊之儿玄奘否？"玄奘叩头奏道："臣正是。"太宗喜道："果然举之不错。诚为有德行有禅心的和尚。朕赐你天下大阐都僧纲之职。"又赐锦斓金袈裟一件，此毗卢帽一顶。教他化生寺，择定良时，开演经法。 玄奘领旨而出，遂到化生寺，聚集众僧，分派执事。选定日期，乃是贞观十三年九月初三日开坛做七七四十九日水陆大会。玄奘具表申奏。到了初三日，太宗帅文武请圣驾赴会拈香。至坛拜佛拈香。	太宗闻言，遂将此表挪付群臣议之。时有宰相萧瑀，出班俯囟奏曰："佛法兴自屡朝，弘善遏恶，冥助国家，理无废弃。佛，圣人也。非圣者无法，请置严刑，以继体悖天伦。"傅奕与萧瑀论辩，言礼本于事亲事君，而佛逾城出家，以匹夫抗天子，以继体悖天伦。萧瑀不生于空桑，乃遵无父之教，正所谓非孝者无亲，萧瑀但合掌曰："地狱之设，正为是人。"太宗召大小卿张道源、中书令萧瑀，问佛事有赞冥之佑，历久供养而无不至。二臣对曰："佛在清净仁恕，果正佛空。自古以来有陈者兴，有废者衰。"再有所陈者罪之，再有所请者罪之。"遂着魏征与萧瑀，选请诸佛游僧，张道源，逐一查选，内中选得一名有德行的高僧。但有德行的高僧，一名玄奘禅师。查得他根源又好，德行又高，千经万典，无所不通。遂引至世俗多有禅心遭罗文网。投胎落地就海岛落地。海岛落地就海岛。顺水随波逐浪流。投胎江星。降生世俗一名有德行遭罗文网。投胎落地就海岛落地。海岛落山有大缘。迁安和尚将他养育成人。这个玄奘，状元光蕊脱之的和尚。小字江流古佛儿玄奘。儿玄奘因父母有大缘。状元光蕊脱之的和尚。小学士江流古佛。迁安和尚见他道访。他外公见他聪明伶俐，就拜洪福寺为僧，出娘胎就持斋受戒，只爱荣华，只要修行，扬尘舞蹈，就拜在那山川坛里，逐一从头查选。这个人自幼为僧，出娘胎就持斋受戒，只爱荣华，只要修行，扬尘舞蹈，就拜洪福寺法师，德行玄通，无所不通。奏曰："陈玄奘。"太宗闻其名，沉思良久。问是谁"大宗喜道："果然选举之不错。诚为有德行有禅心的和尚。朕闻其名，沉思良久。问是谁？玄奘奏曰："臣正是。"太宗喜道："果然选举之不错，诚为有德行有禅心的和尚。朕赐你天下大阐都僧纲之职。书办毕，又赐锦斓金袈裟一件，此毗卢帽一顶。教他化生寺，择定良时，开演经法。"太宗再拜领旨而出。遂到小明僧共计一千二百名，分派上中下三堂。诸所佛服，物件皆齐，头头俱有次。选到本年九月初三日黄道良辰，开启做七七四十九日水陆大会。即具表申奏。大宗及文武国戚皇亲，俱至期赴会，拈香听讲。毕竟不知圣意如何，且听下回分解。

（续表）

前世本	世德堂本
	第十二回 玄奘秉诚建大会　观音显象化金蝉 诗曰： 龙集贞观正十三，王宣大众把经谈。道场开演无量法，云雾光乘大愿龛。御敕垂恩修上刹，金蝉脱壳化西涵。普施善法超沉没，秉教宣扬前后三。 贞观十三年，岁次己巳，九月甲戌初三日，癸卯良辰，陈玄奘大阐法师，聚集一千二百名高僧，都在长安城化生寺开演诸品妙经。那皇帝早朝已毕，帅文武多官，乘凤辇龙车，出离金銮宝殿，径上寺来拈香。怎见得？真个是：一天瑞气，万道祥光。仁风轻淡荡，化日丽睘晴。千官环佩分前后，五卫旌旗列两旁。执戈的，擎金瓜，挥斧钺，双双对对；御炉中，飘脑麝，喷龙涎，霭霭堂堂。文官英秀，武将刚强。御道光飞禽走兽。幢幡飘舞，凝空瑞霭。瓶插仙花，炉焚檀降。商僧罗列诵真经，超拔孤魂漫离唐王。礼毕，分班各安禅位。法师献上《济孤榜》。榜曰：至德渺茫，禅宗寂灭。清净灵通，周流三界。千变万化，统摄阴阳。体用真常，无穷极矣。观彼孤魂，深宜哀愍。引领真路，早登极乐之乡。随缘受用，逍遥随处任逍遥。孤魂野鬼，求往西方极乐。早登极乐，脱离苦海群生，免沉沦之罪。冤冤尽消除，孽孽切休念。当日三斋已毕，唐王驾回。待七日正会，复请拈香。那一日，法师又升坐，聚众诵经，不题。 却说那观音菩萨，奉佛旨意，访察取经的善人。日久不逢真实有德行者。忽闻得太宗宣扬善果，选举高僧，开建大会。又见得法师坛主，乃是江流儿和尚，正是极乐中降来的佛子，又是他原引送投胎的长老，菩萨十分欢喜。就将佛赐的宝贝，捧出长街货卖。怎见得好？有诗为证。诗曰：……依头拈看，罗汉云游遍水程。各各福生，各各福生，待七日正会，复请众诵经不题。	三匝已毕，玄奘引众僧罗拜太宗。礼毕，分班各安禅位。礼毕，三匝已毕，唐王驾回。玄奘又升坐，聚众诵经，不题。

（续表）

前世本	世德堂本
却说观音自领了佛旨，在长安大宗开建大会。主玩法师乃是玄奘。十分欢喜。就将佛赐的锦襴袈裟一件，九环锡杖，来到长街去卖。那菩萨公然不遇，当街上拿着袈裟。菩萨道："袈裟要五千两，锡杖要二千两。"萧瑀道："有何好处？有不好处，着袈裟之面。"菩萨道："何为好处？何为不好？与我袈裟要钱？有要钱处？"菩萨道："着我袈裟，不入沉沦，不堕地狱，不遭恶毒之难。"又问道："何为要钱？"菩萨道："何为好处？这便是好处。若贪淫乐祸的愚人，不敬三宝，锡杖，情愿送他。"萧瑀闻知，知他是个好人，即便下马相见，口称："大法长老，即今起建水陆大会，即今起建水陆大会。我王十分好善，即便下马迎迎，即今起建水陆大会。这袈裟正好与玄奘穿用。我和你入朝见驾。"	却说南海普陀山观世音菩萨，自领了如来佛旨，在长安城访察取经的善人。日久未逢真实有德行者。忽闻得大宗宣扬善果，选举高僧，开建大会，菩萨十分欢喜。又见得法师江流，乃是江流儿和尚，正是极乐中降来。你将佛赐的宝贝，捧上长街去卖。就将佛赐的金襴袈裟，九环锡杖，还有那金襴袈裟三个钱。他是个宝贝？有一件锦襴异宝袈裟，密密藏收，以俟后用。只将袈裟、锡杖出卖。长安城里，有那选不中的愚僧，倒有几串村钞。见菩萨变化个疥癞形容，身穿破衲，赤脚光头，将袈裟艳艳捧定上身长生光。那愚僧上前问道："那癞和尚，你的袈裟要卖多少钱？"菩萨道："袈裟价值五千两，锡杖价值二千两。"那愚僧笑道："这两个癞和尚是风子，是痴子！拿了去，卖不成！"那菩萨更不争吵，与木又往前又走。当街上拿着一个宝贝。菩萨道："袈裟要五千两，锡杖要二千两。"萧瑀道："有何好处？何为值那般高价？着了我袈裟，不遭恶毒之难。"菩萨道："着我这袈裟，不入沉沦，不堕地狱，不遭恶毒之难，不遇虎狼之厄。"又问道："何为不好处？"菩萨道："若贪淫乐祸的愚人，不敬三宝，不重善缘，毁经谤佛的凡人，难见我袈裟之面。这便是不好处。"萧瑀道："何为好处？"菩萨道："着我这袈裟，见善随喜，饭依我佛，知他是个好人。这便是好处。"萧瑀闻言，知他是个好人，即便下马相见，口称："大法长老，恕我萧瑀以礼相见。请大唐皇帝十分好善，满朝的文武，无不奉行。即今起建水陆大会，这袈裟正好与大都阐陈玄奘法师玄奘穿用。我和你入朝见驾去来。"

（续表）

世德堂本	前世本
菩萨欣然从之，拽转步，径进东华门里。黄门官转奏，蒙旨宣至宝殿。见萧瑀引着两个赖衣僧人，立于阶下。唐王问曰："萧瑀来奏何事？"萧瑀俯伏阶前道："臣出了东华门前，偶遇二僧，乃卖袈裟与锡杖者。臣思法师玄奘可着此服，故领那袈裟有何好处，就值许多？"太宗大喜，便问那袈裟价值几何。菩萨与木叉侍立阶下，更不行礼，因问：这袈裟、锡杖要价几何，答道："袈裟五千两，锡杖二千两。"太宗道："那袈裟有何好处，就值许多？" 菩萨道："这袈裟，龙披一缕，免大鹏惊盆之灾；鹤挂一丝，得超凡入圣之妙。但坐处，有万神朝礼；凡举动，有七佛随身。这袈裟是冰蚕造练抽丝，巧匠翻腾为线。仙娥织就，神女机成。方方簇幅绣花缝，片片相帮堆锦团。玲珑散碎斗花，色亮飘光喷宝艳。穿上满身红雾绕，脱来三天外云飞。四角上有夜明珠，攒顶间一颗祖母绿。虽无全照彻天神鬼怕，也有生光实不瞒你。上边有如意珠、摩尼珠、辟尘珠、定风珠；又有那红玛瑙、紫珊瑚、夜明珠、舍利子。偷月沁白，与日争红。照山川，惊虎豹；影海岛，动鱼龙。沿边两道销金锁，叩领连环白玉琮。诗曰：条条仙气盈空，朵朵祥光捧圣。自从佛制袈裟后，万劫谁能敢断僧？明心解养人天法，见性能修佛祖路。那和尚，九环杖有甚好处？"又问："那和尚，九环杖有甚好处？"菩萨道："我这锡杖是九连环，九节仙藤永驻颜。入手厌看青骨瘦，下山轻带白云还。摩诃五祖游天阙，罗卜寻娘破地关。不染红尘些子秽，喜伴神僧上玉山。"唐王闻言，即命当驾官：教展开袈裟，从头细看，果然是件好物。道："大法长老，实不瞒你。朕今大开善教，广种福田，见在那化生寺聚集多僧，敷演经法。内中有一个大有德行者，法名玄奘。朕买你这两件宝物，赐他受用。你端的要价几何？"菩萨闻言，与木叉合掌皈依道："既有德行，贫僧情愿送他，决不要钱。"说罢，抽身便走。唐王急着萧瑀扯住，欠身立于殿上，问曰："你原说袈裟五千两、锡杖二千两，你今不要钱，敢是说朕心倚恃君位，强要你的物件？更无此理。朕照你原价奉偿，却不可推避。"菩萨起手道："贫僧有愿在前，原说果有敬重三宝，见善随喜，皈依我佛，不要分文，愿送与他。今陛下明德止善，敬我佛门，况又高僧有德，原说果有敬重三宝，见善随喜，理当当奉上，决不要钱。"唐王见他这等勤恳，甚喜。随命光禄寺大排素宴酬谢。菩萨又坚辞不受，怡然而去，依旧望都土地庙中隐避不题。	菩萨欣然从之，径进东华门。黄门官转奏，蒙旨宣至宝殿。见萧瑀引着两个赖衣僧人，立于阶下。萧瑀备述前事。大宗急宣萧瑀，备述前事。大宗即命玄奘，袈裟与木叉更不行礼，大宗即问那袈裟、锡杖要价几何。菩萨道："袈裟五千两，锡杖二千两。"更是好物。乃言道："大法长老，实不瞒你。朕今大开善教，广种福田，见在那化生寺聚集多僧，敷演经法。内中有一个大有德行者，法名玄奘。朕买你这两件宝物，赐他受用。你端的要价几何？"菩萨道："诚有德行，贫僧情愿送他，决不要钱。"抽身便走。唐王急着萧瑀扯住，欠身便问：大宗问曰："你原说袈裟五千两、锡杖二千两，你今不要钱，敢是说朕心倚恃君位，强要你的物件？更无此理。朕照你原价奉偿。"菩萨道："贫僧有愿在前，今陛下敬我佛门，坚辞不受而去。

（续表）

前世本	世德堂本
大宗得了宝物谢，就宣玄奘入朝。早间有二僧酬谢，愿送锦襕袈裟一件、锡杖一条。今召法师，领去受用。玄奘叩头谢恩。大宗令玄奘穿上，披了袈裟，持了宝杖，威仪济济，端来满来纷纷。文武见了，齐声喝采。大宗大喜，令两队仪从，送到寺里。长安百姓无不争看，俱道："是罗汉下降！"玄奘直至寺里。僧人出迎，都道活菩萨临凡。各归禅座。光阴拈指，却当七日正会，玄奘上殿，我和你杂在众人丛中看他讲是那一门经法。玄奘讲到会《受生度亡经》，又宣一会《安邦天宝篆》，又谈一会《劝修功卷》。那菩萨近前，把台儿拍了一拍，厉声高叫道："那和尚？玄奘闻是小乘教法，翻身下台，对菩萨起手道："老师父，弟子失瞻，多罪。却不知大乘佛法三藏，能超亡者升天，能度难人脱苦，能修无量寿身。"	却说大宗设午朝，着魏征赍旨，宣玄奘入朝。那法师正聚众登坛，诵经讲偈，一闻有旨，随下坛来，与魏征同往见驾。大宗道："求证善事，有劳法师，无物酬谢，早间萧瑀迎着二僧，愿送锦襕异宝与你。你看他：凤翥龙翔，朱明献瑞。君臣个个欣然，诚为我如来之庆。朗朗明珠上下排，层层金线穿前后。果然是西方异宝，果然是西方珍秀。八宝妆花缚钮丝，结彩纷纷嵌宝妆。浑如极乐活罗汉，疑似菩提真佛象。现前此物基承受。"玄奘拜谢了袈裟，持了宝杖，又赐两仪从，着玄奘送出朝。玄奘再拜谢恩，持了宝杖，在那大街上，烈烈轰轰，摇摇摆摆，真是个活罗汉下临凡。这去玄奘人，无不争看等奖。俱道："好个活罗汉下降！"玄奘直至寺里。僧人下榻来迎，又见他装束这等，齐道："活菩萨来了！"玄奘人，各归方丈。那一壁厢，各整佛衣，都去佛殿上谢佛礼拜。此时唐王又敕选集高僧，招善果寺里修建。礼拜已毕，各归禅座。又见那红轮西坠。正是那：日落烟迷草树，帝都钟鼓初鸣。丁当三响断人行，前后街坊寂静。僧人定集理理经，正欲炼魔养性。光阴拈指，却七日正会，以七七继七七，可斋了。玄奘又具表，请唐王拈香。此时胜会，传遍天下。大宗即排驾，率文武多官，后妃国戚，早赴寺里。那一城里老幼男女，无不来看。那菩萨与木叉道："今日是水陆正会，以一七继七七，可斋了。我和你杂在众人丛中，一则看他那会何如，二则也听他讲的是甚门经法。"两个人随行入会。正是有缘得遇旧相识，也不亚当年老故人。入大寺里观看，真个是天朝大国，果然胜奖。那菩萨直至多宝台边，果见那江流儿，果然是真金罗汉子投胎，玄奘坐在高台，讲谈法性。对着讲出无量多功。法云久满大空，因网张罗天罗地网，教网张罗满大空。又宣一会《受生度亡经》，又谈一会

（续表）

前世本	世德堂本
	功卷》。这菩萨近前来，拍着宝台厉声高叫道："那和尚，你只会谈小乘教法，可会谈大乘教法么？"玄奘闻言，心中大喜，翻身跳下台来，对菩萨起手道："老师父，弟子失瞻，多罪。见前的盖众僧人，都讲的是小乘教法，却不知大乘教法如何。"菩萨道："你这小乘教法，度不得亡者超升，只可浑俗和光而已。我有大乘佛法三藏，能修寿身，能度难人脱苦，能超亡者升天，能修无量寿身，能作无无去。"
正讲处，被两个疥癞游僧，扯下来乱说胡话。大宗令唤来，只见许多人将一僧推拥进后法堂，见了大宗，那僧人手也不跪，拜也不起，仰面道："坐下问我何事？"唐王却以乱经堂，扰乱胡讲，我问道："你为何与我法师乱讲？"菩萨道："你那法师讲的是小乘教法，度不得亡者超升。我有大乘佛法三藏，可以度亡脱苦，寿身无坏。"大宗问道："你那大乘佛法，在于何处？"菩萨道："在西天天竺国大雷音寺我佛如来处，能解百冤之结，能消无妄之灾。"大宗道："你记得么？"菩萨道："我记得。"大宗大喜道："教法师引去，上台开讲。"	正讲处，有那司香堂巡官急奏唐王道："法师正讲谈妙法，被两个疥癞游僧，扯下来乱说胡话。"王急宣来，只见多人将二僧推拥进后法堂。见了大宗，那僧人手也不跪，拜也不起，仰面道："坐下问我何事？"唐王却以乱经堂，扰乱胡讲，我问道："你为何与我法师乱讲？"菩萨道："你那法师讲的是小乘教法，度不得亡者超升。我有大乘佛法三藏，可以度亡脱苦，寿身无坏。"大宗正色喜问道："你那大乘佛法，在于何处？"菩萨道："在大西天天竺国大雷音寺我佛如来处，能解百冤之结，消无妄之灾。"大宗道："你可记得么？"菩萨道："我记得。"大宗大喜道："教法师引去，请上台开讲。"

（续表）

前世本	世德堂本
那菩萨与木叉飞上高台，遂踏祥云，直至九霄，遂将那小唐王朝天礼拜，现出观世音菩萨原身，托了净瓶杨柳。左边是木叉惠岸，执着铁棍，威风凛凛。满寺中僧尼道俗，士工商贾，无一人不拜道。菩萨都念："南无观世音菩萨。"只见那半空中渐渐不见了金光。程有几句颂子：礼上大唐君，西方有妙文。程途十万八千里，大乘进殷勤。此经回上国，能超鬼出群。若有肯去者，求正果金身。大宗即传旨：教巧手丹青，描下菩萨真容。当时在寺中问曰："谁肯领朕旨意，上西天拜佛求经？"即命众僧。再修求经取来。玄奘向前施礼道："贫僧有何德能，敢劳天恩？我这一去，定要捐躯努力，直至西天。如不到西天，不得真经，即命回銮。"当有原领众僧，就拜四拜，口称"御弟圣僧"。玄奘道："贫僧有何德能，敢蒙天恩眷顾如此？我这一去，定要捐躯努力，直至西天。如不到西天，不得真经，即命回銮，永堕沉沦地狱。"大宗甚喜，即命回銮，待选良利吉日，发牒出行。	那菩萨带了木叉，飞上高台，遂踏祥云，直至九霄，遂将那小唐王朝天礼拜，现出救苦救难原身，托了净瓶杨柳。左边是木叉惠岸，又是一人，执着铁棍，斗搜精神。满寺中僧尼道俗，士工商贾，无一人不拜道："好菩萨，好菩萨！"有调为证，但见那：瑞霭散缤纷，祥光护法身。九霄华汉里，现出女真人。那菩萨头上戴一项金叶纽，放金光，生锐气的毗卢帽；身上穿一领淡淡浅浅、浅浅淡淡，一条冰蚕丝，织金边，织彩云，登彩云；飞彩凤，杂宝珠，腰间系一条红蚰白鹦歌，感身行孝，手内托着一个施济世的宝瓶，瓶内插着一枝洒青霄，拂开残雾垂杨柳。那足下深，盖众多人，都念："南无观世音菩萨"。只见那大慈大悲救苦救难观世音菩萨。三天许出入、这才是救苦救难观世音菩萨。大宗即传旨：教巧手丹青，描下菩萨真容。当时传旨，写得明白。那菩萨显化，图写真形。顷刻间绘出一张，当时云收雾散。只见那半空中，滴流流落下一张简帖，上有几句颂子，写得明白，道是：礼上大唐君，西方有妙文。程途十万八千里，此经待向大乘传。乘此进殷勤，此经回上国，能超鬼出群。若有肯去者，求正果金身。大宗见了颂子，即命众僧："且收胜会，待我差人取得大乘佛经来，再秉丹诚，广种福田也。"众官无不遵依。当时在寺中问曰："谁肯领朕旨意，上西天拜佛求经？"问不了，旁边闪过法师，帝前施礼道："贫僧不才，愿效犬马之劳，与陛下求取真经，祈保我王江山永固。"唐王大喜，上前将御手相搀道："法师果能尽此忠贤，不怕程途遥远，跋涉山川，朕情愿与你拜为兄弟。"玄奘顿首谢恩。唐王果是有德有贤之君，即去那寺里佛前，与玄奘拜了四拜，口称"御弟圣僧"。玄奘感谢不尽："陛下，贫僧有何德何能，敢蒙天恩眷顾如此？我这一去，定要捐躯努力，直至西天。如不到西天，不得真经，即死也不敢回国，永堕沉沦地狱。"随在佛前拈香，以此为誓。唐王甚喜，即命回銮，待选良利吉日，发牒出行，遂此各散。

（续表）

世德堂本	前世本
玄奘亦回洪福里。那本寺多僧与几个徒弟，早闻取经之事，都来相见，因问:"发誓愿上西天，实否?"玄奘道:"是实。"他徒弟道:"师父呵，尝闻人言，西天路远，更多虎豹妖魔。只怕有去无回，难保身命。"玄奘道:"我已发了洪誓大愿，不取真经，不敢回还。"又道:"徒弟们，我去之后，或三五年，或六七年，但看那山门里松枝头向东，我即回来。不然，断不回来。"众徒将此言谨记。有钦天监奏曰:"今日是人专行吉星，进宜出行远路。"唐王大喜。又见黄门官奏道:"御弟法师朝门外候旨。"随即宣上宝殿道:"御弟，今日是出行吉日。这是通关文牒。朕又有一个紫金钵盂，送你途中化斋而用。再选两个长行的从者，又备得脚力的马一匹，为远行脚力。你可就此行程。"玄奘大喜，即谢了恩，领了物事，更无留滞之意。唐王排驾，与多官同送至关外，只见那洪福寺僧与诸徒将玄奘的多应衣服，俱送在关外相等。唐王见了，先教收拾行囊马匹，其备官人散后，才与玄奘辞别。唐王又请待斋，玄奘道:"陛下，酒乃僧家头一戒，贫僧自为人，不会饮酒。"太宗道:"今日之行，比他事不同。此乃素酒，只饮此一杯，以尽朕奉饯之意。"三藏不敢不受，接了酒。这一去，方待要饮，只见太宗低头，将御指拾一撮尘土，弹入酒中。太宗道:"御弟呵，几时可回?"三藏道:"只在三年，径回上国。"太宗道:"日久年深，山遥路远，御弟可进此酒:宁恋本乡一捻土，莫爱他乡万两金。"三藏方悟捻土之意，复谢恩饮尽，辞谢出关而去。唐王驾回。毕竟不知此去何如，且听下回分解。	玄奘亦回洪福寺，有几个徒弟未见，道:"师父去无回，尝闻人言，西天路远，更多妖魔。只怕有去无回，不得不尽忠报国。但我去向东，或三五年，或六七年，我即回来。不然，断不回来。你看那山门里松枝头向东，我即回来。不然，断不回来。"众徒将此言谨记。未知玄奘何日起行，且看下回分解。